Jean G. Goodhind
Mord im Anzug

AF201822

atb aufbau taschenbuch

Jean G. Goodhind wurde in Bristol geboren. Sie hat bei der Bewährungshilfe gearbeitet und Hotels in Bath und den Welsh Borders geleitet. Ihr Haus im Wye Valley in Wales hat sie verkauft und segelt nun mit ihrer Yacht durchs Mittelmeer, solange es das Wetter zulässt. Die übrige Zeit des Jahres lebt sie in Bath.

Bei Aufbau erschienen bisher »Mord ist schlecht fürs Geschäft« (2009), »Dinner für eine Leiche« (2009), »Mord zur Geisterstunde«(2010), »Mord nach Drehbuch« (2011), »Mord ist auch eine Lösung« (2011), »In Schönheit sterben« (2012), »Der Tod ist kein Gourmet« (2012), »Mord zur Bescherung« (2012), »Mord zur besten Sendezeit« (2013), »Mord zu Halloween« (2014) und »Mord in Weiß« (2014).

Tern & Pauling in Bath, Herrenschneider für die oberen Zehntausend, steht für konservative Werte und Tradition. Man bedient die oft adligen Kunden, zu denen sogar einige Royals zählen, dort diskret und mit ausgesuchter Vornehmheit. Nigel Tern, seit kurzer Zeit Juniorchef des Geschäfts, will vieles ändern, umgestalten, moderner machen. Er nimmt deshalb an einem Wettbewerb um die beste Schaufenstergestaltung in Bath teil. Und er gewinnt ihn! Doch am Morgen nach der Siegerparty hängt er im Schaufenster am Galgen.

Ein ungewöhnlicher Fall für die Hotelbesitzerin Honey Driver und ihren charmanten Partner Detective Chief Inspector Steve Doherty.

Jean G. Goodhind

Mord im Anzug

Honey Driver ermittelt

Kriminalroman

Aus dem Englischen
von Ulrike Seeberger

aufbau taschenbuch

Die Originalausgabe unter dem Titel
Dead Suited
erschien bei Accent Press, Bedlinog 2015.

MIX
Papier aus verantwor-
tungsvollen Quellen
FSC www.fsc.org   FSC® C083411

ISBN 978-3-7466-3157-8

Aufbau Taschenbuch ist eine Marke
der Aufbau Verlag GmbH & Co. KG

2. Auflage 2015
© Aufbau Verlag GmbH & Co. KG, Berlin 2015
Copyright © Jean Goodhind 2015
Umschlaggestaltung Mediabureau Di Stefano, Berlin
unter Verwendung mehrerer Motive von iStockphoto: ©tarras79;
billnoll; bpowelldesign; stevendd; bortonia
Gesetzt in der Adobe Garamond durch die LVD GmbH, Berlin
Druck und Binden CPI books GmbH, Leck, Germany
Printed in Germany

www.aufbau-verlag.de

Kapitel 1

Wirklich erotisch, so ein Mann mit engen Kniehosen und hohen Reitstiefeln!

»Sehr attraktiv.«

Honey Driver versuchte ihre Hormone in den Griff zu bekommen, ehe sie den edlen Wegelagerer noch einmal vom Scheitel bis zur Sohle gründlich musterte. Seine Kniehose war aus burgunderrotem Samt, von der altmodischen Sorte, mit der man auch einen Ohrensessel hätte beziehen können. Die schwarzledernen Reitstiefel waren traditionell geschnitten und hatten hohe Stulpen, die vorn das ganze Knie bedeckten.

Ein weißes Seidentuch fiel in einer üppigen Schleife über eine Weste aus Goldbrokat. Der Gehrock war aus marineblauer Wolle, farblich auf den Dreispitz abgestimmt.

Als würde das nicht schon reichen, um Frauenherzen höherschlagen zu lassen, trug der Edelganove noch eine Maske vor den Augen und hatte die untere Hälfte seines Gesichts hinter einem schwarzen Tuch verborgen.

Der Traum jeder heißblütigen Frau, da war sich Honey sicher. Von diesem Straßenräuber würde man sich wirklich gern überfallen lassen!

Leider war er nicht echt, sondern nur Teil einer Schaufensterdekoration. Eine von vielen, die in einem Wettbewerb begutachtet wurden. Bisher war das Honeys absoluter Favorit, ließ ihre Phantasie Purzelbäume schlagen.

Mit der Pistole in der Hand stand der Räuber vor einem Hintergrund aus düsteren Bergen und schwarzen Bäumen. Spots waren geschickt so platziert worden, dass ein bleicher

Mond silberne Muster auf den indigoblauen Himmel malte. Eingerahmt war die ganze Szene von maßgeschneiderten Jacketts in Farbtönen von Rostrot über Senfgelb bis Burgunder, die wie riesige Herbstblätter im Schaufenster zu schweben schienen und gespenstische Schatten auf die vom Mond erhellte Kulisse warfen.

Anstelle des Schattens, den der Wegelagerer auf die Rückwand hätte werfen sollen, sah man die Umrisse eines Galgens, an dem eine Schlinge baumelte.

Beim Anblick dieser Szene liefen Honey Schauer über den Rücken. Sie war fasziniert. Die meisten anderen Schaufensterdekorationen waren hübsch, ganz nett oder betont künstlerisch angehaucht gewesen. Im Spielwarenladen hatte es eine höchst lebendige Deko gegeben, in der pfeifende Spielzeugeisenbahnen herumfuhren und Bälle hüpften. Zusätzliche Hörgenüsse wurden dort durch den blechernen Gesang einer Gruppe von Puppen, Teddybären und Plastiktieren geboten, der Honey allerdings gewaltig auf die Nerven ging. Leider wurde der Gesamteindruck durch einen Plastik-Spiderman verdorben, der umgefallen war und einer Plastik-Lolita unter den Rock zu linsen schien.

Clowns gab es da auch noch zu sehen. Honey konnte Clowns nicht leiden. Da waren ihr Wegelager schon sehr viel lieber!

Allein durch den schattenhaften Galgen war dieses Schaufenster ganz anders als all die anderen. Künstlerisch angehaucht, das schon, aber auch ein kleines bisschen gruselig.

»O ja«, hauchte Honey mit leuchtenden Augen. »Ich bin froh, dass ich mitgemacht habe.«

Sie hatte Bedenken gehabt, als die Vereinigung der Bath-Händler – abgekürzt BH – sie gebeten hatte, als Jurorin beim Wettbewerb für Baths schönstes Schaufenster zu fungieren.

»Ich muss Sie warnen. Ich habe keine Ahnung, was eine

gute Schaufensterdekoration ausmacht, zumindest nicht als Profi«, hatte sie Lee Christie, einem der Organisatoren, erklärt. »Ich weiß zwar, was mir gefällt. Aber ich möchte niemandem auf die Füße treten, der viel mehr Ahnung von diesen Dingen hat als ich.«

Vielleicht war es Einbildung, aber ganz kurz hatte sie gemeint, dass Lee ziemlich verschlagen geschaut hatte, ehe seine Augen wieder wie üblich völlig ausdruckslos waren. Er war ebenfalls Ladenbesitzer. Bei ihm konnte man ziemlich gewagte Outfits kaufen. Honey selbst war nie dort gewesen, da es sie nicht drängte, sich als französische Zofe zu verkleiden oder sich in eine altmodische Krankenschwester-Uniform, komplett mit gestärkter Schürze, Häubchen und blickdichten schwarzen Strümpfen, zu zwängen.

Lee Christies Nase bebte, während er zischend einatmete.

»Sie gehen aber doch einkaufen, oder nicht?«

»Machen das nicht alle?«

Wieso hatte sie deswegen ein schlechtes Gewissen?

»Ja, natürlich waren Sie schon einkaufen. Haben Sie je einen Schaufensterbummel gemacht und fanden eine Auslage besonders attraktiv?«

Ja. Das auch. Sie nickte.

Sein Brustkorb weitete sich, als er noch einmal ganz tief Luft holte. Die Nase bebte erneut.

»Dann wissen Sie also, was Ihnen gefällt. Das allein qualifiziert Sie schon dafür, uns zu sagen, welche Auslage Sie am meisten anspricht.«

Da konnte sie ihm nur recht geben. Einkaufen, das war etwas, das sie tun MUSSTE. Und schließlich machte sie es nun schon jahrelang.

Noch immer verwundert darüber, wie erfahren sie doch zu sein schien, nickte sie. »Ja. Da haben Sie wohl recht. Ich bin eine sehr versierte Einkäuferin.«

Darauf hatte ihr Lee die Einzelheiten erläutert. Der Preis waren £ 5000 plus ein Artikel in der Tageszeitung, vielleicht sogar eine Erwähnung im Radio oder Fernsehen. Mit anderen Worten: kostenlose Werbung.

Also hatte Lee Christie sie sozusagen als Preisrichterin eingeschworen – als eine von drei Juroren.

Alle Juroren sollten zunächst einzeln, aber in Begleitung von Lee die Runde machen, der mit Klemmbrett und Stift bewaffnet war. Und das tat Honey gerade jetzt. Sie musterte jede der teilnehmenden Auslagen gründlich, und dann bat Lee sie, der Dekoration Punkte zwischen einem und fünf Punkten zu geben, und zwar für die künstlerische Gestaltung, die Beleuchtung und dafür, welche sie am meisten angesprochen hatte.

Mit jedem der Juroren machte Lee diesen Spaziergang, führte die drei Listen und zeichnete ihre Eindrücke auf. Honey wusste nicht, wer ihre Kollegen in der Jury waren, wohl eine Vorsichtsmaßnahme, damit sie sich nicht absprechen konnten und man so jeder Anschuldigung der Voreingenommenheit den Wind aus den Segeln nahm.

»Warum haben Sie mich eigentlich ausgesucht?«, fragte Honey fröhlich. »Ich meine, es kann doch nicht nur daran liegen, dass ich gern Schaufensterbummel mache. Das trifft schließlich auf jede Frau zu, die ich kenne.« Sie hatte gehofft, man hätte sie als Person von unfehlbar gutem Geschmack, als Stütze der Gesellschaft und Modevorbild ausgewählt, dessen Meinung jeder respektierte.

Doch Lees Antwort überraschte sie.

»Zunächst dachten wir, eine Frau, die gern einkauft, würde ideal sein. Da gab es auch noch andere Kandidatinnen, aber wir dachten, es wäre nützlich, jemanden an Bord zu haben, der freundschaftliche Beziehungen zur Polizei pflegt – falls die Dinge eine ungute Entwicklung nehmen sollten. Von einigen

Wettbewerbsteilnehmern ist bekannt, dass sie leider schlechte Verlierer sind, und wenn schon die Polizei ausrücken muss, um bei Tätlichkeiten dazwischenzugehen, dachten wir, wenn Sie bei uns mitmachen, würde sie vielleicht schneller kommen.«

»Oh!«

Es ging also keineswegs um ihr künstlerisches Gespür, sondern nur darum, die lokale Polente rasch auf den Plan zu rufen, wenn die Situation eskalierte; das waren die Vorteile, wenn man die Verbindungsperson des Hotelfachverbands zur Kripo war. Vielleicht war auch bekannt, dämmerte ihr plötzlich, dass sie in Detective Inspector Steve Doherty in mehr als einer Hinsicht einen guten Partner hatte. Immer wenn sie sich in eine Situation verstrickte, mit der sie nicht allein fertig wurde, kam er ihr als Polizist zu Hilfe geeilt. Mit dieser Auskunft hatte sie wirklich nicht gerechnet.

Lee begleitete sie zu allen Schaufenstern, musterte interessiert ihr Gesicht, während er auf ihre Kommentare wartete. Er rührte sich dabei nicht vom Fleck, starrte auf sie wie eine Glucke, die schaut, ob ihr erstes Küken schlüpft. Sie hatte bereits sechs Wettbewerbsteilnehmer bewertet. Der Wegelagerer war der siebte – die Glückszahl sieben! Einen hatte sie noch zu begutachten.

Bis zum Wegelagerer war die Auslage beim »Chocolate Soldier« ihr Favorit gewesen. Dieser Laden war auf feinste Pralinen – was sonst? – spezialisiert.

Dort war alles um eine Schokoladenburg herum arrangiert, die von Schokoladenmenschen bewohnt und von Schokoladensoldaten bewacht war; sehr angemessen in Anbetracht des Namens. Man hatte die verschiedenen Brauntöne und das Elfenbein der weißen Schokolade durch sehr viel Glitzerpapier ein wenig aufgehellt. Der einzige winzige Fehler war die kleine Zugbrücke, die von einem Elektromotor ständig auf und ab bewegt wurde. Denn die Wärme des Motors hatte dafür gesorgt, dass die Stelle, wo Zugbrücke und Burg miteinander verbunden waren, bereits zu schmelzen begann. Aber abgesehen davon war diese Deko erstklassig und bisher das einzige Schaufenster, bei dem Honey das Wasser im Mund zusammenlief. Das war jedoch schlagartig vergessen, als sie nun dem Wegelagerer von Angesicht zu Angesicht gegenüberstand.

»Diese Deko gefällt mir wirklich sehr«, sagte sie zu Lee.

»Künstlerische Gestaltung, von null bis fünf, wobei null überhaupt nicht künstlerisch und fünf außerordentlich künstlerisch ist. Nennen Sie bitte eine Zahl.«

Honey verschränkte die Arme vor der Brust, während sie nachdachte, die Augen zusammenkniff und jeden Teil der dargestellten Szene beäugte, wie dramatisch sie war, was sie zu bedeuten hatte. Waren das nicht die Kriterien, nach denen man in der Kunstszene Gemälde begutachtete? Was will mir das Kunstwerk sagen?

»Es ist ein wirklich dramatischer Kontrast«, sagte sie laut, während sie versuchte, in Zahlen zu denken. »Ich meine, Sportjacketts aus Tweed sind ja nicht gerade aufregend. Die Männer, die sie tragen, eigentlich auch nicht.«

»*Ich* trage so was«, meinte Lee knapp.

»Ich meine, das sind angesehene, aufrechte Bürger«, platzte Honey heraus und mühte sich nach Kräften, die Scharte auszuwetzen. »Im Gegensatz zu Kriminellen – und dieser Wegelagerer ist ja eindeutig einer, trotz seines betont romantischen Gepräges. Ich finde, dass das bei mir einen Eindruck hinterlässt.«

Lee schien beruhigt. Sein Kugelschreiber schwebte über dem Klemmbrett.

»Na ja, vielleicht.«

Sie warf ihm einen verstohlenen Blick zu. Seine Nase war spitz, sein Gesicht so ausdruckslos langweilig und rund wie ein Pudding. Sie dachte an all die sexy aussehenden Klamotten aus Latex und Leder, die es in seinem Laden gab. Und natürlich die DVDs. Und die Bücher. Xcite, Black Lace. Er führte sie alle.

»Wieso haben Sie sich eigentlich nicht an dem Wettbewerb beteiligt?«

Sein Puddingkinn im Puddinggesicht spannte sich ein wenig.

»Das wäre nicht familientauglich«, zischte er zwischen zusammengebissenen Zähnen hervor.

»Oh!« Mehr fiel ihr dazu nicht ein. Ihre Gedanken schlugen Purzelbäume, während sie sich vorstellte, was wohl in seiner Auslage zu sehen gewesen wäre. Im Augenblick war sie schwarz verhängt, mit einem wunderbar glänzenden schwarzen Stoff mit goldenen Verzierungen an den Ecken. Niemand konnte einfach hineinschauen, um die Ware zu mustern. Es war wohl auch schwierig, von innen nach draußen zu sehen, überlegte sie.

»Gut«, sagte sie und konzentrierte sich mit einiger Mühe auf ihre Aufgabe. »Welche Punktzahl soll ich also hier geben? Das muss eine Fünf sein – oder meine ich eine Eins? Tut mir leid, ich habe schon wieder vergessen, was gut und was schlecht ist. Eins ist doch die höchste Bewertung und fünf die niedrigste?«

»Nein, genau umgekehrt. Fünf ist die höchste Wertung, die Sie vergeben können.«

»Dann gebe ich eine Fünf.«

»Das ist Ihre ehrliche Meinung?«

Plötzlich hatte sie das Gefühl, die Sprecherin der Geschworenen vor Gericht zu sein.

»Ja. Ich meine, der Mann ist doch wirklich der Stoff, aus dem erotische Träume sind …«

Lee schluckte, als litte er unter heftigen Schmerzen. Hoppla! Da hatte sie wohl was Falsches gesagt. Erotisches, das war ja seine Spezialität, zumindest glaubte er das bestimmt. Aber lederne Herrenstrings und schrittoffene Schlüpfer, das reizte sie alles nicht sonderlich.

Sie warf noch einen Blick auf den Galgen und dann auf die Augen des Wegelagerers. Gemalte Augen. Braun und schwarz umrandet.

»Ja.« Dieser edle Wegelagerer regte wirklich die Phantasie an. In ihren Träumen würde er jedenfalls vorkommen.

Sie nickte. »Ja, ich glaube, eine Fünf. Die Auslage ist interessant. Sie sagt mir was, wissen Sie, diese Gegenüberstellung von gutbürgerlich schick und ziemlich verrucht.« Sie wusste, was von beiden ihr lieber war, aber, he, sie wollte ja Lees empfindsame Seele nicht noch mehr verletzen.

Lee malte mit einer eleganten Bewegung seines Kulis einen Kringel um die Fünf. »Wenn Sie meinen.«

Es klang nicht so, als hätte ihn ihre Anmerkung, dass der Dekorateur dem Publikum etwas mitteilen wollte, sonderlich beeindruckt. Ihr war vollkommen klar, dass Lee eine vollbusige Dame mit eng geschnürtem Korsett bevorzugt hätte – mit sonst nichts, nur dem Korsett.

Außer dem etwas halbseidenen Laden, der ihm gehörte und, wenn sie sich recht erinnerte, »Leather Lovers« hieß, führte er auch gemeinsam mit seiner Mutter einen Geschenkeladen, so ein Geschäft, in dem Hellblau und Hellrosa vorherrschten und bemalte Häuschen und kuschelige Teddybären die größten Verkaufsschlager waren. Wenn diese Art von Laden überhaupt eine Aussage machte, dann wohl die: Liebe mich, liebe meinen Teddybär. Darüber, welche Aussage eine sexy Szene im Schaufenster von »Leather Lovers« wohl machen würde, wollte sie besser nicht nachdenken. Spür den Kitzel? Sado-Maso – eine Strafe für sich?

Mit Mühe zerrte sie ihre Gedanken von solchen Überlegungen fort. Konzentrier dich! Sie musste sich konzentrieren!

Tern & Pauling, das Geschäft, dessen Schaufenster sie begutachtete, war ein Herrenausstatter der alten Schule. Hier gab es keine auffallende Designerkleidung, keine schmollenden Schaufensterpuppen in der Auslage und keine ohrenbetäubende und nervenzerrüttende Techno-Musik. Irgendwann um die Jahrhundertwende – die vom neunzehnten zum zwanzigsten, wohlgemerkt! – gegründet, war Tern & Pauling ein Maßschneider, der wunderbar geschnittene Herrenbekleidung aus hochwertigen Stoffen fertigte, genäht von den Besten im Schneiderhandwerk. Königliche Hoheiten gehörten zur Kundschaft des Unternehmens. Hier interessierte man sich nicht für neureiche Emporkömmlinge, die irgendwas mit Computern machten und deren Wagen in drei Komma acht Sekunden von null auf hundert beschleunigten. Tern & Pauling, da dachte man eher an einen betagten Bentley als an einen heißen Schlitten.

Honey winkte dem Wegelagerer schüchtern zum Abschied, wünschte sich, er würde zurückwinken, und ging dann hinter Lee weiter die schmale Straße entlang.

Sie schaute sich noch einmal nach dem breiten Erkerfenster um und überlegte, wie wenig sich hier in den letzten zwei, drei Jahrhunderten geändert hatte – außer den Geschäften natürlich.

In der Vergangenheit hatte es in der Beaumont Alley mehr als ein Geschäft gegeben, und alle hatten die eleganten Erkerfenster gehabt, wie man sie heutzutage nur noch auf altmodischen Weihnachtskarten oder Pralinenschachteln oder in Dickens-Verfilmungen und Historienschinken im Fernsehen sieht.

Der Erker von Tern & Pauling war alles, was noch aus eleganteren Zeiten übriggeblieben war, als Damen in langen Kleidern und Hauben und Männer in knappen Kniehosen Arm in Arm über die Steinplatten und Pflastersteine schritten.

Heute kamen nur wenige Leute in diese kleine Straße, denn die meisten bevorzugten die neuen Einkaufsarkaden und Läden am anderen Ende der Stadt.

Der Herrenausstatter hatte eisern an seinem abgelegenen Standort festgehalten. Das konnte Honey gut verstehen, denn die Kundschaft war ja so beschaffen, dass das Geschäft besser diskret abseits der Hauptstraßen verborgen lag. Die Kunden, Menschen, die Privatheit zu schätzen wussten, machten Termine zur Auswahl von Stoffen oder zum Maßnehmen und den Anproben aus. Tern & Pauling hatte es nicht nötig, irgendwo dazuzugehören. Warum also, überlegte Honey, hatte man sich an dem Wettbewerb für das beste Schaufenster von Bath beteiligt? Das schien so gar nicht zu diesem Unternehmen zu passen.

Die nächste Auslage, die sie begutachten sollte, gehörte zu einem viel schickeren Laden, der sich weniger an die gesetzteren als an die jüngeren Herren richtete. Bereits aus über zwanzig Meter Entfernung konnte sie die Musik dröhnen hören und sah, dass Spots im herrlich beleuchteten Schaufenster blinkten. Ringsum hatte sich eine Menschenmenge versammelt und bewunderte mit viel Oh und Ah die strahlend helle und quietschbunte Auslage.

Touristen und Einheimische drängten sich in dem neuen Einkaufszentrum an dem Ende der Stadt, wo riesige Glasscheiben vorherrschten und Musik auf die Bürgersteige flutete.

Lee schlängelte sich durch die Menge und bat die Leute höflich, ein wenig zurückzutreten, da die Auslage nun bewertet werden sollte. Dabei deutete er auf ein Schild unten rechts im Schaufenster: »Schaufenster-Wettbewerb Bath«.

»Roadrunner Racers steht auf der Shortlist«, posaunte er laut heraus.

Honey erinnerte sich nicht daran, dass es überhaupt eine

Longlist gegeben hatte, und wunderte sich. Lee gab nur an. Das konnte allerdings niemand wissen.

Trotz des Rennwagens im Schaufenster wusste Honey sehr wohl, dass Roadrunner Racers Autozubehör verkaufte, das heißt alles, was den Rap im Auto so laut verstärkte, dass man beinahe taub davon wurde und alle etwas davon hatten, ob sie nun Rap, Garage oder House oder sonst was mochten oder nicht. Allgemeinen Krach hätte man es nennen sollen.

Nachdem ihr Lee einen Weg gebahnt hatte, trat Honey näher.

Mitten im Schaufenster prangte ein Formel-1-Rennwagen. Er war grellrot und von karierten Fahnen und all den marktschreierischen Accessoires des Rennzirkus umgeben. Die Beleuchtung war – im Gegensatz zu der von Tern & Pauling – alles andere als diskret: blinkende bunte Lampen, nirgendwo Schatten. Auch keine sexy Gestalt weit und breit. Diese Rolle hatte augenscheinlich das Rennauto übernommen.

»Na, hallo zusammen!«

Selbst aus zwanzig Metern Entfernung konnte Honey sehen, wie der Besitzer sich die Hände rieb und selbstgefällig grinste, als sei ihm der Sieg schon gewiss.

Als er sie näher kommen sah, schubste er die Gaffer zur Seite.

»Bin entzückt«, gurrte er mit honigsüßer Stimme. Sein Lächeln wirkte wie in Zement gegossen. Weiße Zähne blitzten hervor. Ein großer weißer Hai, der sich aufs Frühstück freute.

Honey linste auf ihr Klemmbrett. Julian Cunningham. Oberlackaffe, dachte sie still für sich. Er hatte zudem den richtigen Laden, den richtigen Hintergrund – Rennfahren, wenn auch nur auf Provinzniveau. Sie war sich sicher, dass er sich für Gottes Antwort auf das Gebet einer Jungfrau hielt und an der Costa Blanca Urlaub machte; das stand ihm auf die Stirn und sonst wohin geschrieben.

Vom blond gesträhnten Haar bis zu den zweifarbig weiß-braunen Slippern kreischte alles »Lackaffe«.

Er trug ein Leinenhemd, das seinen Zähnen im Weiß nicht nachstand, die Manschetten waren locker umgekrempelt, so dass sonnengebräunte Unterarme zum Vorschein kamen, sicherlich eher aus der Tube als der Natur geschuldet. Am Handgelenk baumelte ein dickes Goldarmband.

Die gelben Jeans saßen tief auf den Hüften. Das Haar hatte er auf dem ganzen Kopf in stacheligen Spitzen hochgegelt. Das Weiß seiner Slipper war so strahlend wie das des Hemdes und der Zähne. Honey überlegte, dass die Schuhe wahrscheinlich aus italienischem Ziegenleder genäht waren und ein Vermögen gekostet hatten. Oder vielleicht waren es doch Designer-Imitate und irgendwo in Spanien billig erworben?

Die Augen des Mannes musterten sie von Kopf bis Fuß. »He, Babe! Wieso sehen nicht alle Juroren bei diesem Wettbewerb so aus wie Sie?« Der Tonfall sollte sie wohl entwaffnen. Stattdessen stellten sich ihr die Nackenhaare auf.

»Vielleicht brauchen Sie Kontaktlinsen«, erwiderte sie und lächelte zuckersüß und verpasste ihm gleichzeitig null Punkte für Feingefühl.

Andere hatten versucht, ihre Entscheidung zu beeinflussen, indem sie ihr Kaffee, ein Glas Wein, ein kleines Geschenk und natürlich Pralinen anboten. Bei der Schokolade wäre sie beinahe schwach geworden, aber sie hatte tapfer widerstanden. Doch niemand war so aalglatt und schmierig gewesen wie Julian Cunningham.

Honey trat näher an das Schaufenster heran.

»Alles echt?«

Julian rollte die Schultern. Sein Lächeln wurde breiter. »Aber jeder Zentimeter von mir, Schätzchen.« Er lehnte sich dichter zu ihr hin und flüsterte: »Können Sie gern näher in

Augenschein nehmen, wenn Sie möchten. Ich jedenfalls würde Sie sehr gern genauer begutachten.«

»Ich meinte das Auto. Ist das ein echtes Rennauto?«, blaffte Honey.

Trotz ihres scharfen Tonfalls schien Julian Cunningham völlig ungerührt.

»Aber natürlich, Schätzchen. Es ist allerdings kein Motor drin. Das ist nur das Chassis. Ein Klassiker, wenn ich das hinzufügen darf.« Er grinste sie an und machte sogar den Versuch, ihr den Arm um die Taille zu legen. »Ich habe eine Schwäche für klassische Chassis.«

Es war völlig klar, worauf er anspielen wollte: Sie war nicht mehr ganz jung, aber noch in Topform. Er hielt das vielleicht für ein Kompliment. Sie nicht. Die Wut wanderte ihr in den rechten Fuß, den sie leicht anhob und fest auf einen seiner wirklich wunderschönen italienischen – oder spanischen? – Lederslipper heruntersausen ließ.

»Aua!« Er hüpfte auf einem Fuß herum, während er seine nun nicht mehr ganz so makellose Fußbekleidung überrascht musterte. »Herrgott noch mal! Sehen Sie sich an, was Sie da angerichtet haben!«

Honey blickte auf den Abdruck ihrer schwarzen Stiefelsohle auf dem weißen Ziegenleder.

»Lassen Sie sich das eine Warnung sein, Mr Cunningham. Mit Juroren sollte man sich nicht anlegen!«

Dann begutachtete sie weiter die Auslage. Ehrlich gesagt, sie war wirklich sehr gut, und die Leute ringsum schienen sie toll zu finden. Honey erinnerte sich daran, dass sie sich vom Besitzer des Ladens nicht beeinflussen lassen sollte. Bei Tern & Pauling war der gar nicht aufgetaucht. In einigen anderen Läden auch nicht. Bisher hatte sie sich weder von der Anwesenheit noch von der Abwesenheit der Besitzer beeinflussen lassen, und das wollte sie auch weiter so halten.

»Es ist ein echter Rennwagen«, sagte der Mann gerade zu ihr. »Und er ist ein echtes Statement.«

Sie nickte und murmelte irgendwas als Antwort. Klar, ein Statement.

»Der Gewinner kriegt alles«, fuhr der Mann fort und hauchte ihr seinen heißen Atem ins Ohr.

Ihr lag die Bemerkung auf der Zunge, dass sie bei diesem Wettbewerb in keinster Weise einen Teil des Preises darstellte, aber sie wusste, dass auch das auf taube Ohren stoßen würde. Julian Cunninghams Ego war so groß, dass es den Konzertsaal der Royal Albert Hall locker ausgefüllt hätte. Er war nicht der Typ Mann, der Nein als Antwort akzeptierte – auch wenn man ihm noch so auf die Schuhe trampelte.

Sie musste sich eingestehen, dass die Auslage gut war. Sie verdiente es, ernsthaft in Erwägung gezogen zu werden. Aber fünf Punkte wollte sie auf keinen Fall vergeben. Stattdessen hätte sie ihm nur zu gern dieses selbstgefällige Grinsen vom Gesicht gewischt. Und wenn sie ihm im Wettbewerb eine hohe Punktzahl gab, würde er daraus ableiten, dass er bei ihr maximal eingeschlagen hatte. Das hatte ihr gerade noch gefehlt.

Und dennoch ... zweifellos war es eine gute Auslage. Ach, wenn sie doch nur in ihre Bestandteile zerfallen würde ... was für finstere Gedanken! Mary Jane, die hauseigene Professorin für das Paranormale im Green River Hotel, hatte irgendwann einmal erwähnt, dass finstere Gedanken, wenn man sie nur intensiv genug dachte, tatsächlich in der Wirklichkeit Fuß fassen und umgesetzt werden konnten. Einen Versuch war es wert – oder?

Plötzlich geschah etwas! Doch sicher viel zu plötzlich, als dass es schon ein Ergebnis ihrer Gedanken sein konnte?

Die farbigen Lichter blinkten nun schon eine ganze Weile fröhlich grün, rot, weiß, lila und blau. Da flammte auf einmal

Lila hell auf, sprühte Funken und verlosch. Dann folgte Blau, ebenfalls in einem Funkenregen, der auf den Fahrersitz des Rennwagens niederfiel.

»Großer Gott!«

Julian Cunningham gab ein Bild der Panik wie aus einem Trickfilm ab, warf die Arme in die Höhe und kreischte jemandem im Laden einen Befehl zu, während er schon über die Schwelle flitzte. Eine der karierten Fahnen, die beim Zieleinlauf vor der Motorhaube des Siegers geschwenkt werden sollte, glimmte und verkohlte an einer Ecke. Sie war aus billigem Nylon und fing Feuer. Flammen züngelten über den Stoff. Cunningham sprang mit dem Schaumlöscher im Schaufenster auf und ab, kreischte allen zu, sie sollten weitere Feuerlöscher herholen, um die Flammen zu löschen, ehe der Wagen beschädigt wurde und er selbst in Teufels Küche geriet.

»Ach du je«, meinte Lee, seltsam ungerührt von all dieser Aufregung. Er machte keinerlei Anstalten, beim Löschen des Feuers zu helfen. »Ich hoffe nur, dass er eine Feuerversicherung hat.«

Honey schüttelte den Kopf. »Das wage ich zu bezweifeln. Der hat sein ganzes Geld für die Schuhe und die blonden Strähnchen ausgegeben.«

»Wahrscheinlich«, murmelte Lee und ging weiter.

Kapitel 2

Niemand hatte die Vorhänge aufgezogen. Das bemerkte der alte Mann zuerst. Und niemand hatte ihm das Frühstück gebracht. Halb acht! Er erwartete sein Frühstück um halb acht, keine Minute früher, keine Minute später. Er blickte auf die Uhr auf dem Kaminsims. Er konnte sie nicht genau erkennen, aber es sah nicht so aus, als zeigte sie auf halb acht. War es etwa schon nach elf? Wenn das stimmte, wo blieben sie dann alle?

Mit vom Rheuma schmerzenden und von Altersflecken übersäten Händen, deren Haut schlaff und so runzlig wie ein alter Apfel war, tastete er nach seinem Handy und tippte die Telefonnummer seines Sohnes ein. Es war ihm gleichgültig, dass sein Sohn nur ein Stockwerk weiter unten im Haus war. Es hatte sich herausgestellt, dass er ihn so am besten erwischen konnte. Da konnte er sich das Rufen sparen. Und er brauchte nicht vom Bett aufzustehen.

Eine blecherne Stimme teilte ihm mit, dass der angerufene Teilnehmer nicht erreichbar war. Der undankbare Hund hatte sein Handy ausgeschaltet. Was wurde da gespielt?

Es fiel ihm ein, dass Nigel schon ein paar Tage, ehe man ihn, seinen Vater, mit Blaulicht ins Krankenhaus gefahren hatte, auf alle Fragen ausweichend geantwortet hatte und ihm sogar ein wenig rebellisch erschienen war. Das verdammte Krankenhaus! Er hatte nicht dorthin gewollt, aber ein Pflegefall wollte er auch nicht werden. Er hatte nie damit gerechnet, alt zu werden. Selbst in seinen mittleren Jahren war er überzeugt gewesen, dass er geistig und körperlich fit und gesund bleiben würde.

Die Dinge waren überhaupt nicht nach Plan verlaufen. Er war hingefallen und hatte sich die Hüfte gebrochen. Und als er mit der neuen Hüfte nach Hause gekommen war, hatte er sich eine Erkältung zugezogen, und sein Arzt fürchtete, es könnte sich daraus eine Lungenentzündung entwickeln. Der Arzt hatte ihm vorgeschlagen, ins Krankenhaus zurückzukehren, aber Arnold hatte sich standhaft geweigert.

»Wenn ich schon sterbe, dann lieber zu Hause.«

Nicht dass er vorhatte zu sterben. Störrischer Widerstand bis zum Letzten – das hatte er sich vorgenommen!

Der Arzt hatte nicht lockergelassen. Arnold war zwar bereits im Fieberwahn, hatte sich aber durchgesetzt, hauptsächlich, weil sich Nigel auf seine Seite geschlagen hatte.

»Wenn mein Vater nicht ins Krankenhaus will, dann müssen wir das respektieren.«

Ja, überlegte Arnold, als er daran zurückdachte. Am besten bleibe ich zu Hause, nur eine Krankenwagenfahrt vom Krankenhaus und seinen Notfalleinrichtungen entfernt. Aber du, mein lieber Sohn, hast gemeint, dass zu Hause die Wahrscheinlichkeit, dass ich sterbe, wesentlich höher ist, und das wäre natürlich das Beste für dich. Dann würde dir alles gehören, nicht wahr, mein Lieber? Denkst du jedenfalls.

Arnold musste unwillkürlich vor sich hin glucksen, und seine Lunge rasselte vor Anstrengung. »Ich bin stärker, als du glaubst«, murmelte er und lachte leise. »Warte nur ab, bis du mein Testament liest! Wart's nur ab!«

Inzwischen würde er auf Plan B umschalten. Wenn der Berg nicht zum Propheten kam … wenn du dir nicht die Mühe machen willst, mit meinem Frühstück die Treppe raufzukommen, dann muss ich wohl nach unten gehen. »Ich bin stärker, als du glaubst, Bürschchen. Stärker, als du glaubst. Vielleicht überlebe ich dich sogar! Wäre das nicht ein Witz!«

Er tastete nach seinem Krückstock. Er war nicht da.

Er schüttelte verärgert den Kopf. Wenn er nur einfach aufstehen und nach unten gehen könnte! Sein großer Traum war, dass er es bis in den Laden schaffen würde. Tern & Pauling war immer noch sein Laden. Er war mächtig stolz darauf, dass er maßgeschneiderte Kleidung in bester Qualität lieferte für Menschen mit Status und Geld, am besten mit beidem. Seine Lieblingskunden hatten sowohl Status als auch Geld, denn das hieß, dass sie zumeist auch Manieren hatten. Es gab natürlich Ausnahmen, eine ganz besonders … Er versuchte den Gedanken an diesen Mann zu verdrängen. Schurke! Mistkerl! Und was meinen Sohn angeht …

»Dieser unnütze Bengel! Nicht mal das kriegt er richtig hin. Er kriegt eigentlich gar nichts richtig hin. Kein Frühstück. Kein Krückstock. Na, so klapprig bin ich noch nicht, dass ich nicht diese Treppe runterkomme und dir gehörig die Meinung sagen kann!«

Nachdem er die Bettdecke weggeschoben hatte, rutschte er vorsichtig an die Bettkante, grummelte, weil sich seine Schlafanzughose in seiner Pofalte verklemmt hatte und seine schlaffe Haut irritierte. Um ihren Fängen zu entgehen, rutschte er unruhig von einer Backe auf die andere. Es dauerte lange, aber es funktionierte.

Nachdem er den Schlafanzug gerichtet hatte, ließ er vorsichtig erst einen, dann den anderen Fuß über die Bettkante hinunter. Schließlich hingen sie beide nur wenige Zentimeter über seinen Hausschuhen über dem Boden. Er sah, dass sein Krückstock umgefallen war und quer über den pelzgefütterten Mokassins lag, die sein Sohn ihm letztes Jahr zu Weihnachten gekauft hatte. Sein Sohn Nigel schenkte ihm jedes Jahr Hausschuhe zu Weihnachten, obwohl die alten nie aufgetragen waren. Er kaufte sie bei Harrods. Eigentlich müssten ein halbes Dutzend Paar Hausschuhe im Schrank stehen, aber da war nur eines. Er vermutete, dass die ausgedienten

Hausschuhe in die Altkleidersammlung wanderten, fragte aber nie nach.

Er seufzte schwer und murmelte ein paar unfreundliche Worte über den Jungen, seinen Sohn. Der hätte darauf achten sollen, wie der Krückstock angelehnt stand, hätte dafür sorgen sollen, dass er nicht umfallen konnte. Warum hatte er das nicht überprüft? Warum hatte er es immer so eilig? Aber so war Nigel eben. Viel zu sehr wie seine Mutter. Die war auch nie methodisch vorgegangen. Doch im Bett war sie gut gewesen – wenn man unter gut versteht, dass sie sich alles gefallen ließ, was er wollte. Wenn er es recht bedachte, hatte sie nie auch nur angedeutet, dass seine sexuelle Akrobatik sie irgendwie mit der gleichen Begeisterung erfüllte wie ihn.

Es kam nicht in Frage, dass er sich herunterbeugte, um seinen Krückstock aufzuheben. Das würde sein Kreuz nicht mitmachen, und seine Hüften schon gar nicht.

Mit der Entschlossenheit eines Menschen, der immer erwartet, am Schluss der Gewinner zu sein und alles zu bekommen, was er wollte, schob er erst einen und dann den anderen Fuß in seine Hausschuhe. Der Krückstock blieb liegen, wo er war, quer über dem Spann seiner Füße.

Sein rechtes Knie war ein wenig beweglicher als das linke. Seine Hüften waren vom langen Liegen ganz steif.

Er rutschte vorsichtig in die genau richtige Position und streckte die Beine vorsichtig, während er sich gleichzeitig nach dem Krückstock streckte. Seine Knochen knarrten und stöhnten ein wenig, aber seine Entschlossenheit setzte sich durch.

Jetzt wollen wir mal sehen, was der junge Nichtsnutz wieder macht, dachte er, und es war ihm gleichgültig, dass sein Sohn fünfzig Jahre alt war und eine spiegelnde Glatze hatte. Für ihn war er immer noch »der Junge«, der Tunichtgut, der undisziplinierte Lehrling im Geschäft von Tern & Pauling. Selbst im Schneidern war er unter dem Durchschnitt. Im

Grunde kümmerte er sich nur um die Verwaltung, die Bankgeschäfte, und die hochwertigen Schneiderarbeiten wurden an andere Unternehmen vergeben.

Insgesamt war sein Sohn eine große Enttäuschung für ihn, ein Muttersöhnchen, dachte er für sich. Verzogen. Von seiner Mutter verhätschelt. Er als der Vater hatte sich redlich Mühe gegeben, das wieder hinzubiegen, aber ohne Erfolg. Das Internat hatte ein wenig dazu beigetragen, dass Nigel erwachsen wurde, aber auch das war nicht sonderlich zu merken. Er rannte immer noch rum wie ein Junge von einer ganz gewöhnlichen Oberschule – sogar mit seinen fünfzig Jahren.

Es war ein paar Wochen her, seit Arnold Tern zuletzt im Erdgeschoss des großen Hauses gewesen war, das sein Großvater um 1900 herum erworben hatte. Das Haus war schön gelegen, an einer ruhigen Seitenstraße in der Nähe des Victoria Parks, nah genug, um die Bäume zu sehen, aber gerade weit genug weg, dass man das Schreien der spielenden Kinder nicht hören musste.

Die Tür zu seinem Schlafzimmer war sehr breit und auch sehr schwer. Er schaute sie vorwurfsvoll an, als er sie öffnete und sich überlegte, wieso ihm das nicht schon früher aufgefallen war. Er würde den Jungen – Nigel – beauftragen, da Abhilfe zu schaffen. Vielleicht konnte man andere Scharniere einbauen, um das Gewicht aufzufangen.

Er schlurfte zum Treppenabsatz, schaute über das Geländer, eine Hand fest um den Treppenlauf geklammert. Seine Knie waren ganz wackelig, und zudem war ihm leicht schwindlig, was verständlich war, denn er hatte ja wochenlang mit irgendeinem Infekt im Bett gelegen. Von irgendwo aus einem der Räume im Erdgeschoss hörte man das Dröhnen eines Staubsaugers.

Durch die verglaste obere Hälfte der Haustür strömte Licht in den Eingangsflur.

Außer Mrs Cayford, der Putzfrau, schien niemand im Haus zu sein.

Er rief den Namen seines Sohnes: »Nigel?«

Keine Antwort. Nicht unbedingt eine Überraschung. Es war gut möglich, dass Nigel einen Termin mit einem Kunden hatte. Geschätzte Kunden, so nannten sie die Herren, die zu ihnen kamen und sich Anzüge, Jacketts oder Hosen maßschneidern ließen. Der geschätzte Kunde oder eher noch sein Kammerdiener oder persönlicher Assistent, wie es anscheinend heute hieß, rief an und machte einen Termin aus. Sie wollten schließlich nicht den ganzen Tag im Laden verbringen.

Er schaute die Treppe hinunter und überlegte, ob es sich lohnen würde, nach unten zu gehen. Nigel war zweifellos im Laden. Und diese Treppe, die sah so steil aus; es würde mühsam sein, obwohl sie im Augenblick auf ihn zuzukommen schien, verschwamm, im Nebel verschwand ...

»Mr Tern?«

Nach seinem Namen hörte er gleich das Dröhnen von rosa Plastik-Crocs. Mrs Cayford kam die Treppe heraufgestürmt und fing ihn auf, ehe er umkippte.

»Mr Tern, was machen Sie denn hier. Sie gehören ins Bett!«, schimpfte sie. »Kommen Sie. Ich bringe Sie zurück. Keine Widerrede.«

Edwina Cayford arbeitete in Teilzeit als Krankenschwester und kam zwei Tage in der Woche hier ins Haus, um sauberzumachen. Sie war der Meinung, dass eine kleine Pause von der Arbeit im Krankenhaus sie bei Verstand und bei Kasse hielt.

Nigel hatte vorgeschlagen, vielleicht jemanden zu suchen, der jeden Tag ein paar Stunden kommen könnte, aber davon wollte sein Vater nichts wissen. Er fand es jedoch sinnvoll, eine Krankenschwester in der Nähe zu haben, und wenn es nur an zwei Tagen in der Woche war. Außerdem mochte er Edwina Crawford. Einmal hatte sie bei ihm hereingeschaut und noch ihre Schwesternkleidung angehabt, weil er sie darum gebeten hatte. Beim bloßen Gedanken daran leckte er sich die Lippen. Er hatte eine Schwäche für Krankenschwestern. Er fand sie ungeheuer attraktiv – sogar sexy – in ihren dunkelblauen Kleidern mit dem gestärkten weißen Kragen und den gestärkten Manschetten und einem Gürtel, der ihre Taille zusammenschnürte. Ganz gleich, wie dick oder dünn sie war, jede Frau bekam mit einem solchen Gürtel eine kurvenreiche Figur.

Leider hatte er bisher noch nicht begriffen, dass Krankenschwestern heutzutage keine so unbequemen Outfits mehr trugen, sondern eine lose Tunika und weite Hosen. Er war völlig entsetzt gewesen, als er Mrs Cayford so gekleidet gesehen hatte.

»Aber was ist mit Ihrer Schwesternkleidung?«

»Das *ist* meine Schwesternkleidung«, hatte sie lächelnd geantwortet. »Die Zeiten haben sich geändert, Mr Tern. Die alte Schwesterntracht war nicht praktisch. Dies hier ist besser. Leicht zu waschen, schnell getrocknet, und man muss nichts bügeln. Besser geht's nicht.«

Arnold Tern musste sich damit zufriedengeben, ihren üppigen Busen anzuschauen, der sich deutlich in der Tunika abzeichnete, die, wie er mit Expertenblick feststellte, eine Nummer zu klein war. Das Gleiche galt auch für die Hose, die sie trug, obwohl er diesen Teil ihrer Anatomie nur begutachten konnte, wenn sie sich vornüberbeugte. Die Hose saß sehr knapp am Hinterteil, das sehr rund war und sie bestens ausfüllte.

Außer ihren deutlich sichtbaren Vorzügen reinigte Edwina das Haus auch sehr tüchtig. Wenn sie ging, war alles frisch poliert und glänzte nur so.

»Jetzt vorsichtig.«

Sie hatte ihm einen Arm über den Rücken gelegt, hielt mit der anderen Hand seinen Arm über ihrer Schulter fest. Er mochte es, wie sie ihn hielt, ihn mit ihren starken braunen Fingern packte, ihn mit ihren molligen Armen aufrecht hielt. Sie machte ihre Arbeit gut, diese Edwina, als Putzfrau und als Krankenschwester. Deswegen hatte er sie gern um sich; sie war es gewöhnt, Leuten zu helfen, die allein nicht mehr klarkamen.

»Jetzt wollen wir Sie mal wieder ins Bett bugsieren«, sagte sie mit fester Stimme, die keinen Widerspruch duldete. Nicht dass Arnold widersprechen wollte. Er hatte es gern, wenn sie ihn so resolut anfasste.

»Sie haben starke Arme«, sagte er zu ihr. »Ich spüre die sehr gern um mich. Wenn ich zwanzig Jahre jünger wäre, würde ich das ausnutzen und Sie in echte Schwierigkeiten bringen.«

»Aber Mr Tern!« Ihre Stimme klang schockiert.

»Sie sind ein unartiger Junge!«, fügte sie hinzu und lachte leise. Sie führte den alten Mann in sein Schlafzimmer und zu dem warmen Bett zurück, aus dem er gerade erst mühsam aufgestanden war.

»Ich habe noch kein Frühstück bekommen«, sagte er zu ihr. »Nigel hat die Anweisung, mir um halb acht morgens mein Frühstück zu bringen. Mein Magen verlangt das. Wie spät ist es jetzt?«

»Halb zwölf vorbei.«

»Beinahe Mittagszeit?«

»Allerdings. Macht nichts. Ich bringe es Ihnen.«

»Das finde ich aber schön, wenn Sie es mir bringen.«

»Das weiß ich, aber keine Frechheiten«, antwortete sie lachend und sah ihn vorwurfsvoll an.

»Wenn ich jünger wäre …«, wiederholte er kichernd.

»Aber das sind Sie nicht«, antwortete sie und deckte ihn

gut zu. »Er hätte mir sagen sollen, dass Sie noch nicht gefrühstückt haben. Ich denke, das hat er bei all der Aufregung heute Morgen einfach vergessen.«

Arnolds Augen leuchteten auf. Ungeahnte Möglichkeiten fielen ihm ein.

»Aufregung? Ich nehme an, mein Sohn ist ins Büro gegangen.«

Er nannte das Geschäft von Tern & Pauling stets Büro. Es als Laden zu bezeichnen wäre viel zu gewöhnlich gewesen.

»Na, das will ich meinen!«, trällerte Mrs Cayford. »Heute ist ein wunderbarer Tag!«

In Arnolds Ohren klang das beinahe so, als würde sie gleich ein Lied schmettern. Was zum Teufel hatte sie so fröhlich gemacht?

Dass der Tag heute so wunderbar war, konnte wohl nur an der Person des Kunden liegen, den sein Sohn heute traf. Sein altes Herz hüpfte vor Freude. Eine Königliche Hoheit wäre natürlich der absolute Gipfel. Ganz gleich wie reich der russische Oligarch war oder wie sehr ihm daran lag, so englisch wie möglich zu wirken, es gab einfach keinen Ersatz für die Verbindung zum Königshaus, dem britischen natürlich.

Einer der Prinzen hatte eine besondere Schwäche für gut geschnittene Sportjacketts oder Reitjacken. Er jagte noch hoch zu Ross mit der Meute – oder hatte gejagt, bis die Fuchsjagd verboten wurde. Arnolds Herz schwoll vor Stolz.

»Ah! Mein Sohn trifft sich heute mit einer wichtigen Persönlichkeit«, sagte er mit tiefer Zufriedenheit und ebenso großer Reserviertheit. Tern & Pauling verrieten niemals die Namen ihrer Kunden.

»Ja, genau«, erklärte Mrs Cayford. Arnold lag nun wieder im Bett, und sie hatte ihn fest zugedeckt, wie Krankenschwestern das eben machen.

»Wunderbar«, verkündete Arnold und nahm sich vor,

Nigel, sobald der nach Hause kam, nach allen Einzelheiten zu befragen. So tüchtig und sexy Mrs Cayford auch war, bestimmte Dinge besprach man einfach nicht mit dem Personal.

Sie zog mit muskulösen Armen die Vorhänge auf und beugte sich dann hinunter, um den Thermostaten an der Heizung einzustellen.

»Ich hoffe, er war so diskret, wie es sich gehört.« Sein Blick ruhte auf Edwinas ausladendem Hinterteil. In Gedanken stellte er sich vor, wie es ohne Kleider aussehen würde, rund und glänzend und in sattem Braun.

»Das weiß ich nicht, Mr Tern, aber er war sich so sicher, dass er eine gute Chance haben würde. Und als er vor ein paar Minuten angerufen und es mir gesagt hat ... Na ja ... habe ich mich genauso gefreut wie er.«

Arnold zwinkerte. Er hatte wohl den Faden verloren? Wovon zum Teufel redete die Frau?

»Können Sie mir bitte genau erklären, wo er Ihrer Meinung nach hingegangen ist, Mrs Cayford?«

»Aber sicher, Mr Tern. Er ist sich seinen Preis abholen gegangen. Ist das nicht toll? Ich muss ja sagen, ich fand auch, dass es das beste Schaufenster war, obwohl das von Bob's Boots auch nicht schlecht aussah. Und das vom Pralinenladen auch nicht ... aber jetzt hat die Auslage von Tern & Pauling den Preis gewonnen. Fünftausend Pfund ... Mr Tern? Mr Tern? Geht es Ihnen gut?«

Arnold Terns Unterlippe bebte. Seine Augen starrten geradeaus. Wäre er fit und gesund gewesen, er hätte vielleicht jemandem einen Fausthieb versetzt – höchstwahrscheinlich seinem Sohn. Wie die Dinge standen, konnte er aber nur dasitzen wie ein kochender Wasserkessel, in dem es heftig blubberte und dem nun schon bald der Dampf aus den Ohren zischen würde.

Edwina war nach unten gegangen, um ihm das Frühstück

zuzubereiten, und hatte ihn im Bett zurückgelassen, den Krückstock und das Handy in Reichweite. Auf dem Nachttischchen waren auch ein Glas Wasser und seine Tabletten für Herz, Blutdruck, das Cholesterin und die Blase. Er konnte sie aber alle nicht auf nüchternen Magen einnehmen. Doch jetzt waren seine Gedanken nicht mehr beim Essen. Edwina hatte ihm, ehe sie nach unten ging, in allen Einzelheiten von der Schaufensterauslage erzählt. Sie hatte zugegeben, dass sie in die Stadt gegangen war und sie eine ganze Weile angestarrt hatte.

»Wunderbar ist das. Ein Wegelagerer, und im Hintergrund hängt ein Galgenstrick, und all die Jacketts und Mäntel sehen aus wie riesige Herbstblätter, die im Schaufenster herumschweben.«

Arnold war wie vom Donner gerührt. Bei Tern & Pauling genehmigte man sich keine extravaganten Auslagen. Genau genommen genehmigte man sich nie Schaufensterauslagen.

Tern & Pauling hatte es sich zur Hauptaufgabe gemacht, immer diskret vorzugehen. Die Kundschaft erwartete völlige Diskretion. Es waren reiche Leute, Leute mit Adelstiteln, Leute, die nicht fotografiert werden wollten, während man ihnen für die neueste Reitjacke oder den neuesten Cutaway Maß nahm. Leute, deren Privatleben Schlagzeilen machen würde, wenn die Angestellten von Tern & Pauling nur ein paar der Geheimnisse ausplaudern würden, die man ihnen verriet, während sie die innere Beinlänge eines adeligen Kunden vermaßen.

Arnold hatte Edwina zu erklären versucht, dass sein Sohn hinter seinem Rücken gehandelt hatte und dass es bei Tern & Pauling niemals Schaufensterauslagen gab. Vielmehr waren die Fenster mit Vorhängen versehen, denn schließlich waren ihre Kunden keine Menschen, die Schaufensterbummel machten. Sie vereinbarten Termine.

Er war nicht froh über diese Nachricht. Gar nicht froh. Wäre er gesund gewesen, so hätte er etwas unternommen, wäre vielleicht in die Stadt gegangen und hätte Nigel mit seinem Scheck über fünftausend Pfund auf dem Weg zur Bank abgefangen – das war doch die Summe, die Edwina erwähnt hatte?

Die Kissen und die Matratze unter ihm fühlten sich bretthart an; er war lange krank gewesen und keineswegs in der Lage, irgendwas zu unternehmen. Das Zimmer wirkte düster, obwohl die Vorhänge aufgezogen waren. Bildete er sich das nur ein, oder wurde es immer düsterer?

»Ich hätte noch gern eine Massage, wenn Sie Zeit dafür haben«, rief er Edwina hinterher. Ob sie ihn gehört hatte oder nicht, konnte er nicht ausmachen. Jedenfalls antwortete sie nicht.

Er war kurz davor, wieder einzuschlafen. Er konnte nicht unendlich lange dagegen ankämpfen, nur lange genug, um ein bisschen Frühstück zu sich zu nehmen, was natürlich inzwischen schon ein Brunch war, wie die Amerikaner es nannten. Vorher musste er jedoch noch einen Anruf erledigen. Nigel hatte ihn wütend gemacht. Er hatte einen Schritt getan, der das noble Geschäft in Richtung Massenware verschob, die hehren Gefilde der Maßanfertigungen verließ, für die das Unternehmen immer gestanden hatte. Weiß der Himmel, wer nun bei ihnen auftauchen und Anproben verlangen würde! Vielleicht gar Popstars! Oder Fußballspieler!

Er würde es nicht zulassen. Nigel dachte vielleicht, dass er die Firma so verändern konnte, aber da hatte er sich getäuscht. Und wenn er dazu sein gesamtes Vermögen jemand anderem vererben musste, dann würde er das tun, bei Gott! Verdammt, das würde er!

Obwohl er sein Alter schon mehrmals betont hatte und sein Kurzzeitgedächtnis nicht mehr hundertprozentig funktionierte, war doch sein Langzeitgedächtnis noch messerscharf. Er kannte die Telefonnummer, die er brauchte, auswendig. Nach ein paar Fehlstarts, weil er die falschen Tasten gedrückt hatte, kriegte er es schließlich richtig hin. Gott sei Dank hatte er auf einem Telefon bestanden, das ein überdurchschnittlich großes Tastenfeld hatte, ein Muss für jeden, der eine Lesebrille braucht. Nur eine Lesebrille, keine andere. In der Ferne sah er noch prima.

Es klingelte eine Weile, ehe Grace Pauling antwortete.

»Grace?«

»Arnold! Wie nett, dass du anrufst!«

Er bezweifelte, dass sie es wirklich nett fand. Er konnte beinahe hören, wie sie mit den Zähnen knirschte. Er konnte sich auch den überraschten Ausdruck auf ihrem herzförmigen Gesicht vorstellen. Sie hatte bestimmt im selben Augenblick, als sie den Anruf annahm, angefangen, sich mit den polierten Fingernägeln durch ihr weiches blondes Haar zu fahren, vielleicht hatte sie instinktiv geahnt, dass er ihr etwas mitteilen würde, das sie nicht gern hören würde.

»Bist du in der Kanzlei?«, fragte er.

»Ich war gerade einen Kaffee trinken. Ich bin auf dem Weg …«

»Macht nichts. Ich muss dich sehen. Ich möchte mein Testament ändern. Komm vorbei. Und zwar pronto.«

Kapitel 3

Grace Pauling schaltete ihr Mobiltelefon aus. Sie hatte einen Kaffee getrunken und war nun hier, um auf Kosten der Vereinigung der Einzelhändler von Bath Champagner zu schlürfen.

»Entschuldigung«, sagte sie und warf den Leuten ringsum ein gezwungenes Lächeln zu, während sie sich einen Weg durch die Menge bahnte. Sie musste unbedingt ganz vorn sein, wo er sie sehen würde. Sie hatte dringend etwas mit ihm zu bereden. Der Rollstuhl half ein bisschen. Die Leute machten immer einen Schritt zur Seite, um einen Rollstuhl durchzulassen.

Nigel und die Leute, die den Preis überreichen würden, hatten sich schon vor dem Siegerschaufenster aufgebaut, bereit für Ansprachen und Fotos. Grace' Gedanken schlugen Purzelbäume, als sie die Auslage sah. Sie war wirklich großartig, männlich herb und doch romantisch. Sie verdrehte allen den Kopf. Grace überlegte, wer sie wohl gestaltet hatte. Nigel gewiss nicht. Der hatte keinen kreativen Knochen im Leib.

Sie warf ihm einen bedeutsamen Blick zu, der keinen Zweifel daran ließ, dass sie mit ihm sprechen wollte.

Fred Baker, der Vorsitzende des Einzelhandelsverbands von Bath, stand vor dem Schaufenster. Sein Bauch hing ihm über die Hose. Das Jackett war dunkelrot, die Hose braun. Nichts passte an seiner Kleidung so recht zusammen. Grace musste unwillkürlich an einen Zirkusdirektor in der Manege denken, wenn sie ihn ansah.

Eine adelige Dame aus Gloucester sollte den Preis überreichen. Fred Baker hielt die Laudatio und war offensichtlich fasziniert vom Klang seiner eigenen Stimme.

Auf einer Seite des Schaufensters hatte man einen Tisch aufgestellt, über den eine Leinendecke gebreitet war. Hinter einer Ansammlung von Sektflöten standen Champagnerflaschen kalt.

»In puncto Schaufensterdekorationen gibt es in Bath natürlich nur Sieger ...« Fred Bakers Worte hallten von den glatten Fassaden der Gebäude zu beiden Seiten der schmalen Straße wider.

Grace Pauling hörte nur halb hin. Sie war angespannt und machte sich Sorgen. Sie wusste, was in Mr Arnolds Testament stand. Nigel war stets einer der Haupterben gewesen. Genau wie sie. Und dann ... Sie wollte gar nicht daran denken, wer sonst noch bedacht wurde. Da drohte ein Skandal am Horizont, und zwar ein saftiger. Der dämliche alte Arsch. Genau das war Mr Arnold, nichts als ein dämlicher alter Arsch!

Nach dem breiten Grinsen auf seinem Gesicht zu urteilen, ging Nigel Tern anscheinend völlig in dieser Veranstaltung auf.

Grace Pauling überlegte, was er wohl mit dem Preisgeld vorhatte. Vielleicht mit einer seiner Damen eine kleine Italienreise machen? Bei dem bloßen Gedanken hatte sie einen Kloß im Hals. Einen sehr hässlichen Kloß. Natürlich, wenn sie Glück hatte, würde er sie fragen. »In der Horizontalen seid ihr alle gleich, Darling Grace«, hatte er eines Nachts zu ihr gesagt, als ihn die Leidenschaft übermannt hatte. Er war betrunken gewesen, hatte es aber anscheinend doch ernst gemeint, als er ihr so zu verstehen gab, es wäre ihm gleichgültig, dass sie im Rollstuhl saß. Irgendwie glaubte sie jedoch nicht, dass er sie einladen würde, diesmal nicht, obwohl inzwischen Fluggesellschaften und Hotels durchaus behindertengerecht dachten.

Grace schaute auf die Uhr. Sie hoffte, dass diese Veranstaltung nicht mehr allzu lange dauern würde. Als Spezialistin für Erbrecht hatte sie heute noch einiges zu erledigen. Das Aufsetzen von Testamenten war ein einträgliches Geschäft. Ihre Mandanten waren betuchte Leute, die die Plackerei lieber jemand anderem überließen. Sie waren auch nicht die Typen, die online nach Internetseiten suchten, die einem erklärten, wie man selbst ein Testament aufsetzt. Gott sei Dank nicht!

Zur Familie Tern hatte sie engere Beziehungen als zu den meisten anderen. Ihr Vater Josiah war Arnolds Geschäftspartner gewesen. Ihre Eltern waren zwar beide schon tot, aber sie war immer noch an den Unternehmen der Familie Tern beteiligt, speziell an dem Herrenausstatter. Sie hatte ihrem Vater versprochen, ihren Anteil niemals zu verkaufen, und das würde sie auch nie tun, nicht zu seinen Lebzeiten und nicht zu Arnolds Lebzeiten.

Endlich schaffte sie es, Nigels Blick auf sich zu lenken. Sie lächelte. Er lächelte zurück. Sie winkte ihm vorsichtig zu. Er schaute weg. Graces Mundwinkel sackten nach unten.

Ein Reporter vom *Bath Chronicle* machte sich Notizen und knipste ein paar Schnappschüsse mit Blitzlicht.

Applaus brandete auf, begleitet vom Knallen von Champagnerkorken. Zunächst wurden Gläser an alle verteilt, die an dem Wettbewerb beteiligt gewesen waren, einschließlich der Sponsoren. Dann waren noch ein paar für einige wenige Zuschauer übrig.

Grace nahm das angebotene Glas. Ihr fiel auf, dass Nigel mehr als eines runterstürzte und sein Gesicht sofort eine tiefrosa Färbung annahm. Und dass er einer Jurorin lüsterne Blicke zuwarf. Natürlich!

Die Dame war in den Vierzigern, ein bisschen jünger als Grace. Sie hatte dunkles Haar, funkelnde Augen und ein fröhliches Gesicht. Und sie schenkte Champagner in die Gläser, ohne auch nur ein einziges Tröpfchen zu verschütten.

»Hm. Ein ruhige Hand, stelle ich fest«, murmelte Grace vor sich hin.

Jemand hatte ihren Kommentar gehört. »Wenn Sie sich damit auf die Dame beziehen, die den Champagner ausschenkt, die heißt Honey Driver. Ihr gehört das Green River Hotel.«

»Ach wirklich?«

Honey genoss den Champagner. Grace schmeckte nur Säure.

Na prima. Diese gutaussehende Frau war also Hotelbesitzerin. Es war zwar kein großartiges Hotel, aber immerhin doch ein Haus von anständiger Größe mit einem guten Ruf. Grace konnte sich nicht vorstellen, was so jemand über den Einzelhandel wissen sollte. Wieso war sie also eine der Preisrichterinnen? Die kennt bestimmt jemanden, dachte sich Grace. Jemanden, der ihr einen Gefallen schuldet.

Sie musste zugeben, dass Honey Driver ein attraktiver Name war, ein attraktiver Name für eine attraktive Frau. Nigel jedenfalls fand sie eindeutig attraktiv, wich ihr nicht von der Seite, plauderte freundlich mit ihr, nahm ein weiteres Glas Champagner in Empfang.

Grace biss die Zähne zusammen.

Die Frau schaute ihm lachend in die Augen, hatte den Kopf ein wenig in den Nacken gelegt, so dass man ihren Schwanenhals sehen konnte.

Grace hielt es nicht mehr aus. Sie wandte den Blick ab, trommelte ungeduldig auf die Armlehnen ihres Rollstuhls. Sie musste dazwischengehen, und Nigels Vater hatte ihr einen Grund dazu geliefert. Er wollte sein Testament ändern. Nun, da würden Nigel doch gleich alle leidenschaftlichen Gedanken vergehen, die er vielleicht gehegt hatte!

Sie schob den Rollstuhl an den Rädern weiter. Er schoss nur so vorwärts.

»Nigel!«

Nigel und Honey schauten beide zu der Frau hinunter, die ihren Rollstuhl mit Gewalt zwischen sie gedrängt hatte.

Nachdem Honey einen Zeh unter einem der Räder hervorgezogen hatte, sagte sie: »Entschuldigung, haben Sie die Fahrprüfung für dieses Ding wirklich bestanden?«

Die Frau im Rollstuhl ignorierte sie völlig, hatte ihr Gesicht nach oben gereckt, die Augen starr auf Nigel Tern gerichtet.

»Wenn du es über dich bringen kannst, dich von deinen fünf Minuten im Scheinwerferlicht loszueisen, müssen wir miteinander reden.«

Ihr Tonfall war scharf und außerordentlich geschäftsmäßig.

Honey trat einen Schritt zurück. »Dann lasse ich Sie besser ...«

Nigel zog sie näher zu sich heran. Sein Atemhauch und seine Aufmerksamkeit umnebelten sie.

»Hören Sie, ich gebe heute Abend eine Party. Wenn Sie noch nichts vorhaben ...«

Honey hielt die Luft an, um dem Alkoholdunst zu entgehen.

»Tut mir leid. Ich habe ein Hotel zu führen.«

»Schade. Vielleicht ein anderes Mal. Zum Abendessen?« Er war ganz Aufmerksamkeit. Er war der Typ, der unbedingt Eindruck schinden will, eine weitere Kerbe auf seinem Bettpfosten machen will.

Nigel Tern würde sich auf sie stürzen, sobald sich nur die geringste Gelegenheit dazu ergab. Da hatte Honey keinen Zweifel. Sie hatte ihm höflich auf seine Bemerkungen geantwortet, aber, klar, das war einfach nur ihre professionelle Freundlichkeit gewesen!

»Tut mir leid. Vielleicht ein andermal.«

Sie warf erst ihm, dann der Frau im Rollstuhl ein Lächeln zu. Die Blondine aber war zu sehr auf Nigel fixiert, um das zu bemerken.

»Ich bestehe darauf ...«

Obwohl seine Hände weich waren, keine Hornhaut hatten und die Fingernägel bestens manikürt waren, packte er Honey mit ziemlich starkem Griff.

»Ich muss jetzt wirklich gehen.«

»Vielleicht kann ich mal vorbeikommen? Auf einen Kaffee? Vielleicht können Sie mir dann sogar den Zimmerpreis für eine Nacht verraten.«

Von wegen.

Die Frau im Rollstuhl wurde langsam ungeduldig. »Nigel«, sagte sie in scharfem Ton. »Dein Vater hat mich angerufen.«

»Er hat sich wieder erholt?«

Obwohl Honey noch in Hörweite war, schaute Grace finster und keifte ihre Warnung.

»Es wird dich enttäuschen, dass dein Vater sich erholt hat. Das war die gute Nachricht. Die schlechte Nachricht wird dich noch sehr viel mehr enttäuschen. Dein Vater will sein Testament ändern.«

Mehr bekam Honey von dieser Unterhaltung nicht mit. Sie fand das alles hochinteressant, aber es ging sie nichts an.

»Na, was hältst du vom Gewinner?«, fragte ein Mann mit schulterlangem Haar und abgewetzten Jeans.

»Ich würde mit ihm ins Bett gehen, wenn ich könnte.«

Er lachte. »Der ist aus Vollplastik. Steif, aber unwirklich.«

Honey schnitt eine Grimasse. »Mir sind schon viele Männer wie der begegnet.«

Sie ging zu einer Ecke des Schaufensters, blieb an der Grenze zum Nachbarhaus stehen. Sie spürte seinen Blick auf sich, ehe sie ihn sah.

»Ist noch Champagner da?«

John Rees lehnte an der Regenrinne des Nachbarhauses und wirkte leicht belustigt. Er hatte sich nicht für diesen Anlass feingemacht, sondern war lieber bei seinen üblichen Jeans geblieben, der Bart war nicht gestutzt, und das Haar musste auch dringend mal wieder geschnitten werden. Ihm fehlte vielleicht insgesamt ein bisschen der letzte Schliff, aber er war unglaublich attraktiv.

Honey hielt die Flasche in die Höhe.

»Du gestattest.«

Champagner strömte perlend in die beiden Gläser, und die Luftbläschen zerplatzten einen Zentimeter unterhalb des Glasrandes.

Eine Frage musste sie ihm unbedingt stellen. »Warst du auch einer von den Preisrichtern?«

»Aber, aber. Du weißt doch, dass wir alle unsere Identität geheimhalten sollen.«

»Auch hinterher noch?«

»Nicht jeder ist ein guter Verlierer.«

Da mochte er recht haben. Man sollte besser keine Leute verprellen, wenn man im Gastgewerbe arbeitete. Diese Leute kamen nämlich, um bei ihr zu essen, zu trinken und Zimmer für Freunde und Verwandte zu reservieren. Sie schaute sich die Menschenmenge noch einmal an. Ihre Aufmerksamkeit wanderte immer wieder zu der Frau im Rollstuhl.

»Wem gilt denn dieses Stirnrunzeln?«, fragte er.

Sie deutete mit einer Kopfbewegung in die Richtung, wo Nigel Tern anscheinend ein sehr intensives Gespräch mit der Frau im Rollstuhl führte.

Dabei ging der Preis für Intensität eindeutig an die Frau. Sie schaute Nigel so durchdringend an, als würde sie ihn unter einer Steinplatte begraben, wenn er ihr nicht zuhörte.

»Kennst du die Frau da?« Honey reckte das Kinn zu der Dame im Rollstuhl.

John hatte eine geschickte Art, ihr diskret über die Schulter zu schauen und es aussehen zu lassen, als blickte er ihr in Wirklichkeit tief in die Augen.

»Siehst du sie?«

John bejahte es.

»Wer ist das?«

»Grace Pauling. Sie ist Rechtsanwältin.«

»Echt? Woher weißt du das?«

»Ich bin mal mit ihr wegen eines Anwesens aneinandergeraten, das ich kaufen wollte. Sie vertrat die Gegenseite. Mein Rechtsanwalt und ich hatten einen Termin mit ihr. Nicht mit ihren Mandanten. Sie weigerte sich, ihren Namen zu verraten.«

»Verstehe. Immobilienanwältin im großen Stil.«

John runzelte die Stirn. »Nein, das ist sie nicht. Mein Anwalt hat mir gesagt, dass sie eigentlich Spezialistin für Erbrecht ist – du weißt schon – Testamente aufsetzen und so. Nur für ihre liebsten Mandanten bearbeitet sie auch andere Angelegenheiten – ich nehme mal an, nur für Freunde und die Familie.«

»Sie muss als junge Frau wirklich gut ausgesehen haben«, meinte Honey und drehte sich um. Als sie die Frau erneut musterte, fiel ihr auf, dass deren Gesichtsausdruck kein bisschen weniger intensiv geworden war.

John begutachtete Grace Pauling mit einem raschen Blick und schüttelte dann in einer Geste, die wohl soso lala ausdrücken sollte, den Kopf.

Honey verstand daraus, dass er noch unschlüssig war.

»Geht so, denke ich. Das soll nicht heißen, dass mich der Rollstuhl irgendwie abschreckt. Ich meine nur, dass sie meiner gegenwärtigen Gesprächspartnerin nicht das Wasser reichen kann.« Sein Grinsen war so betörend wie das freche Zwinkern, das darauf folgte.

Da Doherty bei ihr wirklich die Nummer eins war, gab

Honey dem Gespräch lieber eine andere Wendung. Besser sie ließ sich auf nichts ein.

»Weswegen der Rollstuhl?«

»Reitunfall als Kind, habe ich mir sagen lassen.«

Er legte den Kopf schief. Grace Pauling schien auf Nigel Tern einzureden, dass die Fetzen flogen.

John meinte: »So wie sie aussieht, hat sie den Herrenschneider bei den Eiern.«

Honey zuckte zusammen. »Da lasse ich ihr gern den Vortritt.«

Johns Grinsen wurden noch breiter. »Manche Kerle haben einfach mehr Glück als unsereiner.«

Es konnte ganz schön ermüdend sein, sich zu Fuß durch die Straßen von Bath zu bewegen, wenn man entschlossen war, unterwegs alle Sehenswürdigkeiten mitzunehmen. Die armen Touristen, dachte Honey, deren Füße schon weh taten, wenn sie nur von einem Geschäft zum anderen ging, um die Auslagen für einen Wettbewerb zu bewerten.

Lindsey, Mary Jane und Honeys Mutter saßen alle im Salon und tranken Kaffee. Als sie Honey kommen sahen, schenkten sie ihr auch eine Tasse ein.

»Hast du dich gut amüsiert?«, fragte Lindsey.

Honey ließ sich in einen Sessel fallen. »Ich möchte hier und jetzt kategorisch verkünden, dass besagte Preisrichterin Hannah Driver, ihren Freunden als Honey bekannt, nichts damit zu tun hat, dass beim Chocolate Soldier die Schokobrücke geschmolzen ist und bei Road Runners Racers die Fahne Feuer gefangen hat – wenn ich dort auch dem Besitzer auf den Fuß getrampelt habe.«

Gloria Cross, Honeys Mutter, die inzwischen wieder geheiratet hatte und nun Gloria White hieß, blinzelte ihre Tochter verständnislos an.

»Hat das irgendwas zu bedeuten?«

»Für ihn schon. Seine Schuhe waren ganz besonders vornehm. Ich glaube, es waren italienische. Und wenn nicht, dann waren sie aus Spanien.«

»Wirklich schade, wenn man italienische Schuhe verdreckt«, konstatierte Honeys Mutter, ehe sie einen weiteren Schluck Kaffee nahm.

»Ich konnte den Kerl nicht leiden. Der war viel zu eingebildet. Dachte, er könnte mit seiner Anmache meine Entscheidung beeinflussen.«

Ihre Mutter schaute sie stirnrunzelnd über den Tassenrand hinweg an.

»Hannah, du kannst nicht einfach durch die Welt laufen und allen auf die Füße trampeln, nur weil du sie nicht leiden kannst.«

»Ich verspreche, dass ich es nicht zur Gewohnheit werden lasse. Und dass seine Fahne Feuer gefangen hat, das hatte wirklich nichts mit mir zu tun.«

Die anderen schauten sie verdutzt an, sagten aber nichts. Niemand wollte weitere Einzelheiten über den Vorfall mit der Fahne wissen. Trotzdem war es ein merkwürdiger Zufall.

Lindsey brach das Schweigen. »Alles nicht so wichtig. Sag uns lieber, wer gewonnen hat.«

»Tern & Pauling.«

»Echt? Das überrascht mich. Ich meine, das überrascht mich wirklich *sehr*. Ich hätte nicht gedacht, dass die überhaupt eine Auslage haben. Die hatten nie eine. Nur ein vornehmes Schild vor einem zugezogenen Samtvorhang, auf dem stand, dass sie den feinen Herrn ausstatten und dass das Unternehmen seit vielen Jahrzehnten besteht.«

»Jetzt haben sie jedenfalls eine Deko. Der Sohn hat das Geschäft übernommen und schmiedet offensichtlich große Pläne.«

Lindsey grinste. »Ich hätte gedacht, dass Road Runners Boy Racers gute Gewinnchancen hätten. Ich habe das Fenster gestern angeschaut. Ich fand das richtig toll. Und der Besitzer ist auch sehr freundlich.«

Honey wusste, dass ihre Tochter Witze machte.

»Das kann ich unterschreiben. Jedes Mal, wenn ich ihn angeschaut habe, musste ich mir vorstellen, wie er mit einem Männertanga aussehen würde!« Sie schauderte. »Das reicht, um jeden abzuschrecken! Nicht, dass mein Bauchgefühl meine Entscheidung beeinflusst hätte! Ich war fair und unparteiisch, von Anfang bis Ende.«

»Obwohl du ihm auf die italienischen Slipper getrampelt hast.«

»Nur auf einen«, korrigierte Honey.

»Ich mochte den Wegelagerer am liebsten«, meldete sich Mary Jane mit einem tiefen Seufzer zu Wort. »Er erinnert mich an Sir Cedric.«

Dann tauchte sie weiter ihren Keks in den Kaffee, sobald sie diese Erklärung abgegeben hatte. Honey und ihre Tochter wechselten wissende Blicke. Sir Cedric war tot. Schon seit beinahe zweihundert Jahren. Mary Jane war jedoch der Meinung, dass sie regelmäßig mit ihm kommunizierte. Manchmal trank er sogar in ihrem Zimmer Tee mit ihr, was für ihn sehr bequem war, da er anscheinend in ihrem Kleiderschank lebte. In einem vertrauten Gespräch mit ihrer Mutter hatte Lindsey einmal angedeutet, dass Mary Jane wahrscheinlich in Sir Cedric verliebt war.

»Er ist zu alt für sie«, hatte Honey erklärt. »Etwa zweihundert Jahre zu alt.«

»Alles in allem ein ziemlich ereignisreicher Tag«, murmelte Honey, und ihre Gedanken wanderten wieder zu der Tatsache, dass mehr als ein Mann sie einladen wollte und ihr sehr deutlich gemacht hatte, dass er sie attraktiv fand. Es war toll, so bewundert zu werden, wenn man die vierzig überschritten hatte. Ehrlich gesagt, hatte sie immer gedacht, damit wäre es nun aus und vorbei. Es war schön zu wissen, dass das ganz anders war.

»Ich wüsste schon gern, wie viele von unseren Gästen, die sich die Schaufensterauslagen angesehen haben, auch für den Wegelagerer gestimmt hätten.«

»Ich fand jedenfalls, dass das die beste Deko war«, meldete sich Mary Jane zu Wort.

Das war keine große Überraschung.

Lindsey schüttelte den Kopf, ein spöttisches Lächeln auf den Lippen. »Wenn sie den Wettbewerb überhaupt bemerkt haben.«

Honey verstand, was ihre Tochter, die sich brennend für Geschichte interessierte, damit meinte. Obwohl die meisten Gäste, die im Green River wohnten, unterwegs waren, um die Freuden der Stadt Bath und ihrer unmittelbaren Umgebung zu erkunden, kamen doch ab und zu Leute, die dem Vereinigten Königreich oder Europa oder eigentlich jedem Land, in dem es Gebäude gab, die über hundert Jahre alt waren, besser keinen Besuch abstatten sollten.

»Einige unserer amerikanischen Vettern lieben Geschichte«, erwiderte Honey.

Mary Jane warf ein, dass das für sie ganz entschieden zutraf.

Dieser Augenblick der Entspannung und freundschaftlichen Verbundenheit wurde jäh unterbrochen, als Mr and Mrs Boldman mit bedrückten Gesichtern und hängenden Schultern hereingeschlichen kamen.

»Könnten wir jeder einen Kaffee bekommen? Tut uns leid, dass wir Sie stören, aber wir sind wirklich fix und fertig!«

Sie sagten es laut, baten eigentlich nicht nur um einen Kaffee, sondern machten ziemlich deutlich, dass sie erwarteten, unverzüglich bedient zu werden.

Sie wankten mit hängenden Schultern und vorsichtigen Schritten in die entfernteste Ecke des Wintergartens, als wäre der Teppich unter ihren Füßen zu hart.

»Aus Kalifornien sind die nicht«, flüsterte Mary Jane, die anscheinend die Ehre ihres Heimatstaates retten wollte. »Ich glaube, die sind aus Vermont«, fügte sie hinzu, als erklärte das alles. »Und wisst ihr was, denen gefällt es hier nicht, weil alles so alt ist.«

Gloria zuckte die Achseln. »Und warum sind sie dann hergekommen?«

»Das ist gerade in«, erklärte Mary Jane. »Damit können sie angeben, wenn sie das nächste Mal ihre Leute aus dem Country Club oder so treffen.« Sie schüttelte den Kopf. »Genau die Sorte Leute, für die ich mich wirklich schäme.«

Honey machte Anstalten, sich vom Stuhl zu erheben. »Ich geh mal besser und hole Kaffee für die beiden.«

Lindsey sprang auf. »Das mach ich.«

Mary Jane war nicht geneigt, mit ihren Landsleuten zu plaudern, und sackte auf ihrem Sessel zusammen. Es kostete sie einige Mühe, sich so klein wie möglich zu machen. Denn Mary Jane war ziemlich groß. Sie richtete ihre strahlenden blauen Augen auf Honey.

»Möchtest du zu einer Party kommen, bei der Blumengestecke angefertigt werden?«, fragte Honeys Mutter unvermittelt.

Honey war versucht, gleich nein zu sagen, dachte dann aber, das könnte eine gute Idee sein. Man konnte ja praktisch jeden Ort mit einem großen Strauß in einem schönen Topf oder in einer Vase verschönern.

»Sag mir einfach, wo und wann.«

»Gern.«

Lindsey rauschte mit dem Kaffeetablett für Mr und Mrs Boldman vorbei.

»Sind Sie Engländerin?«, hörten sie die beiden fragen.

»Ganz sicher«, antwortete Lindsey.

Honey hörte genau hin, weil sie neugierig war, was nun folgen würde. Ihre Mutter schwieg ebenfalls, und sogar Mary Jane unterbrach ihren Redefluss, um zu lauschen.

»He, haben Sie in dieser niedlichen kleinen Stadt öfter Feuerschlucker?«

Honey wäre beinahe erstickt. Feuerschlucker?

»Meine Frau hat dieses Feuerdingsda vor dem Geschäft mit dem Rennauto im Fenster gesehen. Mir hat ja der Typ in der Kniehose besser gefallen.«

Ein Mann mit Geschmack, dachte Honey. Und was seine Frau betraf – jeder, der Augen im Kopf hatte, besonders jede Frau, hätte Mrs Boldman gleich als doofes Blondchen einge-stuft –, ihr Mann hatte sie sicherlich kaum wegen ihres IQ geheiratet. Ihr Busen hatte ihn wahrscheinlich ein Vermögen gekostet!

»Chorley, Darling, du weißt doch, dass ich so altes Zeug nicht mag. Ich mag strahlend rote glänzende Sachen wie die-sen Rennwagen. Nagelneue Sachen. Keine Sachen aus alten Steinen wie dieses römische Bad und die große Häuserter-rasse oben auf dem Berg.«

Honey würgte. Die Frau war ja wirklich eine Banausin! Sie sprach vom Royal Crescent, einem Meisterwerk der Architektur!

»Sieh mal, Süße, dieses alte Zeug, wie du es nennst, gehört zum nationalen Erbe dieses Landes. Du solltest ein bisschen taktvoller sein …«

Mr Boldman schien sich alle Mühe zu geben. Seine Frau starrte ihn nur ausdruckslos an. Honey tippte, dass sie nicht wusste, was das Wort »Takt« bedeutete. Buchstabieren konnte sie es sicherlich nicht.

»Chorley, Darling, ich bin doch nur dein kleines Frau-chen«, piepste die blonde Gattin und lächelte albern.

Ihr Tonfall war zuckersüß. Honey wurde speiübel. Na gut, die Frau sah aus, als wäre sie höchstens halb so alt wie ihr Ehemann, aber ein Teenager war sie nicht mehr. Sie hatte wahrscheinlich ein, zwei Schönheits-OPs hinter sich. Da war das Alter schwer einzuschätzen. Ganz bestimmt hatte sie aber einen Hirn-Bypass.

Honey konnte sich nicht beherrschen. »Mir hat der Wegelagerer auch gefallen, Mr Boldman. Ich finde, Sie haben einen guten Geschmack. Und dieses Schaufenster hat gewonnen!«

Mr Boldman strahlte. »Das ist toll. Der Typ war klasse, wenn ich auch sagen muss, dass der Galgen die Stimmung ein wenig zu düster gemacht hat. Eine Vorahnung, was noch kommen wird – für den Wegelagerer.«

Nachdem sie Honey einen warnenden Blick zugeworfen hatte, schlang Zuckerhäschen – Mrs Boldman – ihre Arme um den Gatten und piepste ihm mit schriller Stimme ins Ohr.

»Chorley, Darling. Ich würde diesen Damen hier gern nur eine einzige winzige Frage stellen. Sie sind ja Engländerinnen, und ich bin sicher, dass sie mir sagen können, wie die Leute hier so ticken.«

Honey schluckte. Wie die Leute ticken? Wovon redete die Frau?

»Süße …«

Die Süße ignorierte ihr Goldhäschen. »Ich will doch nur wissen, was sich ihre Königliche Familie gedacht hat, als sie Windsor Castle so nah am Heathrow Airport gebaut hat. Das muss doch ein Alptraum sein!«

Großmutter, Mutter, Tochter und Mary Jane steuerten schnurstracks auf die Tür zu. Mary Jane sah aus, als hätte sie aus Versehen eine Wespe verschluckt: Die Augen traten ihr fast aus dem Kopf, der Mund war fest zugekniffen. Gloria schaute leidend. Honey und Lindsey erstickten beinahe am unterdrückten Lachen, bis sie endlich draußen und in Sicherheit waren.

Mary Jane schlug Kaffee und Kuchen auf ihrem Zimmer vor. »Obwohl ich auch noch was Stärkeres anzubieten habe. Armagnac, glaube ich. Den hat mir Cedric empfohlen.«

Ein Geist, der einem französischen Kognak empfahl, hatte etwas Tröstliches. Lindsey meinte, Sir Cedric hätte sich den aus Frankreich herüberschmuggeln lassen müssen, denn zu seinen Lebzeiten hatte ja in Kontinentaleuropa gerade ein Krieg getobt.

Wenn Sir Cedric tatsächlich viel Zeit in Mary Janes Zimmer verbrachte, musste er sich dort sehr heimisch fühlen. Denn Mary Jane hatte die Grundausstattung im nachgeahmten Regency-Stil durch einige echte Antiquitäten ergänzt.

Honey schnupperte. »Es riecht wunderbar hier.«

Lindsey schnupperte ebenfalls. »Jasmin.«

Nur Honey war nicht ihrer Meinung. »Kognak.« Allerdings steckte ihre Nase gerade im Glas.

»Mr Boldman ist Eigentümer einer Kaufhauskette«, verkündete Mary Jane. »Candy ist Gattin Numero fünf.«

Lindsey, die ihren Kognakschwenker mit beiden Händen umfangen hielt, zuckte die Achseln. »Wieso überhaupt heiraten?«

»Er kriegt sie, und sie kriegt sein Geld«, antwortete Honey. »So klar und eindeutig wäre die Lage nicht, wenn sie nur ein Verhältnis hätten.«

»Ich kenne jede Menge Männer wie ihn«, verkündete Gloria grimmig. »Die haben ihr Hirn in der Hose. Und geben ein Vermögen für Viagra aus.«

»Ja, da schlägt das Herzchen garantiert höher«, meinte Mary Jane.

»Klar doch«, murmelte Honey. »Bis zum Grab.«

Nachdem sie Mary Janes Zimmer verlassen hatte, beschloss

Honey, zu überprüfen, ob die Fenstersimse und der Tisch vor dem Bogenfenster gut abgestaubt waren. Manchmal vergaßen die Putzfrauen den, oder sie würden ihn vergessen, wenn sie nicht glaubten, dass Honey regelmäßig nachsah.

Hinter den verschlossenen Türen auf dem Korridor war kein Mucks zu hören. Honey wunderte sich, wie ruhig alles war. Sie war völlig allein. Nichts Ungewöhnliches, außer dem Jasminduft. Sie hielt Ausschau nach Blumengestecken, die sie vielleicht vergessen hatte. Es waren keine da. Sie hatte gedacht, dass dieser Duft nur in Mary Janes Zimmer zu riechen wäre – vielleicht irgendein umgefallener Parfümflakon, den sie vergessen hatte. Aber dann hätte sie dieser Duft nicht auf den Flur hinausbegleitet.

Jetzt stand sie gerade vor dem Bogenfenster am Ende des Korridors und schnupperte. Hier war der Duft stärker. Vielleicht war Candy Boldman vorhin hier vorbeigerauscht, überlegte sie. Aber dann erinnerte sie sich, dass Candy ein eher durchdringendes Parfüm trug, nichts so ein zartes wie Jasmin.

Als sie oben an der Treppe stand, war der Duft fort. Sie hielt inne und schaute über die Schulter. Sie meinte zu sehen, wie sich der Vorhang am Bogenfenster leicht bewegte, wie eine goldene Quaste leise hin und her schwang und sich die Sonnenstrahlen in den verdrillten Fäden fingen.

Zugluft, sonst nichts. In dieser alten Falle gab es jede Menge Zugluft. Trotzdem war der Duft nach Jasmin ein wenig beunruhigend.

Auf der halben Treppe wurde ihre Aufmerksamkeit auf etwas anderes gelenkt. Vor ihr auf dem Treppenabsatz sah sie den klar umrissenen Schatten der Vorhangquaste, der aussah wie die hängende Schlinge eines Henkers.

Deine Phantasie macht Überstunden, redete sie sich ein. Das kommt davon, wenn man von Wegelagerern und Galgenstricken redet.

Kapitel 4

Es war halb vier morgens, als Charlie York seinen Reinigungswagen in die Beaumont Alley schob. Das Tageslicht sickerte bereits herein, als höbe sich ein Nebel, und wenn man zufällig an derlei Dinge glaubte, dann hätte man beinahe meinen können, dass von den Simsen und Fenstern der uralten Häuser die Gespenster auf einen herabblickten.

Charlie allerdings hätte es nicht einmal bemerkt, wenn ein Dutzend keifender Hexen aus einem der Fenster geschaut hätte. Er pfiff fröhlich zu den Klängen der achtziger Jahre auf dem iPod, den ihm seine Tochter letztes Jahr zu Weihnachten geschenkt hatte. Er hatte sich die Zusammenstellung der Musik aus seiner Jugend erst kürzlich von einer illegalen Quelle im Internet heruntergeladen, die ihm jemand verraten hatte.

Und weil er niemanden stören wollte, pfiff er ein wenig leiser, sobald er mitten in der Beaumont Alley war. Zu beiden Seiten erhoben sich die fünfstöckigen Gebäude wie Felswände. Und am hintersten Ende wuchsen sie zusammen und bildeten eine Sackgasse.

Weil die Beaumont Alley wie in einem Stück gebaut war, hallten alle Geräusche laut von den Mauern der georgianischen Gebäude wider.

Ein schmaler Streifen Himmel oben passte in der Farbe mehr oder weniger zum Plattenweg unter seinen Füßen. Charlie bewegte den Besen im Rhythmus der Musik hin und her, fegte im Takt mit dem Hintergrundgesang; eine ausladende Bewegung markierte gehaltene Noten oder schallende Schlussakkorde. Nun summte er anstatt zu pfeifen, schnaufte zwischen Melodiefetzen vor Anstrengung, denn Fegen und gleichzeitig Summen war harte Arbeit.

Heute Morgen lag in der Beaumont Alley mehr Unrat als sonst herum, das meiste im Rinnstein, aber eine ziemliche Ansammlung auch vor Tern & Pauling.

Er hatte gestern den *Bath Chronicle* nicht gelesen, wusste also nichts von der Feier in der Beaumont Alley. Er grummelte vor sich hin und schimpfte über den zusätzlichen Dreck, aber was soll's, Bath war eine Stadt, die es sauberzuhalten lohnte.

Die nächste Nummer auf seinem iPod verbesserte seine Laune schlagartig. Manchmal kam er sich bei der Arbeit schon ziemlich alt vor, alt und müde. Er machte diesen Job jetzt bereits einige Jahre, beschwerte sich nie, dass er so früh aufstehen und so viele Meilen zurücklegen musste, um die Stadt zu säubern. In letzter Zeit war er allerdings öfter erschöpft gewesen.

»Ich sollte dran denken, mich zur Ruhe zu setzen«, murmelte er. Das konnte er aber noch nicht. Seine Rente würde einfach nicht reichen.

Doch plötzlich explodierte ein Feuerwerk in seinen trüben Gedanken. Seine Lieblingsmusik knallte ihm in die Ohren.

Adam Ant sang *Stand and Deliver*. Das war damals in den frühen achtziger Jahren ein Hit dieser New-Punk-Band gewesen. Die war zwar, verglichen mit einigen der anderen, ein bisschen weichlich, aber Charlie hatte sie echt toll gefunden.

Damals war er ein junger Mann gewesen und ein begeisterter Anhänger der Punk-Szene. Der Beat flutete durch seine Gedanken, trug ihn in eine Zeit zurück, als er noch keine Ehefrau, keine Tochter, keine Mietzahlungen, kein Auto hatte, für das er die Kfz-Steuer überweisen musste, ehe ihn die Polizei einbuchtete. Nichts von alldem war noch wichtig, wenn Adam Ant spielte.

»Yeah«, hauchte er. »Adam ist wieder da!«

Man hatte Adam and the Ants als romantisch bezeichnet, aber das hatte eher mit ihren phantastisch inszenierten Auftritten als mit ihrer Musik zu tun. Der Lead-Sänger hatte sich ein bisschen so angezogen und auch so ausgesehen wie Johnnie Depp als Jack Sparrow in *Piraten der Karibik*. Er hatte sich die Augen schwarz umrandet und sich bunte Streifen ins Gesicht gemalt. Und er hatte einen altmodischen Militärmantel getragen, so einen mit Messingknöpfen und Litzen, dazu eine Seidenschärpe um die schlanke Taille geschlungen und noch eine um den Arm gebunden. Seine Kniehosen waren gewöhnlich aus Satin oder Samt, die Lederstiefel reichten ihm bis über die Knie – wie bei einem richtigen Wegelagerer, und sein Haar war schwarz gewesen, unordentlich und zu einem Pferdeschwanz zusammengebunden.

Damals waren die Mädels völlig ausgerastet, wenn sie Adam Ant sahen, und schon allein deswegen hätte Charlie dieses Outfit nachgemacht, hätte er das Geld dazu gehabt. Das Problem war nur, dass er in seiner Jugend eben keins hatte. Und wenn er so was heute anziehen würde? Er lachte leise vor sich hin.

Sein Overall war ausgebeult, seine Jacke dreckig, die Stiefel mit den Stahlkappen brachten ihn beinahe um.

Diese verdammten Sicherheitsbeauftragten und ihre Regeln und Vorschriften! Die mussten ja nicht jeden Tag sechs, sieben Stunden mit den Schuhen über das Straßenpflaster latschen.

Aber jetzt waren alle Sorgen und Nöte, wenn man für Bath and North East Somerset arbeitete, verflogen. Heute Morgen war das alles völlig egal.

Breitbeinig und mit zurückgedrückten Schultern hob Charlie den Besen auf Taillenhöhe.

Für jeden Beobachter wäre es immer noch ein Besen gewesen. Für ihn war es eine Fender Stratocaster, und er spielte auf dieser Gitarre.

Die Augen halb geschlossen, spitzte er die Lippen, so ähnlich, aber nicht ganz so wie Adam, er stolzierte weiter die schmale Straße entlang, und jede Note spiegelte sich in den Bewegungen seiner Finger.

In Gedanken war er nicht mehr Charlie York, städtische Reinigungskraft im öffentlichen Raum – vornehm für Straßenfeger – mit klobigen Stiefeln und schäbiger Arbeitskleidung. Er war der hüftschwingende Augenschmaus für all die kreischenden Mädels da draußen. Er konnte ihre ausgestreckten Hände sehen, die gespreizten Finger, mit denen sie ihn zu berühren versuchten, um den Zauber und den Körper ihres Pop-Idols zu spüren.

Als er sich wieder besann, stand er im Rinnstein vor dem Laden von Tern & Pauling.

Die Hand, mit der er gerade einen Gitarrenakkord gemimt hatte, war noch hoch über seinen Kopf erhoben.

Dann öffnete er langsam seine halb geschlossenen Augen. Das zufriedene Lächeln erstarrte ihm auf den Lippen.

Wäre er betrunken oder von Drogen high gewesen, so hätte er gedacht, dass sein Traum Wirklichkeit geworden war. Aber Charlie hatte sich dieses Zeug nie genehmigt, damals nicht und heute auch nicht. Trotzdem musste er sich unwillkürlich fragen, ob er nicht vielleicht doch gestern Abend ein Bierchen zu viel getrunken hatte.

»Was zum Teufel …«

Langsam verwandelte sich die Gitarre wieder in einen Besen zurück, während er blinzelte, um zu kapieren, was er da sah.

Der Besen raschelte, als er ihn hinter sich herzog. Er blieb stehen, trat noch ein paar Schritte näher. Und dann wich er zurück.

»Verdammte Kacke! Das ist Adam!«

Er nahm immer Rücksicht auf die Nachbarn und hielt die Stimme gedämpft. Die Augen traten ihm beinahe aus dem Kopf. Adam Ant stand da im Schaufenster! Adam Ant!

Nein. Das konnte nicht sein.

Er zog sich die Stöpsel seines iPod aus den Ohren und fuhr mit dem Daumen über die Ausschaltfläche, um das blecherne Geräusch zu stoppen.

Er starrte auf die Szene in der Auslage, und seine Augen wurden immer größer, während er alle Einzelheiten in sich aufnahm – einschließlich des anderen Mannes, der unmittelbar hinter dem Wegelagerer an einer Schlinge am Galgen hing.

»Verdammte Scheiße!«, schrie er und kramte nach seinem Handy.

Kapitel 5

Die Atmosphäre im Auktionshaus Bonhams war angespannt. Heute kamen tolle Sachen zu sehr vernünftigen Preisen unter den Hammer. Es boten nicht so viele Leute mit, wie es hätten sein sollen. Manche führten das darauf zurück, dass die Rugby-Mannschaft von Bath ein Spiel in Frankreich auszutragen hatte, bei dem es um sehr viel ging. Die halbe Stadt war mit den Jungs dorthin gereist, zumindest schien es so. Wie auch immer das Spiel ausging, in Frankreich würde sicher der Wein in Strömen fließen. Viele im Auktionsraum wünschten allen nur das Beste. Sich allerdings auch. Die niedrigen Preise hörten einfach nicht auf.

Honey Driver hatte bisher ziemlich viel Glück gehabt, aber ein Los stand noch aus. Sie war in glänzender Stimmung. Sie hatte bereits ein wirklich schönes Korsett ergattert, und es sollte noch eins kommen. Sie war bereit, ihre Hand in die Luft schnellen zu lassen, wann immer die Zeit dafür reif war.

Dann rief Doherty an.

»Honey.«

»Doherty. Steve. Was hältst du von einem viktorianischen Korsett?«

»Steht mir überhaupt nicht, nicht mein Stil.«

»Vielleicht gewöhnst du dich ja dran.«

»Nur, wenn du es trägst.«

Sie lächelte ins Telefon. »Ist was?«

Doherty hatte immer einen bestimmten Tonfall, wenn ihn etwas ernsthaft beschäftigte, ganz anders, als wenn er Witze machte, wenn ihm nach Romantik zumute war oder wenn er einfach hundemüde war.

»Ich habe gehört, dass du mit diesem Schaufensterwettbewerb zu tun hattest.«

Jetzt war ihre Aufmerksamkeit vom Auktionsgeschehen völlig abgelenkt.

»Ich war in der Jury. Hat jemand behauptet, es hätte Bestechung oder irgendwie Schiebung gegeben?«

»Schlimmer. In einem der Schaufenster hat es eine Live Action gegeben – eigentlich eher eine tote Action, je nachdem, wie man es sieht. Am Galgen hinter dem ausgestopften Dick Turpin baumelte eine Leiche.«

Honey saugte zischend die Luft ein. Sie hatte sich doch nicht verhört?

»Der Wegelagerer. Der im Schaufenster von Tern & Pauling.«

»Genau. Herrenausstatter. Teurer Maßschneider. Ich könnte mir jedenfalls kein Sportjackett von denen leisten – sollte ich je eins haben wollen, versteht sich.«

Honey konnte sich Doherty nicht in einem Sportjackett vorstellen. In einer Lederjacke, das ja. Da war es beinahe leichter, sich vorzustellen, wie hinter dem Wegelagerer jemand am Galgen hing, allerdings auch viel schockierender.

»Wer ist es denn?«

»Nigel Tern, der Besitzer. Kennst du den?«

»Eigentlich nicht. Ich habe ihn bei der Preisverleihung zum ersten Mal gesehen.«

»Erster Eindruck?«

»Er hat mich mächtig angemacht. Ich habe diverse eindeutige Angebote abgelehnt.«

Ihr hatte Nigel Tern überhaupt nicht gefallen, aber es gab bestimmt Frauen, die ihn attraktiv fanden. Diese Meinung teilte sie Doherty mit.

»Ein alternder Romeo. Okay, das werde ich im Hinterkopf behalten.« Sein Tonfall war ätzend.

»Du befragst also alle, die in der Jury waren, mich einge-schlossen? Sonst noch jemanden?«

»Den Straßenfeger, der die Leiche entdeckt hat. Und ich verhöre im Augenblick die Angestellten. Der Wegelagerer steht nicht unter Verdacht.«

»Wieso sollte man jemanden vor aller Augen aufhängen? Es ist doch ziemlich klar, dass der bald gefunden wird.«

»Ich weiß, was du meinst. Die meisten Mörder geben sich große Mühe, ihre Opfer verschwinden zu lassen.«

»Es sei denn, es ist einer von den Spinnern, die damit eine Aussage machen wollen.«

»Genau. Das Opfer hing für alle bestens sichtbar da. Aller-dings hat ihn bis halb sechs heute Morgen niemand bemerkt. Da hat ihn ein Straßenfeger, der dort vorbeikam, entdeckt. Ich habe erfahren, dass du gestern zusammen mit den anderen Ju-roren bei der Preisverleihung für das beste Schaufenster warst.«

»Stimmt. Alle drei Jurymitglieder waren eingeladen. Ich weiß aber nicht, wer die anderen beiden waren. Das wollten die Organisatoren nicht verraten. Alles im Interesse eines fairen Wettbewerbs, haben sie gemeint.«

»Wir kennen die Namen der anderen. Und wir werden uns auch mit denen unterhalten.«

War John Rees einer davon gewesen? Die Frage verkniff sie sich. Doherty knirschte ohnehin immer mit den Zähnen, wenn John erwähnt wurde. Er versuchte, das nicht zu machen, aber es gelang ihm nicht. Daran konnte sie ablesen, dass er sie wirklich liebte.

»Kannst du mir verraten, wer die anderen beiden waren?«

»Irgendwann. Es scheint jedenfalls, als hätten sich alle prächtig amüsiert. John Rees war wohl auch da.«

Da war es wieder: John Rees, ihr Ersatzkandidat, falls die Beziehung mit Doherty je Schiffbruch erlitt – obwohl sie sich eigentlich sicher war, dass das nie passieren würde.

»Ich hab dir doch erzählt, dass ich da mitmache, und habe dich gefragt, ob du mitkommen willst, aber du hattest schon was anderes vor.«

»Ja, ja«, antwortete Doherty verdrossen. »Hatte ich. Auf höchsten Befehl. Ich musste zu einem Vortrag von einem Typ vom Dezernat für ungelöste Fälle, der sich über die Vernetzung mit anderen Institutionen ausgelassen hat, damit wir die historischen Informationen besser koordinieren.«

An seinem monotonen Tonfall konnte sie hören, dass ihn das wohl nicht sonderlich beeindruckt hatte.

»Schade. Es hätte dir gefallen. Wir haben Champagner getrunken.«

»Ach ja? Bei uns gab's Tee und Kekse.«

»Ich vermute, es waren keine Schokokekse dabei?«

»Doch, ein paar. Aber ich war zu spät dran. Irgend so ein Trottel hatte mein Auto mit Parkkrallen stillgelegt.«

»Oops.«

Er legte eine kleine Pause ein, ehe er sich wieder dem Mordfall widmete. »Der Wegelagerer hat also gewonnen. Ich nehme mal an, dich haben die engen Kniehosen überzeugt.«

»Und die Maske. Wenn ich eines dieser Kleider aus dem achtzehnten Jahrhundert getragen hätte, so eines mit eng geschnürter Korsage, dann hätte mein Busen gewogt, und ich wäre ohnmächtig niedergesunken.«

»Bitte jetzt keine Schwächeanfälle. Du bist eine Zeugin. Ich brauche dich noch.«

»Das will ich meinen.«

Ihre Aufmerksamkeit wanderte zwischen seinen Worten und dem Geschehen im Auktionsraum hin und her. Sie hatte bereits ein Korsett mit integriertem Büstenhalter aus den vierziger Jahren ergattert, das man damals wohl als Korselett bezeichnet hätte. Jetzt war sie noch scharf auf ein anderes Stück, allerdings nicht für ihre Sammlung, sondern für den

Eigengebrauch. Es war unglaublich, was ein altmodisches Korsett für die Figur tun konnte. Mit elastischen Einsätzen und dünnen silbrigen Metallstreifen verstärkt, glättete es die etwas knubbeligeren Stellen und sorgte dort für Form, wo man weniger üppig war. Dieses Teil war aus Satin, und die Gebote hatten inzwischen fünfundvierzig Pfund erreicht. Honey ließ die Hand sinken. Zu ihrer Überraschung war ihr aufgefallen, dass sie die naheliegendste Frage bisher noch nicht gestellt hatte.

»Habt ihr schon irgendwelche Spuren?«

»Nein. Feinde hatte er anscheinend kaum, allerdings munkelt man, dass er mit seinem Vater nicht besonders gut ausgekommen ist. Nach allem, was du und auch andere gesagt haben, sieht es so aus, als könnte es ein paar verschmähte Frauen im Hintergrund geben. Das müssen wir noch überprüfen.«

»Er hat mich zu einer Party eingeladen, um seinen Sieg zu feiern, aber ich musste ablehnen, weil ich schon was vorhatte. Ich fand ihn nicht besonders sympathisch.«

Sie fügte nicht hinzu, dass sie mit jemand anderem zum Abendessen gegangen war. Das war nicht nötig. Denn dieser Jemand war Doherty gewesen.

»Du hast gar nicht erwähnt, dass er dich eingeladen hatte.«

»Wieso auch? Ich hatte ja abgelehnt.«

»Natürlich.«

Honey erinnerte sich, dass Nigel Tern nicht besonders betrübt wirkte, weil sie ihm einen Korb gegeben hatte. Überrascht hatte sie das nicht. Sie hatte den Verdacht, dass er der Typ Mann war, der ein kleines schwarzes Notizbuch mit den Adressen seiner Herzensdamen führte. Das sagte sie Doherty.

»Ich würde mich auch nicht wundern, wenn er seine Mädels mit Noten von eins bis zehn bewertet hätte. Niedrige Bewertungen bringen die Leute ganz schön auf«, fügte sie noch hinzu. Und sie dachte dabei nicht nur an Nigel Tern.

Sie fragte sich, ob vielleicht der eine oder andere Einzelhändler sauer war, weil er nicht gewonnen hatte.

»Deine Kommentare sind zwar etwas zynisch, aber durchaus hilfreich. Irgendjemand hat ihn allem Anschein nach wirklich nicht leiden können. Ich muss mit allen reden, die bei der Preisverleihung waren, und auch mit den Gästen auf der Party später. Die hat wohl in der Cricketers Wine Bar stattgefunden.«

Honey rümpfte die Nase. »Dann bin ich wirklich froh, dass ich nicht hingegangen bin.«

Die Cricketers Wine Bar hatte eine sehr moderne Inneneinrichtung, die kaum etwas mit Cricket zu tun hatte. Das war Honey allerdings ziemlich egal. Sie hatte sich in ihrem Leben bisher nur ein einziges Cricket-Match angeschaut und es sterbenslangweilig gefunden.

»Anscheinend hat es nach einem alkoholisierten Wortgefecht eine Schlägerei gegeben.« Er seufzte. Sie konnte sich vorstellen, wie er bei der Aussicht auf einen sehr langen Tag eine Grimasse schnitt.

»Da werde ich dich wohl aufmuntern müssen, wenn ich dich das nächste Mal sehe.«

»Sag was Freches.« Seine Stimmung hatte sich ein winziges bisschen aufgehellt.

»Ich befinde mich hier in einem öffentlichen Raum«, zischte sie ins Telefon und drehte sich so weit es ging von den Leuten ringsum weg.

»Nur eine kleine Anspielung.«

Honey war es gewöhnt, blitzschnell zu reagieren. Diese Fertigkeit eignet man sich besser an, wenn man im Gastgewerbe überleben will.

»Okay. Ich biete für ein Korselett. Es hat Strapse und ist aus weißem Satin. Vierziger Jahre pur. Und ich werde es selbst tragen. Mit Strümpfen.«

Ein tiefer Seufzer kam über die Leitung. »Jetzt geht es mir schon viel besser.«

Nachdem sie über seine Pläne für den Tag geredet hatten, versprach Honey, um zwei Uhr auf die Polizeiwache in der Manvers Street zu kommen. Die anderen Juroren wurden etwa um die gleiche Zeit befragt. Honey freute sich darauf, sie kennenzulernen.

Sobald sie das Telefonat beendet hatte, verrenkte sie den Hals und schaute sich im Auktionsraum um, weil sie herausfinden wollte, wie weit die Gebote waren und ob sie das zweite Teil etwa bereits ergattert hatte.

Es machte ihr Mühe, den Gedanken an den Erhängten aus dem Kopf zu verbannen. Das hatte wohl auch mit dem finsteren Hintergrund der Auslage zu tun. Jede Menge Düsterkeit und Dramatik, das genügte, um einem kalte Schauer über den Rücken rinnen zu lassen.

Ihr Gedankengang wurde von Alistair unterbrochen, der hinter der Resopaltheke stand, an der man bezahlte, und ihr zuwinkte. Der massige rothaarige Schotte hatte einen buschigen Bart und breite Schultern und war der Kassierer des Auktionshauses. Seine Stimme und sein Gesichtsausdruck waren fröhlich.

»Ich habe bemerkt, dass Sie telefoniert haben, Mädel. Da habe ich die Auktion ein bisschen im Auge behalten und für Sie geboten. Fünfzig Pfund plus die üblichen Gebühren plus Mehrwertsteuer, ist das für Sie in Ordnung?«

»Fünfzig!« Ihre Stimme klang unwillkürlich überrascht. Sie hatte fest damit gerechnet, dass die Gebote bei dem zweiten Korselett die Hundertermarke erreichen würden. »Tausend Dank, Alistair. Ich hätte gedacht, dass ich mehr zahlen müsste. Kann ich's gleich mitnehmen?«

»Aber sicher. Robin hat's schon rübergebracht. Ich hab gesagt, ich hätte den Verdacht, dass Sie sofort losflitzen müssen, in Polizeiangelegenheiten. Hab ja gesehen, wie Sie telefoniert haben.«

Sie beäugte ihn skeptisch. »Ach was. Ein Telefonat ist doch nichts Außergewöhnliches. Aber Sie wissen doch was. Übers Buschtelefon?« In Bath breiteten sich Neuigkeiten in Windeseile aus. Manchmal war sich Honey beinahe sicher, die Buschtrommeln zu hören.

»Nein, Mädel. BBC Bristol. Die haben berichtet, dass in Bath ein Mann in einem Schaufenster erhängt aufgefunden wurde. Sonst keine Einzelheiten. Aber ich habe eine Idee, wo das passiert sein könnte.«

Honey spitzte die Lippen. »Was für ein Abgang.«

»Da fällt mir das Wort vom letzten Vorhang ein.«

»Sie haben die Auslage gesehen?«

Der mächtige rote Schopf nickte. »Ja. Wussten Sie, dass Dick Turpin nie im Leben in der Zeit von London nach York geritten sein kann, die in der Legende immer angegeben wird? Dazu hätte er den Ein-Uhr-fünfzehn-Zug von Kings Cross nehmen müssen.«

Honey lächelte. Wenn einer die Dinge wieder in die richtige Perspektive rücken konnte, dann war das Alistair. Er sprach stets in gehobenem Tonfall, hatte aber viel Humor. Und er war ein wandelndes Lexikon.

Honey fiel eine Locke ins Gesicht, als sie ihre Beute bezahlte und den Empfang quittierte.

»Kannten Sie den Toten?« Es konnte nie schaden, Alistair zu fragen, ob er jemanden kannte oder zumindest jemanden, der jemanden kannte. Alistair war stets bestens informiert, auch über die eher zwielichtigen Geschäfte in Bath, und er hatte zudem immer den niederträchtigsten Klatsch und Tratsch auf Lager.

»Eigentlich nicht. Ich trage zwar Sportjacketts, aber die habe ich alle schon ewig.«

Er schien auch zu wissen, wer was und wo kaufte. Leute, die zu Versteigerungen gehen, sind eine ganz eigene Gesellschaft und lieben saftige Gerüchte.

»Kein Klatsch und Tratsch über den Mann?«

Sie schaute ihn unter ihrem Pony hervor an. Wenn es Gerüchte gab, dann wären sie Alistair zu Ohren gekommen.

Man sah ihm die Enttäuschung an, und seine buschigen Augenbrauen zogen sich über der Nase zusammen wie zwei rothaarige Raupen.

»Ich muss leider zugeben, dass ich über den Herrn nichts von krimineller Art weiß. Es sei denn, es geht Ihnen um die eher pikanten Gerüchte?«

Honey hob die Augenbrauen. »Gab's die denn?«

»Na ja …« Alistair machte einen Schmollmund und stieß zischend die Luft aus. »War ein ziemlicher Schürzenjäger, habe ich gehört. Und er hat es gern ein bisschen übertrieben, sagt man. Clubs mit Lapdancing, Poledancing, Striplokale – ein ganz schöner Schwerenöter.«

Honey war recht zufrieden, weil der Klatsch in der Stadt mit ihrer Einschätzung von Nigel Tern übereinstimmte.

»Um der Sittsamkeit und des Anstands willen habe ich Ihre hier erworbene Unterkleidung verpackt. Wir wollen ja nicht, dass Krethi und Plethi wissen, was Sie unter Ihrem schönsten Kleid tragen werden, oder?«

Alistair hatte alles in gebrauchte Plastiktüten gestopft, die er eigens zu diesem Zweck hinter seiner Theke hortete.

»Ich habe nur vor, eines von den Teilen selbst zu tragen. Das andere ist für meine Sammlung.« Honey wollte schon gehen, aber eine Frage musste sie noch loswerden.

»Woher wussten Sie, dass ich eins davon tragen würde?«

»Sagen wir mal, ich kenne Ihren Geschmack.«

Da drängte sich gleich die nächste Frage auf.

»Wird eigentlich auch über mich getratscht?«

Ein breites Grinsen legte sich über sein Gesicht.

»Dazu kann ich unmöglich was sagen – außer vielleicht, dass es eine lange Warteschlange geben wird, sollten Sie und der Polizist sich jemals zerstreiten.«

Honey spürte, wie sie vor Vergnügen errötete. »Eine sehr lange Warteschlange?«

Er tippte sich mit dem Zeigefinger an die Nase. »Das weiß nur ich.«

Sie hätte beinahe hinzugefügt: »Und ich muss es rausfinden.« Aber sie konnte sich gerade noch beherrschen. Außerdem konnte und wollte sie sich gar nicht vorstellen, dass sie jemals Veranlassung dazu haben würde.

Die Korsetts unter den Arm geklemmt, machte sich Honey auf den Rückweg zum Green River Hotel. Die Nachricht von dem Mord war ein ziemlicher Schock für sie gewesen. Fragen und Ideen wirbelten ihr durch den Kopf. Warum hatte man Nigel Tern umgebracht? Warum hatte man ihn da im Schaufenster aufgehängt? Wie vielen Frauen hatte er nachgestellt? Wie viele erobert? Wie viele sitzenlassen? Und wie viele von den Sitzengelassenen wollten ihn umbringen? Und hatte es eine von ihnen wirklich getan?

Mit schnellen Schritten bahnte sie sich einen Weg durch die Einkaufenden und Touristen. Viele blieben stehen und schauten gebannt auf die Schaufensterauslagen. Im Chocolate Soldier schienen die Geschäfte hervorragend zu gehen. Der Besitzer stand draußen inmitten einer Gruppe von Touristen und ein paar Kindern, die nach Honeys Meinung eigentlich in der Schule hätten sein sollen.

Alan Roper sah genauso aus, wie man sich den Weihnachtsmann vorstellt: Er hatte weißes Haar, den richtigen buschigen Bart und funkelnde Augen. Und er hatte sicherlich über seinen kugelrunden Bauch hinweg seine Zehen länger nicht mehr gesehen.

Er lachte und scherzte mit allen und machte sie auf die feineren Einzelheiten seiner Auslage aufmerksam.

Honey schaute ihn an.

»Was macht die Zugbrücke?«, fragte sie.

Bei ihrem Anblick schwand seine fröhliche Laune sofort.

»Sie waren eine von den Preisrichtern.«

»Stimmt. Ich habe Ihre Auslage sehr bewundert.«

»Aber wir haben nicht gewonnen«, blaffte er.

Honey versuchte ihn zu beschwichtigen. »Es war eine sehr knappe Entscheidung.«

Die finstere Miene blieb. »Aber gewonnen haben wir nicht.«

Honey schaute sich die Menschenmenge an, die um die Auslage herumwuselte.

»Nun, hier ist doch auch so ziemlich viel los, obwohl Sie nicht gewonnen haben.«

»Die fünftausend Pfund hätte ich aber gut gebrauchen können«, grummelte er. »Haben Sie eine Vorstellung, wie hoch die Immobiliensteuer ist, die ich für diesen Laden an die Stadt zahlen muss, ganz zu schweigen von der Miete …«

Er schimpfte leise weiter. Honey wäre am liebsten gleich wieder gegangen, aber sie musste noch herausfinden, ob er schon von Nigel Terns Tod gehört hatte.

»Der Besitzer des Ladens, der gewonnen hat, ist tot. Aufgehängt in seinem eigenen Schaufenster.«

»Oje. Das ist aber traurig.«

Alan Ropers Tonfall verriet laut und deutlich, dass er das sarkastisch meinte.

»Ihr Tonfall überrascht mich, Mr Roper. Ob Sie nun Nigel Tern mochten oder nicht, ich finde es gefühllos, dass Sie eine solche Einstellung an den Tag legen, nur weil er den Wettbewerb gewonnen hat.«

Zwei blaue Augen funkelten sie an. »Das glauben Sie wirklich? Dass meine Einstellung bloß damit zu tun hat, dass er den Wettbewerb gewonnen hat?«

»Ist das etwa nicht so?«

»Verdammte Scheiße, darauf können Sie Gift nehmen!«

Einige Eltern hielten, als sie seine lauten Schimpfworte hörten, ihren Kindern die Ohren zu. Die Kleinen grinsten. Es sah ganz danach aus, als hätten sie einen Riesenspaß.

Obwohl Alans Haltung sie ein wenig einschüchterte, wich Honey keinen Zentimeter. »Hätten Sie was dagegen, mir das zu erklären?«

Daraufhin murmelte der mittsommerliche Weihnachtsmannersatz ein paar ziemlich zweifelhafte Flüche vor sich hin. Die Eltern, die das hörten, zerrten ihre Kinder weg. Natürlich war Protestgeheul die Folge, aber der Chocolate Soldier war nicht das einzige Pralinengeschäft der Stadt. Wenn auch sicher das einzige mit einer so tollen Schaufensterauslage.

Alan kniff die Augen zusammen und stieß sein weißbärtiges Gesicht in Honeys Richtung.

»Schon mal was von Rachman gehört?«

Honey bejahte das. »Das war doch der verbrecherische Miethai vor ein paar Jahren.«

»Genau! Damals ist der Name Rachman ein Synonym für zwielichtige Immobilientypen geworden. Nun, in Bath ist inzwischen der Name Tern gleichbedeutend mit Wuchermieten und Knebelverträgen. Tern verdient sich seinen Lebensunterhalt nicht nur als Herrenausstatter. Glauben Sie das bloß nicht! Er besitzt und vermietet Immobilien. Jede Menge Immobilien!«

Kapitel 6

Honeys Neuigkeit, dass sich Nigel Tern nicht nur als Schürzen-jäger, sondern auch als Immobilienhai betätigt hatte, stieß bei Doherty auf großes Interesse. Er versprach, der Sache nach-zugehen.

Honey erkundigte sich, ob sie ihn am Abend sehen würde.

»Ich weiß, dass wir heute Nachmittag einen Termin haben, aber ich dachte nur …«

Seine Antwort war ziemlich vage.

»Immer schön eins nach dem anderen.«

Alan Ropers bittere Enttäuschung darüber, dass er den Wettbewerb nicht gewonnen hatte, hätte Honey nicht über-raschen sollen. Man hatte sie ja gewarnt. Was sie allerdings wirklich verwundert hatte, war, dass ein Mann, der aussah wie der Weihnachtsmann, so reagieren konnte. Sein Anblick und sein Verhalten passten einfach nicht zusammen.

Wenn sie es sich recht überlegte, hatte es sie sehr gefreut, dass Julian Cunningham aus dem Rennen gewesen war, weil ein Teil seiner Auslage in Flammen aufging. Unfall oder Sabotage? An diese Möglichkeit hatte sie bisher noch gar nicht gedacht. Und was war mit der Zugbrücke an der Schokoladen-burg? Hatte da ebenfalls jemand die Hand im Spiel gehabt?

Sie notierte sich, dass sie auch den anderen Einzelhändlern ein paar bohrende Fragen stellen sollte, zum Beispiel sollte sie sich erkundigen, wie viele von ihnen Probleme mit ihren Aus-lagen gehabt hatten. Wahrscheinlich meinten sie alle, es wäre etwas nicht mit rechten Dingen zugegangen, weil sie nicht gewonnen hatten.

»Gott sei Dank«, murmelte sie vor sich hin, als sie an der

Ecke von Great Pulteney Street und Abigail Square stehenblieb.

Dieser Gedanke war ihr ganz plötzlich gekommen, und sie musste beinahe darüber lachen. Was war das denn? Sie war dankbar, dass sie keine Ladenbesitzerin war?

O ja, das war sie! Im Gastgewerbe tätig zu sein war auch nicht das Gelbe vom Ei, aber zumindest musste sie sich keine Sorgen über Schaufensterdekos machen. Sie musste auch keine Miete zahlen, denn ihr Anwesen war ihr Eigentum und nicht gepachtet. Pachten, das konnte ein echtes Minenfeld sein, das wusste sie.

Wunderbar, dachte sie und seufzte aus tiefstem Herzen, während sie das Hotel, das ihr gehörte, betrachtete, als sähe sie es zum ersten Mal. Dieses Gefühl hatte sie immer, wenn sie es anschaute. Sie liebte das Gebäude so sehr.

Das Green River Hotel stammte aus dem achtzehnten Jahrhundert und war vier Stockwerke hoch. Es hatte eine klassische Fassade mit hohen Fenstern, die unter verschnörkelten Dreiecksgiebeln hervorblitzten. Die zweiflügelige Tür lag etwas zurückgesetzt in einer breiten, von dorischen Säulen flankierten Nische. Die Säulen waren nicht original; einer der vorigen Besitzer des Hotels hatte sie auf einem Recyclinghof für Baumaterialien hier in der Nähe gefunden und fest vor das Gebäude zementiert. Niemand hatte seither versucht, sie wieder zu entfernen, und sie sahen aus, als gehörten sie dazu. Honey fand, dass sie dem Haus eine gewisse elegante Pracht verliehen. Zweifellos würde Candy Boldman aus den USA sie sofort entfernen lassen, aber die hätte sowieso am liebsten das ganze Gebäude abgerissen und durch eine Konstruktion aus blauem Glas und Stahl ersetzt.

Man hatte Nigel Tern umgebracht. Doherty hatte es ihr gesagt, aber sonst hatte noch niemand deshalb bei Honey angerufen.

Honey ließ den Blick über die Fenster schweifen, während sie auf den Anruf wartete, der einfach kommen *musste*. Er war spät dran. Sie fing an, bis zehn zu zählen, und hatte gerade die Acht erreicht, als ihr Handy klingelte.

»Honey. Ich kann einfach nicht glauben, was da im Schaufenster eines renommierten Herrenausstatters passiert ist. Wo soll das noch hinführen?«

Der Vorsitzende des Hotelfachverbands von Bath, Casper St John Gervais, hatte sie erwischt und machte seiner Entrüstung Luft.

Der letzte Satz war eine Feststellung, keine Frage; Casper war immer außer sich, wenn eine schreckliche Untat begangen wurde, insbesondere, wenn sie sich in Bath ereignet hatte. Anderswo ließen ihn Straftaten kalt.

Lindsey hatte ihn einmal als mittelalterlichen Lehnsherren beschrieben, der die Aufsicht über seine Ländereien führte und laut protestierte, wenn die Leibeigenen außer Rand und Band gerieten. Honey fand, dass er nicht ganz unrecht hatte. »Schließlich ist Bath eine Stätte des Weltkulturerbes.«

»Und daher haben wir hier wohl auch nur kultivierte Morde; die Sorte, die früher von Amateurdetektiven, die mit Vornamen Hercule oder Jane hießen, in eleganten Salons oder Bibliotheken gelöst wurden.«

Honey musste Lindsey recht geben. Casper passte in solch ein Bild. »Und er würde auch in den engen Strümpfen der mittelalterlichen Herren ziemlich gut aussehen«, hatte sie hinzugefügt. »Bei Kettenhemd und Rüstung bin ich mir allerdings nicht so sicher.«

Es würde sie nicht weiterbringen, wenn sie sich über Caspers Aussehen das Hirn zermarterte. Sie hatte noch viel zu tun. Schließlich war sie die Verbindungsfrau des Hotelfachverbands zur Kriminalpolizei. Casper hatte einen Anspruch darauf, auf dem Laufenden gehalten zu werden.

»Ja, Casper, es ist wirklich schrecklich, und bei dieser Sache bin ich besonders betroffen, weil ich ja Jurorin war.«

»Oje. Ich selbst habe dieses Ansinnen abgelehnt. Ladenbesitzer können so ehrgeizig sein!«

Honey verkniff sich die Antwort, dass man diese Eigenschaft bei Hotelbesitzern auch schon beobachtet hatte.

»Genau«, erwiderte sie, während sie sich daran erinnerte, dass man sie ja wegen ihrer Beziehungen zur Polizei in die Jury gebeten hatte.

»Ist die Polizei der Ansicht, dass Sie etwas darüber wissen?«, fragte Casper in seinem herrischsten Tonfall.

Honey kaute auf der Unterlippe, ehe sie antworte. Der Ansicht sein, das war eine typische Casper-Formulierung, eine, die er dem schlichten »meinen« jederzeit vorzog.

»Ich bin mir nicht ganz sicher, aber ich muss eine Aussage machen. Ich habe heute Nachmittag um zwei Uhr einen Termin in der Manvers Street.«

»Gibt es schon Verdächtige?«

»Soweit ich weiß, nicht. Heute Nachmittag erfahre ich bestimmt mehr, wenn die Polizei ein klareres Bild hat. Im Augenblick werden die Angestellten von Tern & Pauling, außerdem noch Leute, die bei der Preisverleihung und später auf der Party im Cricketers gewesen sind, besonders ganz spät am Abend, verhört. Ich habe mir sagen lassen, dass es ein kleines Handgemenge gegeben hat und man die Polizei gerufen hat.«

Eisiges Schweigen am anderen Ende der Leitung.

»Ich habe an der Party im Cricketers teilgenommen.« Caspers Tonfall war düster.

»Oh, natürlich.«

Sie hätte es wissen müssen. Casper war ein echter Partylöwe, besonders wenn die Wahrscheinlichkeit bestand, dass etwas gefeiert wurde, was Schlagzeilen machen konnte, und wenn es nur im *Bath Chronicle* war. Umso mehr, wenn die

Nachricht auch in der überregionalen Presse oder auf den VIP-Seiten einer schicken Zeitschrift landete.

»Wissen Sie, worum es bei dem Handgemenge ging?«, fragte Honey ihn nun.

»Ich würde niemals so tief sinken, mich mit den gewalttätigen Elementen der Kundschaft dort abzugeben. Wahrscheinlich zwei Ladenbesitzer, die keine guten Verlierer waren; darauf gehe ich jede Wette ein.«

»Und Sie wissen nicht, wer die beiden waren?«

»Nein«, antwortete er mit großer Bestimmtheit. »Ich bin früh gegangen.«

Offensichtlich wollte er mit der Sache nichts zu tun haben. Schließlich waren es ja nur zwei Ladenbesitzer gewesen. Adelige oder hochrangige Juristen oder Militärs, nun, das wäre etwas anderes gewesen.

»Tern & Pauling haben eine sehr vornehme Kundenliste«, fügte er plötzlich hinzu. »Ich verlasse mich auf Ihre Diskretion.«

»Sind Sie dort Kunde?«

»Es sind hervorragende Schneider – waren es vielmehr. Ich habe das Geschäft nicht mehr mit meiner Anwesenheit beehrt, seit Mr Tern senior, Mr Arnold Tern, sich zur Ruhe gesetzt und sein Sohn das Geschäft übernommen hat.«

»Ach ja.«

Honey hörte ein verächtliches Schnaufen, ehe Casper fortfuhr.

»Ich war mir der Qualität nicht mehr so sicher«, meinte er schließlich. »Ich hatte Gerüchte gehört, dass Tern junior das Geschäft für die allgemeine Öffentlichkeit zugänglich machen wollte – für Leute mit Geld, aber ohne Status. Sie liefern allerdings auch ans Königshaus, müssen Sie wissen.«

Es erstaunte Honey immer wieder, dass Casper es tatsächlich schaffte, nicht zu bemerken, dass heutzutage die Welt des

Klassensystems und des Landadels so gut wie ausgestorben war. Nach außen hin bemühte er sich selbstverständlich um politisch korrektes Benehmen, weil er ja ein Hotel, das La Reine Rouge Hotel, zu führen hatte und Gäste jeglicher Couleur aus aller Herren Länder zu ihm kamen.

Dass Nigel Tern auch sehr viel Immobilienbesitz gehabt hatte, ging Honey nicht aus dem Kopf. Wie viele Mieter und Pächter, überlegte sie, hatten ihm wohl schon gedroht, sie würden ihn beseitigen? Das herauszufinden war aber Dohertys Aufgabe. In der Zwischenzeit war Casper genau der richtige Mann, den man nach dem Herrenausstatter ausfragen konnte.

»Wie lange ist es her, dass Nigel Tern die Geschäfte übernommen hat?«, erkundigte sie sich.

»Ich weiß es nicht genau, aber ich denke, etwa zwei Jahre. Mr Tern senior hatte einen Schlaganfall, glaube ich, und ist mehr oder weniger ans Bett gefesselt. Ich weiß nicht, wo er wohnt und wie seine sonstigen Lebensumstände sind. Wir haben uns nicht in denselben Kreisen bewegt.«

»Sie hatten gesellschaftlich nichts mit ihm zu tun?«

»Ich glaube nicht, dass Mr Tern viel Wert auf Gesellschaft gelegt hat. Arnold Tern lebte sehr zurückgezogen. Ich habe ihn eigentlich immer nur in seinem Laden getroffen.«

»Und sein Sohn?«

»Den habe ich kennengelernt, als ich mir einen neuen Abendanzug anmessen ließ. Er hat mich tatsächlich nach meiner Meinung zu Anzügen von der Stange befragt. Ich habe ihm gesagt, ich hätte dazu keine Meinung, außer dass mir so etwas nur über meine Leiche ins Haus käme.«

Honey beendete das Gespräch, nachdem sie Casper versprochen hatte, ihn sofort anzurufen, sobald eine wichtige Entwicklung zu verzeichnen war, das heißt, wenn der Täter verhaftet war.

»Zurück an die Arbeit«, murmelte sie, während sie das Handy wieder in die Handtasche steckte und die Tüten mit den Korseletts fester unter den Arm klemmte.

Sie schaute sich das Gebäude, das ihr gehörte, noch einmal gründlich an, freute sich darüber, dass dieser Anblick für sie immer wieder das Gleichgewicht zwischen soliden Fakten und grausigen Tatsachen herstellte. Wäre sie in der Lage gewesen, sich die Auslage von Tern & Pauling noch einmal anzuschauen, so hätte sie das gemacht. Aber das war nun nicht mehr möglich. Der gesamte Bereich vor dem Schaufenster war jetzt bestimmt schon von der Polizei mit Tatortband abgesperrt. Sie hatte Nigel Tern nicht gut gekannt, aber sein Geschäft ging ihr nicht aus dem Kopf, besonders nicht der Wegelagerer, der ihren Sinn fürs Dramatische sehr angesprochen hatte.

Macht nichts, Honey, sagte sie zu sich. Lass das Problem vor der Tür und geh nach Hause. Leg die Beine hoch. Schenk dir ein Glas von irgendwas Interessantem ein. Sie überlegte, ob Mary Jane wohl noch Armagnac übrig hatte. Ein schöner Gedanke.

Die Fenster des Hotels spiegelten das Tageslicht wider, aber nicht überall. Hier und da konnte sie hindurchschauen und einen zurückgebundenen Vorhang und ab und zu einen Kronleuchter ausmachen.

Ihr Blick schweifte von einem Stockwerk zum anderen. Alle Zimmer waren inzwischen wohl saubergemacht, die Bettwäsche gewechselt, die Teppiche gesaugt, das Toilettenpapier aufgefüllt. Ein Taxi hielt vor dem Haupteingang, und zwei Leute stiegen aus. Koffer wurden aus dem Wagen genommen und ins Hotel gebracht.

Plötzlich erregte das Bogenfenster über der Vordertür Honeys Aufmerksamkeit. Eine Frau, die aussah, als trüge sie ein Nachthemd, schaute hinaus und starrte auf die Gebäude auf der anderen Straßenseite. Sie hatte die Arme ausgestreckt, als wollte sie jeden Augenblick durch die Scheiben springen und fortfliegen.

Honey stockte der Atem. Das Bogenfenster hatte ein sehr niedriges Fensterbrett, und es war kein Fenster in einem der Zimmer, sondern am Ende des Flurs im zweiten Stock.

O Gott! Die Frau würde gleich springen!

Honey raste zum Empfang, pfefferte ihre Plastiktüten auf den Tresen und rannte die Treppe hinauf, während sie Lindsey zurief, sie solle Smudger, den Chefkoch, in den zweiten Stock schicken – und zwar pronto!

Honeys Tonfall war anscheinend dringlich genug, denn Lindsey zögerte keine Sekunde.

Die Treppe in den ersten Stock war schon schlimm genug, aber nach der in den zweiten Stock, wo das Bogenfenster zur Straße hinausführte, war Honey völlig außer Puste.

Sie lehnte sich atemlos keuchend an eine Wand. Das zarte Blau des Anstrichs blendete sie fast. Eine blauweiße Vase, die beinahe chinesisch aussah, stand auf dem niedrigen Fensterbrett. Sie war ziemlich groß, und man hatte sie dort hingestellt, um die Leute davon abzuhalten, auf das Fensterbrett zu steigen und von dort auf die Straße zu schauen. Nicht dass es dort viel zu sehen gab, nur die Gebäude gegenüber und ein bisschen Grünanlage hinter der Hauptstraße nach Warminster.

»Was ist los?«

Smudger war ganz rosig im Gesicht, wahrscheinlich weil er zwei Stufen auf einmal genommen hatte – die Sache hatte sich dringlich angehört.

Honey schaute belämmert drein. »Ich war draußen auf der Straße und habe gedacht, ich hätte eine Frau gesehen, die sich jeden Augenblick aus dem Fenster stürzen würde.«

Smudger war völlig ungerührt. Er zuckte die Achseln.

»Jetzt ist niemand hier.«

»Nein. Ich habe mich geirrt. Es muss wohl diese Vase gewesen sein.«

»Oder ein rastloser Geist«, meinte Smudger mit einem leisen Lachen.

Sie weigerte sich, auf sein kesses Grinsen einzugehen.

Er stand da und schaute sie an in seiner frisch gewaschenen und steif gestärkten Kochmontur und schaute sie an. »Alles in Ordnung mit dir?«

Sie nickte. »Okay.«

»Gut«, erwiderte er und machte sich bereits wieder auf den Weg die Treppe hinunter. »Dann gehe ich mal zurück zu meinem Coq au vin. Und bitte keine hysterischen Anfälle mehr. Das wirkt sich negativ auf meine Kreativität aus.«

»Ich verspreche es dir. Es ist wohl dieser Mord, der mich so beschäftigt.«

Oder der Jasminduft in Mary Janes Zimmer. Und hier. Auf dem Flur. Da war er wieder. Diesen Gedanken behielt sie allerdings für sich.

Ein paar Stufen weiter unten hielt Smudger inne und drehte sich zu ihr um.

»Soll ich es Mary Jane erzählen?«

Honey überlegte sich seinen Vorschlag, der hoteleigenen Professorin für das Paranormale und personifizierten Modesünde davon zu berichten. Schließlich schüttelte sie den Kopf. »Nein. Ich glaube nicht. Ich habe mich geirrt. Und *ein* Gespenst im Hotel reicht ja auch wirklich.«

Kapitel 7

Um Punkt zwei Uhr sollte Honey befragt werden. Sie traf rechtzeitig ein, für diese Gelegenheit in Jeans und schwarzen Pullover gekleidet. Doherty würde nicht erwarten, dass sie sich schick machte.

»Bin ich die Erste?«

»Die Erste was?«, fragte der Sergeant am Empfang.

»Die Erste von den Leuten, die bei dem Schaufensterwettbewerb in der Jury waren.«

Der Sergeant schüttelte den Kopf. »Den Ersten haben Sie schon verpasst. Nummer drei kommt um vier.«

»Haben Sie die Namen? Sie wissen schon, nur damit ich …«

»Ich glaube nicht, dass der Boss einverstanden wäre, wenn Sie zu engen Kontakt mit den anderen Zeugen hätten, Mrs Driver. Sie wissen doch, wie er ist.«

Ja, das wusste sie. Sie wusste zudem Dinge über ihn, die niemandem in der Polizeitruppe bekannt waren. Dass er schnarchte, wenn er auf dem Rücken schlief, dass er dabei oft einen Arm über den Brustkasten geworfen hatte und sich mit der rechten Hand ans linke Ohr fasste.

Doherty umarmte sie, ehe er ihr einen Stuhl anbot.

»Kaffee?«

»Nein. Ich habe schon zu viel Kaffee intus.«

Er setzte sich lässig hin, nach vorn gelehnt, die Ellbogen auf den Schreibtisch gestützt, die Hände verschränkt. Der Schreibtisch war alt und aus Holz. Doherty stand schon länger auf der Liste und sollte einen nagelneuen mit Lederschreibplatte bekommen, wehrte sich aber nach Kräften dagegen. Er mochte den alten Holztisch. Das Ding hatte Dellen und Kratzer, aber das trug nur zu seinem Charakter bei – genau wie bei Doherty.

»Also, dann erzähle mir mal alles.«

Honey lehnte sich zurück, legte die Ferse ihres rechten Fußes auf das linke Knie.

»Man hat mich gebeten, als Jurorin bei einem Wettbewerb für Schaufensterauslagen zu fungieren.«

»Fandest du das ungewöhnlich?«

Honey überlegte. Sie hatte sich gewundert, aber die Gründe, die der Organisator vorbrachte, waren ihr schlüssig erschienen.

»Nein, eigentlich nicht. Ich meine, ich bin doch eine Frau. Ich mache gern Schaufensterbummel. Wer könnte also besser geeignet sein, festzustellen, ob eine Auslage gut ist?«

Sie wiederholte nur, was Lee ihr gesagt hatte. Das schien ihr ein ausreichender Grund zu sein. Seine Bemerkung, dass sie mit der Polizei vor Ort auf vertrautem Fuß stand, behielt sie für sich.

»Du hast Nigel Tern gesehen?«

»Ja.«

»Seid ihr euch da zum ersten Mal begegnet?«

»Ich denke schon.«

»Wann hast du die Auslage von Tern & Pauling zum letzten Mal gesehen?«

»Bei der Preisverleihung. Die Bewertung war vor dem Mittagessen, die Preisverleihung am Nachmittag.«

»Hat jemand dort irgendwie verdächtig gewirkt?«

Honey warf ihm einen ironischen Blick zu. »Nein, das glaube ich nicht.«

»War jemand offensichtlich schlecht auf Mr Tern zu sprechen?«

»Ich habe mich nach schlechten Verlierern umgeschaut, aber es schienen keine da zu sein. Meiner Meinung nach kommt es bei solchen Veranstaltungen erst zu offenen Feind-seligkeiten, wenn der Champagner ausgeht.«

Ein Hauch von einem Lächeln huschte über Dohertys Lip-pen. »Und er ist nicht ausgegangen.«

»Nein. Es war jede Menge da, für die Juroren, die Sympa-thisanten der Teilnehmer und die ganze Versammlung.« Ihre Gedanken wanderten zu der angespannten Situation, die sie zwischen Nigel Tern und der Frau im Rollstuhl beobachtet hatte. Sie beschloss, das zu erwähnen.

»Ich habe bemerkt, dass es zwischen Mr Tern und einer Frau einen spannungsgeladenen Augenblick gegeben hat.«

»Spannungsgeladen?«

»Sie hatte einen sehr verkniffenen Gesichtsausdruck, keine Spur von einem Lächeln. Nigel hatte ein beinahe versteiner-tes Grinsen auf dem Gesicht, als müsste er sich alle Mühe geben, so zu tun, als bedeutete ihm das, was sie ihm sagte, nicht das Geringste. Nichts als Stress zwischen den beiden!«

»Und du dachtest, das, was da gesagt wurde, könnte viel-leicht doch irgendwie wichtig sein?«

»Wichtig, ja, das habe ich mir überlegt. Seiner Miene nach zu urteilen, hat ihm nicht sonderlich gefallen, was sie ihm mitgeteilt hat.«

»Aber du hast nicht gehört, was gesprochen wurde?«

»Nein, das nicht. Ich war mir nur sicher, dass es nicht auf Begeisterung stieß.«

»Weißt du, wer die Frau war?«

»Ja. Grace Pauling. Sie ist wohl die Rechtsanwältin der Familie – und natürlich die Tochter von Mr Arnold Terns verstorbenem Geschäftspartner.«

Doherty spitzte die Lippen und fuhr sich mit dem Finger über das Kinn. Honey hörte das vertraute Knistern seines Dreitagebarts. Steve rasierte sich sehr ungern. Honey mochte es auch nicht, wenn er das tat. Die Bartstoppeln passten zu ihm. Genau wie enge Kniehosen zu ihm passen würden. Und eine Maske und kniehohe Reitstiefel …

»Ich gehe jetzt Mr Charles York noch ein paar weitere Fragen stellen. Das ist der Straßenfeger, der die Leiche entdeckt hat. Hast du Lust, mich zu begleiten?«

Kapitel 8

Der Geruch in Charlie Yorks Wohnung erinnerte Detective Inspector Steve Doherty daran, dass er es heute Morgen nicht mehr geschafft hatte, das Geschirr zu spülen.

Honey bemerkte sein Zögern. »Stimmt was nicht?«

Er lächelte sie an. »Ich habe an gestern Abend gedacht.«

Gestern Abend hatte er einen Salat zusammengemischt, Parmesan und ein bisschen Öl mit Knoblauch darübergegeben und die Schüssel mitten auf den Tisch gestellt. Dazu hatte es Räucherlachs gegeben, schottischen selbstverständlich. Der norwegische war zu salzig. Und Butter, Gorgonzola und dicke Scheiben knuspriges Landbrot, plus eine Flasche italienischen Landwein. Honey war bis spätabends geblieben. Sie hatten ein, zwei Stunden zusammen auf dem Teppich vor dem Kamin verbracht. Dann war sie mit dem Taxi zurück ins Green River Hotel gefahren.

Charlie York hatte auch nicht gespült. Allerdings war der Geruch hier viel strenger. Einmal geschnuppert, und schon waren die Hauptverdächtigen identifiziert: gebratener Speck, Cumberland-Würstchen, Eier, in Fett ausgebratenes Brot, Baked Beans. Doherty wusste bereits, dass Charlies Frau vor einiger Zeit verstorben war. Er verstand, wie es dem Mann gehen musste, aber trotzdem: Der Geruch war zwar frisch ziemlich appetitlich, doch nach ein paar Stunden hing er überall drin und wurde echt unangenehm.

Doherty hatte in seinem Berufsleben schon genug Gestank aller Art aushalten müssen und so perfekt die Fertigkeit entwickelt, die Nase zu verschließen und nur ganz flach zu atmen.

Charlie führte sie in sein Wohnzimmer, räumte die Zeitungen von ein paar Tagen aus dem Weg, damit sie Platz hatten, um sich hinzusetzen.

»Es muss ja ein ziemlicher Schock für Sie gewesen sein«, meinte Doherty, nachdem er eine Tasse Tee und eine Scheibe Toast abgelehnt hatte. Charlie hatte ihnen auch ein Glas mit Orangenmarmelade vor die Nase gehalten, aber Doherty war eisern geblieben. Wenn er es mit einem hässlichen Mord zu tun hatte, war er lieber fit und schlank und gemein. Und Hunger half ihm dabei. Außerdem war schon lange keine Frühstückszeit mehr. Er überlegte, ob Charlie das bemerkt hatte. So früh aufstehen zu müssen, das brachte wahrscheinlich die biologische Uhr völlig aus dem Takt.

Honey entschuldigte sich damit, dass sie gerade eine Diät machte. Sie machte immer eine Diät. Das wird einfach zur täglichen Routine, wenn man mal die vierzig überschritten hat.

Charlie ließ sich dankbar auf einen Sessel fallen, die Hände um eine Henkeltasse mit Tee geschmiegt. Doherty bemerkte, dass sie mit einem Bild von Miss Piggy geschmückt war, rosig und rund vor einem quietschgrünen Hintergrund.

Charlie nahm schlürfend einen Schluck, und seine Hände zitterten ein wenig.

»Das war ein Schock, kann man wohl sagen. Zuerst dachte ich, dass wäre eine tolle Auslage. Adam Ant! Wer hätte gedacht, dass den jemand in ein Schaufenster stellt? Einfach toll!«

Doherty runzelte die Stirn, meinte vielleicht, sich verhört zu haben.

»Adam Ant?«

»Ja, genau«, sagte Charlie mit großen Augen und nickte. »Waren Sie auch ein Fan von ihm?«

»Nein, tut mir leid, ich dachte, das in der Auslage wäre ein Wegelagerer gewesen.«

Charlie schüttelte den Kopf. »Sah mir nicht nach einem Wegelagerer aus. Das war ganz klar Adam Ant. Den hab ich im selben Augenblick gesehen, wie ich die Melodie auf dem iPod gehört hab. Ich mag ein bisschen Musik bei meinen Touren. Er hat gerade *Stand and Deliver* gesungen. Haben Sie das schon mal gehört?«

Doherty meinte, das sei ein bisschen vor seiner Zeit gewesen. Der Straßenkehrer musste so Mitte oder Ende fünfzig sein.

Charlie schüttelte nur weiter den Kopf, und seine Glubschaugen starrten ins Nichts.

Obwohl Doherty unbedingt hören wollte, was Charlie zu sagen hatte, wusste er doch, dass er ihn besser nicht drängte. Der arme Kerl war ziemlich durch den Wind, vorsichtig ausgedrückt.

»Sie haben in der Gegend niemand gesehen?«

Noch ein entschiedenes Kopfschütteln. »Nein. Um die Zeit ist kaum jemand unterwegs. Nicht mal die Tauben.« Er lachte leise, ehe er noch einen Schluck Tee trank.

»Können Sie mir sagen, wann genau Sie gemerkt haben, dass eine Leiche am Galgen baumelte?«

Doherty musterte Charlies Miene, während er auf eine Antwort wartete. Seine Aufmerksamkeit war auf die Ohren des Mannes gerichtet, die wackelten, während er sich auf seine Worte besann. Haarbüschel sprossen aus beiden Ohren, und in der Farbe und drahtigen Beschaffenheit passten sie zu denen seiner Augenbrauen. Charlie erinnerte Doherty an einen Außerirdischen aus *Krieg der Sterne*, einen von denen, die in den intergalaktischen Bars rumhingen und beinahe wie Menschen wirkten.

Charlie seufzte schwer. »Ich habe den Gehängten eigentlich erst ganz am Schluss bemerkt.«

»Am Schluss?«

»Auf meinem iPod. Es war niemand da, also habe ich auf meinem Kehrbesen ein kleines Gitarrensolo gespielt. Zurück in die Kindheit, denke ich mal«, fügte er mit einem verlegenen kleinen Lachen hinzu.

Doherty rang sich ein finsteres Lächeln ab. Wenn er mit den verzwickten Einzelheiten einer Mordermittlung zu tun hatte, kam der Humor bei ihm schon mal zu kurz. Er hatte einfach zu viel im Kopf, und dann noch der ganze Papierkram …

»Das war also am frühen Morgen.«

»So gegen halb sechs. Um die Zeit ist niemand unterwegs, wissen Sie, keine Touristen und so. Darum geht's ja, dass für die alles schön ordentlich ist.«

»Sie sind offensichtlich richtig stolz auf Ihre Arbeit.«

Charlie nickte eifrig. »Darauf können Sie wetten. Ich möchte, dass die alle mit schönen Erinnerungen an eine saubere, historische Stadt nach Hause reisen und nicht knöcheltief durch Big-Mac-Verpackungen und Zigarettenschachteln waten müssen.«

Doherty war beeindruckt, dass ein schlichter Straßenkehrer das Fegen der Gehsteige und Rinnsteine so gewissenhaft erledigte.

»Sind es immer nur Essenskartons und Zigarettenschachteln?«

Charlie rutschte auf seinem Stuhl hin und her. »Nicht immer. Die Leute werfen auch andere Sachen weg.«

»Haben Sie schon mal was Wertvolles gefunden?«

Charlie rutschte wieder unruhig hin und her, und seine strahlenden Augen wurden plötzlich ein bisschen matter. Doherty wartete und nahm wahr, dass ein vorsichtiger Zug in Charlies Miene getreten war.

»Kommen Sie schon. Mir können Sie's doch sagen. Wer's findet, dem gehört's.«

Charlie zuckte mit den Schultern. »Nichts Besonderes. Manchmal ein paar Münzen, sogar ein bisschen Papiergeld. Aber nicht Hunderte und Tausende, wohlgemerkt. Und keine Brieftaschen oder Geldbörsen! Die würde ich auch niemals behalten. Nichts, wo ein Name drinsteht. Solches Zeug bringe ich zur Polizei und geb's da bei Ihren Leuten ab. Ich bin 'ne ehrliche Haut, ganz bestimmt. Immer gewesen. Und dabei bleibt's auch.«

»Haben Sie an diesem Morgen was gefunden?«

Charlie wand sich ein bisschen, und sein Kopf schwankte auf dem mageren Hals, während er sich mühte, sein natürliches Misstrauen gegen Polizisten zu überwinden.

»Ein Fünfzig-Pence-Stück. Ein paar Pfund-Münzen.«

»Verstehe. Die haben Sie allerdings in Ihrer Aussage nicht erwähnt.«

»Hätte ich das machen müssen?« Er riss die Augen weit auf. Er sah besorgt aus.

Doherty dachte darüber nach. »Ich frage nur, weil der Mörder vielleicht etwas fallen gelassen hat, auf dem seine Fingerabdrücke sind.«

Charlie wirkte verstört.

»Daran hatte ich noch gar nicht gedacht.« Er sprang auf. »Also, wenn Sie das durchsehen wollen, was ich in den Taschen habe …«

Seine schlabberige Hose mit den ausgebeulten Knien hing so weit unten auf den Hüften wie die Hose eines Clowns. Die Münzen klimperten, als er die Hände tief in die Hosentaschen steckte.

Honey stellte sich vor, was für Müll wohl sonst noch in diesen Taschen war. Sie jedenfalls würde da auf keinen Fall drin rumwühlen.

»Nicht nötig«, sagte Doherty und stand auf. »Sie haben das gefunden, ehe Sie die Leiche entdeckt haben. Da können wir nichts mehr machen. Das Beweismaterial – wenn es denn überhaupt welches war – ist jetzt kontaminiert.«

Sie verabschiedeten sich. Draußen überlegte Doherty, wie wohl die Herren von der Staatsanwaltschaft die Nase rümpfen würden, wenn sie Beweismaterial zu sichten hätten, das ein schmuddeliger Straßenkehrer befingert hatte, der eine Vorliebe für üppiges englisches Frühstück und für Punkbands aus den achtziger Jahren hatte, von denen diese Anwälte vielleicht noch nie was gehört hatten.

»Er ist einfach nur der Mann, der die Leiche entdeckt hat«, meinte Honey.

»Das glaube ich auch. Obwohl er ein bisschen unruhig wurde, als ich ihn gefragt habe, ob er je was Wertvolles gefunden hat.«

»Da könnte er gelogen haben, wenn auch längst nicht sicher ist, dass er was Wertvolles gefunden hat, das irgendwas mit dem Fall zu tun hat.«

»Stimmt.«

Sobald Charlie die Tür hinter Doherty zugemacht hatte, legte er die Kette vor und sperrte das Sicherheitsschloss zu. Wo er wohnte, gab es nicht viele Verbrechen, aber er fühlte sich immer sicherer, wenn er die Haustür gut verriegelt hatte.

Nachdem er sich vergewissert hatte, dass alles in Ordnung war, tappte er über den Flur in sein Wohnzimmer zurück und ging dort auf die lackierte Kiefernkommode zu, die an einer der Wände stand.

Er hatte dieses Möbelstück eines frühen Morgens aus einem Müllcontainer gerettet und auf seinem Reinigungswagen balanciert, bis seine Schicht zu Ende war.

Das war gar nicht so einfach gewesen, aber mit der Hilfe eines Freundes, den er zufällig getroffen hatte, hatte er die Kommode nach Hause gebracht, ehe er seinen Wagen ins Depot zurückschaffte.

Die Kommode sah gut aus – sie war nicht zu schwer und nicht zu groß. In den ersten paar Tagen hatte er sie immer wieder bewundern müssen. Das machte er jetzt nicht mehr. Jetzt wollte er etwas anderes bewundern.

Er zog eine Schublade auf und nahm die Uhr heraus, die er erst letzte Woche im Rinnstein gefunden hatte. Sie war schwer und offensichtlich wertvoll, und in kleinen silbernen Buchstaben prangte der Name Bulgari auf dem Zifferblatt.

Behutsam hielt er die Uhr mit beiden Händen und schmatzte mit den Lippen, während sein Herz vor Entzücken höher schlug.

Es war ihm schwergefallen, vor dem Polizisten nicht mit dieser Uhr anzugeben, aber dann hätte er sie ja vielleicht nicht mehr. Eine verlorene Brieftasche oder Geldbörse bei der Polizei abzugeben, das war eine Sache. Eine Uhr war etwas ganz anderes.

Wie eine Elster fühlte sich Charlie zu blitzenden Gegenständen hingezogen. Wenn er die Uhr abgegeben hätte, wäre sie nur im Fundbüro der Polizeiwache in der Manvers Street gelandet und nie wieder aufgetaucht – zumindest er hätte sie nicht mehr zu sehen bekommen. Vielleicht wäre sie für einen Bruchteil ihres Wertes versteigert worden. Das machten sie doch mit den Fundsachen, wenn niemand sie abholen kam. Selbst dann, überlegte er, wäre der Preis wohl über seine Verhältnisse gegangen. Straßenkehrer verdienten nicht genug, um sich solche Luxusdinge zu kaufen.

Er hatte die Uhr auf der Treppe am Ende der Beaumont Alley gefunden. Das bedeutete also, dass sie mit dem Mord nichts zu tun hatte. Charlie redete sich das jedenfalls ein. Im innersten Herzen wusste er, dass er etwas Unrechtes tat, aber die Uhr war das Schönste, was er je gefunden hatte, und er wollte sie unbedingt behalten.

Kapitel 9

Zwei Tage später rief Doherty an und lud Honey ein, sich zusammen mit ihm bei dem Herrenausstatter umzusehen.

»Wir treffen uns gleich dort. Es sollte kein Problem sein, dass du auch mitkommst. Schließlich bist du eine Zeugin.«

Honey verwies Doherty auf ihr Gespräch mit dem überaus verärgerten Alan Roper. »Irgendwelche Neuigkeiten zum Immobilienbesitz von Nigel Tern?«

»Dem Tern Trust gehören eine ganze Menge Immobilien. Der alte Tern hat ihn begründet. Es ist noch zu früh, aber ich bin mir nicht sicher, ob das Mordopfer sehr viel über diesen Trust wusste, sondern vielmehr nur die Gewinne einstrich.«

»Die beträchtlich waren?«

»Noch sind.«

Sie hatte zu Fuß vom Hotel dorthin nicht allzu lange gebraucht. Im Augenblick waren in der Stadt hauptsächlich Touristen unterwegs. Alle anderen waren wohl noch mit der Rugby-Mannschaft in Frankreich.

Lange Schatten fielen über die Beaumont Alley und verliehen ihr eine ziemlich geheimnisvolle und sogar düstere Atmosphäre. Honey überlegte, dass dieses Schattenhafte von den noblen Kunden, die das Geschäft beehrten, wahrscheinlich sehr geschätzt wurde.

Honey betrat den Laden genau zur verabredeten Zeit. Sie warf den Kopf zurück. Ihr frisch geschnittener Bob schimmerte und schwang wie ein Metronom. Sie fühlte sich wohl mit dieser neuen Frisur. Und wartete darauf, dass Doherty eine Bemerkung dazu machen würde.

Trotz ihrer provozierenden Kopfbewegung schien der allerdings gar nichts davon mitzubekommen. Sie hätte es wissen müssen. Steve Doherty lief im Detektiv-Modus, und da wurde jede Einzelheit des Falls so präzise in seinem Kopf abgespeichert wie in der Datenbank der Polizei.

Das Innere des Geschäfts war besser beleuchtet, als Honey erwartete hätte. Es duftete nach Bienenwachs, was eigentlich seltsam war, da der größte Teil der Ladeneinrichtung aus dunkelgrauem und schwarzem Metall zu bestehen schien.

»Hallo! Ich bin Cecil Barrington, der Chefverkäufer.«

»Gibt es einen Geschäftsführer?«, fragte Doherty.

»Mr Nigel hat den Laden gemanagt.«

Der kleine Mann, der ihnen die Hand schüttelte, hatte einen rosigen Teint und nur noch sehr wenig weißes Haar. Er war stämmig und trug einen grauen Nadelstreifenanzug, ein weißes Hemd, eine burgunderrote Seidenkrawatte und schwarze Brogues. Blassblaue Augen schauten sie durch eine Goldrandbrille an. Mr Barrington lächelte ein wenig zögerlich, was unter den gegebenen Umständen nicht verwunderlich war.

»Danke, dass Sie Zeit für uns haben, Mr Barrington. Haben Sie auch arrangiert, dass wir mit den anderen Angestellten reden können?«

»Ja. Mr Papendriou ist bereits hier, und Mr Rossini, der Juniorverkäufer, ist die Morgenzeitung holen gegangen.«

Doherty stellte Honey vor und sprach kurz über ihre Beteiligung an dem Wettbewerb für das schönste Schaufenster und an der Morduntersuchung.

»Ah ja«, meinte Mr Barrington. Er schien nicht sonderlich beeindruckt zu sein.

Honey vermutete, dass er etwas gegen derlei kommerzielle Unternehmungen hatte.

»Es klingt nicht so, als wären Sie damit einverstanden gewesen, dass Tern & Pauling an dem Wettbewerb teilgenommen hat, Mr Barrington.«

Er zuckte ein wenig zusammen, als Honey das fragte.

»Ich war nicht der Meinung, dass es das Richtige für uns war.«

»Aber Mr Tern hat darauf bestanden.«

»Mr Nigel war es nicht zufrieden, die Dinge so zu belassen, wie sie immer waren. Er wollte eher …« Mr Barrington holte tief Luft, »… mehr Schwung! Er meinte, er wäre es müde, vor einer rasch schwindenden Oberschicht zu katzbuckeln.«

»Und Sie waren damit nicht einverstanden«, wiederholte Honey.

»Nein, das war ich nicht. Ich bin zufällig stolz auf die langen guten Dienste, die dieses Unternehmen seiner hochrangigen Kundschaft geleistet hat. Ich bin mir nicht sicher, ob ich die Neureichen bedienen möchte – Eintagsberühmtheiten mit mehr Geld als Talent!«

Er ließ den Kopf hängen, während er diese Meinung hervorzischte. Honey kam zu dem Ergebnis, dass er auf keinen Fall der Mörder sein konnte. Er war zu klein und zu alt – es sei denn, er hätte einen Revolver in die Finger bekommen und Nigel Tern erschossen. Aber man hatte Nigel Tern nicht erschossen. Man hatte ihn aufgehängt, und der Gerichtsmediziner war zu dem Schluss gekommen, dass es Mord war – man hatte ihm nämlich den Schädel eingeschlagen, ehe man ihn aufhängte, hatte Doherty berichtet.

»Seit ich das letzte Mal hier war, haben sie gründlich umgebaut«, sagte Doherty, der im Geschäft umhergewandert war, während Honey sich mit dem ältlichen Chefverkäufer unterhielt.

»Es wurde vor einigen Monaten umgestaltet«, erwiderte Cecil Barrington.

Honey bemerkte, dass sein Mund plötzlich sehr verkniffen wirkte, als hätte er auf etwas Bitteres gebissen.

»Die Einrichtung ist sehr modern«, merkte Honey an.

»Ganz anders als damals, als ich zuletzt hier war«, fügte Doherty hinzu.

Honey machte den Mund auf.

»Nein, ich war nicht zu einer Anprobe hier. Nicht persönlich«, wandte er ein, ehe sie etwas sagen konnte.

Jetzt war die vorherrschende Farbe Grau: graue Wände, eine dunkelgraue Decke, indirekte Beleuchtung, die dieser Farbe, die sonst ein wenig leblos ausgesehen hätte, ein bisschen Wärme verlieh. Hier und da wurden die verschiedenen Grautöne durch violette Farbtupfer aufgelockert.

»Ich hätte auf Hochglanz polierte Eiche oder Mahagoni erwartet, Verkaufstheken mit Glasplatten und kleine Messingglocken überall, mit denen die Kunden die Bedienung herbeirufen können«, meinte Honey.

Cecil Barringtons verkniffener schmaler Mund wurde noch verkniffener. »Genau solche wunderschönen Holztheken hatten wir hier.«

Doherty verzog das Gesicht. »Daran erinnere ich mich noch: Holz, Messing und Glas. Ich war mit dem Polizeipräsidenten hier. Er wollte mir die Einzelheiten eines Falls erläutern, während ihm für einen Cut Maß genommen wurde. Er hatte eine Einladung in den Buckingham Palace für irgendeine Ordensverleihung, wenn ich mich recht erinnere. Es könnte auch zum Rennen in Ascot gewesen sein. Er war völlig versessen auf Pferderennen – den Sport der Könige.«

»Ich nehme an, du hast ihm moralische Unterstützung geleistet?«, fragte Honey.

»Nein. Wie gesagt, es ging um einen Fall. Wir hatten keine Zeit zu verlieren. Die Details der Angelegenheit wurden besprochen, während sie ihm die innere Beinlänge maßen.«

»Das muss aber ein bisschen störend gewesen sein«, sagte Honey.

»Ein bisschen schon. Bis dahin hatte ich noch nie Informationen von einem Polizeipräsidenten in der Unterhose entgegengenommen.«

Mr Barrington hörte geduldig zu. Er war es gewöhnt, mit allen möglichen Leuten klarzukommen. Doherty brachte ihn nicht aus der Ruhe.

»Haben Sie an der Siegesparty teilgenommen, Mr Barrington?«, erkundigte sich Doherty.

»Nein.« Mr Barringtons Wangen bebten, als er vehement den Kopf schüttelte. »Ich erhebe mich früh aus dem Schlaf, und ich lege mich gegen neun zu Bett. Ich habe Mr Tern alles Gute gewünscht und war erfreut, dass er den Preis gewonnen hatte, habe aber die Einladung zu dieser Party ausgeschlagen. Ich bin für derlei zu alt. Ich hätte dort nicht hingepasst, und außerdem war ich ja nicht damit einverstanden.«

Er schürzte die Lippen wie ein schmollendes Mädchen.

Doherty ließ nicht locker. »Kann jemand bestätigen, dass Sie zu Bett gegangen sind?«

Er nickte. »Natürlich. Meine Gattin.«

»Noch jemand? Ich meine, hat jemand gesehen, wie Sie Ihr Haus betreten haben?«

Mr Barrington runzelte die Stirn und dachte nach. »Ja«, sagte er schließlich. »Die Leute im Bus. Ich fahre immer mit dem Bus zum Geschäft und zurück. Ich habe eine Seniorenkarte, müssen Sie wissen. Ich bin über fünfundsechzig.«

Doherty nickte. »Verstehe. Noch jemand außer Ihren Mitfahrern im Bus?«

»Nun, lassen Sie mich mal überlegen.« Der Chefverkäufer, der vielleicht sein ganzes Leben lang hier gearbeitet hatte, dachte mit gerunzelter Stirn nach. »Da war noch der junge Mann aus der Autowerkstatt unter den Brückenbögen. Der junge Inder, der die ganze Zeit singt. Ahmed irgendwas?«

»Ahmed Clifford. Er kümmert sich um mein Auto«, sagte

Honey. »Er hat wirklich ein Händchen dafür, Autos wie meinen alten Citroën am Leben zu halten.«

Mr Barrington nickte. »Das stimmt. Er hat gerade am Auto von den Leuten von nebenan gearbeitet. Der Wagen gehört der Frau meines Nachbarn und ist wohl ziemlich alt. Der junge Inder kommt öfter mal vorbei, um den Motor wieder in Gang zu bringen. Ich persönlich finde ja, sie sollten das Ding verschrotten und sich ein neues Auto kaufen, aber es steht mir nicht zu, sie da zu kritisieren. Ich fahre nicht mal Auto.«

»Würde Ahmed sich daran erinnern, Sie gesehen zu haben?«, fragte Doherty.

»O ja, höchstwahrscheinlich. Ich habe mich nämlich beschwert, müssen Sie wissen«, antwortete Cecil Barrington geschraubt, und er schien dabei um mindestens zwei Zentimeter zu wachsen, während er seinem Missvergnügen Ausdruck verlieh. »Er hat wirklich sehr laut gesungen. Ich habe ihn gefragt, ob er die Lautstärke vielleicht ein wenig dämpfen könne, da ich ein Mensch mit festen Gewohnheiten bin und früh zu Bett gehe.«

»Und er ist Ihrer Bitte nachgekommen?«

Cecil schürzte die Lippen. »Nein. Er hat mir erwidert, er könne sich beim Singen besser konzentrieren, und außerdem wäre es noch sehr früh am Tag.«

»Wie spät war es denn?«

»Etwa sechs Uhr.«

»Haben Sie bemerkt, wann er aus der Werkstatt weggegangen ist?«

»Eigentlich nicht. Ich glaube jedoch, es war vor neun Uhr. Es war ein warmer Abend, und ich habe das Schlafzimmerfenster geöffnet, um ein wenig zu lüften. Meine Gattin und ich ertragen es überhaupt nicht, wenn die Luft im Schlafzimmer stickig ist.«

»Und Sie haben das Haus nicht wieder verlassen, während Ahmed noch draußen arbeitete?«

»Nein.«

»Wann etwa sind Sie eingeschlafen? Erinnern Sie sich daran?«

Mr Barrington fuhr sich mit der Handfläche über den beinahe völlig kahlen Kopf. Seine Lippen und seine Haltung hatten etwas beinahe Feminines, er wirkte wie der als Frau verkleidete Mann in den Weihnachtsmärchen.

»Ich bin sicher, dass er schon nach Hause gegangen war, als ich eingeschlafen bin. Sowohl meine Gattin als auch ich haben gut geschlafen. Ich hatte in letzter Zeit Schwierigkeiten mit dem Schlafen, wegen all der Neuerungen, auf denen Mr Nigel bestanden hat.« Mr Barrington schüttelte bedauernd den Kopf. »Wenn das nur sein armer Vater hätte sehen können ...«

»Sie meinen, Mr Tern hat die in letzter Zeit vorgenommenen Umbauten noch nicht gesehen?«

Mr Barrington verneinte und sog zischend die Luft ein, um seine Missbilligung auszudrücken.

»Nein, das hat er nicht. Als ich Mr Nigel gefragt habe, ob sein Vater mit den Maßnahmen einverstanden wäre, hat er mir erwidert, er hätte ihm freie Hand gelassen.«

»Sie haben ihm das nicht geglaubt?«

Barrington schüttelte nun so vehement den Kopf, dass seine Wangen schlabberten.

»Nein, das habe ich nicht geglaubt.«

»Wem sonst – außer ihnen, versteht sich – hat die Umgestaltung nicht gefallen?«

Mr Barrington runzelte die Stirn. »Unseren Kunden. Wir waren drauf und dran, die zu verlieren. Da bin ich mir ganz sicher.«

Doherty richtete sich auf. Er hatte während der Befragung

zu Cecil Barrington hinuntergeschaut und sich dabei ziemlich den Hals verrenkt. Er rieb sich den Nacken.

»Gut. Wenn Sie jetzt bitte Ihren Kollegen holen würden. Wie heißt er doch gleich?«

»Mr Papendriou. Er ist im Hinterzimmer und kümmert sich um die Buchhaltung.«

»Wenn Sie ihn bitte holen würden?«

Wäre der Grund für ihren Besuch in dem Geschäft nicht so ernst gewesen, sie hätten sich beide köstlich darüber amüsiert, wie Mr Barrington mit seinen kurzen Beinen Riesenschritte machte, um seine geringe Körpergröße auszugleichen. Er verschwand durch eine Tür mit der Aufschrift »Privat«. Ohne ihn wirkte der Laden plötzlich sehr leer. Keine Kunden. Kein Personal. Nur sie beide.

Honey schaute sich weiter in dem Traditionshaus um, musterte die eleganten Vitrinen, das glänzende Glas und Metall der Einrichtung.

Sie schniefte. »Mr Nigel hat die Sache ja wirklich mehr als gründlich gemacht. Ich rieche noch die frische Farbe.«

Doherty meinte, die röche er auch. »Eigentlich traurig. So war es nicht, als ich vor einiger Zeit hier war. Es war wunderbar altmodisch. Teuer und traditionsbewusst – was bedeutet, dass es nur Leuten über fünfzig, vielleicht sogar über sechzig gefallen hat.«

»Also hat Nigel Tern wohl versucht, eine breitere Kundengruppe anzusprechen. Doch ist das Grund genug, ihn umzubringen?«

»Könnte sein, aber wir wollen uns beim Mordmotiv erst mal nicht festlegen.«

Doherty strich mit den Fingern über die Manschette eines dunkel senffarbenen Jacketts. Es sah aus, als wäre es aus Kammgarn, aber da konnte Honey nur raten; Handarbeit war noch nie ihre Stärke gewesen.

»Dieses Jackett würde ich glatt tragen.«

Honey trat zu ihm, ließ die Finger über die Schultern und Arme des Jacketts gleiten. Es fühlte sich weich an.

»Das ist reine Wolle«, meinte Doherty.

»Woher weißt du das denn?«

Doherty schlug das Revers zurück und deutete auf das Wollsiegel. »Steht hier. Und auch der Preis.«

Er schnitt eine Grimasse und ließ den Ärmel des Jacketts los.

»Das ist maßgeschneidert«, meinte Honey.

»Ich habe aber kein maßgeschneidertes Portemonnaie.« Er war von dem Jackett weggetreten. Die verspiegelten Paneele, die die Schaufensterauslage verbargen, hatten seine Aufmerksamkeit erregt.

»Solltest du nicht warten, bis Mr Barrington zurückkommt?«

»Ich glaube nicht, dass er was dagegen hätte.«

Er schob eines der Paneele zur Seite, um einen Blick auf die Auslage zu werfen. Der Wegelagerer und die Jacketts in Herbsttönen waren nach wie vor an Ort und Stelle. Den Galgen hatte man zu weiteren Untersuchungen in die Forensik mitgenommen. Das Tatortband der Polizei war noch angebracht. Ein Passant schaute zum Schaufenster herein. Ein weiterer gesellte sich zu ihm. Die Nachricht von dem Mord machte offenbar die Runde. Eine weitere Sehenswürdigkeit auf der Touristenkarte, überlegte Honey.

»So!«, meinte Doherty und stieg in die Vertiefung hinter der Auslage hinunter. Jetzt war der Boden des Schaufensters ungefähr auf Hüfthöhe. Man konnte diese Ebene über eine kleine Treppe erreichen. »Nigel Tern war bereits tot, als man ihn aufknüpfte. Man hat ihm den Schädel eingeschlagen.«

»Wozu ihn dann noch im Schaufenster zur Schau stellen?«

Doherty zuckte die Achseln. »Das kann ich nur vermuten. Vielleicht hatte der Täter eine Vorliebe fürs Makabre?«

»Vielleicht wollte er jemandem eine Botschaft übermitteln. Verkünden, dass einem so was blüht, wenn man es wagt ... äh ... wagt, was immer dem Mörder nicht gefallen hat.«

»Vielen Dank, Frau Professor. Könnten Sie das etwas näher erläutern?«

Psychologische Profile waren nicht gerade Honeys Stärke, aber sie versuchte es trotzdem mal. »... wenn man es wagt, Wegelagerer zu werden?«

Doherty zog eine Augenbraue in die Höhe. »Wenn man es wagt, altmodische Sportjacketts zu tragen?«

»Und Reithosen.«

Doherty schaute sie fragend an. »Weit und breit keine Reithose zu sehen in diesem Schaufenster.«

»Weiß ich. Aber Sportjacketts hat man doch früher zur Jagd und zum Golf und so über Reithosen getragen, oder nicht?«

Doherty musste ihr eingestehen, dass sie recht haben könnte, konnte sich aber einen eigenen Kommentar nicht verkneifen.

»Ich glaube nicht, dass Mörder Botschaften verkünden. Mordmotive sind nie weit von den grundlegenden Handlungsmotiven. Habgier oder Sex. Manchmal beides. Lass uns weitermachen ...«

Sie traten vom Schaufenster weg. Doherty zog das Spiegelpaneel wieder hinter sich zu.

Sie standen mitten im Laden, als Mr Cecil Barrington mit einem hochaufgeschossenen Mann mit olivbrauner Haut durch die mit »Privat« markierte Tür hereinkam.

»Das ist Mr Papendriou. Mein Stellvertreter.«

Die Hand des zweiten Mannes war kühl, seine Finger waren spinnendürr. Sein schwarzes Haar war ölig und nach hinten gekämmt. Er roch nach Haargel.

Nach Mr Papendrious kühlem Handschlag steckte Honey

ihre Hand in die Tasche. Dort betastete sie ihre Handfläche. Sie fühlte sich feucht an. Mr Papendriou wirkte insgesamt irgendwie glitschig. Das muss aber nicht heißen, dass er ein Schurke ist, ermahnte sie sich.

Alle vier fuhren herum, als plötzlich die Ladentür heftig nach innen aufgedrückt wurde. Der Neuankömmling saß in einem Rollstuhl. Er hatte graues Haar und schaute sehr unfreundlich; seine Hände steckten in Handschuhen und lagen auf einer karierten Decke, die man ihm über die Knie gebreitet hatte.

»Da wären wir, Mr Arnold. Nur einen Augenblick, bis ich Sie alle beide hier reinbugsiert und die Tür zugemacht habe.«

Das sagte eine Frau mit haselnussbraunem Teint.

»Sie ist es gewöhnt, mit Rollstühlen umzugehen«, knurrte der alte Mann. Selbst wenn die Frau seinen Namen nicht erwähnt hätte, so hätte Honey gleich erraten, dass es sich um Mr Tern senior handeln musste. Sie vermutete auch, dass die Frau nicht nur gewöhnt war, mit Rollstühlen umzugehen, sondern auch mit übelgelaunten Patienten und übelriechenden Bettpfannen.

Ein zweiter Rollstuhl folgte, von genau der Frau selbst gefahren, die Honey bei der Preisverleihung gesehen hatte. Diese Frau hatte John Rees Grace Pauling genannt, und sie war die Tochter von George Pauling, dem Geschäftspartner der Firma Tern & Pauling.

Der alte Mann richtete den Blick auf Doherty.

»Sind Sie die Polizei?«, fragte er mit lauter, krächzender Stimme.

»Detective Inspector Doherty. Wir haben uns schon kennengelernt, als ich zu Ihnen gekommen bin und Sie über den Tod Ihres Sohnes informiert habe.«

»Ah ja. Das haben Sie. Es sind so viele Leute ein und aus gegangen. Manche mit Beileidsbekundungen, dazu noch der

Bestatter, der mich dazu bringen wollte, ein Vermögen für einen Eichensarg auszugeben. Die reine Verschwendung!«

»Honey Driver«, sagte Honey und streckte die Hand aus. »Ich würde sagen, Eiche ist auch nicht besonders umweltfreundlich.«

»Völlig egal! Denkt der, ich habe einen Geldscheißer?«

»Ich hoffe, es macht Ihnen nichts aus, dass ich hier bin, Mr Tern«, sagte Doherty. »Ich lasse nichts unversucht. Ich möchte noch einmal alles genau durchgehen. Ich verspreche Ihnen, mein Bestes zu tun, um den Mörder Ihres Sohnes zu überführen.«

Der alte Mann nickte ihm knapp zu. Er hatte einen mageren Hals, an dem die rötliche Haut lose über den Sehnen lag. Honey war überrascht, dass der Kopf nicht herunterfiel.

»Wir werden den Leichnam Ihres Sohnes so bald wie möglich freigeben.«

Mr Tern nickte noch einmal knapp zur Bestätigung. »Grace hat ihn identifiziert. Sie kennt ihn gut genug. Ich habe Ihnen ja gesagt, dass ich es nicht machen würde. Was geschehen ist, ist geschehen.« Seine Stimme klang hohl, als käme sie aus einem Metallfass.

Die Frau namens Grace Pauling gab dazu keinen Kommentar ab. Sie saß nur steif da und ließ die Arme an den Seiten ihres Rollstuhls herabhängen.

Nach Mr Terns Handschlag fühlte sich Honeys Hand nun wieder trocken an. Sie verspürte eine spontane Abneigung gegen den alten Mann, aus mehr als einem Grund. Zunächst schien er über den Tod seines Sohnes nicht sonderlich bestürzt zu sein. Zweitens nutzte er es weidlich aus, dass er im Rollstuhl saß. Anstatt zu ihrem Gesicht aufzuschauen, starrte er ganz unverhohlen auf ihren Busen.

»Wer waren Sie noch mal, junge Frau?«

Honey stellten sich die Nackenhaare auf, weil er tatsächlich in ihr Dekolleté hinein sprach. Vielleicht hatte er einen altersbedingten Tunnelblick?

»Ich bin Honey Driver. Ich arbeite mit der Polizei zusammen. Ich war auch eine der Letzten, die Ihren Sohn lebend gesehen hat, und zwar bei der Preisverleihung des Schaufensterwettbewerbs.«

»Ach wirklich.«

»Haben Sie Ihren Sohn an dem fraglichen Tag gesehen?«, erkundigte sich Doherty.

»Nein. Der Arzt hat mir ein starkes Medikament verschrieben – entweder war es das, oder mein Sohn hatte mir eine Überdosis davon verabreicht …«

»Aber, aber, Mr Tern. Es war doch nicht immer Mr Nigel, der Ihnen die Medikamente gegeben hat, und ich habe mich ganz bestimmt nicht in der Dosis geirrt.«

Wie die Frau, die den Rollstuhl schob, noch so fröhlich lächeln konnte, war Honey ein Rätsel. Sie selbst hätte dem Alten mit Freuden eine doppelte Dosis von dem Medikament verabreicht, nur um ein bisschen Ruhe vor ihm zu haben.

»Ich weiß nicht mehr viel von dem Tag, außer dass ich schließlich aufgewacht bin und mich nicht mehr so duselig gefühlt habe wie vorher. Können Sie mir was darüber sagen, was mein Sohn an dem Tag gemacht hat?«

Doherty berichtete knapp vom Preis, der Preisverleihung und der Party im Cricketers am Abend.

»Partys hat er immer gemocht, viel lieber als die Arbeit. Arbeit, daran hat er nie Geschmack gefunden, aber viel Geld ausgeben, das hat ihm Spaß gemacht. Sind Sie zu der Feier am Abend gegangen?« Die letzte Frage richtete er an Honey.

Die schüttelte den Kopf. »Nein. Ich hatte schon eine Verabredung.«

»Ich hoffe, mit einem anderen Mann.« Er musterte sie vom Scheitel bis zur Sohle. »Kann man ja verstehen. Grace ist natürlich hingegangen. Sie kann es nicht leiden, wenn sie wo nicht dabei ist, stimmt's, Grace?«

Grace wurde puterrot. »Nigel wollte, dass ich hingehe, also habe ich es getan.«

Doherty wandte seine Aufmerksamkeit der Frau im Rollstuhl zu. »Wie lange sind Sie auf der Party geblieben, Miss Pauling?«

Die Röte war noch nicht von Grace Paulings Gesicht gewichen.

»Da bin ich mir nicht sicher.«

»Wann sind Sie da gewesen?«

»Etwa um halb neun. Ja, gegen halb neun«, antwortete sie nach einigem Überlegen.

»Haben Sie selbst ein Auto, oder sind Sie mit dem Taxi hingefahren?«

»Ich habe mein Auto genommen. Es ist für mich umgebaut, und ich wollte sowieso nichts trinken.«

»Und Sie können sich nicht erinnern, wann Sie dort wieder weggegangen sind?«

Sie zuckte die Achseln, und ihre Augen schienen überall hinzuhuschen, nur nicht zu Doherty.

»Wahrscheinlich so gegen zehn. Spätestens halb elf. Zwei Stunden waren wirklich genug, und es wurde auch ziemlich laut.«

»Sie waren nicht mehr da, als das Handgemenge ausbrach und man die Polizei rief?«

Sie schüttelte den Kopf. »Nein, da war ich schon weg.«

Mr Tern lachte leise. »Grace lebte stets in der Hoffnung, dass ihr mein Sohn eines Tages ein bisschen Aufmerksamkeit schenken würde, aber das hat er nie getan. Die Ärmste wird wohl zeitlebens eine alte Jungfer bleiben.«

Die Röte auf Grace Paulings Gesicht vertiefte sich noch. »Vielleicht habe ich ja gar nicht den Wunsch, mich zu verheiraten. Hast du das je in Erwägung gezogen, Arnold?« Ihre Stimme klang wütend.

Mr Tern ignorierte sie und wandte sich stattdessen seinen Angestellten zu.

»Mr Barrington. Haben Sie und Ihre Kollegen nichts Besseres zu tun, als hier zu stehen und Maulaffen feilzuhalten?«

Cecil Barrington war die Zerknirschung in Person.

»Entschuldigen Sie vielmals, Mr Tern, aber der Herr hier hat den Wunsch geäußert, mit allen zu reden, die im Laden arbeiten oder vielleicht auf der Party waren.«

»Genau«, bestätigte Doherty.

»Ich nehme an, Sie sind nicht auf die Party gegangen«, sagte Arnold Tern und verzog seinen schlaffen Mund zu einem schiefen, gehässigen Grinsen.

Mr Barrington errötete beinahe so sehr wie Grace Pauling. »Nein, Mr Tern. Ich bin nicht hingegangen.«

Der Chefverkäufer von Tern & Pauling schien seinen Platz in der Welt zu kennen, katzbuckelte in Anwesenheit seines Arbeitgebers untertänig. Aber der Eindruck konnte natürlich täuschen. War es möglich, dass sich hinter dieser bescheidenen Dienstfertigkeit ein tiefer Groll verbarg? Das ließ sich schlecht sagen.

Arnold Terns gehässiges Grinsen wurde noch breiter. »Nein, natürlich sind Sie nicht hingegangen. Haben brav im Bettchen gelegen, mit der lieben Gattin, wie ein artiger kleiner Junge. Und Sie, Papendriou?«

»Bei allem Respekt, Mr Tern, hier stelle ich die Fragen. Mr Papendriou, waren Sie auf der Party?«, fragte Doherty.

»Nun, entschuldigen Sie mal ...«

Einen Augenblick lang versuchte der alte Mann sich aus dem Rollstuhl zu erheben. Eine Hand der Frau, die seine Krankenschwester zu sein schien, hielt ihn zurück.

Mr Papendriou verhielt sich offensichtlich nicht so untertänig wie Mr Barrington, der sich der Firma anscheinend mit Haut und Haaren verschrieben hatte.

»Na ja, Sir«, sagte der zweite Mann im Laden. »Mr Tern hat mich gefragt, ob ich noch im Geschäft bleibe und Drinks serviere, ehe alle woanders hingehen, nämlich zu der im Cricketers geplanten Veranstaltung.«

»Und das haben Sie gemacht?«

»Jawohl, Sir. Ich bin geblieben und habe hier Drinks serviert. Und dann habe ich noch abgewaschen. Als ich damit fertig war, waren die anderen alle schon zum Cricketers weitergezogen. Das ist nicht gerade mein Lieblingslokal in Bath, also hatte ich keine große Lust, ihnen zu folgen. Ich habe beschlossen, nach Hause zu gehen.«

»Leben Sie allein, Mr Papendriou?«

»Nein, ich lebe mit meinem Partner zusammen.«

»Und Ihr Partner kann sich dafür verbürgen, dass Sie den Rest der Nacht dort verbracht haben?«

»Ja. Er hat einen leichten Schlaf, ich kann Ihnen also versichern, dass er gemerkt hätte, wenn ich mich mitten in der Nacht aus dem Bett geschlichen hätte.«

Er formulierte sehr präzise. Er hatte die Arme etwa auf Taillenhöhe verschränkt.

Honey vernahm plötzlich ein leises Knurren aus der Richtung des alten Mr Tern. Sie brauchte sich gar nicht zu erkundigen, ob er die homosexuellen Vorlieben seines Angestellten billigte oder nicht. Sie vermutete, dass er heute zum ersten Mal davon gehört hatte, und überlegte, wie er wohl darauf reagieren würde. Allerdings sah es nicht so aus, als wäre Mr Papendriou an der Meinung seines Arbeitgebers gelegen. Hatte er vielleicht vor, sich woanders zu bewerben? Höchstwahrscheinlich.

Doherty wirkte rastlos. Auf keinen Fall wollte er einen Konflikt während einer Befragung.

Ein Blick, und Honey wusste, was sie zu tun hatte. Teilen und herrschen – auf ihre eigene Weise natürlich.

»Können wir uns hier irgendwo eine Tasse Tee machen?«, fragte sie mit blauäugiger Unschuldsmiene.

Mr Barrington deutete auf die Tür, durch die er gerade gekommen war. »Mr Papendriou zeigt Ihnen, wo alles ist.«

»Sie bitte auch, Mr Barrington«, sagte Doherty.

Der großgewachsene, dunkle Mr Papendriou verneigte sich aus der Taille heraus, nicht abrupt, sondern sehr geschmeidig und langsam. »Tee für alle, Sir?«, fragte er.

»Für mich ohne Zucker«, antwortete Doherty.

Arnold Tern war nicht dumm. Er funkelte Doherty an. »Egal. Den nehme ich mir später noch vor.«

Dohertys Miene war entschlossen. »Mr Tern, mir liegt mehr daran, diesen Fall zu lösen. Ihr Sohn ist ermordet worden. Das hat im Augenblick Priorität bei mir. Regeln Sie Ihre internen Angelegenheiten bitte, wenn ich hier fertig bin. Können wir uns darauf einigen?«

»Einigen?« Die Augen des alten Mannes funkelten wie die einer Schlange, die gleich auf ihre Beute losschießen wird. »Sie denken also, ich bin's gewesen? Ist Ihre Assistentin etwa deswegen Tee kochen gegangen, damit Sie mir ein paar tiefergehende Fragen stellen können?«

»Haben Sie es denn getan?«, hörte Honey Doherty sagen.

»Ich sitze im Rollstuhl! Mein Sohn hat zweimal so viel gewogen wie ich. Da hätte ich ordentlich was zu tun gehabt. Außerdem kann Edwina hier bezeugen, dass ich am Tag des Wettbewerbs im Bett lag und die ganze Nacht tief und fest geschlafen habe.«

»Edwina. Und Ihr Nachname ist …?«

»Cayford.«

Honey war inzwischen den beiden Verkäufern durch die Tür in eine kleine Küche gefolgt. Dort setzte Mr Papendriou das Teewasser auf und stellte Tassen, Untertassen, Zucker und Milch auf ein hübsches kleines Silbertablett.

»Sehr edel«, meinte sie und deutete mit dem Kopf auf das Tablett.

»Georgianisch«, sagte der große, dunkle Mann. »Die Tassen und Untertassen stammen natürlich aus einer späteren Zeit, aber sie sind aus Porzellan.«

»Keine Henkelbecher weit und breit«, sagte Honey lachend.

»Ganz gewiss nicht«, erwiderte der kleine Mr Barrington und schaute ganz entsetzt. »Wir bieten unseren Kunden Tee oder Kaffee an. Die könnten wir unmöglich in Henkelbechern servieren! Wo soll das denn hinführen?«

Honey konnte sich ein Lächeln gerade noch verkneifen.

»Also, wie lange arbeiten Sie schon hier, Mr Barrington?«, fragte sie im Plauderton.

»Fünfunddreißig Jahre. Ich habe bei Tern & Pauling angefangen, nachdem ich es bei der Armee versucht hatte.«

»Sie waren bei der Armee?« Bei seiner geringen Körpergröße erstaunte sie das.

»Ich bin ausgemustert worden. Wegen Plattfüßen.«

Also nicht wegen der Körpergröße.

»Das ist eine lange Zeit bei einem einzigen Arbeitgeber«, meinte Honey. Sie selbst hatte das Green River Hotel erst seit ein paar Jahren. Wie lange sie es noch behalten würde, wusste sie nicht. Abwechslung gibt dem Leben Würze, und das gilt für berufliche Laufbahnen wie für alles andere.

Mr Barrington sah aus, als hätte er auf eine Zitrone gebissen. »Ich bin nicht der Typ, der von einer Stelle zur anderen flattert, junge Dame. Entschuldigen Sie mich.«

Er ging durch eine andere Tür, die mit »Bad« beschriftet war.

»Machen Sie sich wegen Mr Barrington keine Sorgen«, sagte der Mann, der sich gerade um den Tee kümmerte, in seinem gedehnten, aalglatten Tonfall. »Er ist in letzter Zeit knurriger als gewöhnlich. Aber er hat auch allen Grund dazu.«

Honey schaute ihm zu, wie er das kochende Wasser in die Teekanne goss, umrührte, den Deckel aufsetzte und einen bunten Teewärmer über die Kanne stülpte. Sie hatte seit Jahren keinen Teewärmer mehr gesehen. Wer benutzte denn so was noch? Da kam ihr die Erleuchtung: Keine Teebeutel. Echte Teeblätter. English Breakfast. Darjeeling.

Sie konzentrierte sich auf Mr Papendrious Kommentar. »Hat seine Knurrigkeit was mit der Arbeit zu tun, oder hat er zu Hause Probleme?«

Mr Papendriou schaute verstohlen über die Schulter. »Sehr aufmerksam, Miss. Es ist tatsächlich die Arbeit. Mr Nigel wollte alles im Laden modernisieren, also auch das Personal. Dem jungen Rossini und mir, uns hat er zugetraut, dass wir uns anpassen könnten. Mr Barrington aber passte hier nicht mehr her. Mr Nigel hatte beschlossen, sein Arbeitsverhältnis zu beenden.«

»Ich kann gut verstehen, dass ihn das sehr knurrig gemacht hat.«

»Ja, wirklich. Mr Barrington lebt nur für die Firma Tern & Pauling.«

»Und Sie nicht?«

Seine Miene blieb unergründlich. »Dieser Job ist für mich ein Mittel zum Zweck. Ich habe ein bisschen was gespart, und dann will ich das Haus meiner Eltern in Pontypridd verkaufen. Sie sind vor ein paar Monaten gestorben, und jetzt habe ich den Erbschein bekommen. Sie haben nichts von einem Testament gehalten. Aber ich bin der einzige Sohn, also war es eigentlich ganz unkompliziert. Ich will mich selbständig machen. Ich möchte mein eigenes Geschäft, wo ich Kleidung anfertigen, nicht nur verkaufen kann.«

»Toll! Maßgeschneiderte Anzüge? Jacketts, wie Tern & Pauling sie machen?«

Mr Papendriou lächelte ein wenig aalglatt. »Ganz und gar nicht. Ich habe die Absicht, ganz spezielle Teile herzustellen – hochwertig verarbeitete Produkte für den Lederwarenmarkt.«

»Es wird ein ziemlicher Schritt sein, hier wegzugehen und sich selbständig zu machen.«

»Ich freue mich drauf. Ich habe genug davon, immer für andere zu arbeiten.«

»Wie lange sind Sie denn hier schon angestellt?«

»Drei Jahre. Das reicht.«

»Und Ihr jüngerer Kollege, Mr Rossini?«

»Erst ein Jahr, wenn ich mir auch nicht vorstellen kann, dass er es noch viel länger hier aushält. Er wäre ja vielleicht geblieben, wenn Mr Nigel noch am Leben wäre, aber ich denke, irgendwie wird er mit der alten Garde nicht so gut klarkommen – besonders mit Mr Tern senior.«

Von maßgeschneiderten Anzügen zu Lederwaren. Honey dachte über die Worte des Verkäufers nach. »Na ja, eine Handtasche muss ja so gut genäht sein wie ein Maßanzug, nehme ich an.«

Mr Papendriou wandte sich zu ihr um; er hielt mit beiden Händen das Tablett. Es sah ganz so aus, als wären außer der Teekanne auch noch die Teelöffel aus Silber, also von bester Qualität – ein bisschen wie die Kundschaft.

»Ich werde keine Handtaschen herstellen, Miss«, sagte er mit weiterhin ausdruckslosem Gesicht und monotoner Stimme. »Ich hege die Absicht, Lederwaren für die Bondage-Szene zu fertigen. Das Internet hat auf diesem Gebiet viele Möglichkeiten eröffnet.«

Honey stand mit weit offenem Mund mitten im Raum. Von Sportjacketts für die Treibjagd hin zu Stücken, die für sehr viel intimere sportliche Betätigungen gedacht waren.

Mr Papendriou blieb an der Tür stehen.

»Wenn Sie mir einen Gefallen tun könnten?«, sagte er.

Honey zwinkerte. »Gefallen?«

Das Wort blieb ihr beinahe im Halse stecken. Würde sie ihm den Gefallen tun, äußerst spärliche Lederbekleidung vorzuführen, dazu noch ein Hundehalsband mit fiesen Stacheln tragen und eine Peitsche schwingen?

»Die Tür, bitte«, erklärte er und deutete mit dem Kopf darauf. »Könnten Sie mir bitte die Tür aufhalten?«

»O ja, natürlich!«

Während die anderen Tee kochten, musste Doherty dem alten Herrn ein paar scharfe Fragen stellen.

»Mr Tern, ich habe hier noch einiges zu klären.«

»Und ich habe die Nase voll von Ihren Fragen. Ich möchte jetzt einige Zeit allein in meinem Geschäft verbringen. Ich muss meine Angestellten über die Lage informieren. Es ist sehr viel zu tun.«

»Wir können es hier machen oder auf der Wache. Wir sind dort bestens auf Rollstühle eingerichtet: Rampen, erhöhte Toiletten, alles.«

»Nur in meiner Anwesenheit«, blaffte die Frau in dem anderen Rollstuhl, ehe der alte Mann Zeit zum Antworten fand. »Ich bin seine Anwältin«, fügte sie so hochnäsig, wie sie nur konnte, hinzu, während die Adern an ihrem Hals sichtbar anschwollen.

Doherty hatte schon die ganze Zeit gespürt, dass sie ihn keine Sekunde aus den Augen ließ. Er hatte sich gefragt, ob sie vielleicht taub wäre. Jetzt wusste er, dass sie all seine Aktivitäten verfolgt und auf ihren Einsatz gelauert hatte.

»Dazu besteht keine Notwendigkeit«, antwortete er. »Mr Tern wird nicht verhaftet. Im Gegenteil: ich möchte von ihm lediglich ein paar Hintergrundinformationen, die vielleicht ein Licht auf die Motive des Mörders werfen könnten. Das könnte mir bei der Lösung des Falls behilflich sein.«

»Ich verlange, dass Sie Mr Tern nur verhören, wenn ich …«

»Halt den Schnabel, Grace«, blaffte der alte Mann. »Du bist ja hier. Oder willst du mir das Leben schwermachen und erreichen, dass sie mich auf die Wache schleifen? Also, Inspector Doherty, was wollten Sie mich fragen?«

Als die anderen mit dem Tee zurückkamen, war auch der Juniorverkäufer Mr Rossini mit den Zeitungen wieder da. Nachdem er sich wie ein verängstigtes Kaninchen im Laden umgesehen hatte, wies man ihn an, die Zeitungen da hinzulegen, wo sie hingehörten, nämlich auf ein Tischchen zwischen zwei bequemen Sesseln. Er erkundigte sich, ob er sie wie gewöhnlich vorher bügeln solle, erhielt aber die Auskunft, das könne bis später warten.

Mr Tern starrte ihn mit wässrigen, boshaften Augen an.

»Und in der Zwischenzeit halten Sie sich bereit. Ich denke, Inspector Doherty möchte auch von Ihnen ein paar Fragen beantwortet haben. Zweifellos waren Sie ja auf der Party, junger Mann. Ich wäre in Ihrem Alter jedenfalls hingegangen.«

Sein Tonfall war säuerlich, beinahe neidisch. Rossini, ein nett aussehender junger Kerl mit welligem braunem Haar und sehr blauen Augen, nickte bestätigend.

»Sind Sie lange dort geblieben?«, wollte Doherty wissen.

»Ich bin etwa um elf Uhr gegangen.«

»Waren Sie allein auf der Party?«

»Mit meiner Freundin. Mr Tern meinte, sie könnte auch mitkommen. Er sagte, sie würde die Atmosphäre ein wenig fröhlicher machen.«

Er wirkte ein bisschen verstört, als er das zugab.

Honey war Nigel Tern zwar nur ein einziges Mal begegnet, aber sie konnte sich sehr gut vorstellen, warum er gewollt hatte, dass Angelo Rossini seine Freundin mitbrachte. Nigel

Tern war ein Lustmolch erster Güte gewesen. Und nach seinem starren Blick auf Honeys Brüste zu urteilen, war der alte Herr in jungen Jahren auch nicht viel besser gewesen. Der Apfel fällt nicht weit vom Stamm.

»Waren Sie noch da, als es zu dem Handgemenge kam?«

»Ja.« Rossini war ein wenig verlegen. »Es war nicht wirklich eine Schlägerei. Eher ein Missverständnis.«

»Kannten Sie die Männer, die sich da gestritten haben?«

»Ich glaube, der eine heißt Roper, dem gehört das Schokoladengeschäft. Und dann Lee Christie. Der hat zusammen mit seiner Mutter einen Geschenkeladen, gleich beim Pavillon.«

Honey hätte sich beinahe an ihrem Tee verschluckt. »Wissen Sie, worum es bei dem Streit ging?«

»O ja«, antwortete Angelo Rossini grinsend. »Roper hat Christie beschuldigt, den Wettbewerb manipuliert zu haben. Er meinte, der erste Preis hätte ihm zugestanden.« Rossini zuckte mit den Achseln. »Es war nur ein kleines Handgemenge.«

»Handgemenge oder nicht«, meinte Doherty. »Wir werden mal mit den beiden reden.«

»Seltsam«, sagte Rossini, der immer noch grinste. »Es sollte ja eigentlich eine Feier sein, aber die Leute haben sich unaufhörlich gestritten und laut debattiert.«

Honey hielt sich nur mit Mühe zurück. Sie brannte darauf, eine Frage zu stellen. Aber das musste sie wohl Doherty überlassen.

Der runzelte die Stirn. »Warum sagen Sie das? Wer hat sich denn noch alles gestritten?«

Rossini errötete.

»Na, mach schon, Junge«, knurrte Arnold Tern. »Ich will das auch wissen.«

Angelo leckte sich die Lippen. Sein Gesicht war nach wie vor leicht gerötet, und seine Augen flackerten nervös.

»Mr Tern hat sich gestritten.«

»Mit wem?«

»Mr Nigel hatte einen erregten Wortwechsel mit Mr Frobisher ...«

»Ronald Frobisher von Frobisher & Blackwood, den Maklern?«

Angelo nickte. »Ja. Und dann noch mit ...« Diesmal hielt er den Kopf ganz starr, wollte seinen Blick nicht schweifen lassen.

»Miss Pauling«, sagte er leise.

»Er lügt!« Grace Pauling war fuchsteufelswild geworden. »Wir haben angeregt diskutiert.«

Doherty nahm sich einen Stuhl und setzte sich hin, so dass sie alle auf gleicher Höhe waren.

»Darf ich fragen, worum es ging?«

»Um das Geschäft. Ich habe ihm gesagt, er hätte mit seinem Vater reden müssen, ehe er die Veränderungen vornahm. Ich fand, das hätte sich gehört.«

»Und was hatte Mr Tern dazu zu sagen?«

»Dass es mich nichts angeht. Ich meinte, dass es im Gegenteil sehr wohl meine Angelegenheit sei. Ich bin die Anwältin der Familie und damit ...«

»Verstehe«, meinte Doherty und stand wieder auf.

Er war weit davon entfernt, den Mörder im Visier zu haben, aber ein wenig war er vorangekommen, ein paar Dinge hatte er herausgefunden.

Es waren Puzzleteile, und es würde eine Weile dauern, sie richtig zusammenzusetzen. Nicht alle würden passen, aber einige schon. Es war eine Frage der Zeit.

Zunächst hatte er herausgefunden, dass man den alten Herrn bezüglich der Umbauten im Laden nicht zu Rate gezogen hatte und dass er auch nichts von der Teilnahme am Schaufensterwettbewerb gewusst hatte. Es war zwar unwahrscheinlich, dass der Alte kräftig genug war, seinen Sohn umzubringen, aber ein Motiv hatte er. Dann waren da Mr Roper und Mr Christie. Beide standen nun auf seiner Liste »Noch zu befragen«.

Der alte Mann ahnte, was in Dohertys Gedanken vorging.

»Jawohl, ich hatte ein Motiv, Detective Inspector. Tern & Pauling liefert seit vielen Jahren hochwertige Maßbekleidung für die Oberschicht. Wir haben es nicht nötig, den Mann auf der Straße zu versorgen! Mein Sohn war ein Narr. Ein dummer Narr ohne jegliches Gefühl für Verantwortung!«

Doherty erwiderte, das hätte er verstanden.

Honey wägte die verschiedenen Möglichkeiten gegeneinander ab. Mr Roper, dem der Chocolate Soldier gehörte. Mr Christie, der Besitzer eines Ladens, wo er alles vom aufreizenden Dienstmädchen-Outfit bis zur Lederbekleidung anbot. Und dann war da noch Mr Papendriou. Der wollte sich selbständig machen und Outfits für Leute herstellen, die sich gern fesseln lassen. Wenn sie es genau bedachte, gab es überall jede Menge mögliche Querverbindungen.

Plötzlich sackte Mr Terns Kopf nach vorn. Er hielt sich die Hand vor die Augen.

»Mir ist nicht gut. Können wir die Sache abkürzen?«

Seine Krankenschwester, Edwina Cayford, schenkte ihm Tee ein, rührte viel Zucker hinein und bestand darauf, dass er die Tasse austrank.

»Ihr Blutzucker ist ganz unten. Sie brauchen jeden Tropfen.«

Zu Doherty sagte sie: »Mr Tern ist seit Wochen schwer krank. Ich glaube, für heute hat er genug. Der Schein trügt. Es war alles ein ziemlicher Schock für ihn.«

Doherty kaute auf seinen Innenwangen. Er wollte die Sache klären, aber nicht auf Kosten des alten Mannes, der vielleicht einen Rückfall erleiden würde.

Er seufzte. »Aber ich kann nicht ewig warten.«

»Das ist nicht nötig«, meinte Edwina. »Darf ich vorschlagen, dass Sie zu ihm nach Hause kommen, wenn Sie ihn weiter befragen wollen?«

Doherty nickte. »Ich denke, das geht. Ich komme vorbei, wenn mir noch etwas einfällt, das von Bedeutung für den Fall ist.«

Edwina versuchte, dem alten Mann eine weitere Tasse Tee aufzudrängen; sie bestand darauf, dass er mehr Zucker brauchte.

Arnold Tern lehnte den Tee mit einer unwirschen Geste ab. Dann setzte er sich so hin, dass er seinen Chefverkäufer besser anbrüllen konnte.

»Mr Barrington! Sobald dieser Polizist hier gegangen ist, will ich, dass Sie die Tür abschließen und das Personal zusammenrufen.«

Doherty wechselte einen überraschten und gereizten Blick mit Honey. Der alte Tern war ein absolut gerissener Scheißkerl.

Die Angestellten schauten einander mit angespannter Miene an. Honey dachte, sie würde jetzt nicht gern in ihrer Haut stecken.

Aber sie wollte jetzt nicht gehen. Eine weitere Frage brannte ihr auf der Seele.

»Darf ich Sie noch etwas fragen?«

Doherty linste sie von der Seite an. Der alte Mann seufzte und schaute sie ein wenig herablassend an.

»Was denn?«

»Die Auslage war sehr eindrucksvoll. Wessen Idee war das?«

Arnold Tern klatschte mit seiner knochigen Hand auf die Armlehne seines Rollstuhls. »Natürlich die von meinem blöden Sohn. Von wem sonst?«

Honey bohrte weiter. »Aber wer hat die Auslage entworfen?«

Alle schauten einander an. Dann gab Mr Papendriou die Antwort.

»Vasey Casey. Aus London.«

Honey wühlte in ihrer Handtasche nach dem Notizbuch. konnte es aber nicht finden. Schließlich zog sie einen Kuli und einen zerknitterten Briefumschlag heraus. Das musste reichen.

»Haben Sie eine Adresse?«

»Nein, aber ich nehme an, die ist irgendwo in Mr Terns Büro. Er hat einen Tischkalender geführt.«

»Ich glaube, den haben wir«, sagte Doherty zu Honey. »Da kriegen wir die Adresse raus.«

Zu den anderen gewandt, fügte er hinzu: »Ich glaube, ich bin hier fürs Erste fertig. Ich komme wieder, wenn sich weitere Fragen ergeben sollten. Vielen Dank für Ihre Hilfe. Wir finden schon allein raus.«

»Edwina wird hinter Ihnen zuschließen. Wenn Sie so nett wären, Edwina?« Mr Tern wirkte äußerst zufrieden. Honey überlegte, wer wohl als Erster die Axt zu spüren bekommen würde, Mr Papendriou oder Mr Barrington? Sie hegte für keinen von beiden große Hoffnung.

Die Krankenschwester reagierte rasch. Die Tür wurde hinter Honey und Doherty abgeschlossen.

Honey steckte die Hände in die Taschen. Wie Doherty, stand sie mit zurückgelegtem Kopf da und schnupperte die Stadtluft.

»Was meinst du?«

Mit steinerner Miene nickte Doherty. »Ich meine, ich bleibe bei den bewährten Dingen.«

Er strich über die Revers seiner viel getragenen Lederjacke. Sie war schwarz und an einigen Stellen schon ein bisschen abgewetzt, ein wenig mitgenommen, aber immer noch brauchbar – wie ihr Besitzer.

»Wo wir gerade von Leder reden: Mr Papendriou plant zu kündigen und sich selbständig zu machen – mit Lederwaren für die Bondage-Szene. Er meinte, er könnte damit online eine Menge Geld verdienen. Interessanterweise besitzt Lee Christie, der Mann, der sich mit Mr Roper vom Chocolate Soldier gestritten hat, ein Art Sex-Shop. Ist das ein Zufall?«

»Du warst aber fleißig!«

»Außerdem wollte Nigel Tern Mr Barrington loswerden. Er fand, er passt nicht mehr zu dem neuen, schickeren Image des Ladens, und daher wollte er ihn rauswerfen. Mr Barrington arbeitet schon sehr viele Jahre dort.«

»Dann wollen wir mal loslegen«, murmelte Doherty.

Sobald er auf der Polizeiwache angerufen und jemand gebeten hatte, Vasey Casey aufzutreiben, stiegen Honey und Doherty die Treppen am Ende der Straße hinauf zur Hauptstraße. Ihre Schritte führten sie zu Sally Lunn's. Dort bestellte Honey für Doherty ein Frühstück und für sich einen Kaffee.

»Woher weißt du, dass ich nicht gefrühstückt habe?«

»Stimmt doch, oder?«

Doherty bestätigte ihr das.

»Also, was sagt die Forensik?«

Er verschränkte die Hände vor dem Gesicht, stützte die Ellbogen auf die Tischplatte.

»Nichts Auffälliges in Sachen DNA oder Fingerabdrücke. Fingerabdrücke von den Verkäufern und von Nigel Tern, plus ein paar weitere, die sich sicher als die des Dekorateurs Vasey Casey herausstellen werden. Ein paar Fädchen und Fasern, aber da der Tatort ja ein Schneidergeschäft ist, war das nur zu erwarten.«

Sie musste lächeln. »Vasey Casey. Ganz schön schräger Name. Das kann doch nicht sein wirklicher Name sein, oder?«

Doherty zuckte die Achseln. »Nicht jeder bleibt bei dem

Namen, den er bei der Geburt bekommen hat. Manchmal ändert man was dran. Hannah.«

Honey grinste. »Touchée.«

Sie war auf den Namen Hannah getauft, aber nur ihre Mutter nannte sie noch so. Alle anderen sagten Honey zu ihr.

»Ist Vasey Casey der Name des Dekorateurs, oder heißt das Unternehmen so?«

»Keine Ahnung. Aber das finden wir raus.«

Die Kellnerin stellte Dohertys Frühstück hin. Der nahm Messer und Gabel zur Hand. Er wollte gerade loslegen, hielt aber inne, weil er spürte, dass Honeys Augen auf ihm ruhten.

»Was?«

»Das ist ein sehr großes Frühstück. Das Meiste ist gebraten. Speck, Eier und *zwei* Würstchen. Du weißt schon, dass eine solche Mahlzeit dir regelrecht die Arterien verstopfen kann?«

Seine Augen blieben auf ihre geheftet. »Na gut. Ein Würstchen kannst du haben.«

Sie stürzte sich auf das Würstchen. »Zum Teufel mit der Diät. Ich bin kurz vorm Verhungern.«

Arnold Tern ließ seine wachen Augen über die versammelte Mannschaft wandern und dachte bei sich, was für ein jämmerlicher Haufen sie doch waren und wie sehr sie von seiner Großzügigkeit abhingen, von der Arbeit, die er ihnen gab.

Außerdem dachte er, dass die Pläne seines Sohnes zur Erweiterung ihres Kundenstamms – neue Kunden, die einfach entgegen den üblichen Gepflogenheiten ohne Termine von der Straße hereinspazieren konnten – ihn ungeheuer wütend machten.

Plötzlich fiel ihm auf, dass noch eine Person anwesend war, die überhaupt nicht hierhergehörte.

»Raus mit dir, Grace.«

Die Frau im Rollstuhl schaute ihn überrascht und beleidigt an.

»Was? Arnold, ich glaube, ich sollte lieber bleiben und …«

»Nein, das solltest du nicht. Mach, dass du rauskommst.«

Er erhob die Stimme nicht, aber sein Tonfall war eiskalt und schneidend.

Röte überzog den Nacken und das Gesicht der Frau.

»Der Name meines Vaters steht noch immer über der Tür …«

»Ja. Der deines Vaters. Nicht deiner. Und jetzt raus! Und zwar sofort!«

Vier Augenpaare wandten sich zu Grace Pauling, alle zeigten verschiedene Abstufungen von Überraschung.

»Und wieso kann *sie* bleiben?« Grace Pauling warf einen bitterbösen Blick auf Edwina Cayford, die Frau, die Arnold Terns Rollstuhl festhielt.

»Meine Entscheidung«, erwiderte Arnold Tern im gleichen monotonen Tonfall und mit entschlossenem Unterton.

Er schaute sie nicht an. Seine Augen blieben starr auf die drei Männer gerichtet, die verschieden lange schon für seine Firma gearbeitet hatten. Im Augenblick sahen sie – wieder in Abstufungen – aus wie Verurteilte, die darauf warteten, dass das Fallbeil heruntersauste.

Hinter ihm knirschte Grace Pauling so wütend mit den Zähnen, dass sie sie zu Staub zu zermahlen drohte.

»Gut! Dann gehe ich!«

Mr Tern tat, als hätte er sie nicht gehört. Sie stammte aus einer anderen Abteilung seines Lebens. Zunächst musste er den Schlamassel in Ordnung bringen, den sein Sohn hier hinterlassen hatte. Der Junge war wirklich ein Idiot. Immer schon gewesen. Er verspürte kein großes Bedauern über Nigels Ableben. Eigentlich gar keines. Sein Sohn hatte seine Erwartungen nie erfüllt. Er hatte immer alles falsch gemacht.

Nicht mal die elementarsten Dinge kriegte er hin, zum Beispiel länger zu leben als sein Vater!

Wütend darüber, dass Arnold Tern sie vor seinem Personal so behandelt hatte, rollte Grace zur Ladentür.

Edwina Cayford folgte ihr, streckte eine Hand aus, um ihr schieben zu helfen.

Grace begehrte auf. »Ich komme allein klar!«

Edwina zog die Hand zurück. Sie öffnete die Tür gerade so weit, dass Grace sich hindurchschieben konnte. Grace überlegte noch, ob sie Arnold sagen sollte, sein Testament sei unterschriftsreif, aber das war ja jetzt ziemlich egal. Derjenige, der den Löwenanteil des Erbes bekommen hätte, war tot. Der Haupterbe des neuen Testaments würde jeden überraschen – wenn der Alte es tatsächlich unterschrieb.

Grace bedankte sich nicht bei Edwina dafür, dass sie ihr die Tür aufgehalten hatte. Sie nahm an, Edwina würde nun voller hämischem Triumph sein, schaute also nicht zu ihr auf.

Edwina hatte sich längst damit abgefunden, wie sich manche Patienten und Menschen mit Behinderung benahmen, und schloss leise die Tür. Normalerweise hätte sie keinen Gedanken mehr auf die Begegnung verschwendet, aber Grace Pauling hatte etwas Befremdliches an sich, etwas, das ihr zu schaffen machte.

Sie konnte sich nicht erinnern, ihr schon einmal begegnet zu sein, bestimmt nicht im Haus von Mr Tern. Sie wusste, dass die Anwältin Hausbesuche bei dem alten Herrn machte, aber Edwina war nie da gewesen, wenn Grace vorbeischaute.

Gleichzeitig war sie sich sicher, dass sie Grace Pauling schon mal irgendwo gesehen hatte. Es war wohl im Krankenhaus gewesen, Grace saß ja im Rollstuhl. Irgendetwas an der Begegnung heute irritierte Edwina jedoch, wollte ihr einfach keine Ruhe lassen.

Sie kehrte an ihren Platz hinter Mr Terns Rollstuhl zurück

und hörte zu, wie er seine Pläne umriss. Er wollte ein Team von Innenarchitekten hinzuziehen, die das kalte, moderne Design abmildern sollten, das sein Sohn dem denkmalgeschützten Haus aufgezwungen hatte. Zum Glück war die Fassade nicht in Mitleidenschaft gezogen, dafür war er dankbar. Aber das Innere des Geschäftes musste wieder ein angemessen traditionelles und hochwertiges Ambiente bekommen.

Das erklärte er seinem Personal.

»Unsere Kunden wissen eine traditionelle Atmosphäre zu schätzen, wenn sie uns zum Maßnehmen oder zu einer Anprobe aufsuchen. Es tut nichts zur Sache, dass wir die Schneiderarbeiten an Schneidermeister in der Saville Row und so weiter vergeben. Die Herren, die unsere Kunden sind, bevorzugen die Qualität unserer Kleidung, aber auch unsere Dienstleistungen und unsere Atmosphäre traditioneller Kontinuität. Das sind keine Kunden, die Schaufensterbummel machen. Dazu haben sie keine Zeit. Deswegen halten wir ihre Maße und ihre Vorlieben für bestimmte Stoffe in unseren Büchern fest. Deswegen vereinbaren sie Termine und schneien nicht von der Straße unangemeldet herein. Ihnen ist nichts an Zufallsbegegnungen gelegen, und uns auch nicht!«

Langsam schwand die nervöse Ängstlichkeit von den Gesichtern. Wenn nur ein bisschen neugestaltet werden sollte, dann war das ja kein Grund zur Sorge, oder?

Die beiden jüngeren Männer, von denen keiner je viel mit Mr Tern senior zu tun gehabt hatte, vor allem weil sie ihn nicht gekannt hatten, als er hier noch sämtliche Fäden in der Hand hielt, schauten zu Mr Barrington, dem Chefverkäufer.

»Ich nehme an, unsere Arbeitsplätze sind gesichert?« Es war ein neues Strahlen in seinen Augen, eine neue Leichtigkeit in seinem Tonfall.

»Nein!«

Barrington schaute, als hätte er nicht richtig gehört, neigte den Kopf leicht zur Seite.

»Verzeihung, Sir?«

»Es wird einige Veränderungen geben.«

Barrington wirkte schockiert. Papendriou war nur ein wenig aufgewühlt, denn schließlich hatte er eigene Pläne, falls ihm gekündigt wurde.

Der junge Rossini hatte sich auch schon etwas überlegt. Falls seine Stelle gestrichen wurde und er möglicherweise eine Abfindung bekam, könnte er mehr Zeit mit seiner Freundin Tracey verbringen. Vielleicht würde es für die Kaution für eine eigene Wohnung reichen. Eine Mietwohnung natürlich, aber immerhin …

Mr Arnold verschränkte seine knochigen Hände im Schoß und wandte sich an Mr Barrington.

»Mr Barrington …«

»Cecil, Mr Tern. Bitte nennen Sie mich Cecil. Wir kennen uns doch schon so lange …«

»*Mister* Barrington. Sie haben dem Unternehmen lange treue Dienste geleistet. Aber ich denke, es ist an der Zeit, dass Sie Ihr Maßband an den Nagel hängen. Ihre Tage hier sind vorüber.«

»Aber, Sir? Ich verstehe nicht recht.«

Der Schweiß stand Barrington auf der Stirn. Er fuhr sich mit der Zunge über die Unterlippe, Spucke klebte ihm in den Mundwinkeln.

»Es ist ganz einfach«, sagte Arnold Tern mit eisiger Kälte in der Stimme. »Mein unnützer Sohn hatte Pläne, aus Tern & Pauling ein Geschäft wie jedes andere in der Stadt zu machen. Das war nie und ist auch heute nicht die Art, wie wir in diesem Unternehmen arbeiten. Wir wenden uns an eine anspruchsvollere Kundschaft. Wir nehmen Prinzen Maß. Tatsache ist, Mr Barrington, dass niemand es für notwendig gehalten hat, mich darüber zu informieren, was hier vor sich ging – unter anderem, dass wir uns an einem ganz entschieden auf den Massenmarkt ausgerichteten, schäbigen kleinen Wettbewerb beteiligt haben – und all das für lumpige fünftausend Pfund!«

»Aber ich …« Barrington blickte zu seinen Kollegen, flehte sie mit Blicken um ihre Unterstützung an.

»Sie sind der Chefverkäufer, Mr Barrington. Es wäre an Ihnen gewesen, mich zu informieren. Aber das haben Sie nicht getan.«

»Sie waren doch krank …«

»Ja. Wie praktisch«, meinte Mr Tern, verschränkte die Finger vor dem Gesicht und schaute sein Personal über die Zeigefingerspitzen hinweg an, als schaue er durch ein Zielfernrohr. »Sie haben geschwiegen, während mein Sohn dieses Geschäft auseinandergenommen hat. Das entspricht einfach nicht unserem Qualitätsstandard, Mr Barrington. Ganz und gar nicht. Sie sind entlassen, Mr Barrington.«

Mr Barrington richtete sich zu seiner vollen Körpergröße auf. »Ich verlange eine Abfindung.«

»Sie bekommen, was Ihnen zusteht, nicht mehr und nicht weniger. Miss Pauling wird sich um die Einzelheiten kümmern. Und jetzt bitte. Packen Sie Ihre Sachen. Sie können gehen. Sie«, blaffte er Mr Papendriou an, »Sie übernehmen jetzt hier die Leitung, zumindest bis die Raumausstatter es geschafft haben, dem Geschäft wieder ein bisschen Charakter zu verleihen. Ich bin bereit, über Ihre privaten Verhältnisse hinwegzusehen – zumindest, bis hier alles wieder im ursprünglichen Zustand ist.«

Gustav Papendriou war die Bescheidenheit in Person, neigte den Kopf, hatte die Hände vor sich gefaltet. Er war ein vorsichtiger Mann und sagte keinen Ton über seine Pläne. Er war dabei, ein Haus zu verkaufen. Sobald da alles in trockenen

Tüchern war, würde er am längeren Hebel sitzen. Dann konnte er sich den Zeitpunkt für seine Kündigung aussuchen.

Während all dies passierte, räumte Edwina Cayford das Teegeschirr aufs Tablett und trug es in die Küche. Die hatte sie durch den Türspalt bereits erspäht.

Sie hatte eigentlich nichts gegen Mr Tern, denn er wusste immer zu schätzen, was sie für ihn tat. Na gut, seine Augen waren stets auf bestimmte Teile ihrer üppigen Anatomie gerichtet, aber zumindest wanderten seine Hände nicht hinterher. Das hatte sie in der Vergangenheit durchaus auch schon erlebt. Und sie mochte es nicht. Sie war eine aufrechte, anständige Frau, und solange Mr Tern sich wie ein Gentleman benahm, würde sie weiter für ihn arbeiten.

Als sie gerade das Teegeschirr abwusch, kam Mr Barrington in die Küche, um seine Habseligkeiten aus dem Schrank zu nehmen: seine Butterbrotdose und einen Vorrat an Tabletten, den er dort aufbewahrte. Er wirkte völlig niedergeschlagen, und sie verspürte ungeheures Mitleid mit ihm.

»Mr Barrington, es tut mir so leid«, sagte sie und berührte ihn leicht am Oberarm, nachdem sie das Teegeschirr abgestellt hatte.

Er schien es nicht zu bemerken. Er hatte den Kopf gesenkt, und die Krümmung seines Rückens schien ausgeprägter als sonst. Edwina vermutete, dass er Probleme mit den Gelenken hatte. Nicht lange, und er würde einen Witwenbuckel haben, ein Leiden, das nicht nur bei Frauen, sondern auch bei Männern auftrat, wenn auch nicht so häufig.

Als er endlich aufblickte, sah sie Boshaftigkeit in seinen Augen. Sein Mund war verkniffen, die Mundwinkel nach unten gezogen, die Unterlippe stand vor.

»Man hat meine Treue mit Füßen getreten, Miss. Man hat mich auf den Abfall geworfen, ohne mich anzuhören, ohne mich auch nur im mindesten zu befragen. Also ist es auch vorbei mit meiner Loyalität diesem Unternehmen gegenüber.«

Mit einer raschen Bewegung seines kurzen, pummeligen Arms langte er nach seinem Regenmantel und einem altmodischen, aber sehr schönen Trilby-Hut. Er setzte sich den Hut auf und warf sich den Regenmantel über den Arm.

»Auf dem Heimweg werde ich bei der Polizeiwache vorbeischauen und mit dem Inspektor reden, der vorhin hier war. Ich werde alle Leichen hervorzerren, die Tern & Pauling im Keller haben. So werde ich mich rächen, meine liebe Dame. So werde ich mich rächen!«

Kapitel 10

Das Green River Hotel lag in einer kleinen Seitenstraße der Great Pulteney Street. Honey hatte sich auf den ersten Blick in das Gebäude verliebt, nicht nur wegen seiner unzweifelhaft großartigen Eleganz, sondern auch weil man von dort in der einen Richtung die Geschäfte und in der anderen das Holbourne Museum gut zu Fuß erreichen konnte.

Honey glaubte, wenn sie es verlockend fand, zur Palladio-Fassade des Holbourne Museums am einen Ende der Great Pulteney Street und zu Robert Adams Pulteney Bridge am anderen Ende zu spazieren, dann würden das auch die Touristen so sehen. Na klar, das Green River Hotel lag nicht an der Great Pulteney Street selbst, aber doch so nah wie nur möglich. Und die Seitenstraße war entsprechend ein bisschen ruhiger als die berühmte Straße.

Das Gebäude war auch nicht schlecht. Ein großartiger Vorbau umgab die Eingangstür. Die rechteckigen Fenster waren in eleganten Reihen angeordnet, regelmäßig übereinander bis ganz oben und quer über das Gebäude, abgesehen vom Bogenfenster, das unmittelbar über dem Haupteingang prangte.

Während ihres Besuchs am Tatort beim Herrenausstatter hatte Honey ganz die Frau vergessen, die den Eindruck gemacht hatte, als würde sie gleich aus dem Fenster springen. Beim Betreten der Eingangshalle im Green River Hotel wurde sie jedoch sofort wieder daran erinnert.

»Mum, Mary Jane hat auf dem Flur ihr Lager aufgeschlagen. Sie sagt, sie will die ganze Nacht hindurch Wache halten.«

Schon allein das Wort »Wache« ließ bei Honey alle Alarmglocken schrillen. Honeys rasche Schritte verlangsamten sich plötzlich. Sie machte eine abrupte Linksdrehung und ging auf den Empfangstresen zu.

Lindsey, ihre muntere Tochter, schaute sie mit leicht amüsierter Miene an. Ihre Augen blitzten. Sogleich verspürte Honey eine innere Unruhe.

»Verflixt! Es ist schon schwierig genug, ein Hotel zu führen, aber nein, da muss man auch noch eine engagierte Gespensterjägerin beherbergen.«

»Ehe du mir die Schuld gibst, Mum, *ich* habe ihr nicht erzählt, dass du ein Gespenst gesehen hast. Das war Smudger.«

»Ich habe nie behauptet, ich hätte ein Gespenst gesehen«, protestierte Honey. »Ich habe nur gesagt, ich hätte das Gefühl, ich hätte eine Frau gesehen, die den Eindruck machte, als würde sie gleich aus dem Fenster springen. Ich habe nicht gesagt, ich hätte ein Gespenst gesehen.«

»Es war aber niemand auf dem Flur, Mum. Und dann war da noch der Jasminduft in Mary Janes Zimmer. Der musste doch etwas damit zu tun haben, weil er so plötzlich da war. Komm schon, du hast den Jasmin gerochen, genau wie wir anderen alle.«

»Das beweist gar nichts. Vielleicht hatte er nichts mit ihr zu tun. Ich meine, eine Frau, die drauf und dran ist, sich aus dem Fenster zu stürzen, schüttet sich doch nicht vorher noch Parfüm über. Das würde sie dem Bestatter überlassen oder so …« Sie unterbrach sich, ehe sie diesen Gedanken noch weiter fortspann.

»Mum, du redest dummes Zeug.«

Lindsey tippte etwas in den Computer ein. Bei allem, was mit Computertechnik zu tun hatte, hielt sich Honey vornehm zurück und ließ ihre Tochter machen. Manchmal ging es ihr auf den Geist, dass ihre Tochter so mühelos die ganze

Welt durchstöbern konnte, während sie sich wie ein Dinosaurier vorkam. Genauso fühlte sie sich jetzt auch: als wäre sie in eine Geheimkunst nicht eingeweiht. Was suchte Lindsey nun schon wieder?

Der Lichtschein des Computerbildschirms erhellte das Gesicht ihrer Tochter. Die Augen strahlten vor Vergnügen, und ein geheimnisvolles Lächeln spielte um ihren breiten Mund mit den rosigen Lippen.

»Wie kommt es eigentlich, dass Smudger Mary Jane von dem Gespenst erzählt hat?«, fragte Honey.

»Ich glaube, Mary Jane hatte Langeweile. Ihr geliebter rosa Cadillac ist in der Inspektion. Und für sie ist das, als sei ein guter Freund nicht da. Sie ist hier auf und ab getigert und hat sich gemopst. Leider hat sie den Fehler begangen, auch in die Küche zu spazieren. Smudger fand das nicht sonderlich komisch, aber Mary Jane hat sich damit entschuldigt, dass sie gerade an einem Buch über Gespenster schriebe und ihn fragen wollte, ob er irgendwelche Erfahrungen mit übernatürlichen Erscheinungen gemacht hatte? Mit anderen Worten – hatte er jemals eine übernatürliche Erscheinung gesehen?«

»Und er hat geantwortet ...«

»Er hat was erzählt, ohne vorher nachzudenken. Ich glaube, er wollte gerade Baisers machen. Wenn man da nicht aufpasst, sehen die am Ende aus wie Spucktücher. Platt und pappig und nicht leicht und luftig.«

Honey verzog das Gesicht. Wie die weitaus meisten Köche war Smudger Smith höchst empfindlich, wenn es ums Kochen ging. Kritik konnte er überhaupt nicht vertragen, und er wurde fuchsteufelswild, wenn die Ergebnisse seiner Künste nicht einem bestimmten Standard entsprachen. Weil er Mary Jane nicht anbrüllen wollte, wie er das mit den meisten anderen Unglückseligen machte, die sich in seine Küche verirrten, natürlich auch mit dem Küchenpersonal, hatte er ihr erzählt, die Chefin hätte ein Gespenst gesehen, das aus dem Bogenfenster oben an der Treppe springen wollte.

»Sagst du ihr jetzt, dass da kein Gespenst ist?«

In Lindseys Augen war die Antwort leicht abzulesen. Dazu brauchte es keine Worte. Sie hatte online Beweise gefunden.

»Wer war die Frau?«

»Da gehen die Meinungen auseinander. Manche sagen, sie sei die Frau eines Adeligen gewesen, der sie beseitigen ließ, weil er ein jüngeres Modell wollte.«

Honey dachte an Candy Boldman. Es war mehr als wahrscheinlich, dass sie auch ein früheres, älteres Modell ausgestochen hatte. In dieser Hinsicht hatte sich nichts geändert!

»Und die anderen Theorien?«

»Tochter eines Adeligen, Mätresse des Prinzregenten, Küchenmädchen …«

»Sie war zu gut gekleidet, um ein Küchenmädchen zu sein.«

»Na gut. Dann streichen wir die Variante. Eine andere ist, dass sie aus einer Irrenanstalt entsprungen ist und den Mann ermordet hat, mit dem sie hier im Haus ein Zimmer geteilt hat.«

Honey schüttelte den Kopf. »Ich habe noch nie was davon gehört, dass hier jemand ermordet wurde.«

»Ich kann es ja mal überprüfen, wenn du magst.«

»Ich glaube, ich will es nicht wissen.«

»Falls Mary Jane von all dem Wind bekommt, besonders davon, dass hier vielleicht jemand ermordet wurde, lässt sie nicht locker, bis das Rätsel gelöst ist. Ich glaube, liebe Mutter, am besten ist, du weckst keine schlafenden Hunde. Lass sie ihr Lager aufschlagen und die Sache auf ihre altmodische Art angehen. Und du tust so, als wäre gar nichts geschehen.«

Honey dachte darüber nach. Es war eine Sache, als Ermittlerin mit Mordfällen zu tun zu haben, wenn die Morde anderswo begangen worden waren. Etwas ganz anderes war es, wenn ein Mord im eigenen Hotel geschehen war. Das könnte sich aufs Geschäft auswirken. Niemand will in einem Zimmer schlafen, in dem jemand ermordet worden ist.

»Du hast recht«, sagte Honey und nickte begeistert. »Wenn Mary Jane da oben Wache halten kann, ist sie zufrieden. Ich jedenfalls habe auch ohne das viel zu tun.«

Wie üblich hatte sich die Büroarbeit aufgetürmt. Der Filialleiter der Bank hatte sie gebeten, bei ihm vorbeizuschauen und über ihr Konto zu reden. Doherty steckte bis zum Hals in den Ermittlungen zur aktuellen Mordsache bei Tern & Pauling. Mehr wollte sie sich da nicht aufbürden.

»Ich bin fix und alle«, sagte sie zu Lindsey. »Ich glaube nicht, dass ich noch was Neues übernehmen möchte. Oder heute noch mit jemandem reden möchte.«

»Das wirst du leider müssen. Casper kommt gleich vorbei. Er meinte, er hätte dich auf dem Handy nicht erreicht.«

Casper! Der wollte den neuesten Stand der Ermittlungen erfahren. War der Mord etwa noch nicht aufgeklärt? Es war beinahe, als erwartete Casper, dass das Wort »Mörder« bereits deutlich auf der Stirn des Hauptverdächtigen prangte. Doch sie hatten keinen Hauptverdächtigen. Noch nicht.

Honey zog ihr Handy heraus. »Au weia! Akku leer!«

Die meisten Leute, die durch die zweiflügelige Tür das Green River Hotel betraten, brachten nicht nur einen Schwall kalte Luft, sondern auch die Geräusche der Stadt mit in den Empfangsbereich. Honey wusste nicht, wie Casper St John Gervais, der Vorsitzende des Hotelfachverbandes von Bath, es anstellte, eine Tür zu öffnen, ohne dass hinter ihm Geräusche hereindrangen. Auch seine Schritte waren lautlos. Er lief auf leisen Sohlen wie eine Katze, elegant und mit glänzendem Fell, das heißt in maßgeschneiderten Jacketts und maßgeschneiderten Hosen und auf Hochglanz polierten Schuhen.

Honey zwang sich ein Lächeln aufs Gesicht. »Casper! Wie

schön, Sie zu sehen. Darf ich Ihnen eine Tasse Kaffee anbieten? Einen Sherry? Ein Glas Wein?«

Seine Antwort kam schnell, seine Miene war ein wenig verächtlich. »Die Tasse Kaffee möchte ich lieber ausschlagen. Desgleichen das Glas Wein. Natürlich habe ich eine gewisse Schwäche für Sherry, sogar zu dieser Tageszeit. Es ist doch keiner aus Zypern, oder?«

»Nein. Harveys Bristol Cream.«

Casper schniefte. »Der ist akzeptabel. Aber nur ein ganz kleines Glas, bitte, Lindsey.«

Er warf Honeys Tochter ein charmantes Lächeln zu und ging dann, ohne dazu aufgefordert worden zu sein, mit einem Schwung seines Spazierstocks und hoch erhobener Nase auf Honeys Büro zu.

Sobald die Tür hinter ihnen zugefallen war, machte Casper auf dem Absatz kehrt und schaute Honey mit hochgerecktem Kinn an, während seine makellos manikürten Finger durch die weiße Haarmähne fuhren.

Honey ahnte schon, wie das Gespräch beginnen würde.

»Wie steht es mit der Ermittlung im Mordfall Nigel Tern?«

Er hatte tiefe Furchen auf der Stirn, und sein Mund war nur noch ein dünner Strich.

Honey zuckte die Achseln und versuchte nicht zu zeigen, wie unwohl ihr zumute war. Casper trat immer sehr fordernd auf. Er erwartete stets, dass alles so schnell wie möglich erledigt wurde.

»Wir haben noch keine heiße Spur, wenn ich auch den Eindruck habe, dass sich Nigel Tern viele Feinde gemacht hat – besonders bei seinem Personal. Er hat daran gearbeitet, die Firma weniger exklusiv und viel moderner zu gestalten. Deswegen hatte er unter anderem vor, dem Chefverkäufer Cecil Barrington zu kündigen.«

»Könnte der es sein, der die grausige Tat begangen hat?«

Honey zuckte mit der Schulter. »Vielleicht, aber Mr Barrington ist ein wenig vollschlank, Mitte sechzig und ziemlich klein. Es war wohl ein stärkerer Mann nötig, um Mr Tern ins Fenster zu hieven und dann noch an den Galgen zu hängen.«

»Aber möglich wäre es.«

»Möglich ist alles.«

»Gibt es andere potenzielle Verdächtige?«

»Na ja, ich …«

Sie wusste nicht recht, ob es offiziell welche gab, aber Casper hörte gern positive Nachrichten. Zum Glück kam in diesem Augenblick Lindsey mit dem Sherry herein, das gab Honey ein wenig Zeit zum Nachdenken.

»Bitte sehr«, meinte Lindsey und stellte die Sherrygläser auf Honeys Schreibtisch ab. Sie fragte Casper: »Nehmen Sie dieses Jahr am Bath Marathon teil?«

Casper erbleichte. »Allerdings.«

»Dann sehe ich Sie da. Ich starte ganz vorn – in der Pole Position. Wetten, dass ich Sie auf den ersten vier Meilen schlage?«

Casper biss an. »Fünf Pfund.«

Lindsey konterte mit fünfzig.

»Die Wette gilt!«, sagte Casper. Sie schlugen ein.

Lindsey grinste. »Eingeschlagen. Aber Sie werden abgeschlagen. Kilometerweit.«

Ein fröhliches Liedchen summend und mit einem selbstgefälligen Lächeln auf den Lippen, verabschiedete sich Lindsey.

Honey schaute belustigt. Das waren ja ganz neue Entwicklungen.

»Ich wusste gar nicht, dass Sie am Marathon teilnehmen«, sagte sie zu Casper.

»Ich will nicht behaupten, dass ich bis zum Schluss mitlaufen werde, aber es ist mein innigster Wunsch, mich an diesem Wettbewerb zu beteiligen. Jedenfalls bitte ich verschiedene Leute, mich zu sponsern, einen kleinen Betrag pro Meile zu zahlen, selbstverständlich für wohltätige Zwecke. Und ich werde nicht vorschlagen, dass Sie auch mitlaufen, meine Liebe. Dazu ist es zu spät. Ganz gleich, wie hart Sie trainieren würden, Sie würden es einfach nicht schaffen, rechtzeitig fit genug zu werden. In diesem Wettbewerb ist einfach kein Platz für schlaffe Muskeln, wissen Sie.«

Honeys erster Impuls war, Casper den Sherry über den Kopf zu kippen, aber sie beherrschte sich und lächelte. Sie erinnerte sich daran, dass ihr schließlich Casper die Aufgabe übertragen hatte, als Verbindungsfrau zwischen dem Hotelfachverband und der Kriminalpolizei zu fungieren. Zum Dank dafür schickte er ihr oft Gäste, für die in seinem Hotel kein Platz mehr war, und bescherte ihr so ständig hohe Belegungszahlen. Sie freute sich über das zusätzliche Geschäft und hielt den Mund.

Casper nippte noch einmal an seinem Sherry, ehe er erneut fragte: »Wie gesagt, gibt es schon Verdächtige?«

Honey berichtete von Dohertys Absicht, die anderen Geschäftsleute zu befragen, die an dem Schaufensterwettbewerb teilgenommen hatten, besonders Alan Roper, und dann einige der Frauen aufzutreiben, mit denen Nigel Tern Beziehungen gehabt hatte.

»Doherty versucht außerdem, den Dekorateur des Schaufensters zu finden. Es ist jemand, der Vasey Casey heißt – obwohl das auch der Name eines Unternehmens sein könnte.«

»Wir müssen diese Sache rasch aufklären«, meinte Casper mit leiser Stimme, beinahe als hätte er Angst, im Raum könnten Mikrophone verborgen sein oder jemand vom MI5 versteckte sich vielleicht hinter dem Aktenschrank und machte sich Notizen.

»Die Polizei tut ihr Bestes. Ich halte Sie auf dem Laufenden.«

»Natürlich machen Sie das. Setzen Sie sich sofort mit mir in

Verbindung, wenn Sie etwas Positives zu berichten haben. Aktuell ist Jeremy Poughty der Manager am Empfang in meinem Hotel.«

»Potty?«

»Er hat die Vergangenheit hinter sich gelassen und zieht es jetzt vor, mit Jerry angesprochen zu werden«, erwiderte Casper spröde.

»Natürlich.«

Jeremy Poughty, eine magere Gestalt mit kaffeebrauner Haut und hohen Wangenknochen, hatte früher einen Marktstand betrieben, wo man alle möglichen Kräuter und andere Substanzen kaufen konnte. Es reichte schon, nur einmal tief einzuatmen, wenn man davor stand, und schon war man high. Honey las zwischen den Zeilen und kam zu dem Schluss, dass Jeremy sich von dem Typen getrennt hatte, der sowohl sein Geschäfts- als auch sein Lebenspartner gewesen war. Es war nicht völlig von der Hand zu weisen, dass nun Casper und er was miteinander hatten, wenn sie auch nicht unbedingt zusammenlebten. Casper führte ein sehr zurückgezogenes Leben.

»Kannten Sie Nigel Tern persönlich? Ich meine privat?«

»Ich habe meine Jacketts dort schneidern lassen. Privat haben wir nicht verkehrt.«

In gewisser Weise überraschte sie diese Antwort. Casper war unheimlich scharf auf Dinner Partys, bei denen die feine Gesellschaft von Bath in Erscheinung trat. Nigel schien als Schneider und Vertrauter des Adels eine ideale Gesellschaft für Casper zu sein, und doch beharrte er steif und fest darauf, dass sie einander nicht kannten. Honey vermutete instinktiv, dass es vielleicht andere Gründe für seine ablehnende Antwort gab.

Offensichtlich konnte Casper ihr die Gedanken von der Nasenspitze ablesen.

»Eine völlig andere Seite der sexuellen Medaille«, meinte er plötzlich.

»Natürlich«, erwiderte Honey. Er bezog sich damit wohl darauf, dass Nigel ganz entschieden heterosexuell gewesen war. Erst sehr viel später kam ihr eine andere Schlussfolgerung in den Kopf. Als sie sich nämlich daran erinnerte, was für ein Geschäft Lee Christie führte und auf welchem Gebiet sich Mr Papendriou betätigen wollte.

Was war also mit Nigel Tern? Hatte der etwa eine Vorliebe für Leder und Fesselspiele? Honeys Gedanken wanderten wieder zum Schaufenster. Der Wegelagerer. Das war doch ein Wegelagerer, oder? Charlie York hatte etwas anderes in ihm gesehen. Er war überzeugt gewesen, dass es sich um Adam Ant handelte, einen Popstar von anno dazumal. Sie konnte sich jedoch nicht daran erinnern, dass ein Galgen zu Adam Ants Bühnenshow gehört hatte. Gewisse Ähnlichkeiten ließen sich sonst aber nicht von der Hand weisen.

Mit diesen Gedanken im Hinterkopf ging sie zu Lindsey.

»Meine heißgeliebte Tochter, ich muss dich um einen Gefallen bitten. Du weißt doch, da draußen gibt es jede Menge Elvis-Presley-Doppelgänger. Anscheinend gibt es sogar Clubs, wo die alle auftauchen und wie der King aussehen.«

»Massig«, meinte Lindsey. »Will jemand, den wir kennen, da beitreten? Vielleicht Doherty? Oder Casper?«

Sie grinste.

Honey grinste auch. »Nein, ich suche keinen Club für Elvis-Presley-Kopien. Ich suche einen Adam-Ant-Club. Meinst du, du könntest das mal überprüfen?«

»Geh Kaffee trinken. Das habe ich gleich.«

Kapitel 11

»Du machst Witze!«

Es sah Doherty gar nicht ähnlich, dass er sich an einem Drink verschluckte, aber es gab außergewöhnliche Umstände, wo es offenbar nicht zu vermeiden war. So wie jetzt gerade.

Sie hatten es geschafft, ein bisschen Zeit im Zodiac Club herauszuschinden, gerade genug für ein, zwei Drinks, ehe sie brav jeder in sein Bett gingen – das war jedenfalls der Plan. Aber wie man so schön sagt: Die Hoffnung stirbt zuletzt. Vielleicht würden sie ja doch genug Energie aufbringen, um heute Nacht zusammen zu schlafen.

Honey konnte es auch nicht glauben, schüttelte den Kopf und lachte. »Es stimmt aber. Elvis und Abba sind nicht die Einzigen, von denen auf der Welt jede Menge Kopien herumlaufen. Ich habe mit dem Organisator gesprochen. Nigel Tern war allen Ernstes begeisterter Doppelgänger von Adam Ant. Da gibt's richtige Treffen und alles, genau wie bei den Elvis-Nachahmern. Und wie bei Abba, wenn die auch natürlich immer zu viert auftauchen und mit Plateausohlen rumrennen müssen. Hohen Plateausohlen noch dazu. Aber es gibt durchaus Adam-Ant-Imitatoren. Anscheinend sind die sogar ziemlich beliebt.«

»Da wäre ich nie drauf gekommen! Nicht dass ich Nigel gekannt hätte. Ich bin ihm ja nur einmal begegnet. Das war damals im Laden – ich habe dir schon davon erzählt –, als sich der Polizeipräsident einen Pinguinanzug hat anmessen lassen, für irgendeine vornehme Party, zu der er eingeladen war. Nigel Tern sah überhaupt nicht aus wie Adam Ant. Eigentlich habe ich bei dem bloßen Gedanken daran, dass der in engen

Kniehosen rumläuft, das dringende Bedürfnis mich zu be-
saufen.«

Wie zur Bestätigung kippte er seinen Jack Daniels herunter.

Honey nickte dem Barkeeper zu. »Bitte noch eine Runde
für uns beide.«

Auf der Bühne des Zodiac Club grölte jemand *Goldfinger,*
die alte James-Bond-Nummer, die allerdings noch immer
von Shirley Bassey am besten geröhrt wurde.

Der Sänger war ein Travestiekünstler und sah mit seinem
Goldlamé-Kleid, den Killer-Stilettos Größe 42 und der
schwarzen Lockenperücke Shirley Bassey auch ziemlich
ähnlich, aber leider konnte seine Stimme mit der der walisi-
schen Diva überhaupt nicht mithalten.

Doherty schaute sich die Gestalt über den Rand seines
gerade wieder vollgeschenkten Glases hinweg an. Auf den
zweiten Blick war die Figur auch nicht so gut wie die von
Shirley. Der Sänger hatte keine Taille, seine Titten waren offensichtlich unecht, und seine Stimme klang wie Kies. Komisch, dachte Doherty, dass manche Kerle sich so gern verkleiden. Er selbst hatte dafür nichts übrig, auch nicht für
Kostümfeste.

»Der ist ziemlich gut«, meinte Honey.

Doherty grunzte und stimmte ihr halbherzig zu.

»Aber nicht attraktiv. Ich fand, dass der Wegelagerer sehr
attraktiv war, wenn ich mir auch jetzt nicht mehr ganz so
sicher bin. Es ist mir nicht in den Kopf gekommen, dass er
einem Popstar aus den achtziger Jahren ähneln könnte. Ich
frage mich, ob das dem Dekorateur aufgefallen ist.«

»Wir fragen ihn, wenn wir ihn finden. Entweder ist er der
große Unbekannte, oder er ist nach Australien ausgewandert.«

»Hätte Charlie York die Szene nicht in diesem Sinne gedeu-
tet, wir hätten niemals die Fährte mit den Adam-Ant-Kopien
gefunden.«

»Auf Charlie York!«, sagte Doherty. Sie erhoben ihre Gläser.

»Nur der Galgen hat irgendwie nicht in dieses Bild gepasst«, meinte Honey.

»Ja, aber der hatte viel mit dem Ableben von Mr Tern zu tun. Der krönende Abschluss sozusagen.«

Kapitel 12

Am nächsten Tag erhielt Honey im Green River Hotel Überraschungsbesuch.

Lindsey teilte ihr mit, ein gewisser Mr Barrington warte am Empfang auf sie.

Honey runzelte die Stirn. »Warum hier?«

»Hat der was mit dem Mordfall zu tun?«

Honey nickte. »Er ist Chefverkäufer bei Tern & Pauling, aber anscheinend hatte ihm der Verstorbene bereits gekündigt.«

»Das ist ein Motiv.«

»Ja«, erwiderte Honey. »Stimmt. Ich nehme ihn lieber mit in mein Büro.«

Mr Barrington war ein Nervenbündel. Tiefe Furchen durchzogen seine Stirn, die Mundwinkel hingen nach unten.

Er setzte sich dankbar hin. Seine Füße baumelten einige Zentimeter über dem Boden.

»Ich hatte eigentlich vor, auf die Polizeiwache zu eilen, aber dann habe ich die Nerven verloren. Sie müssen wissen, ich war noch nie auf einer Polizeiwache. Ich habe stets ein ruhiges, ehrbares Leben geführt, und die bloße Tatsache, dass ich durch diese Tür schreiten sollte, hat mich mit Angst erfüllt. Ich habe es einfach nicht über mich gebracht. Mr Papendriou hat erwähnt, Sie wären Zivilistin und ich könnte vielleicht direkt mit Ihnen reden. Ein Freund hat ihm Ihre Adresse gegeben. Ich hoffe, es macht Ihnen nichts aus.«

Mr Cecil Barrington schaute zu Boden, während er sprach, hob aber fragend eine Augenbraue, nachdem er sein Sprüchlein aufgesagt hatte.

Honey lächelte. »Natürlich nicht.«

Honey betrachtete den kleinen Mann, der neben ihrem Schreibtisch saß. Sie hatte vorgehabt, heute ein bisschen Büroarbeit zu erledigen – Rechnungen und dienstbeflissene Schreiben von der Stadtverwaltung, die sie über die neuesten EU-Richtlinien für denkmalgeschützte Gebäude informierten. Das Green River war »Grade II«, was bedeutete, dass keine drastischen Veränderungen an der Fassade vorgenommen werden durften. Das Innere war nicht so wichtig, obwohl Honey vermutete, dass es nicht mehr lange dauern würde, bis die Europäische Union auch hierzu etwas zu sagen hätte.

»Gut. Es gibt also etwas, das für den Fall relevant ist und das Sie mir mitteilen möchten. Haben Sie etwas dagegen, wenn ich mir Notizen mache?«, fragte sie, während sie einen Block heranzog und einen Kugelschreiber zur Hand nahm.

Mr Barrington wirkte ein wenig beunruhigt.

»Nur als Gedächtnisstütze«, fügte sie hastig hinzu, um seine Sorgen zu zerstreuen. »Ich vergesse Dinge, wenn ich sie mir nicht aufschreibe. Es ist nichts Offizielles, so wie ein Polizeiprotokoll. Das ist nur für mich.«

Er nickte und schien sich ein wenig zu entspannen, rührte aber den Tee, den Lindsey für ihn gebracht hatte, nicht an. Kaffee aus der Kaffeemaschine, die in Honeys Büro immer lief, hatte er abgelehnt.

»Also«, sagte sie, den Kugelschreiber gezückt. »Wo möchten Sie anfangen?«

Mr Barrington seufzte tief und schüttelte den Kopf. »Ich kann immer noch nicht glauben, dass es so weit gekommen ist. Ich kann es einfach nicht glauben.«

Er schüttelte weiter den Kopf.

»Ich nehme an, Sie haben sich heute einen Tag frei genommen«, fragte Honey freundlich und hoffte, ihn so zu beruhigen.

»Warum auch nicht?«, erwiderte er ziemlich beleidigt. »Ich bin nicht gezwungen, nach der Kündigung noch weiterzuarbeiten.«

»Kündigung? Ich dachte, Mr Nigel hätte Ihnen gekündigt, und da er nun nicht mehr da ist …«

Sie ließ den Satz absichtlich unvollendet, weil sie vermutete, Mr Barrington würde schon die Einzelheiten beisteuern.

Sie hatte recht.

»Mr Arnold hat beschlossen, dass ich zu alt bin, um noch weiter beschäftigt zu werden. Meine Kündigung durch Mr Nigel und die darauffolgende Pensionierung sind weiterhin gültig.«

Sie fühlte mit ihm. Er war ein Bild der Niedergeschlagenheit. Er hatte seinem Arbeitgeber sein ganzes Leben gewidmet, und nun hatte der ihn äußerst schäbig behandelt.

Honey hatte alles getan, damit er sich entspannte. Daher der Tee. Zudem hatte sie Lindsey gesagt, es dürfte sie niemand stören. »Und das trifft auch auf deine Großmutter zu«, hatte sie leise hinzugefügt, so dass Mr Barrington es nicht hörte.

Mr Barrington spielte mit dem Teelöffel herum, der auf seiner Untertasse lag. Er hielt die Augen gesenkt. Sein Mund zuckte nervös.

»Das fällt mir schwer. Sehr schwer«, murmelte er. »Ich fühle mich wie ein Verräter, weil ich hierhergekommen bin.«

»Seien Sie versichert, Mr Barrington, niemand wird Sie köpfen und Ihren Kopf auf einen Pfahl spießen. Wir sind hier im Green River Hotel in Bath und nicht im Tower von London.«

Ihr Versuch, die Sache mit Humor zu nehmen, hatte keinerlei Wirkung. Mr Barrington war ein Angestellter der alten Schule, der jahrelang treu bei derselben Firma geblieben war. Sie fragte sich, wie viel er wohl verdient hatte. Sie vermutete, dass es nicht sonderlich viel war.

Er schien es nicht eilig zu haben. Sie konnte begreifen, dass er ein schlechtes Gewissen hatte. Aber sie hatte ein Hotel zu führen. Sie schaute auf die Uhr. Das bemerkte er.

»Es tut mir leid, dass ich so viel von Ihrer Zeit in Anspruch nehme. Es fällt mir nicht leicht. Gar nicht leicht.«

»Nur immer schön langsam.« Im nächsten Augenblick wünschte sie sich, sie hätte das nicht gesagt. Zeit war kostbar, und die Behörden der EU waren ungeduldig.

»Ich habe nichts vorzubringen, das unmittelbar mit der Ermordung von Mr Nigel zu tun hat, aber ich kann Ihnen Hintergrundinformationen bezüglich der Familie und Mr Nigels Lebensstil liefern und …« Er legte ein Pause ein, suchte nach dem richtigen Wort. »Andere Dinge. Dinge, die nicht ganz normal sind … nicht anständig. Sie könnten etwas mit dem Fall zu tun haben. Oder auch nicht.«

Honey nickte. Das war alles sehr unklar, aber vielleicht war etwas Relevantes dabei – wenn er es denn nur endlich ausspucken würde.

Sie lächelte ihn aufmunternd an. »Nun, irgendwo müssen wir anfangen. Sind Sie immer gut mit Ihrem Arbeitgeber ausgekommen?«

»Ja, im Großen und Ganzen schon. Mr Arnold hat die Geschäfte ein wenig diktatorisch geführt. Damit meine ich, dass er immer das Heft in der Hand hielt. Es gab nie irgendwelche Vertrautheit, und jeder kannte seinen Platz. Er war immer Mr Arnold oder Mr Tern senior. Und das funktionierte umgekehrt genauso. Es war altmodisch, aber man ging respektvoll miteinander um.«

Honey nickte verständnisvoll. Bei Tern & Pauling hatte man eine starre Hierarchie bevorzugt. Da gab es keine Verbrüderung von Führungskräften und Personal. Mr Barrington hätte wunderbar in ein früheres Jahrhundert gepasst. Er war der typische treue alte Diener aus viktorianischen Zeiten.

Honey versuchte, sich ihr Urteil nicht dadurch trüben zu lassen, dass Mr Arnold ihrer Meinung nach mehr mit Ebenezer Scrooge am Hut hatte als mit der Gesetzgebung zum Arbeitsschutz.

»Entschuldigen Sie, wenn ich das so sage, aber Mr Arnold schien mir nicht sonderlich bestürzt über den Tod seines Sohnes zu sein.«

Arnold Tern hatte keine Träne vergossen. Es war beinahe, als hätte er mit dem vorzeitigen Ableben seines Sohnes gerechnet. Während ihrer Begegnung im Laden hatte er keine große Überraschung darüber an den Tag gelegt.

Cecil Barrington rutschte nervös auf seinem Stuhl hin und her. Honey vermutete, dass es ihm inzwischen leidtat, bei ihr vorbeigekommen zu sein.

»Sie dürfen Mr Arnold nicht so ernst nehmen. Er ist ein sehr reservierter Mann. Er hat auch keine Gefühle gezeigt, als Deirdre, seine Frau, gestorben ist. Ich glaube nicht, dass ihm der Tod von Mr Nigel nichts ausmacht, er hält den Tod einfach für einen Teil des Lebens. Auf der Welt geht es nicht gerecht zu, also gewöhne dich dran, das hat er immer gesagt.«

Honey legte die Stirn in Falten. Sie hatte Mr Arnold nur dieses eine Mal getroffen und ihn auf der Stelle unsympathisch gefunden.

Aber auf ihr Urteil kam es ja hier nicht an. Mr Barrington hatte sich überwunden, zu ihr zu kommen. Er verdiente ihre ungeteilte Aufmerksamkeit.

»Trotzdem. Nigel war sein Sohn. Wann hat Mr Nigel die Geschäfte von seinem Vater übernommen?«

»Erst vor sechs Monaten, als Mr Arnold krank wurde. Bis zu diesem Zeitpunkt kam Mr Arnold jeden Tag ein paar Stunden in den Laden, obwohl vorgeblich Mr Nigel die Geschäfte führte.«

»Vorgeblich? Das ist eine seltsame Wortwahl. Meinen Sie

damit, dass er die Geschäfte nicht wirklich führte, oder hat er sie nicht richtig geführt?«

Mr Barrington seufzte. »Es liegt mir fern, hier Kritik zu äußern, aber … es war nicht mehr wie früher. Mal war er da, mal nicht. Es gingen Dinge verloren. Kunden erkundigten sich, warum er nicht im Laden war. Mr Arnold legte stets besonderen Wert darauf, anwesend zu sein, wenn die wichtigsten Kunden kamen.«

»Mr Nigel nicht?«

»Nein. Er nicht. Er war, ich will es mal so ausdrücken, sprunghaft, gelinde gesagt. Sehr sprunghaft und unzuverlässig. Mr Nigel, das muss ich leider anmerken, war kein sehr zuverlässiger Mensch. «

»Also ist Mr Arnold, seit er vor sechs Monaten krank wurde, nicht mehr regelmäßig in den Laden gekommen. Was hatte er denn?«

Mr Barrington grinste schwach. »So ungefähr alles, woran ein alter Mann leiden kann: Prostataprobleme, Arthritis, ein schwaches Herz, und dann hatte er natürlich auch noch die künstliche Hüfte. Ich fürchte ja, dass die Gelenke im Laufe der Jahre rasch verschleißen, ganz egal, wie viel Geld man nun hat. Mr Tern ist auf keinen Fall bei guter Gesundheit. In den vergangenen Jahren war er immer mal im Krankenhaus, beinahe regelmäßig. Einmal hat man ihn mit Verdacht auf Prostatakrebs ganz schnell eingeliefert, aber dann durfte er gleich wieder nach Hause. Später ist er noch mal rein, kam wieder raus und so weiter. Als er das letzte Mal im Krankenhaus war, hat man festgestellt, dass er eine Lungenentzündung hatte. Er verlangte, dass man ihn nach Hause schickte, obwohl er noch nicht so ganz gesund war. Ich habe gehört, dass er wohl eine Art Rückfall hatte und schließlich sogar eine Weile lang im Koma lag – er war wirklich schwerkrank. Am Ende hat er noch mal Glück gehabt.«

»Und er ist nicht ins Krankenhaus zurückgegangen?«

»Er hat sich geweigert, und Mr Nigel hat nicht darauf bestanden.« Er legte eine Pause ein, als müsste er seine Gedanken sammeln. »Ich fürchte ja, dass Mr Nigel eine sehr ähnliche Einstellung zu seinem Vater hatte wie sein Vater zu ihm.«

Honey erinnerte sich, wie der Alte auf ihre Brüste gestarrt hatte, als er mit ihr redete. Nicht ein einziges Mal war sein Blick zu ihrem Gesicht gewandert. Nigel Tern hatte sich bei der Preisverleihung und dem PR-Termin vor dem Laden nicht viel anders verhalten. Wieder fiel ihr der Spruch ein, dass der Apfel nicht weit vom Stamm fällt.

Eins irritierte Honey jedoch. »Sie scheinen sehr viel über Mr Arnolds Krankheiten zu wissen, Mr Barrington.«

»Ich habe öfter mit dem Krankenhaus telefoniert und mich auch bei Mr Nigel erkundigt, wenn ich ihn gesehen habe. Und ich habe bei ihm zu Hause angerufen. Mrs Cayford arbeitete in Teilzeit im Krankenhaus, wenn sie ihn nicht zu Hause versorgte. Sie wusste also immer, wie die Lage war.«

»Mrs Cayford, das war die Dame neulich im Laden?«

»Ja.«

Honey wurde nachdenklich. Hatte Mr Nigel gewollt, dass sein Vater starb? Höchstwahrscheinlich. Aber wie sah es umgekehrt aus?

»Da sie einander nicht besonders leiden konnten, glauben Sie, dass Mr Arnold vielleicht seinen Sohn umgebracht haben könnte?«

Zum ersten Mal huschte ein Anflug von Humor über Mr Barringtons Gesicht.

»Er hat wohl kaum genug Kraft, um das zu bewerkstelligen. Körperlich jedenfalls nicht. Die beiden konnten einander nicht leiden, aber Mr Arnold ist kein Mörder. Er war Anfang der fünfziger Jahre während des Koreakrieges sogar Pazifist. Er musste trotzdem seinen Militärdienst ableisten, konnte aber einen Schreibtischjob in Catterick ergattern. Ich glaube, er war Fakturist im Lagerhaus des Quartiermeisters.«

Honey nickte nachdenklich. »Hat er seinen Sohn so wenig gemocht, dass er jemand anderen beauftragt haben könnte, ihn umzubringen?«

Barrington schüttelte mit Nachdruck den Kopf. »Nein. Absolut nicht. So geht er nicht vor. Er ist ganz gewiss kein Mörder. Seine Methode, Mr Nigel in die Schranken zu weisen, war sicher eher finanzieller Art. Mr Nigel pflegte …« Mr Barrington legte eine Pause ein. »Er pflegte den Lebensstil eines Playboys. Die Drohung, sein Gehalt und sein Taschengeld zu kürzen, vielleicht sogar, ihn zu enterben, das hätte viel mehr Wirkung gehabt. Mr Arnold war allerdings sechs Monate krank, so dass Mr Nigel freie Hand hatte.«

»Als wir im Laden waren, habe ich bemerkt, dass er – ich meine Mr Arnold – sehr wütend war. Haben Sie ihn je vorher so wütend gesehen?«

»O ja. Obwohl Mr Arnold ein Gentleman ist und die Gesellschaft von Gentlemen vorzieht, hat er doch ein jähzorniges Temperament. Natürlich zeigt er das nicht, wenn Kunden anwesend sind, insbesondere adelige Herren und Kunden aus dem Königshaus.«

»Woran ist Mrs Tern gestorben?«

»Oh, sie ist bei einem Bootsunfall ertrunken. Mr Nigel war damals im Internat. Er war etwa neun Jahre alt.«

»Ich habe gehört, dass Mr Nigel ein ziemlicher Schürzenjäger war. Wissen Sie, wer die Damen waren, auf die er ein Auge geworfen hatte?«

»Nein.«

Die Antwort klang sehr bestimmt. Honey glaubte sie ihm nicht.

»Hatte er Feinde, von denen Sie wussten?«

»Jede Menge. Er war wirklich kein liebenswerter Mann.«

Mr Barrington runzelte die Brauen. »Ich wünschte nur, ich hätte ihm die Stirn geboten, aber er war der Boss, und ich ließ alles über mich ergehen. Er hielt gern alle Fäden in der Hand. Er hatte die Verkäufer voll unter seiner Fuchtel, ebenso seine Familie und die Schneider, an die wir Arbeit vergeben haben. Manche von denen hassten ihn, aber niemand lehnt Arbeit dieses Kalibers ab. Sie müssen wissen, damit kann man sich wirklich schmücken. Manche von denen können sich damit brüsten, ein Sportjackett für einen Prinzen genäht zu haben – und ich denke, Sie wissen, wen ich meine, ohne dass ich Namen nenne.«

Honey dachte an Highgrove. Das war nicht weit weg. Wenn man sich rühmen konnte, ein Jackett für den Thronerben geschneidert zu haben, brachte einem das sicher einen Marktvorteil.

»Was ist mit Mr Pauling? Lebt der noch?«

Barrington schüttelte den Kopf. »Nein. Der ist vor einiger Zeit bei einem Skiunfall ums Leben gekommen. Miss Grace wurde ebenfalls bei einem Skiunfall verletzt. Deswegen sitzt sie im Rollstuhl.«

»Zwei Unfälle!«

»Genau.«

»Hatte sie den Unfall gleichzeitig mit ihrem Vater?«

»Nein. Einige Zeit später.« Er legte plötzlich die Stirn in Falten. »Stimmt nicht. Es war zur selben Zeit. Ich hatte das nur nicht gleich begriffen.«

Honey ging durch den Kopf, dass bei Tern & Pauling, Herrenausstattern des Landadels, ziemlich viele Unfälle zu passieren schienen.

»Haben Sie weitere Informationen, die Sie für nützlich halten?«

Mr Barrington rutschte wieder auf dem Stuhl hin und her. »Ja. Da ist noch Floyd Bennett-Simpson. Vor einer Weile hat er angeboten, das Anwesen in der Beaufort Alley zu kaufen. Er hat Mr Arnold immer wieder bedrängt, es ihm zu veräußern, aber der wollte nichts davon wissen. Doch Mr Nigel hat ein paarmal mit Mr Bennett-Simpson zu Mittag gegessen, nachdem der im Laden gewesen war. Ich glaube, Mr Nigel war bereit zu verkaufen. Das hat er seinem Vater natürlich verheimlicht.«

Die Zeit verging, und dieses Gespräch dauerte länger, als sie erwartet hatte. Honey behielt die Ruhe. Sie vermutete, dass Mr Barrington in weit mehr eingeweiht war, als er hier zugeben wollte. Am Anfang war er sehr gesprächig gewesen, hatte sich dann aber im Laufe der Unterhaltung immer mehr in sich zurückgezogen. Es konnte nichts schaden, noch einmal weiterzubohren.

»Mr Nigel schien ja auch seine eigenen Pläne für den Laden zu haben.«

»Die hatte er.«

»Berichtigen Sie mich bitte, wenn ich das falsch verstanden habe: Mr Arnold wusste nichts von den Umbaumaßnahmen und auch nichts davon, dass Mr Nigel über einen Verkauf nachdachte. Haben Sie das gemeint?«

Mr Barrington schien nachzudenken, ehe er nickte. »Ich glaube schon.«

Honey überlegte angestrengt. Was nutzte es, einen Laden aufwendig zu renovieren, wenn man ihn verkaufen wollte?

»Vermute ich richtig, dass sich über dem Laden Wohnungen befinden?«

»Ja, insgesamt sechs.«

»Wohnt irgendwer vom Personal dort?«

Mr Barrington lachte leise. »Keiner von uns verdient genug, um sich dort die Miete leisten zu können. Manche Mieter wohnen schon eine ganze Weile dort. Andere sind neu, Freunde von Mr Nigel. Es sind auch ein paar Frauen dabei.«

»Hatten Sie vorhin nicht gesagt, dass Sie keine von seinen Frauen kannten?«

Mr Barrington wurde unruhig. »Ich denke, ich sollte jetzt besser gehen.«

»Macht nichts. Es werden ohnehin alle befragt.«

Er nickte knapp, während er vom Stuhl rutschte und recht erleichtert wirkte, als er wieder mit den Füßen auf dem Boden stand.

»Es tut mir leid, dass Sie Ihre Arbeit verloren haben. Ich denke, einiges von dem, was Sie mir erzählt haben, könnte nützlich sein. Es sind zwar keine Beweise, aber es sind wichtige Hintergrundinformationen. Noch mal vielen Dank, dass Sie vorbeigekommen sind.«

Honey rief Doherty an, sobald Mr Barrington fort war.

»Ich hatte Besuch. Mr Cecil Barrington hat vorbeigeschaut. Er möchte, dass die Polizei einiges erfährt, wollte aber nicht dabei gesehen werden, wie er eine Polizeiwache betritt.«

»Das kann ich ihm nicht verdenken. Ist der reinste Sündenpfuhl hier!«

Honey lachte.

»Was hat er dir denn erzählt?«

»Hauptsächlich allgemeines Zeug, wenn ich mich auch des Eindrucks nicht erwehren kann, dass er mehr weiß, als er zugibt. Mr Nigel Tern hatte ihn ja bereits entlassen, und zu seiner großen Überraschung hat der alte Herr das nicht zurückgenommen. Er war offensichtlich wütend und ist hergekommen, um sich für seine doppelte Entlassung zu rächen, aber dann hat ihn der Mut verlassen. Er hat mir ein paar Sachen erzählt, aber nichts, was dringend wäre. Gibt's bei euch Fortschritte?«

»Wir haben alle Bewohner in den Apartments über dem Laden befragt und auch welche in den anderen Gebäuden. Niemand hat irgendwas gesehen.«

»Nach allem, was mir Mr Barrington erzählt hat, sind einige dieser Wohnungen an Nigels Freundinnen vermietet.«

»Da brauchen wir eine Liste. Bisher hat allerdings niemand ein intimes Verhältnis mit ihm zugegeben.«

»Ich nehme an, die Alibis der Angestellten sind in Ordnung?«

»Soweit wir das beurteilen können, wenn wir auch noch am Anfang stehen. Hat Barrington dir irgendwelche Hinweise auf Leute gegeben, die vielleicht ein Mordmotiv hatten?«

»Eigentlich nicht, außer dass es einen Makler und Bauunternehmer gibt, der das Anwesen kaufen will. Er hatte schon Mr Arnold kontaktiert, der hat ihn aber abblitzen lassen. Anscheinend war Mr Nigel zugänglicher, hat ihn ziemlich freundlich behandelt und war ein paarmal mit ihm essen. Er schien am Verkauf interessiert zu sein, wenn ich mich auch frage, warum er den Laden modernisiert hat, wenn er dran dachte, ihn zu veräußern.«

»Das klingt eher nicht so sinnvoll. Ich würde das auch nicht machen.«

»Obwohl natürlich dem Tern Trust noch ein Reihe anderer Immobilien in Bath gehören. Allerdings glaube ich nicht, dass Mr Nigel befugt war, irgendetwas zu verkaufen, solange sein Vater lebte … was die Frage aufwirft …«

»Ob Nigel mit dem unmittelbar bevorstehenden Ableben seines Vaters gerechnet hat?«

»Das wäre eine Überlegung wert.«

Honey dachte darüber nach, wie sie vorgehen würde, wenn sie einen Verkauf des Green River Hotel in Erwägung zöge. Ein bisschen Farbe an die Wände, das ja. Aber Nigel Tern hatte ja umfassend renoviert. Ihrer Meinung nach ließ das darauf schließen, dass er das Geschäft nicht aufgeben wollte. Das sagte sie zu Doherty.

»Genau das habe ich auch gedacht.«

»Ich nehme an, Nigel Tern war als einziger Sohn der Allein-erbe?«

»Das überprüfen wir gerade. Es ist allerdings ziemlich schwierig, die Rechtsanwältin anzutreffen. Sie scheint ihre Zeit vollständig mit Krankenhausterminen und Mandanten-gesprächen verplant zu haben.«

Honey erinnerte sich an die Frau im Rollstuhl. »Sprechen wir von Grace Pauling?«

»Genau.«

»Ich wüsste gern, wie nah sie Nigel Tern stand.«

»Sie kannten sich beinahe ihr Leben lang. Sie ist nicht unattraktiv.«

»Aber sie sitzt im Rollstuhl.«

Nachdem Honey das Gespräch beendet hatte, wanderten ihre Gedanken zur Preisverleihung zurück. John Rees wusste offenbar einiges über Grace Pauling. Sie beschloss, bei ihm anzurufen. Besser noch: Wie wäre es mit einem kleinen Spaziergang? Ein bisschen frische Luft würde mir jetzt wirk-lich guttun, sagte sie sich.

Am Rifleman's Way war viel los. Begeisterte Touristen drängten sich hier mit Kameras um den Hals. Wie üblich hatten die Japaner mehr als eine Kamera dabei. Honey fragte sich immer, ob sie bei all den Fotos und Videos, die sie mach-ten, überhaupt dazu kamen, die Sehenswürdigkeiten anzu-schauen. Wahrscheinlich würden sie die erst richtig genießen, wenn sie wieder zu Hause waren und sich alles auf dem Com-puterbildschirm oder über HDMI-Kabel auf ihrem Fernseher anguckten.

Die Messingglocke über der Tür bimmelte freundlich. Im Gegensatz zu anderen Ladenbesitzern war John Rees nicht der Versuchung erlegen, die alte Glocke zu entfernen und durch einen modernen High-Tech-Drucksensor unter der Fußmatte zu ersetzen. Die Innenausstattung, die Nigel Tern für sein Geschäft gewählt hatte, würde John Rees gar nicht gefallen.

Schlank, schlaksig und wahnsinnig attraktiv, ohne sich darum zu bemühen, beriet John gerade ein japanisches Ehepaar, schaffte es aber zwischendrin, ein rasches Hallo in ihre Richtung zu schicken. Honey blieb in der Nähe der Tür stehen und wollte warten, bis er die Kunden bedient hatte.

»Mercator-Karten sind begehrte Sammlerobjekte«, hörte sie John gerade sagen.

Die Japaner nickten stumm, während sie sich über die angebotenen Stücke beugten. Der Mann hatte seine Brille halb die Nase heruntergeschoben.

Honey kam zu dem Schluss, dass die Sache doch ein wenig länger dauern würde, und spazierte weiter in den Laden hinein. Ab und zu nahm sie ein Buch von einem Regal, eher von der Gestaltung des Buchrückens als vom Titel angezogen. Es gab natürlich Ausnahmen. Ihr fiel eine alte Ausgabe von *Fanny Hill* in die Hände. Obwohl sie keine Expertin war, sah das Buch wie eine Erstausgabe aus. Es lag schön in der Hand. Der Einband war ein bisschen aufgeraut.

Fanny Hill! Das war eine Frau, die ihr gutes Aussehen ohne Zögern voll ausgenutzt hatte! Es war ja auch der einzige Vorteil, den sie auf der Welt hatte.

Das Rascheln einer Papiertragetasche – John weigerte sich, Plastiktüten zu benutzen – und das Klingeln der Kassenschublade, gefolgt vom Bimmeln der Türglocke, zeigte an, dass die Japaner das Geschäft verließen, ihre Einkäufe fest umklammert.

Honey lächelte John vom hinteren Teil des Ladens her zu. John lächelte zurück.

»Ein gutes Geschäft, hoffe ich.«

»Ich habe den Preis bekommen, den ich haben wollte. Es war eine alte Karte von Japan – bevor ein großer Teil des Landes ordentlich vermessen wurde. Die beiden waren begeistert.«

»Und du warst vom Preis begeistert, den sie gezahlt haben?«

»Darauf kannst du wetten. Darf ich dir ein Glas Wein anbieten. Es ist eine Flasche offen. Und dann mache ich mich auf den Weg und fülle vom Gewinn dieser Transaktion meinen Keller wieder auf.«

»Du hast doch gar keinen Weinkeller.«

»Ich habe einen Schrank! Und einen Kühlschrank.«

Honey lächelte. »Du bietest mir immer zuerst einen Wein an, nichts anderes.«

»Du kannst auch einen Kaffee haben, aber der steht schon eine Weile auf der Warmhalteplatte.«

Honey schaute auf die Glaskanne. »So schlecht sieht er nicht aus. Und der Kaffee läuft noch durch.«

John grinste und zuckte die Achseln. »Na gut. Dann geht mein Vorwand flöten. Dann muss ich dich einfach bitten, meinen Verkauf mit mir zu feiern. Weiß oder rot?«

Sie entschied sich für weiß.

»Ah ja«, sagte er und öffnete den kleinen Eisschrank, der hinter der Ladentheke verborgen war. »Um die Mittagszeit bevorzugst du Weißwein.«

»Obwohl es ja noch nicht mal richtig Mittagszeit ist.«

Sie freute sich an dem Klirren der Gläser, als sie miteinander anstießen. Es hatte etwas Beruhigendes. Das ließ einen zum Beispiel die verflixte Büroarbeit vergessen.

John lächelte nett. »Ich nehme an, dein Besuch dient nicht nur dem Vergnügen – wenn ich auch natürlich die Hoffnung immer noch nicht aufgegeben habe.«

Sie konnte sich gerade noch beherrschen, nicht rot zu werden. Doherty war ihr tägliches Brot, aber es schadete ja nichts, wenn man ab und zu Appetit auf ein Bagel bekam – solange man es beim Appetit beließ.

»Ich vermute mal, es hat keinen Zweck, dich zu fragen, ob du was über das Ableben von Nigel Tern weißt?«

John legte den Kopf leicht zur Seite, während er abermals Wein einschenkte. »Das hat nun wirklich jeder mitgekriegt. Was für ein Abgang! Man könnte es beinahe eine Live-Performance nennen – na ja, wenn er nicht hinterher mausetot gewesen wäre.«

Honey verzog das Gesicht. »Das finde ich gar nicht komisch.«

»Sollte es auch nicht sein.«

John bat sie, ihm nähere Einzelheiten zu verraten. »Ich interessiere mich einfach dafür. Ich meine, war das eine einmalige Sache, oder ist ein Serienmörder unterwegs, der was gegen Ladenbesitzer hat? Schlimmer noch, stehe ich als Nächster auf der Liste? Dass muss einen doch interessieren. Das interessiert alle.«

Honey umriss die Szene im Schaufenster – das heißt, die Szene, wie sie sich am Tag nach dem Gewinn des Wettbewerbs dargestellt hatte.

»Ich hatte das Fenster am Morgen schon gesehen«, sinnierte John. »Die Deko war beeindruckend, vielleicht ein bisschen melodramatisch, aber es baumelte ganz gewiss keine Leiche am Galgen.«

»Du hattest sie am Morgen des Wettbewerbs gesehen.«

Er nickte. »Jawohl. Und dann hast du sie begutachtet.«

»Du warst einer von den Preisrichtern?«

»Stimmt.«

»Und wer war der Dritte?«

John zuckte mit den Schultern. »Keine Ahnung. Es war alles noch normal, als ich mit Lee Christie dort gewesen bin. Manches hat mich sehr angesprochen, aber nicht alles. Mir hat die Auslage vom Chocolate Soldier besser gefallen.«

»Ehrlich?« Honey verzog nachdenklich das Gesicht. »Ich

habe Tern & Pauling die volle Punktzahl gegeben. Du dem Chocolate Soldier. Stimmt's?«

»Klar. So kommt es ungefähr hin.«

»Vermutlich war das dritte Jury-Mitglied meiner Meinung und hat für Tern & Pauling gestimmt.«

»Das müsstest du das Jury-Mitglied selbst fragen.« John trank sein Glas aus und schenkte sich erneut ein. Honey lehnte dankend ab.

»Wer war also der Erste, der den Toten da hängen sah?«

»Ein Straßenfeger hat ihn entdeckt. Er war ein wenig schockiert, gelinde gesagt. Ich meine, niemand rechnet ja damit, eine Leiche in einer Schaufensterauslage zu finden, oder? Ich denke, der Mörder wollte uns damit etwas mitteilen, aber die Polizei will davon nichts hören. Wenn es der alte Herr Tern gewesen wäre, der da am Galgen baumelte, dann hätte man sofort mit Fingern auf seinen Sohn gezeigt, einfach nur, weil er alles erben würde. Wie die Dinge liegen, besitzt der Alte immer noch alles und weiß vielleicht nun nicht, wem er das viele Geld vererben soll.«

John runzelte die Stirn. »Ich glaube, es gibt schon noch Verwandte, wenn auch keine nahen. Ich denke nicht, dass der alte Herr Besuche von Verwandten schätzt, er hat lieber nichts mit ihnen zu tun.«

»Weißt du das sicher?«

John fischte mit dem kleinen Finger einen winzigen Fremdkörper aus seinem Glas. In diesem Jahr gab es außerordentlich viele Mücken, die auch manchmal einen Sturzflug in einen kühlen Chardonnay oder purpurroten Shiraz riskierten.

Er nickte langsam, einen Arm vor die Brust gelegt, die Hand unter der Achsel eingeklemmt. Mit der anderen Hand deutete er auf einen Stuhl und forderte Honey auf, hinter der Theke Platz zu nehmen, während er sich an ein Bücherregal lehnte.

»Seine Frau hatte Familie. Von denen war niemand bei den Terns willkommen, solange sie noch am Leben war, und nach ihrem Tod erst recht nicht. Ich glaube, Mr Tern senior hatte auch eine Schwester. Ich weiß keine Einzelheiten, außer dass sie ihn wohl mal gefragt hat, ob er ihr finanziell unter die Arme greifen könnte. Ich bin mir nicht sicher, ob sie verheiratet war, aber ich habe das Gerücht gehört, sie wäre ›in Schwierigkeiten‹ gewesen, wie man das damals bei jungen Frauen genannt hat, und da hätte sie seine Hilfe gebraucht. Es versteht sich von selbst, dass er sie abgewiesen hat.«

»Woher weißt du das alles?«

Johns Grinsen wurde breiter, und er hielt das Weinglas auf Schulterhöhe. Er schaute ziemlich verschmitzt, und Honey lief ein kleiner kalter Schauer über den Rücken.

»Von einer Angestellten – bei ihm zu Hause, nicht im Laden.«

Honey blickte ihn fragend an, spürte, wie sich ihr Haar bewegte, als sie den Kopf schief legte.

»Die ist nicht zufällig Krankenschwester?«

Er verbarg sein Lächeln, indem er einen Schluck aus seinem Glas nahm.

»Ich hab nun mal eine Schwäche für Krankenschwestern in Schwesternkleidung. Solcher von der altmodischen Sorte, wohlgemerkt. Nicht diese Schlabbersachen. Die sind vielleicht hygienischer und praktischer, aber, Mannomann!, so eine gestärkte Schürze, die knistert, wenn sich die Krankenschwester zu dir beugt, um dein Kissen aufzuschütteln ... Das gibt's bei diesen Schlabberdingern einfach nicht mehr. Und dann waren da ja auch noch die schwarzen Strümpfe ...«

Honey hob die Hand, als wollte sie den Straßenverkehr stoppen.

»Jetzt mach mal halblang, Cowboy. Können wir bitte beim Thema bleiben?«

Er seufzte. »Wenn es sein muss.«

»Es ist nicht etwa Edwina Cayford, von der du da gerade geredet hast?«

Er lachte. »Erwischt.«

»Die trägt aber keine altmodische Schwesternkleidung, zumindest nicht, wenn sie für Mr Arnold arbeitet. Sie putzt bei ihm.«

»Nein, und im Krankenhaus trägt sie sie auch nicht, aber manchmal macht sie eine Ausnahme für gute Freunde, die gestärkte Häubchen und Schürzen lieben. Ich glaube, es ist für sie eine Art Nebenerwerb. Du weißt schon, so auf Bestellung als Geburtstagsüberraschung. Ich habe mir sagen lassen, damit kann man gutes Geld verdienen.«

Es traf Honey wie ein Schlag, dass John außer ihr noch andere Frauen attraktiv fand. Wieso sie das bisher nie bemerkt hatte, wusste sie nicht. Sie war ja beinahe eifersüchtig! Ihr hatte der Gedanke gut gefallen, dass sie einen Spatz in der Hand hatte, ein anderer aber immer in der Nähe herumflatterte. Dann ging ihr durch den Kopf, dass Edwina Cayford mehr als einen Job hatte. Sie überlegte, wie sie wohl finanziell gestellt war. Würde sie für Geld alles tun? Und warum? Hatte sie Schulden? Hatte sie familiäre Verpflichtungen? Es würde sich lohnen, das einmal genauer unter die Lupe zu nehmen.

»Wie gut kennst du Arnold Terns Rechtsanwältin?«

John bewegte lässig die Hand, die das Weinglas hielt.

»Ziemlich gut. Sie sammelt Erstausgaben. Ich habe mit ihr schon Bücher gegen Bares getauscht.«

»Grace Pauling sammelt Bücher?«

»Allerdings.«

»Privat kennst du sie also nicht?«

Ein schelmisches Grinsen trat auf seine Lippen. Der Blick, den er ihr zuwarf, ließ Honey schaudern.

»Ich kenne sie. Ich habe mit ihr schon zu Mittag gegessen,

und obwohl sie deutliche Signale gegeben hat, habe ich die Sache nicht weiter verfolgt.«

»Sie hat dich angebaggert?«

»Tu nicht so überrascht. Frauen mögen mich, weißt du.«

»Das bezweifele ich nicht.«

Sein Grinsen wurde noch breiter. »Mach schon. Bagger mich an.«

»Hätte ich denn eine Chance?«

Er stellte sein Glas ab. »Die Antwort darauf kennst du. Und jetzt hör auf, nach Komplimenten zu angeln, und komm zur Sache. Grace Pauling ist die Tochter von Mr Arnolds Geschäftspartner.«

»Hast du eine Ahnung, wer der Erbe in Mr Arnolds Testament sein könnte?«

John zuckte mit den Schultern. »Es war natürlich erst einmal Nigel Tern. Aber jetzt ...« Er legte eine Pause ein. »Jetzt kann man nur Vermutungen anstellen. Könnte ein Verwandter sein. Oder das Tierheim. Oder die engagierte Krankenschwester, der er sicher an die Wäsche gegangen wäre, wenn er ein paar Jahre jünger wäre.«

Honey bemerkte ein geheimnisvolles Glitzern in Johns Augen.

»Würde das deine Miss Cayford wissen?«

»*Mrs* Cayford. Sie ist geschieden. Sie hat drei Kinder. Die Tochter ist verheiratet. Ein Sohn ist über zwanzig, der andere noch ein Teenager.«

»Meinst du, sie weiß, wer erben wird?«

»Wieso nimmst du an, dass ich sie so gut kenne?«

»Kennst du sie so gut?«

»Bisschen.«

Wieder trat das verschmitzte Grinsen auf sein Gesicht.

»Warum glaubst du, dass ich mich noch mit ihr treffe?«

Sie drückte ihm ihr leeres Weinglas in die Hand und

grinste ihn listig an. »Weil du dich nicht mit mir triffst. Ich habe Edwina Cayford gesehen und glaube, sie ist dein Trost-preis.«

Sein Lachen klang hinter ihr her, während die Türglocke bimmelte. Sie musste unwillkürlich lächeln und wurde ein bisschen rot, weil sie so kess gewesen war. Außerdem hatte sie versucht, völlig überlegen zu wirken. Von wegen Edwina als Trostpreis! Wenn es je eine Trennung zwischen Doherty und ihr gab, dann war John *ihr* Trostpreis. Nicht dass das wahrscheinlich war. Da war alles felsenfest. Absolut felsenfest.

Kapitel 13

Doherty war auf einen Sprung im Green River Hotel vorbei-gekommen. Bei einer Tasse Kaffee und Croissants mit Ricotta-Käse und Marmelade hatten sie darüber diskutiert, wie Mr Tern seniors Testament wohl aussah, obwohl sie da natürlich nur Vermutungen anstellen konnten. Sie hatten auch über Grace Pauling gesprochen, die sowohl den Verstor-benen als auch Mr Arnold Tern vertrat.

»Da sie für die Terns als Anwältin tätig war, frage ich mich, ob sie wusste, dass man wegen eines Verkaufs des Anwesens an Mr Nigel herangetreten war.«

»Wenn wir sie fragen, wird sie uns sicher mit der anwalt-lichen Schweigepflicht kommen. Das könnte jedoch interes-sant sein. Genauso wie diese Sache mit Alan Roper. Aber ging es bei dem Verkauf wirklich um den Laden? Es könnte doch auch um ein anderes Anwesen gehen, das dem Trust gehört. Dazu müssen wir Grace Pauling fragen.«

»Die Freundlichste ist sie nicht«, meinte Honey.

»Sie ist Anwältin. Die sind selten nett. Gib mir etwas Zeit, und ich sehe zu, dass ich sie endlich mal auf einen Termin festnageln kann. Treffen wir uns heute Abend und bespre-chen das dann?«

»Im Zodiac?«

»Klar. Knapp vor der Geisterstunde.«

»Prima. Ich komme auf meinem Hexenbesen.«

Nachdem sie das Geschirr zusammengestellt und in die Küche gebracht hatte, gab sich Honey redlich Mühe, sich zu-sammenzureißen und die verflixten Büroarbeiten zu erledi-gen. Ehe sie das machte, hatte sie aber noch ein paar wichtige

Fragen zu stellen, zu denen ihre Tochter Lindsey alle Antworten kannte.

»Kampiert Mary Jane immer noch vor dem Flurfenster im ersten Stock?«

»Nein. Sie ist in die Forschungsbibliothek am College Green in Bristol gefahren, um dort nach alten Geschichten über unser Haus zu stöbern.«

Honey stöhnte. »Ich wünschte, sie ließe das bleiben. Jedenfalls ist das hier ein Hotel und kein Privathaus.«

»Aber es wurde als Wohnhaus gebaut. Als Stadtresidenz eines Gentleman, wie man das wohl damals genannt hat«, meinte Lindsey, während sie einen Stapel Broschüren sortierte, von denen einige die Schönheit des Royal Crescent und andere das Römerbad anpriesen. Die musste man ordentlich trennen.

»Lindsey, es war kein Gespenst! Da bin ich mir sicher.« Sie wollte einfach nicht, dass es ein Gespenst gewesen war. Davon hatten sie auch so schon mehr als genug.

»Wie sicher?«

Lindsey liebte es, ihre Mutter ganz direkt anzuschauen – genaugenommen, jeden ganz direkt anzuschauen.

»Na ja …«

In Wahrheit wusste Honey nicht genau, wer die Frau war, die sie da hinter dem Bogenfenster im ersten Stock gesehen hatte. Aber sie wusste sehr wohl, dass eine Horde von Möchtegern-Gespensterjägern über das Hotel hereinfallen würde, wenn sie darüber sprach. Ihr reichte schon, dass sie mit Mary Jane praktisch rund um die Uhr eine Gespensterexpertin im Haus hatte.

»Dir ist der Gedanke nicht recht, dass vielleicht jemand im Obergeschoss Selbstmord begangen hat.«

»Oder im Untergeschoss. Ich meine, sie ist ja möglicherweise nur ausgerutscht. Und wegen des Vorbaus konnte sie nicht tief fallen. Vielleicht hat sie ja auch überlebt? Ein wirklich ungünstiger Ort für einen Selbstmord, heute wie damals.«

»Du hast doch gerade selbst gesagt, du würdest nicht glauben, dass es ein Gespenst war. Nun, wenn es keines war, wer war die Frau dann und wo ist sie jetzt?«

Lindsey hatte eine Art, Dinge auf den Punkt zu bringen, die ihrer Mutter unheimlich war.

»Da hast du recht. Wenn es kein Gespenst war, was dann? Eine Spiegelung?«

Sie dachte nach. In den Fenstern des Green River Hotel hatten sich der Himmel und die Gebäude gegenüber gespiegelt. Also war die Frau vielleicht da aus einem Fenster gesprungen? Honey runzelte angestrengt die Stirn, während sie nachdachte. Es hatte keine Berichte gegeben, dass jemand aus dem ersten Stock des Hauses gegenüber gesprungen oder gefallen war. Trotzdem konnte es nicht schaden, mal drüben vorbeizuschauen und nachzufragen.

Lindsey hatte sich bereits wieder dem Computerbildschirm zugewandt. »Ich habe für Mary Jane ein bisschen recherchiert. Sie wollte es nicht selbst machen. Sie mag Computer nicht. Sie meint, die könnten deine Seele einfangen.«

»Ich glaube gern, dass die Xbox so was macht«, murmelte Honey. Sie kannte diese Dinger. Sie hatte Freunde, deren Kinder ihr Leben nur noch in Computerspielen verbrachten. »Ich bin mir nicht mal sicher, ob mein Sohn überhaupt sprechen kann«, hatte eine ihrer Freundinnen einmal zu ihr gesagt. »Mit mir redet er jedenfalls nie.«

»Ich mache demnächst wahrscheinlich eine Wandertour«, sagte Lindsey plötzlich.

»Wieder in Devon?«, fragte Honey, während sie die Post auf ihrem Schreibtisch durchsah. Ihre Lebensgeister wurden angesichts der sorgfältig formulierten Anfragen nach Kurzurlaubsangeboten im Winter sehr viel munterer. Fast alle waren von älteren Leuten. Die meisten Buchungen kamen heutzutage per E-Mail, häufig von Rentnern, die sich nach Kurzurlauben im Winter erkundigten, besonders zur Zeit des Weihnachtsmarktes.

»Nein. Nepal.«

Honey stockte. »Ist das nicht in Indien?«

»Nördlich von Indien. Eingequetscht zwischen Indien und Tibet.«

»Glaubst du, da ist es sicher?«

Lindsey seufzte in der herablassenden Art, die junge Leute an sich haben. Sie schienen zu denken, ihre Eltern wären nie auf Abenteuer aus gewesen – na ja, zumindest nicht in Nepal. Dort hatte es Honey nie hingezogen.

»So sicher wie im Stadtzentrum von Bristol am Samstagabend – vielleicht sogar noch sicherer«, erwiderte Lindsey.

Das beruhigte Honey kaum. Sie hätte bestimmt noch etwas dazu zu sagen gehabt, hätte nicht ihr Handy geklingelt.

»Ich habe eine Liste von Nigel Terns Freundinnen. Es sind gerade keine Polizistinnen frei, die mich zu den Befragungen begleiten könnten. Sieht aus, als wären sie alle erkältet oder im Urlaub. Klingt ganz so, als hätte es was mit Bikinis zu tun.«

»Du meinst wahrscheinlich Bikinilinien«, erklärte ihm Honey. »Wer sich einen winzigen Bikini zulegt, macht normalerweise auch einen Termin für einen Brazilian.«

»Brazilian? Ich wusste gar nicht, dass so viele brasilianische Touristen nach Bath kommen.« Doherty war offensichtlich völlig verwirrt.

Honey konnte sich gerade noch beherrschen. Am liebsten hätte sie laut losgelacht. Sie wollte aber auch nicht zu sehr ins Detail gehen darüber, wo sich Frauen überall enthaaren lassen, nachdem sie das erste Mal einen neuen Bikini anprobiert haben.

»Ich erkläre dir das später. Vertraue mir. Mit der Zeit wird sich alles aufklären.«

»Wenn du es sagst. Ich habe es so arrangiert, dass ich all diese Frauen in ihren Wohnungen befrage, mit Ausnahme von Anne Kemp. Sie arbeitet nachts, und es wäre ihr lieber, wenn wir sie entweder besuchen könnten, ehe sie zu Bett geht, das heißt frühmorgens, oder am Abend bei der Arbeit. Ich habe mich für einen Besuch am Abend entschieden. Sie fängt früh an, schon um neun. Das schien mir besser zu passen.«

»Das geht bei mir. Wann legen wir los?«

»Morgen früh. Ziemlich bald. Na ja, kurz nach Mitternacht wäre wohl am besten. Schaffst du das?«

»Klar. Muss ich vorher Recherchen anstellen?«

»Aber unbedingt! Über die Vorteile einer Bar im Souterrain nach Einbruch der Dunkelheit.«

»Okay. Im Zodiac heute Abend um zehn.«

»Und danach gehen wir in den Lucky Lady Pole Dancing Club.«

»Entweder versuchst du mir eine neue Berufslaufbahn schmackhaft zu machen, oder Anne Kemp arbeitet da.«

»Das tut sie.«

»Ich geh nur schnell mal rüber zu Dennison und Dimply«, sagte Honey, sobald sie das Gespräch mit Doherty beendet hatte.

»Zu den Rechtsanwälten?«

»Genau.«

»Das sind aber nicht unsere Anwälte.«

»Nein. Ich muss nur was fragen, wobei uns unsere Anwälte unmöglich helfen können.«

Sie lächelte strahlend.

Lindsey kniff die Augen zusammen, und ihre Mutter wusste, dass sie unter schärfster Beobachtung stand.

»Ich bleibe nicht lange weg«, sagte Honey fröhlich, hauptsächlich um weitere Fragen zu vermeiden. Sie wollte sich gegenüber nach der Frau erkundigen, die vielleicht aus dem

Fenster gesprungen war, nur falls sich die Nachricht wider Erwarten noch nicht verbreitet haben sollte.

Eine grauhaarige Dame lächelte sie an, als sie die Kanzlei betrat.

»Ich müsste mit dem Seniorpartner sprechen – glaube ich.«

»Dürfte ich Ihren Namen erfahren?«

»Mrs Driver. Mrs Hannah Driver. Mir gehört das Hotel gegenüber.«

»Ach wirklich«, erwiderte die Frau, als glaubte sie ihr das nicht ganz. Das konnte man ihr nicht verübeln, denn niemand aus der Kanzlei hatte je einen Fuß ins Green River Hotel gesetzt.

Die Frau notierte sich etwas. »Und in welcher Angelegenheit benötigen Sie Rechtsbeistand?«, fragte sie.

Plötzlich fehlten Honey die Worte. »Nun … eigentlich … brauche ich keinen Beistand, ich hätte nur gern Gewissheit über …«

Sie holte tief Luft. Es war nicht leicht, sich zu konzentrieren und klar auszudrücken, aber sie tat ihr Bestes.

»Also es ist so: Ich habe jemand in meinem Hotel aus dem Fenster im ersten Stock fallen sehen, dem Rundbogenfenster am Ende des Flurs. Ich stand gerade auf der Straße und freute mich an den Proportionen des Gebäudes, als sie … plötzlich … da stand … mit ausgebreiteten Armen … und fiel … oder sprang.«

Die Frau schaute mit offenem Mund zu ihr auf.

»Ich bin nicht verrückt«, sagte Honey eilig. »Ich habe wirklich jemanden am Fenster im ersten Stock gesehen. An dem da«, sagte sie und deutete aus dem Fenster im Erdgeschoss der Kanzlei auf die andere Straßenseite.

»Ah«, sagte die Frau und schaute sie immer noch merkwürdig an. »Ich habe mich schon gefragt, wohin sie wohl gegangen ist.«

Jetzt war Honey an der Reihe, verwundert zu schauen. »Was meinen Sie damit? Sie haben sich gefragt, wer wohin gegangen ist?«

»June Havard. Sie hat früher hier gespukt, aber dann hatte Mr Dennison genug davon. Sie ist ständig über den Flur gerannt und hat sich aus dem Fenster gestürzt. Ich weiß, sie ist nur ein Gespenst, aber es wurde ein bisschen lästig, besonders wenn wir gerade Mandanten über den Flur geführt haben. Sie kennen ja diese Kleider aus der Regency-Zeit: Musselin und so gut wie durchsichtig. Es war außerordentlich peinlich. Also hat Mr Dennison einen Exorzisten zu Rate gezogen.«

Honey stand mit offenem Mund da. Sie konnte kaum glauben, was sie da hörte.

»Sie wollen mir nicht etwa weismachen, dass diese Frau in mein Hotel umgezogen ist?«

Die Frau reckte ihr keckes Kinn vor, in einer Art Nicken. »Lady June Havard. Sie hat sich in den falschen Mann verliebt, und der hat da drüben gewohnt – als Ihr Hotel noch eine Residenz war. Er hat sie anscheinend ganz gemein sitzenlassen. Hat sie in Schwierigkeiten gebracht und ihr das Herz gebrochen, als das für eine junge Frau noch den Ruin bedeutete.«

Plötzlich überkam Honey ein sehr ungutes Gefühl. »Sie wissen nicht zufällig, wie der Mann hieß, oder?«

Honey hatte schon eine Ahnung, wer es sein könnte, aber sie musste es noch von dieser Frau hören, die für einen Mann arbeitete, der einen Exorzisten beauftragt hatte, um das Gespenst loszuwerden.

»Sir Cedric irgendwas«, antwortete die Frau. »Kann mich an den Rest nicht mehr genau erinnern, aber der erste Teil seines Namens war ganz sicher Sir Cedric.«

Kapitel 14

Honey erzählte Doherty kein Sterbenswörtchen von ihrer anderen Untersuchung. Sie war wild entschlossen, allein damit fertigzuwerden, und konzentrierte sich jetzt auf den gegenwärtigen Fall. Der Mord an Nigel Tern stand ganz oben auf ihrer Liste, und nun war sie auch noch drauf und dran, einen Pole Dancing Club zu betreten.

Der Gorilla an der Tür rollte mit den Schultern und behauptete, sie dürften nicht rein.

»Nur für Mitglieder. Aber Damen ohne Begleitung oder in Begleitung eines Vollmitglieds haben Zutritt.«

»Sie ist mit mir zusammen.«

»Tut mir leid, Kumpel, aber ich muss Ihre Mitgliedskarte sehen.«

»Ich habe keine.«

»Dann kannst du auch nicht rein, Junge!«

Doherty hielt ihm seinen Dienstausweis vor die Nase.

»Ich glaube, Sie werden feststellen, dass diese Karte unseren Eintritt und die Clubmitgliedschaft abdeckt. Mein Name ist Doherty. Detective Inspector Doherty. Ich muss mit Anne Kemp sprechen. Deswegen bin ich auch in Begleitung einer Frau hier.«

Er erklärte dem Türsteher nicht, dass Honey Zivilistin war. Das brauchte er nicht. Der Mann mit dem Bowlingkugelkopf und dem Polyesteranzug trat bereits zur Seite und winkte sie hinein.

Die Beleuchtung im Lucky Lady Pole Dancing Club war außerordentlich gedämpft, so sehr, dass Honey über einen ausgestreckten Fuß stolperte. Normalerweise wäre sie platt auf dem Boden gelandet, aber diesmal konnte sie sich gerade noch an einer Stange festhalten, einer der Stangen, an der hier sonst halbnackte Tänzerinnen ihre Verrenkungen vollführten.

»Honey, hör mit dem Blödsinn auf«, murmelte Doherty, tat aber nichts, um ihr zu helfen.

Alles wäre gut gewesen, hätte sich das Podest, in das die Stange eingelassen war, nicht plötzlich vom Boden gehoben, so dass es wie eine Mini-Bühne etwa anderthalb Meter über dem Rest des Fußbodens schwebte. Anscheinend hoben sich so die Podeste aller Tänzerinnen, als Signal, dass die nächste Nummer beginnen würde. Alle Augen richteten sich erwartungsvoll auf Honey.

Wange an Wange mit der schimmernden Metallstange, stellte Honey fest, dass sie nun auch noch von einem grellen Spot angestrahlt wurde.

Sie blinzelte ins Dunkel, sah nur schemenhaft schweiß-glänzende Glatzköpfe und Männergesichter, die ihr zugewandt waren, alle mit erwartungsvoller Miene.

Es herrschte atemlose Stille.

Jemand brüllte: »Mach schon. Zieh die Klamotten aus!«

»Ja. Komm schon. Wir haben dafür bezahlt, dass du für uns tanzt, nicht da rumhängst, als würdest du auf den Bus warten.«

Typisch. Ein Komiker war immer im Publikum.

»Ich bin gestolpert. Ich sollte eigentlich nicht hier oben sein«, rief sie zurück.

»Wir haben nichts gegen Amateurtänzerinnen. Titten sind Titten!«

»Du Idiot! Hörst du vielleicht Musik?«

»Wer braucht Musik?«, brüllte der Idiot zurück.

»Honey, ich hab doch gesagt, du sollst mit dem Blödsinn aufhören. Komm sofort da runter!«

Doherty reichte ihr die Hand. Sie griff sie mit beiden Händen und ließ sich von ihm nach unten helfen.

»Du wärst beinahe der Starauftritt gewesen«, flüsterte er, und sein Gesichtsausdruck war in der Finsternis nicht auszumachen. Endlich saßen sie an einem Tisch in der dunkelsten Ecke des Raumes.

»Ich habe darum gebeten, dass Anne zu uns kommen soll. Inzwischen halten wir uns aus dem Rampenlicht raus, ja?«

Plötzlich erlosch der Spot, wenn auch nicht für lange. Die Dunkelheit war der Hinweis für die Tänzerin, auf ihr Podest zu klettern, um sich dann dort zu verrenken.

Die Scheinwerfer gingen wieder an, richteten sich auf die attraktive junge Frau, die nun dort wartete, wo vorhin noch Honey gestanden hatte. Zu den Klängen von Phyllis Nelson, die *Move Closer* sang, begann sie sich mit bebenden Hüften an die Stange zu schmiegen. Honey spürte, wie ihr ganz heiß wurde. Wenn je ein Lied in Worten und Rhythmus den Liebesakt imitierte, dann dieses.

Die Menge brüllte anerkennend. Alle Augen waren auf die junge Frau gerichtet, deren geschmeidiger Körper vor Öl glänzte, deren Brüste nackt waren und deren Hintern lediglich von einem schmalen Streifen schwarzer Spitze geteilt wurde. Die Musik passte blendend zu ihren Bewegungen.

Die junge Frau, zweifellos Anne Kemp, drückte die Beine zu beiden Seiten an die Stange, ging langsam in die Knie, reckte sich, krümmte und wand sich um das Metall.

Doherty war ganz still geworden. Honey auch. Beide starrten sie Anne Kemp an. Die war doch gewiss viel zu attraktiv und viel zu jung, um eine Freundin von Nigel Tern zu sein?

Na ja, dachte Honey, die Alphamännchen kriegen immer, was sie wollen. Ganz egal, ob er aussah wie ein Unfallwagen, er hatte den Status und das Geld. Für eine junge Frau wie Anne Kemp zählte sonst nichts.

Trotz der schummrigen Beleuchtung konnte Honey genug sehen, um zu merken, dass sie die einzige Frau im Publikum war. Ringsum nur Männer, so weit das Auge reichte. Ihre Wangen brannten heiß. Das bedeutete, dass überhaupt nur zwei Frauen im Raum waren, und sie war die zweite.

Ihr Mund wurde ganz trocken, und sie schaute zu Doherty. Die Umrisse seines Gesichts verschmolzen mit den Schatten, als er auf die Uhr schaute. Er richtete einen Augenblick lang wieder die Aufmerksamkeit auf die junge Frau. Dann lehnte er sich näher zu Honey und flüsterte ihr ins Ohr: »Ich gehe hinter die Bühne. Ich habe Lust, ein paar Leute über Anne Kemp auszufragen. Nur ein bisschen Hintergrundinfo. Wer weiß, was ich da ausgrabe?«

Sie hob zu einem Protest an. »Du lässt mich hier allein?«, zischte sie.

»Ja. Dir passiert schon nichts. Wenn sie fertig ist, folgst du ihr nach draußen. Okay?«

»Ich bin von zwielichtig aussehenden Männern umgeben«, flüsterte sie zurück.

»Woher weißt du das? Du kannst sie doch gar nicht sehen.«

Da hatte er natürlich recht. Der hellste Fleck im ganzen Raum war das Podest mit der attraktiven, sich lasziv räkelnden Frau. Die war vielleicht Mitte zwanzig. Honey hatte sie schon mal irgendwo gesehen, wenn ihr auch weiß Gott nicht einfiel, wo das gewesen war.

Es fiel schwer, auch nur zu blinzeln. Honey führte das auf die schummrige Beleuchtung zurück, ansonsten hatte Anne selbst viel damit zu tun. Sie wand sich um diese Chromstange wie die Schlange im Garten Eden. Ihr Körper war biegsam und muskulös, gebräunt und glänzend vor Öl. Ihr Stringtanga bedeckte so gut wie gar nichts.

Nach der Phyllis-Nelson-Nummer ertönte etwas Ähnliches, aber in einem schnelleren Rhythmus. Honey fiel der Name des Songs nicht ein.

Sobald das zweite Musikstück vorbei war, verschwand das

Podium wieder im Boden, und die junge Frau wirbelte ein letztes Mal um die Stange, die sie nur noch mit einer Hand hielt.

Die Männer schrien und klatschten. Die junge Frau winkte. Honey machte sich bereit, von ihrem Stuhl aufzustehen und ihr hinter die Bühne in die relative Sicherheit der Umkleideräume zu folgen. Aber Anne Kemp hatte anscheinend andere Pläne, denn sie kam direkt auf sie zu.

Sie war groß und roch nach körperlicher Anstrengung. Sie war außer Atem. Das dunkle Haar fiel ihr locker um die Schultern. Sie hatte braune Augen.

»Darf ich mich setzen?«

»Aber gern.«

Die weißen Zähne der jungen Frau blitzten im violetten Schein der Tischlampe. Dieses Licht verzerrte ihre Züge ein wenig, wenn auch nicht so sehr, dass sie hässlich wirkten. Anne Kemp war wunderschön.

»Nett, Sie wiederzusehen«, sagte die Tänzerin und lächelte strahlend.

»Haben wir uns schon mal getroffen?«, fragte Honey. Annes Aussage hatte ihre eigene Ahnung bestätigt. Sie zermarterte sich das Gehirn, um herauszufinden, wo sie Anne schon einmal gesehen haben konnte. Nicht in einem andern Nachtklub, das war mal sicher!

»Sie werden sich nicht an mich erinnern. Ich hatte da sehr viel mehr an als jetzt. Ich war Brautjungfer bei der Hochzeit meiner Schwester. Wir haben den Empfang im Green River Hotel abgehalten. Da kommen Sie doch her, oder? Sind Sie nicht die Besitzerin?«

Anne sprach mit einem nordenglischen Akzent. Honey war sich nicht sicher, ob sie auf Yorkshire oder Lancashire tippen sollte.

»Ihre Schwester! Wie hieß die?«

»Beverley. Beverley Kemp, aber jetzt ist sie Beverley Simpson, seit sie mit Brian verheiratet ist. Er ist Fußballprofi, müssen Sie wissen. Er spielt für Bristol City.«

»Na klar! Brian Simpson!«

Sie fand Fußball eigentlich ungefähr so spannend, als würde man Wandfarbe beim Trocknen zuschauen, aber es lohnte sich, ein bisschen was von dem Spiel zu wissen, zumindest auf regionaler Ebene.

Sie hielt über Annes Schulter nach Doherty Ausschau. Was für eine Entwicklung! Er war hinter die Bühne gegangen, weil er hoffte, da mit Leuten ins Gespräch zu kommen, die Anne kannten, um etwas über ihren Lebensstil zu erfahren, und Anne hatte sich vor Honeys Nase an den Tisch gesetzt. Und nicht nur das, sie hatten sich schon einmal getroffen. Im Green River Hotel.

Anne sprudelte nur so vor Lebendigkeit. Honey fand das ziemlich erfrischend. Die Tänzerin war freundlich und schien das Wort Verlegenheit nicht zu kennen.

»Was für ein Zufall! Und Sie werden es kaum erraten, wir haben noch was gemeinsam!«, sagte Honey.

»Ach, echt? Was denn?«

»Ich war eine der Preisrichterinnen bei dem Schaufensterwettbewerb. Ich habe der Auslage mit dem Wegelagerer im Fenster meine Stimme gegeben. Sie wissen schon, Tern & Pauling? Der Herrenausstatter in der Beaumont Alley. Natürlich war es zu dem Zeitpunkt nur eine Auslage«, fuhr Honey mit leiserer Stimme fort. »Mr Tern hat sich bestens amüsiert, als ich ihn sah. Da lebte er noch und baumelte nicht am Galgen. Ich habe gehört, dass Sie ihn kannten.«

»Ah ja«, sagte Anne, und ihre Stimme klang nach aufrichtiger Trauer. »Ich kannte ihn. Wir waren mal eine Weile ein Paar, aber nur eine Weile. Nigel war zu flatterhaft, um lange bei einer Person zu bleiben.«

»Sie kannten Nigel Tern also gut?«

»Sie brauchen nicht so vorsichtig zu fragen. Ich kannte Nigel sehr gut, ich meine, ›kennen‹ im biblischen Sinn«, antwortete Anne und nickte ziemlich zweideutig. »Alle seine Mädels *kannten* ihn. Manche besser als andere.«

»Würden Sie sagen, Sie standen sich nah?«

Anne seufzte. »Eine Weile schon. Da habe ich echt gedacht, er wäre der Richtige und es läge ihm was an mir. Er hat mich sogar mal zu einem von seinen Clubabenden oder Gesellschaftsabenden mitgenommen, wie er sie nannte. Ich glaube, ich war die einzige von seinen Mädels, die er je da mit hingenommen hat.«

»Gesellschaft? Was für eine Gesellschaft?«

Honey setzte eine undurchdringliche Miene auf. Sie rechnete mit einer Art Swinger-Club, vielleicht sogar einem SM-Etablissement. Ihre Phantasie schlug Purzelbäume. Auf Annes überraschende Antwort war sie aber völlig unvorbereitet.

»Der Club der Adam-Ant-Doubles. Ich bin nur dieses einzige Mal mitgegangen.« Sie warf den Kopf zurück und lachte, als sie sich daran erinnerte. »Die hätten Sie sehen sollen! All diese nicht mehr ganz jungen, übergewichtigen Typen in knallengen Hosen und so. Ein bisschen wie Johnny Depp in *Fluch der Karibik*.«

»Er hat sich so verkleidet?« Man hatte ihr ja gesagt, dass Nigel Mitglied in einem solchen Club war, aber jetzt saß sie einer Frau gegenüber, die tatsächlich mit ihm dort gewesen war!

»Ja, hat er«, sagte Anne lachend. »Er hätte sich dran erinnern sollen, wie jung sein Idol damals war. Hätte auch dran denken sollen, wie jung er damals war.«

»Aber im Schaufenster – das war ein Wegelagerer«, meinte Honey.

»O ja, den habe ich gesehen. Meiner Meinung nach hat das

Schaufenster noch mehr hergemacht, als nachts ringsum alles dunkel war.«

Honey stand früh am Morgen auf, wenn auch nicht so früh wie Charlie York. Der war schon vor der Morgendämmerung unterwegs. Als der Tag gerade am Horizont dämmerte, musste die Auslage am dramatischsten gewirkt haben. Kein Wunder, dass Charlie schockiert gewesen war, noch dazu bei der Musik, die er sich gerade anhörte, und dann der Anblick seines Idols im Schaufenster!

Es war nicht irgendein Wegelagerer, sondern ein ganz besonderer. Adam Ant, der *Stand and Deliver* sang.

»Er hat sich wahnsinnig gern verkleidet, ganz besonders mit diesen Räuberklamotten«, sinnierte Anne. »Nachdem ich einmal sein Geheimnis kannte, hat er sich immer so verkleidet – Sie wissen schon. Privat auch, ehe wir losgelegt haben, wenn Sie wissen, was ich meine. Die Seide hat sich wirklich angenehm angefühlt. Echt weich.«

Ihr Lächeln sprach Bände.

Honcy nickte. Sie wusste sehr wohl, was Anne meinte.

»Es war seine Leidenschaft. Seine wahre Leidenschaft«, fuhr Anne fort. »Er war in seiner Jugend ein großer Fan von Adam Ant gewesen. Mich hat das ja ziemlich kaltgelassen.« Anne zuckte mit den nackten Schultern. »Aber so ist das eben. Jedem das Seine. Wir können es ihm kaum verübeln, dass er sich gern verkleidet hat, oder?«

Es kam Honey in den Sinn, dass es Anne gar nicht aufzufallen schien, dass sie oben ohne und auch sonst ziemlich leicht bekleidet bei ihr saß. Seltsamerweise hatte auch sie das vergessen. Zog man sich nicht gewöhnlich was über, sobald der Tanz zu Ende war? Der jungen Dame musste doch eiskalt sein. Anne schien das nicht zu bemerken.

Aber die männlichen Zuschauer, zumindest ein Teil, wurde plötzlich darauf aufmerksam. Drüben wurde ein Junggesellenabschied gefeiert, und der zukünftige Bräutigam war wohl derjenige, der über einen Tisch drapiert dalag. Einer aus der Meute kam herübergetaumelt.

»Darf ich den Damen einen Drink spendieren?«

Er hielt eine Flasche Bier in der einen Hand. Nach seinem Schwanken zu urteilen, waren seine Knie dank der konsumierten Alkoholmenge schon butterweich.

Anne ließ sich von seinem Zustand überhaupt nicht aus der Fassung bringen, lächelte und antwortete, sie hätte gern Champagner. »Eine Flasche, bitte. Für mich und meine Freundin.«

Sie deutete mit dem Kopf auf Honey.

Der junge Mann torkelte noch einen Schritt weiter auf sie zu, dann wieder einen zurück, und grinste Honey anzüglich an.

»Ja. Prima. Führst du uns später eine gute Nummer vor, Liebchen?«

»Leider nicht«, antwortete Honey. »Ich hab schon was anderes vor.«

Der Typ vom Junggesellenabend war hartnäckig. »Zeigst du uns deine Titten?«

Honey lächelte Anne zu. »Ich glaube, ich gehe jetzt besser.«

»Nur keine Eile«, nuschelte der schwankende junge Mann, legte ihr eine Hand auf die Schulter und drückte sie auf den Stuhl zurück. »Du hast noch jede Menge Zeit, deine Klamotten loszuwerden. Warum ziehst du dich nicht gleich hier aus? Wir haben doch nichts dagegen, Jungs, wenn sie ihre Klamotten hier auszieht, oder?«, brüllte er zu seinen Freunden hinüber.

Das wurde mit viel Gegröle von den Tischen bestätigt. Und mit einigem Applaus.

»Ausziehn! Ausziehn!«

Nach der Anzahl der Wein- und Bierflaschen, die auf den Tischen der Junggesellenparty aufgebaut waren, waren die

Herren nicht in einem Zustand, sich überhaupt daran zu erinnern, warum sie hier waren, geschweige denn, einen Striptease zu schätzen.

»Ich denke, du solltest jetzt schnellstens zu deinen Kumpels zurückgehen«, befahl eine Männerstimme. Doherty war wieder da.

Der Betrunkene winselte leise, während er versuchte, die Welt klar zu sehen. Doherty war nicht gerade ein Riese, aber er konnte ziemlich bedrohlich wirken, wenn er wollte.

Dem Betrunkenen schwand das Lächeln vom Gesicht, während er sich anstrengte, sich auf den zu konzentrieren, der da mit ihm sprach.

Er erblickte einen Mann, der schwarz gekleidet war: schwarzes T-Shirt, schwarze Lederjacke, blaue Jeans, die aber in seinen glasigen Augen vielleicht auch schwarz wirkten.

Er zog den Kopf ein und unterdrückte einen Rülpser.

»Bist wohl ein Rausschmeißer?«

»Nein. Polizist. Ich bin hier, um diese junge Dame nach Hause zu begleiten.« Er deutete auf Honey.

Der junge Mann grinste frech. »Schnappst dir die Beste für dich selbst, was? Ich glaube, mit mir hätte die junge Dame mehr Spaß. Nicht mit so einem Scheißbullen. Das bist du doch, hast du gesagt?«

»Jawohl. Ich bin ein Bulle.«

Doherty streckte Honey die Hand hin. »Fertig?«

Der junge Mann packte ihn beim Arm und grinste ihm ins Gesicht.

»Bulle. Rausschmeißer. Alles eins. Mir ist egal, was du bist. Du sagst mir nicht, was ich zu tun habe. Ich lass mich von niemand blöd anquatschen.«

Doherty seufzte. »Setz dich hin, oder ich helf nach.«

Der junge Mann kam ganz nah herangetorkelt, sein Gesicht war nur Zentimeter von Dohertys entfernt.

»Du und welche Armee?«

Doherty tippte ihm mit dem Zeigefinger auf den vorgereckten Brustkasten. Die Beine gaben unter dem Betrunkenen nach. Er sackte auf einem Stuhl zusammen.

Honey lächelte Anne zu, als sie aufstand.

»Danke, Anne. Wir sehen uns. Genießen Sie Ihren Champagner, wenn er kommt.«

»Das mach ich.«

Doherty fasste Honey beim Ellbogen. »Nichts wie raus hier.«

Honey blickte über die Schulter. Der junge Mann war mit anderen Dingen beschäftigt.

»Alles gut«, sagte sie zu Doherty, als sie sich den Weg zwischen den Tischen hindurchbahnten und an der Bartheke vorbeigingen. »Er hat plötzlich bemerkt, dass Anne oben ohne da sitzt.«

»Das sollte ihn ausnüchtern«, meinte Doherty, schaute sich aber nicht um.

Kapitel 15

Die Frau, die im zweiten Stock über Tern & Pauling wohnte, hielt ein Glas Wasser in der einen Hand und zwei Tabletten in der anderen. Sie wollte die Pillen gerade schlucken und Wasser hinterher trinken, als ihre Türsprechanlage summte.

Sie legte alles auf einem Bücherregal ab, ging zum Fenster, zog die Tüllgardine ein wenig zur Seite und schaute auf die Straße hinunter. Ein Mann und eine Frau. Das konnte nur die Polizei sein.

Sie ließ die Gardine fallen, kurz bevor der Mann einen Schritt zurücktrat und heraufschaute. Sie sank gegen die Wand zurück, und das Herz klopfte ihr im Brustkorb. Die wollten sie zu Nigel befragen. Leider hatten sie die falsche Zeit gewählt. Sie wollte nicht über ihn sprechen. Noch nicht. Nicht ehe sie den Schock überwunden und sich überlegt hatte, was sie ihnen erzählen würde; bestimmt nicht die ganze Wahrheit. Das konnte sie unmöglich machen. Sie würde einfach sagen, sie hätten sich nahegestanden. Nahe, dachte sie, und ihre üppigen rosa Lippen lächelten darüber, wie die »nahe« interpretieren würden und was sie wirklich damit meinte. Aber jetzt wollte sie nicht reden. Sie konnte noch nichts verraten, nicht bis sie ihre Tabletten genommen und geschlafen hatte.

Sie nahm zuerst die Pillen wieder in die Hand, hielt dann überrascht inne, als sie bemerkte, dass sie sie direkt vor sein Foto gelegt hatte. Es war ein Brustbild, und er lehnte sich leicht vor, lächelte zu ihr hin. Wie es die altmodischen Hollywood-Legenden immer gemacht hatten, eine lässige, aber gleichzeitig glamouröse Aufnahme.

Er wirkte herzlich, freundlich, ein Mann, den sich jede Mutter als Schwiegersohn wünscht. Aber unter diesem Lack ...

Sie schluckte die Tabletten, dann trank sie das Wasser.

»Nicht dass es mich davon abgehalten hat, dich zu lieben«, flüsterte sie und fuhr die Konturen seines Gesichts mit dem Finger nach.

Als das Telefon zu läuten begann, ignorierte sie auch das. Sie wusste, wer es sein würde und was sie wollten, was sie von ihr verlangen würden. Aber sie würde nichts mehr tun, um ihnen zu helfen. Was immer sie wollten, sie würden es selbst erledigen müssen.

Sobald der Anrufbeantworter übernommen hatte, schaltete sie das Telefon aus und machte sich auf den Weg ins Schlafzimmer. Sie wollte schlafen. Einfach nur schlafen. Es war ihr gleichgültig, ob sie je wieder aufwachen würde.

Das Kutscherhäuschen, das sich Honey mit ihrer Tochter teilte, stöhnte und knarzte wie ein alter Mann mit schmerzenden Gelenken, als es sich zur Nachtruhe begab.

Doherty teilte sich das Bett mit ihr. Die Jalousien waren heruntergelassen. Lindsey verbrachte die Nacht außer Haus. Honey hatte eine vage Ahnung, dass sie bei einem Freund übernachtete, hatte sich aber jede Frage verkniffen. Ihre Tochter war alt genug, um zu erwarten, dass man ihr Privatleben respektierte, und sie waren beide erwachsene Frauen, wenn es um diese Themen ging.

Gegen die Kissen gelehnt, hatte sie mit Doherty bereits eine halbe Flasche trockenen Weißwein getrunken. Der Rest blinkte sie noch vom Nachttisch aus verführerisch an.

Das Gespräch war auf den aktuellen Fall gekommen. Sie redeten darüber, dass Nigel Tern viele Freundinnen gehabt hatte, von denen er einige mehr gemocht zu haben schien als andere.

Dass er sich gern als Wegelagerer aus dem achtzehnten Jahrhundert verkleidete, oder vielmehr als Adam Ant, einen Sänger aus den frühen achtziger Jahren in diesem Kostüm, gab dem Ganzen eine gewisse leichtlebige Note. Das Opfer erschien ihnen dadurch überaus menschlich, offen für jede Art von Entwicklung.

»Die Idee für diese Deko muss von ihm gekommen sein«, murmelte Honey. »Vasey Casey hat bestimmt auf Anweisung gearbeitet. Hast du inzwischen den Namen der Person, die hergekommen ist, um das alles aufzubauen?«

»Dandy Simcox. Es klang, als wäre sie eine ganz nette Person und sehr hilfsbereit.«

»Hat er sie auch angebaggert?«

»Nein, erstaunlicherweise nicht. Sie sagte, eine Frau hätte die ganze Sache beaufsichtigt. Sie konnte sich nicht auf Anhieb an ihren Namen erinnern, meinte aber, sie hätte die Haare mit einen Samtband zurückgebunden getragen und einen sehr vornehmen Akzent gehabt. Sie hat versprochen, noch einmal in ihren Unterlagen nachzuschauen, ob sie sich den Namen aufgeschrieben hat.«

»Jemand bei Tern & Pauling weiß vielleicht den Namen.«

»Das stimmt. Hast du morgen schon was vor?«

»Unter Umständen.«

Er beugte sich vor und küsste sie auf den Mund.

»Braves Mädchen.«

Honey lächelte. »Du wirst deine Dankbarkeit noch etwas deutlicher ausdrücken müssen.«

Er grinste. »Gib mir Zeit. Ich laufe mich gerade erst warm.«

Er lehnte sich gegen das Kissen, einen Arm hinter den Kopf gelegt.

»Mich beschäftigt, dass der Galgen viel solider und authentischer war, als er hätte sein müssen. Der konnte wirklich das Gewicht eines Menschen tragen. Wenn er nur für die Auslage bestimmt war, hätte er doch sicherlich nicht so massiv sein müssen?«

Honey dachte darüber nach und gähnte. Der arbeitsreiche Tag holte sie allmählich ein. Sie lehnte sich zurück, beide Hände hinter dem Kopf verschränkt, wühlte sich in das Kissen.

»Es stellt sich die Frage, ob der Galgen im Hinblick auf den Mord so konstruiert wurde, und wenn ja, was das Tatmotiv war?«

»Genau. Bisher haben wir noch keines gefunden. Wir müssen herausbekommen, wer das Ding tatsächlich zusammengenagelt hat. War es das Deko-Unternehmen oder ein Handwerker vor Ort?«

»Einer der Verkäufer könnte das wissen. Wenn ich morgen vorbeigehe, frage ich sie das auch.«

»Wenn es dir nichts ausmacht. Die Dekorateure müssen ja eine ganze Weile dort gewesen sein. Irgendjemand in dem Laden weiß bestimmt Bescheid. Falls sich niemand erinnert, könntest du vielleicht beim alten Mr Barrington vorbeischauen, dem treuen – aber inzwischen vergrätzten – Diener.«

Honey war anscheinend eingeschlafen. Doherty blickte stirnrunzelnd in die Dunkelheit.

Seine Gedanken wanderten von diesem Fall zu seinen privaten Problemen. Heute Morgen hatte ihm seine Tochter Rachel eine E-Mail geschickt und ihren Besuch angekündigt.

Er hatte zwar keine Vorahnungen wie Mary Jane, aber irgendwie war ihm mulmig zumute.

Rachel war wie ihre Mutter. Wenn sie sich einmal entschlossen hatte, etwas zu tun, dann stürzte sie sich mit Vehemenz darauf und scherte sich dabei herzlich wenig darum, was alle anderen wollten.

Bisher hatte er Honey noch nichts von Rachels bevorstehender Ankunft erzählt. Die beiden kannten einander nur sehr flüchtig. Es hatte sich keine Beziehung zwischen ihnen aufgebaut, es waren keine Brücken geschlagen worden.

»Was ist eigentlich mit dem Testament?«, fragte Honey plötzlich.

Er zuckte zusammen. Er hatte wirklich geglaubt, sie schliefe tief und fest.

»Arnold Tern war drauf und dran, sein Testament zu ändern.« Seine privaten Probleme und die Aussicht darauf, Honey davon zu erzählen, traten sofort in den Hintergrund. Es war ihm sehr viel lieber, sich um den aktuellen Fall zu kümmern. Trotzdem wollte das mulmige Gefühl nicht weichen. »Ich habe endlich einen Termin bei Grace Pauling ergattert. Sie hat sich lange bitten lassen, ehe sie mir etwas gesagt hat. Schließlich habe ich sie daran erinnert, dass das Testament von Arnold Tern vielleicht direkt mit dem Mord zu tun hat. Das wusste sie natürlich schon, aber wie jeder Rechtsanwalt, mit dem ich je zu tun hatte, liebt sie ihre Machtspielchen.«

»Hm.« Honey gähnte erneut. Sie war immer ganz weich und nachgiebig, wenn sie müde war.

Doherty knirschte mit den Zähnen. Jetzt, sagte er zu sich. Jetzt ist der beste Zeitpunkt, es ihr zu beichten. Los, mach schon! Bist du ein Mann oder eine Maus?

Die Maus wurde zum Käseholen geschickt.

»Heute morgen habe ich eine E-Mail von Rachel gekriegt. Sie kommt mich besuchen. Vielleicht könnten wir drei zusammen zum Abendessen gehen. Sie wird bei mir wohnen – denke ich mal. Was meinst du?«

Von der anderen Seite des Bettes kam keine Antwort, nur ein sanftes Schnarchen.

Kapitel 16

Mary Jane kam die Treppe heruntergerannt. Die Kleider, die sie trug, waren ein einziger Mode-Fauxpas, aber irgendwie passten sie blendend zu ihrer dürren Gestalt.

»Honey, ich glaube, ich weiß, wer die Frau in Weiß ist.«

»Ach … wirk … lich«, erwiderte Honey zögernd. Sie hatte nichts von dem verraten, was sie bei Dennison & Dimply gegenüber dem Green River Hotel herausgefunden hatte. Vielleicht sollte sie das tun, überlegte sie. Wenn ein Exorzismus die Frau hierher auf die andere Straßenseite getrieben hatte, dann gab es vielleicht eine Chance, sie auf ähnliche Weise wieder zu vergraulen, so dass sie woandershin zog. Oder zurück auf die andere Straßenseite. Eigentlich tat ihr die Frau – diese Lady June Havard – ziemlich leid. Es wäre allerdings eine heikle Sache, das Mary Jane zu erzählen. Schließlich war es deren Vorfahre, Sir Cedric, der die Dame sitzengelassen hatte.

»Ich sehe, du trägst selbst Weiß, also habe ich offensichtlich den richtigen Augenblick gewählt«, verkündete Mary Jane.

Honey verengte die Augen zu Schlitzen und verzog das Gesicht.

»Da bin ich mir nicht so sicher.«

Sie hatte eine große weiße Schürze umgebunden, die beinahe zweimal um sie herumging.

Dumpy Doris hatte sich krank gemeldet. Sie hatte sich anscheinend einen Virus eingefangen. Honey hatte den trüben Verdacht, dass sie eher am Vorabend zu viel Curry gegessen hatte. Doris neigte dazu, sich viel zu viel von dem scharf gewürzten Zeug zu genehmigen, und vergaß immer, dass es ihr überhaupt nicht bekam.

Lindsey schaute vom Empfangstresen hoch.

»*Die Frau in Weiß*. Das ist ein Buch von Wilkie Collins.«

Lindsey war gerade von ihrem Besuch bei einem Freund oder einer Freundin zurückgekehrt. Wer immer es auch war, der Besuch hatte ihr offensichtlich gutgetan. Sie wirkte frisch wie der junge Morgen.

»Wie bist du mit den Leuten von gegenüber klargekommen, Mutter? Du hast noch gar nichts davon erzählt.«

Mary Jane schaute von der Mutter zur Tochter und wieder zu Honey zurück.

»Was hat denn das Gebäude gegenüber mit der Sache zu tun?«

Honey wand sich. »Na ja, ich dachte, ich hätte eventuell nur eine Spiegelung gesehen, und dann dachte ich, die Frau hätte vielleicht auf der anderen Straßenseite Selbstmord begangen und im Fenster des Green River Hotel war lediglich eine Spiegelung davon.«

»Wussten sie da drüben irgendwas?«

Mary Janes tiefdunkelblaue Augen waren sonst schon ziemlich durchdringend. Wenn Gespenster oder Geister erwähnt wurden, glitzerten sie wie Edelsteine.

Lügen kam nicht in Frage. Mary Jane würde es sofort merken. Das sagten Honey die glitzernden Augen.

»Na ja … also … sie hatten eine Geschichte von einem Gespenst gehört, von einer Frau, die sich damals, als das Green River noch ein Wohnhaus war, hier aus dem Fenster gestürzt hat.« Sie erwähnte den Namen der Frau absichtlich nicht.

»Ach was!« Mary Jane war fasziniert. Ihre Augen waren mindestens zweimal so groß wie sonst. »Haben sie auch gesagt, warum?« Ihre Stimme klang leise, ehrfürchtig.

Honey räusperte sich. Jetzt kam der heikle Teil. Sie wollte Mary Jane nicht verärgern, aber andererseits war eine Lüge keine Option.

»Probleme mit Männern.«

»Sind es nicht immer Probleme mit Männern?«, sinnierte Lindsey und klatschte Stapel von Broschüren auf den Empfangstresen.

Mary Jane schüttelte traurig den Kopf. »Das arme Mädel. Ich nehme an, er hat sie sitzenlassen?«

»Ich glaube, du hast recht«, sagte Honey, die bereits auf dem Weg in die Küche war. Mary Jane lief neben ihr her.

»Ihr Mann wurde aufgehängt, und sie war schwanger und hatte niemanden, an den sie sich wenden konnte.«

»Woher weißt du das denn?«

»Ich habe recherchiert. Ich glaube, sie hieß Dorothea Finchley. Sie war ein anständiges Mädchen aus einer armen Familie, das sich in Captain John Finchley verliebte. Sie haben geheiratet, aber seine Familie war dagegen, und so wurde er ohne einen Penny verstoßen.«

Honey blieb kurz vor der Küchentür stehen. Sie konnte auf der anderen Seite bereits die Töpfe und Pfannen klappern hören, und jemand pfiff vor sich hin. Smudger Smith, ihr Chefkoch, war schon da. Und allem Anschein nach auch einige seiner Untertanen. Hoffentlich war Clint, ihr Tellerwäscher, unter ihnen. Sie hatte für etwa zwanzig Gäste das Frühstück zubereitet, aber keine Zeit gehabt, sich obendrein um den Abwasch zu kümmern. Doherty hatte ihr eine Aufgabe übertragen, die von Minute zu Minute verlockender wurde. Alles, nur nicht Mary Janes Erkenntnissen über das Gespenst widersprechen. Alles, nur nicht erwähnen, dass die junge Frau von Mary Janes längst verblichenem Vorfahren sitzengelassen wurde.

Normalerweise machte entweder Doris oder Honey das Frühstück, damit der Chefkoch mal eine Pause hatte. Mehrere Schichten am Tag, Vorküche, Mittagessen und dann eine Pause, ehe die Abendschicht anfing, das war hart genug. Da musste er sich nicht auch noch morgens herschleppen und ein volles englisches Frühstück zubereiten. Aber abwaschen? Clint war der begabteste Tellerwäscher, den sie kannte. Und er war billig. Er arbeitete natürlich nur gegen Bares.

»Also, hast du wirklich eine Spiegelung gesehen?«

Honey zuckte zusammen. Der Gedanke, dass sich hier mal jemand aus dem Flurfenster gestürzt hatte, gefiel ihr gar nicht. »Mir ist die Vorstellung lieber, sie hätte sich aus dem Fenster im Haus gegenüber gestürzt, und ich hätte die Spiegelung davon gesehen.«

Mary Jane legte die Stirn in Falten. »Bist du dir da ganz sicher? Ich meine, wieso haben wir alle einen so starken Jasminduft bemerkt? Da musste noch was anderes gewesen sein.«

Jetzt war es so weit. Sollte sie lügen oder mit der Wahrheit herausrücken – zumindest mit einem Teil der Wahrheit?

Honey räusperte sich erneut und legte los. »Ich habe mir sagen lassen, dass der Seniorpartner in der Rechtsanwaltskanzlei gegenüber einen Exorzisten engagiert hat.«

»Mit Erfolg?«

Obwohl Mary Janes Augen immer noch wie Sterne in ihrem runzeligen Gesicht funkelten, klang Skepsis durch. Honey schrieb das der Tatsache zu, dass niemand *sie* gebeten hatte, diesen Exorzismus durchzuführen.

»Ich bin mir nicht sicher. Ich meine …«

»Jasmin! Ich gehe jede Wette ein, dass der Exorzismus genau an dem Tag war, als wir den Jasminduft hier im Hotel zum ersten Mal bemerkt haben! Ha!«

Honey schaute verdutzt. »Und das bedeutet …?«

»Dass sie hier eingezogen ist«, erklärte Mary Jane. »Hatte deren Gespenst einen Namen?«

»June. June Havard. Ich glaube, das haben sie gesagt. Ich habe nicht besonders gut aufgepasst …«

Mary Jane hörte nicht mehr auf Einzelheiten; die hatten

ihrer Meinung nach nicht viel mit dem zu tun, was sie gerade beschäftigte.

»Dorothea oder June, wer immer sie sein mag, ist hier eingezogen, nachdem man sie gegenüber vertrieben hat. Ist doch völlig klar, dass es so gewesen ist.«

Noch mehr Gespenster konnte Honey nun wirklich nicht brauchen, und sie sagte das auch.

»Mir ist egal, ob das klar ist oder nicht. Ich will dieses Gespenst loswerden. Ein Gespenst reicht mir. Zwei sind entschieden zu viel.«

»Oder sogar drei«, meinte Mary Jane, deren Augen fasziniert leuchteten. »Ja, da müssen wir einen Exorzismus durchführen. Ich glaube, ich bin schon ein gutes Stück vorangekommen, indem ich herausgefunden habe, wer die Frau – eine der Frauen zumindest – ist. Ich habe den kleinen Tisch aus meinem Zimmer auf den Flur gestellt, und ich habe den Stuhl benutzt, den du dort stehen sehen hast.«

»Du hast Tischrücken veranstaltet.« Honey konnte ihre Skepsis nicht verhehlen – Mary Jane bemerkte allerdings nichts davon. Tischrücken war eine der Lieblingstechniken von Mary Jane für die Kontaktaufnahme mit den Geistern von Menschen, die »in die andere Welt hinübergegangen waren«.

»Ich habe versucht, so leise wie möglich zu sein, um niemanden zu stören, aber du weißt ja, wie das ist. Manchmal schlagen die Geister ein wenig über die Stränge, sind ganz wild darauf, sich bemerkbar zu machen. Der Tisch ist über den ganzen Flur gehopst. Sogar Sir Cedric hat sich beschwert, hat irgendwas von ewiger Ruhe gemurmelt, die man ihm gefälligst lassen sollte.«

Honey schaute sie direkt an. »Hat sich sonst noch jemand beklagt?«

»Oh, nur ein Mann aus Nummer neun auf dem Flur.

Keine Ahnung, wie der was gehört haben kann, es sei denn, er hatte das Ohr an der Tür.«

Honey schloss die Augen und zählte bis zehn.

»Um wie viel Uhr war das?«, fragte sie nachdenklich und fürchtete die Antwort, obwohl sie schon ahnte, wie sie lauten würde.

Mary Jane seufzte. »Nach Mitternacht natürlich! Tischrücken und Kontaktaufnahme mit der Geisterwelt – das macht man immer am besten nach Mitternacht. Dann ist es ringsum stiller.«

»Es sei denn, es veranstaltet zufällig jemand ein Tischrücken.«

»Ich habe versucht, leise zu sein.«

»Aber nicht leise genug. Ein Gast hat sich beschwert.«

»Er hatte gar keinen Grund, so knurrig zu sein!«

Honey warf Mary Jane einen strengen Blick zu. »Er hatte das Recht, sehr knurrig zu sein. Du hast seinen Schlaf gestört.«

»Das wollte ich aber nicht. So schlimm kann es doch nicht gewesen sein. Er ist auch nur einmal rausgekommen, um sich zu beschweren. Also ist er wohl wieder eingeschlafen.«

Honey seufzte. Manchmal war Mary Jane eine echte Anfechtung.

»Alle Gäste außer einem waren schon beim Frühstück. Ich nehme an, das ist der Gast, den du mit deiner Tischrückerei gestört hast. War noch jemand bei dir?«

Mary Jane schüttelte den Kopf. »Ich habe deine Mutter eingeladen, aber seit sie wieder geheiratet hat, interessiert sie sich weniger als früher für paranormale Phänomene. Sie ist zu sehr mit ihrem Ehemann beschäftigt.«

Da musste Honey Mary Jane recht geben. Ihre Mutter kam nicht halb so oft zu Besuch wie früher, seit sie Stewart White, ihren fünften Ehemann, kennengelernt und geheiratet hatte.

Honey fand es großartig, dass Gloria nun jemand anderen herumkommandieren konnte. Das Leben war so friedlich geworden – mit Ausnahme von Mary Janes Unternehmungen.

Genervt fuhr sich Honey mit den Fingern durchs Haar. Bildete sie sich das nur ein, oder roch sie tatsächlich nach gebratenem Speck und Schweinswürstchen?

»Ich rieche Würstchen und Speck«, verkündete Mary Jane.

Nun, das beantwortete zumindest diese Frage.

Honey seufzte aus tiefster Seele. Der Tag hatte eben erst angefangen, und sie fühlte sich schon total erschöpft.

»Mary Jane, darf ich dich bitten, nicht in den öffentlichen Bereichen Tischrücken zu veranstalten? Es ist den anderen Gästen gegenüber nicht fair. Mir gegenüber auch nicht. Ich habe heute Morgen Frühstücksdienst, und der betreffende Gast hat garantiert miese Laune, wenn er zum Auschecken kommt.«

»Jammerschade, dass er das Frühstück verpasst hat«, zwitscherte Mary Jane, als ginge sie alles, was Honey gesagt hatte, nichts an. »Es war wirklich sehr gut. Viel besser als das von Doris.«

Entgegen ihrer besten Absicht fiel Honey auf diese Schmeichelei herein. »Danke! Ich freue mich, dass es dir geschmeckt hat.«

»Na ja, ich habe eigentlich nur den Toast gegessen. Aber der war wirklich hervorragend. Wunderbar knusprig.«

So viel zu Schmeicheleien. Nur den Toast.

»Und wirklich Pech für Dorothea. Sie muss außer sich gewesen sein, als ihr Ehemann gehängt wurde. Ich meine, was hätte er denn sonst machen sollen, nachdem er unter seinem Stand geheiratet hatte, seine Frau schwanger war und die Familie ihn ohne einen Penny verstoßen hatte? Da blieb ihm doch nichts anderes übrig, als Wegelagerer zu werden.«

»Wegelagerer?« Honey hatte gerade die Küchentür öffnen

und die Flucht ergreifen wollen, aber die Erwähnung eines Wegelagerers ließ sie innehalten.

»Genau«, antwortete Mary Jane mit einem Nicken. »Es blieb ihm nichts anderes übrig, als Wegelagerer zu werden. Er hatte ja zunächst auch wirklich Erfolg, zumindest sah es danach aus. Sie haben ihn erst nach einem Jahr geschnappt. Vielleicht wäre er ungeschoren davongekommen, aber dann hat er eine vierspännige Kutsche auf dem Weg nach Marlborough überfallen. Es hat sich versehentlich ein Schuss aus seiner Pistole gelöst und hat einen Ratsherren umgebracht, der zufällig mit einem örtlichen Landedelmann unterwegs war. Der Rückstoß der Pistole hat ihn nach hinten geworfen. Er ist mit dem Kopf an irgendwas gestoßen und war so benommen, dass er leicht zu verhaften war. Wäre das nicht geschehen, hätte er ein paar Tage später die Reichtümer seiner Familie geerbt, weil sein Vater gestorben ist. Der alte Herr hatte sein Testament nicht geändert ...«

Honey drückte die Küchentür auf. »Interessant. Sag mal, die hatten damals noch keine Pole Dancing Clubs, oder?«

Mary Jane nahm den sarkastischen Tonfall nicht wahr. »Nein, natürlich nicht. Ich meine, kannst du dir Jane Austen beim Pole Dancing vorstellen? Natürlich nicht. Im späten achtzehnten und frühen neunzehnten Jahrhundert haben die Damen so etwas nicht getan.«

»Es könnte ja auch was damit zu tun haben, dass es damals noch keine Zentralheizung gab«, sagte Honey lächelnd und verschwand in der Küche. Gratuliere, sagte sie zu sich. Du bist noch mal davongekommen, ohne in der Sache mit dem vermuteten Selbstmord auf der anderen Straßenseite zu sehr in die Tiefe zu gehen und über den Freitod der jungen Dame zu sprechen, die Sir Cedric entehrt und sitzengelassen hat. Genau der Sir Cedric, dessen Geist in Mary Janes Kleiderschrank zu wohnen schien.

Der Mann, den Mary Janes Tischrücken am Schlafen gehindert hatte, grummelte vor sich hin, als er seine Rechnung bezahlte.

»Die Frau ist völlig verrückt. Die gehört hinter Gitter.«

Lindsey entschuldigte sich wortreich, ehe sie ihm die Mär auftischte, Mary Jane sei mutterseelenallein auf der Welt und sie hätten sie nur aus Herzensgüte im Hotel aufgenommen.

»Sie ist mit adeligen Kreisen verwandt«, fügte sie noch hinzu.

Sie erklärte nicht, dass der Lord, mit dem Mary Jane verwandt war, längst verblichen war und nur zufällig in dem Zimmer spukte, das sie bewohnte – weshalb sie ja überhaupt hier geblieben war.

Es stellte sich heraus, dass Lindsey den Mann richtig eingeschätzt hatte. Er war zwar immer noch missmutig, aber auch ein wenig beeindruckt.

»Ich habe mal für Sir Edward Potterton-Jones gearbeitet«, sagte er und schaute überlegen. »Er war auch ein wenig exzentrisch. Ich glaube, einige seiner Verwandten haben den größten Teil ihres Lebens in einer Irrenanstalt verbracht. Was nicht verwunderlich war. So was liegt im Blut, wissen Sie. Hat viel mit Inzucht zu tun. Ich habe das Frühstück verpasst. Das werden Sie mir hoffentlich nicht in Rechnung stellen.«

»Selbstverständlich nicht, Sir.«

»Das will ich auch gemeint haben. Ich hätte es sowieso nicht bezahlt.«

Sie klärte ihn nicht darüber auf, dass das Frühstück ohnehin gesondert berechnet wurde. Er war besänftigt. Hoffentlich würde er nicht das Gerücht verbreiten, dass im Green River Hotel eine Wahnsinnige aus Amerika wohnte, die nach Mitternacht auf dem Flur herumpolterte.

»Ich wage zu bezweifeln, dass ich wieder herkommen werde. Es sei denn, sie geben mir ein anderes Zimmer in einem anderen Stockwerk. Zu einem reduzierten Preis.«

Lindsey lächelte honigsüß. »Wir werden sehen, was wir für Sie tun können, Sir.«

Er verabschiedete sich.

»Man kann es nicht allen recht machen«, murmelte Lindsey vor sich hin, nachdem der erzürnte Gast das Gebäude verlassen hatte.

Die Tür ging auf, und eine junge Frau kam herein.

»Guten Morgen. Ich möchte bitte Räume für eine Geburtstagsfeier buchen.«

Lindsey lächelte die junge Frau mit dem runden Gesicht an. Sie hatte einen sehr blassen Teint und schwarzgefärbtes Haar. Ihr Lippenstift war grellrot und ihre Wangen rund. Sie sah aus, als äße sie am liebsten Junk Food und als wäre es ihr total egal, wenn das alle wussten. Sie wusste, was ihr schmeckte. Ihre Kleidung war ebenfalls schwarz und saß hauteng auf ihrer kurvenreichen Figur. Ihr Lächeln war sehr selbstbewusst; sie war Lindsey auf Anhieb sympathisch.

»Für wie viele Personen?«

»Oh, ich glaube, mindestens hundert. Es ist für den Geburtstag meines Vaters. Er wird fünfundsechzig. Ich glaube … also … na ja, es zählt ja der gute Wille, nicht?«

»Möchten Sie sich die Räumlichkeiten mal ansehen?«, fragte Lindsey.

»Ja, gern.«

Lindsey bat Irina aus Moskau, die neue Mitarbeiterin, sie am Empfang zu vertreten, während sie die Kundin herumführte.

Irina war groß und schlank und hatte das Gesicht einer Schneekönigin: blassblondes Haar, ebenso blasse Haut. Ihre Augen waren eisblau. Rodney (Clint) Eastwood, der Tellerwäscher des Hotels, der zwielichtigen Freizeitbeschäftigungen nachging, nach denen man sich lieber nicht zu genau erkundigen mochte, hatte schon versucht, bei ihr zu landen. Sie hatte ihn mit einem eiskalten Blick abblitzen lassen.

»Ein Blick von ihr, und alles schien zusammenzuschrumpfen«, hatte er allen, die es hören wollten, erklärt. Niemand erkundigte sich, was genau alles bei ihm zusammengeschrumpft war, die meisten konnten es sich ohnehin denken.

Lindsey war sich sicher, dass Irina hervorragende Arbeit leisten würde, da sie sich von keinerlei romantischen Anwandlungen ablenken ließ. Sie führte die Tochter, die für ihren Vater eine Geburtstagsfete arrangieren wollte, in den Festraum.

»Sie sagten, es ist für Ihren Vater. Wie alt, sagten Sie noch mal, wird er?«

»Fünfundfünfzig – upps, ich glaube, ich habe vorhin fünfundsechzig gesagt. Aber er wird fünfundfünfzig.«

»Er wird seine Feier bestimmt zu schätzen wissen, ganz egal, wie alt er wird. Tanz bis Mitternacht, würde ich wetten.«

»Höchstwahrscheinlich. Er ist total fit, mein Dad. Er sagt, es kommt von seinem Job. Er ist bei jedem Wetter draußen.«

»Ach wirklich?«

»Ja, er ist Reinigungskraft bei einer Firma, die für Bath und Nordost-Somerset tätig ist.«

»Echt?«

Die junge Frau kicherte. »Das bedeutet, dass er Straßenkehrer ist. Er fegt die Straßen, aber Sie wissen ja, wie diese Behörden sind. Politisch korrekt bis zum Abwinken.«

Die junge Frau lachte. Lindsey lachte mit ihr.

»Wir möchten auch ein bisschen was zur Unterhaltung organisieren. Ginge das?«

Lindsey lächelte und nickte. »Natürlich, wenn es legal und nicht zu laut ist.«

»Oh, legal ist es. Mein Dad ist Fan eines Punk-Stars aus den achtziger Jahren. Wir – meine Schwestern und ich – wollen einen Sänger engagieren, der den imitiert. Das wäre doch möglich?«

»Ja, klar. Wir hatten schon ein paarmal Elvis Presley hier – natürlich nicht den echten. Obwohl ich neulich in irgend so einer abgefahrenen Zeitung gelesen habe, dass er angeblich in einem Londoner Doppeldeckerbus auf dem Mond rumfährt!«

Sie hatten beide dieses Käseblatt gesehen und lachten gemeinsam. Sie verstanden sich prächtig.

»Das wäre wirklich toll«, sagte die junge Frau. »Allerdings ist es nicht Elvis. Es ist ein Adam-Ant-Double.«

»Wir sind da nicht voreingenommen. Sie können engagieren, wen Sie wollen, obwohl wir wahrscheinlich bei Liberace was dagegen hätten. Der Konzertflügel und die silbernen Kerzenständer – die würden wir hier nicht durch die Tür kriegen.«

Beide mussten wieder lachen.

»Also«, sagte Lindsey, als sie wieder am Empfang waren. »Wenn Sie mir sagen, wann Sie den Raum mieten möchten, dann können wir alle Einzelheiten …«

Irina reichte ihr ein Notizbuch und einen Stift unter dem Empfangstresen hervor.

»Nächsten Samstag, wenn das geht. Ich weiß, es ist ein bisschen kurzfristig, aber Dad hatte gerade eine ziemlich traumatische Erfahrung, und wir haben uns gesagt, Mensch, das ist genau die richtige Zeit für eine große Fete. Unser Dad hat das verdient.«

Lindsey schaute rasch im Computer nach. »Sie haben Glück, der Termin ist noch frei. Können Sie mir Ihren Namen geben?«

»Heidi York.«

»Und Ihr Vater ist?«

»Charles Spencer York.«

Als sie alle Einzelheiten geklärt hatten und Heidi eine Kaution hinterlegt hatte, war sich Lindsey ganz sicher, dass sie gerade mit der Tochter des Mannes gesprochen hatte, der die Leiche im Schaufenster von Tern & Pauling entdeckt hatte. Sein Name und die Tatsache, dass er kürzlich eine traumatische Erfahrung gemacht hatte, reichten aus, um sie davon zu überzeugen. Das musste sie gleich ihrer Mutter erzählen.

Lindsey ließ Irina am Empfang zurück, ging durch den Hinterausgang aus dem Hotel und über den Hof zum Kutscherhäuschen. Nachdem ihre Mutter das Frühstück zubereitet hatte, hatte sie bestimmt das Gefühl, in eine Wolke von Würstchen-und-Speck-Duft eingehüllt zu sein, und würde schnell duschen.

Unterwegs klingelte Lindseys Handy.

Sie lächelte. »Geht's dir gut?«

»Jetzt schon, da ich deine Stimme höre.«

»Schmeichler.«

»Ich meine das ehrlich.«

»Mach mal halblang, Drury. Du weißt doch, was ich davon halte, wenn du so sentimental wirst. Schalt mal einen Gang runter. Lass uns einfach den Augenblick genießen.«

»Seltsam, dass das ausgerechnet du sagst. Ein Mädel, das sich für Geschichte interessiert. Augenblicke vergehen und werden schon bald Geschichte.«

»Jetzt wirst du aber romantisch …«

Das Gespräch war beendet, als sie das Kutscherhäuschen betrat. Genau wie sie vermutet hatte, stand ihre Mutter unter der Dusche, und Dampfwolken ließen die Glastür beschlagen.

Lindsey setzte sich auf den Toilettendeckel neben der Dusche.

»Ich habe interessante Neuigkeiten für dich. Rat mal, wer nächsten Samstag bei uns seinen Geburtstag feiert?«

»Keine Ahnung«, rief Honey zurück.

Sie genoss das warme Wasser, den Duft der Seife, die Tatsache, dass ihr Haar klatschnass war und vor Sauberkeit quietschte, wenn sie eine Strähne zwischen Daumen und Zeigefinger hindurchzog.

»Charlie York. Der Mann, der die Leiche im Schaufenster von Tern & Pauling entdeckt hat. Er hat Geburtstag. Seine Tochter war gerade hier und hat alles organisiert. Ich weiß nicht, ob sie was von deiner Nebentätigkeit weiß, aber sie ist nicht der Typ, der sich davon abschrecken lässt, dass du was mit dem Team zu tun hast, das diesen Mord untersucht.«

Honey strich sich immer noch mit dem seifigen Schwamm über den Körper.

»Das ist wirklich interessant.«

»Ich habe mir schon gedacht, dass du das so sehen würdest. Und stell dir vor, sie hat ein Adam-Ant-Double engagiert. Das wird bestimmt lustig.«

Honeys Einseifbewegungen verlangsamten sich. Bisher hatte sich die Untersuchung auf die Stadt Bath beschränkt. Ihr kam plötzlich der Gedanke, dass andere Fragen vielleicht nur in Bristol beantwortet werden könnten, hauptsächlich solche, die eine Gruppe von Adam-Ant-Doubles betrafen.

Kapitel 17

Die Frau, die Doherty gegenübersaß, behauptete, neunundvierzig Jahre alt zu sein, hätte aber als zehn Jahre jünger durchgehen können. Sie trug eine schicke Bomberjacke aus Leder, enge Jeans und Stiefeletten. Das Haar war glatt, kinnlang und modisch geschnitten. Sie hatte die Augen niedergeschlagen, und ihre Hände umklammerten die Designertasche auf ihrem Schoß.

Sie hatte ihm gesagt, ihr Name sei Wendy Lennox.

Er musste zugeben, dass sie sehr attraktiv war, mit dunklen Augen, die zum dunklen Haar passten.

»Ich habe als Anwaltssekretärin gearbeitet, als ich Nigel kennenlernte.«

Es war reine Vermutung, dass Doherty sie fragte, ob sie zufällig für Grace Pauling gearbeitet hatte. Wendy nickte.

»Hat Miss Pauling Sie einander vorgestellt?«

Wendy Lennox schüttelte den Kopf. »Nicht direkt. Wir waren damals recht jung. Das war ja vor zwanzig Jahren.«

Sie lächelte kaum merklich. Wenn sie öfter lächeln würde, würde sie nicht so nervös wirken, überlegte Doherty.

»Was ist also damals geschehen?«

»Wir haben geheiratet.« Sie schaute auf ihre verkrampften Finger, während sie das sagte.

Doherty ließ sich seine Überraschung nicht anmerken.

»Wie lange waren Sie verheiratet?«

»Zwei Jahre.«

»Sie sind etliche Jahre jünger als er?«

Sie nickte. »Er war zu dieser Zeit beinahe zweimal so alt wie ich.«

»Aber Sie haben sich scheiden lassen.«

Sie nickte wieder. »Ja.«

»Darf ich fragen, warum?«

Ihr Kopf neigte sich noch weiter herab, und ihre Hände begannen zu zittern. »Ich mochte nicht, was er … im Bett … machte. Beim Sex. Zuerst war es nicht so schlimm, aber dann allmählich … Er hat mir gesagt, dass verheiratete Leute alles machen können, was sie wollen. Aber mir gefiel nicht, was er von mir verlangte – was er wollte – all das Verkleiden – und das Fesseln …«

Ihre Stimme versagte. Sie begann an ihrer Handtasche herumzufummeln, öffnete sie, zog ein Papiertaschentuch und ein Fläschchen mit Tabletten heraus.

»Für meine Nerven«, erklärte sie ihm. »Ich habe ein Nervenleiden. Vielleicht konnte ich deswegen die Dinge nicht tun, die er damals von mir verlangt hat, und heute könnte ich das ganz gewiss auch nicht.«

Doherty legte die Stirn in Falten. »Sie wohnen in einem der Apartments, die ihm gehören?«

Sie nickte. »Als er erfahren hat, dass ich krank bin, hat er darauf bestanden, sich um mich zu kümmern. Ich wohne mietfrei.«

»Können Sie dort auch jetzt noch bleiben, wo er nicht mehr da ist?«

Sie schüttelte den Kopf. »Nein, das glaube ich nicht, besonders wenn Grace alles erbt, sobald der alte Herr nicht mehr lebt.«

Doherty kniff die Augen zusammen. »Weiß Grace Pauling, dass Sie dort wohnen?«

»Ja.«

»Und Mr Tern senior?«

»Ich glaube, der nicht.«

Doherty musterte die hübsche Frau, die ihm gegenübersaß. Jetzt wusste er, dass ihr blasser Teint nicht dem Make-up, sondern ihrer Krankheit geschuldet war. Also hatte Nigel Tern auch seine guten Seiten gehabt. Er hatte sich um die Frau gekümmert, die er vor zwanzig Jahren geheiratet hatte, eine Frau, die keine Freude an seinen sexuellen Spielchen gefunden hatte.

»Ich weiß es sehr zu schätzen, dass Sie gekommen sind.«

»Ich hatte das Gefühl, das müsste ich tun. Ich habe ja nicht aufgemacht, als Sie bei mir waren. Ich habe mich da noch so schlecht gefühlt – der arme Nigel. Er war sehr romantisch, ehe wir geheiratet haben. Er hielt mich nicht für ein dummes kleines Mädchen.«

»Wer hat das denn von Ihnen behauptet?«

»Miss Pauling. Sie war völlig von der Rolle, als sie rausgefunden hat, dass wir geheiratet hatten. Ich habe gehört, wie sie geschrien hat, sie hätte ihn immer geliebt und würde ihn immer lieben, und kein graues Mäuschen könnte ihm je geben, was sie ihm geben konnte.«

»Und das war was?«

Wendy schaute ihn mit weitaufgerissenen Augen an. »Das Sexleben, das er sich wünschte?«

Doherty rief an und fragte, ob Honey Zeit hätte.

»Das hängt ganz davon ab, worum du mich bittest«, erwiderte sie in einem Tonfall, den sie Lauren Becall abgelauscht zu haben glaubte.

»Eine Autotour zu einem Zimmermann. Der Dekorateur, der die Schaufensterauslage entworfen und im Laden aufgestellt hat, hat mir erzählt, dass der Bau des Galgens an eine Drittfirma vergeben wurde. Anscheinend hat Nigel darauf bestanden, dass er nach seinen eigenen Angaben angefertigt wurde, das heißt, dass er sehr solide gebaut war.«

»Ein solide gebauter Galgen! Na, feste Vorstellungen hatte

der Mann jedenfalls! Kennen wir den Namen des Galgenbauers?«

»Donald Parquet. Eigentlich Lord Donald Parquet. Er ist zufällig auch Kunde von Tern & Pauling. Wenn du Lust hast, bin ich in zwanzig Minuten bei dir. Wenn nicht, dann schaue ich, dass ich noch jemanden auftreibe, dessen Gesellschaft ich zu schätzen weiß.«

»Ich bin dabei.«

Er kam fünf Minuten nach der verabredeten Zeit, was im Grunde auch gut so war. Sie hatte die extra Verzögerung gebraucht, um von Mary Jane und weiteren Informationen über die Schöne fortzukommen, die sich vor langer Zeit aus dem Fenster im ersten Stock in den Tod gestürzt hatte.

Honey teilte Lindsey mit, wohin sie fahren wollten. Sie wies Smudger an, die Fleischbestellung selbst zu erledigen.

»Ich habe ein Rendezvous mit einem Lord.«

Niemand zuckte auch nur mit der Wimper, denn niemand glaubte ihr das.

»Wo residiert Seine Lordschaft?«, fragte sie Doherty, als sie auf dem Beifahrersitz Platz nahm.

»Parquet Manor, auch als Parquet Trust Estate bekannt. Die früheren Ställe und Außengebäude beherbergen heute Werkstätten. Lord Vincent Parquet hat sein Vermögen und seinen Titel dem ältesten Sohn vermacht. Lord Parquet hat sich das Zimmermannshandwerk selbst beigebracht. Er arbeitet in einem der umgebauten Ställe mit Holz. Ein paar von den Ställen sind an andere Handwerker vermietet, die ähnliche Fertigkeiten und Vorstellungen vom Leben haben: Metallarbeiter, Wollweber, Silberschmiede, Maler und Keramiker und Perlenhersteller.«

»Verstehe. Eine Art ewige Hippie-Kolonie.«

»So ähnlich.«

Beim Fahren erzählte Doherty Honey in knappen Worten,

was sie über den Abend vor Nigel Terns Tod bisher herausgefunden hatten.

»Die Party fing gegen neun an. Wir wissen inzwischen, dass nicht alle Angestellten von Tern & Pauling dort waren. Mr Barrington hat das Geschäft zur üblichen Zeit verlassen und Mr Papendriou die Aufgabe übertragen, den noch verbliebenen Gästen Getränke zu reichen. Wir wissen auch, dass Mr Barrington nicht zu der Party gegangen ist, nachdem er das Geschäft verlassen hatte. Ich habe bei Ahmed vorbeigeschaut, der zu dieser Zeit den Wagen der Nachbarn reparierte. Ahmed hat mir bestätigt, dass er gesehen hat, dass Barrington nach Hause kam. Und zumindest, während er in der Werkstatt war, hat er ihn auch nicht wieder aus dem Haus gehen sehen.«

»Aber Ahmed hat doch sicher Feierabend gemacht, während es noch hell war. Er hätte doch sonst nicht mehr sehen können, was er da reparierte. Wir gehen also nur von der Annahme aus, dass Cecil Barrington sich nicht wieder außer Haus begeben hat, und ich vermute, seine Frau bestätigt das.«

»Stimmt. Das tut sie. Cecil Barrington ist vielleicht später noch mal weggegangen. Das können wir nicht mit Sicherheit sagen. Und Mr Papendriou hat das Geschäft verlassen, nachdem er die Gläser abgewaschen hatte. Sein Partner bestätigt uns seine Ankunftszeit zu Hause und dass sie nicht mehr fortgegangen sind. Mr Papendriou hatte uns allerdings nicht erzählt, dass noch ein Freund vorbeigekommen ist und sie gemeinsam eine Flasche Wein getrunken haben. Sein Alibi ist wasserdicht.«

»Ich glaube, es wäre eine gute Idee, ein paar andere Adam-Ant-Nachahmer in Bristol zu befragen.«

»Zu welchem Zweck?«

Sie zuckte die Achseln. »Ein erweitertes Profil des Opfers?«

»Das lassen wir für den Augenblick mal beiseite.«

»Okay.«

Doherty musterte ihr Profil. Ein starkes Profil, eher attraktiv als hübsch.

Sie starrte geradeaus. Aus Erfahrung wusste er, dass sie angestrengt nachdachte.

»He. Bist du noch bei mir?«

Sie drehte sich langsam zu ihm um, einen geistesabwesenden Ausdruck in den Augen. Ihr Lächeln belohnte ihn für sein Warten.

»Ich habe nur überlegt. Es hat doch keinerlei Anzeichen für einen gewaltsamen Einbruch gegeben. Der Mörder muss entweder einen Schlüssel gehabt haben … oder er wurde reingelassen.«

»Es sei denn, jemand ist hinter dem Gebäude die Regenrinne hochgeklettert. Da ist ein kleines Gässchen, und es war ein Badezimmerfenster offen. Das ist nur etwa zwei Meter über dem Boden, und es stand auch ein Mülleimer in der Nähe. Dieser Mülleimer plus zwei Fußabdrücke darauf wurden erst heute von einem sehr wachen jungen Constable entdeckt. Ein paar Jahre noch, und der Typ spekuliert auf meinen Job.«

»Habt ihr schon Einzelheiten? Ich meine, zu den Fußspuren?«

»Größe sieben, englische Größe, einundvierzig nach europäischen Größen.«

Honey runzelte die Stirn. »Ein bisschen klein für einen Mann. Könnte es eine Frau gewesen sein?«

»Wenn, dann muss sie aber ungeheuer stark sein. Sie musste ja Tern überwältigen und ihm die Schlinge um den Hals legen – es sei denn, sie hatte auch noch eine Pistole auf ihn gerichtet, aber wenn sie eine hatte, warum hat sie sich dann die Mühe gemacht, ihn aufzuhängen, anstatt ihn einfach zu erschießen?«

Honey schaute fragend. »Und du bist dir sicher, dass er erst bewusstlos geschlagen und dann aufgehängt wurde?«

»So sieht es aus.«

»Und die Waffe?«

»Noch nicht gefunden. Irgendwas Massives. Nicht unbedingt schwer.«

»Also ganz bestimmt kein Selbstmord.«

»Er wurde definitiv aufgehängt, und das bedeutet, dass noch jemand anwesend war. Aber wir haben nicht geklärt, ob Nigel Tern wusste, dass der da war, oder ob er ihn oder sie sogar selbst ins Geschäft reingelassen hat. Papendriou sagt, dass niemand mehr im Laden war, er hat den Schlüssel mit nach Hause genommen. Tern hatte einen Schlüssel. Barrington ebenfalls.«

»Nigel Tern muss die andere Person reingelassen haben.«

»Das ist auch meine Meinung.«

Die Tore von Parquet Manor standen weit offen. Eine Überwachungskamera blinkte sie an, ein rotes Lämpchen leuchtete auf und bestätigte, dass ihre Ankunft bemerkt worden war. Irgendwo beobachtete sie irgendjemand.

Ein großes Schild wies auf die Old Stable Workshops – Parquet Trust hin. Ein grüner Pfeil deutete nach rechts, eine Kiesauffahrt entlang.

Doherty drehte das Lenkrad nach rechts. Keinerlei Anzeichen von Wachleuten, nur strategisch platzierte Kameras.

Die Reifen knirschten beruhigend über den Kies, als sie auf einen Bogen zuhielten, der die eine Hälfte der Stallgebäude mit der anderen verband. Hinter dem Torbogen fuhren sie nun statt über Kies über Kopfsteinpflaster. Ein Mann kam aus einem Gebäude, das früher einmal das Zuhause eines Kutschpferdes oder eines Jagdpferdes gewesen war.

Donald Parquet war ein großer, recht gut gebauter Mann, der früh sein Haar verloren hatte. Er wirkte kaum älter als sechsundzwanzig. Allerdings trug vielleicht das frische jungenhafte Gesicht zu diesem Eindruck bei.

Doherty berief sich auf seinen Anruf.

»Es geht um den Mord an Nigel Tern, Eure Lordschaft ...«

»Bitte nennen Sie mich Donald. Dürfte ich Ihren Dienstausweis sehen?«

Er sagte es ziemlich freundlich, aber da er einen Adelstitel trug und manchmal gegen seinen Willen in den Schlagzeilen unangenehmer Artikel in der Regenbogenpresse auftauchte, war Donald Parquet kein Mann, der Leuten unbesehen glaubte.

»Vielen Dank.«

Er begrüßte sie herzlich, schüttelte Doherty die Hand, ehe er sich Honey zuwandte.

Doherty übernahm die Vorstellung.

»Und das ist meine Mitarbeiterin Honey Driver. Sie ist Zivilistin, Verbindungsperson. Ich hoffe, Sie haben nichts dagegen, dass sie mit dabei ist.«

Honey lächelte. »Hallo. Wenn Sie Einwände haben, warte ich auch gern im Wagen.«

Lord Parquet lächelte zurück. »Ich glaube nicht, dass das nötig ist.« Er hielt ihre Hand fest. »Honey. Ein hübscher Name.«

»Ich bin eigentlich Hannah getauft worden. Die Einzige, die mich noch so nennt, ist meine Mutter. Alle anderen sagen Honey zu mir.«

»Ah ja. Unsere Eltern halten gern an dem fest, was sie ihrer Meinung nach aus uns gemacht haben, einschließlich der Namen, die wir nicht mögen.«

Honey vermutete, dass sein Taufname auch nicht Donald gewesen war. Das ließ sich leicht überprüfen. Er würde sicherlich in Debrett's Peerage* aufgeführt sein. Jeder, der irgendwer war, stand da drin.

---

* Nachschlagewerk über den britischen Adel, etwa äquivalent zum »Gotha«.

Er wandte sich erneut Doherty zu. »Nigel Tern. Verflixt gute Jacketts und hervorragender Service für Leute, die so was mögen. Ich muss sagen, ich habe in der Vergangenheit diese Dienste gern in Anspruch genommen. Ich laufe nicht ständig im Overall herum.«

»Sie kannten ihn gut?«

Die Miene Seiner Lordschaft war aufrichtig. »Ziemlich gut. Er war kein Freund, aber ein recht anständiger Typ, trotz seiner Vorliebe für die Damen. Wahrscheinlich für zu viele Damen. Und was für eine Schande, wo er doch grade den Schaufensterwettbewerb gewonnen hatte. Ich bin sicher, er hat sich darüber wahnsinnig gefreut.«

»Kannten Sie welche von seinen Freundinnen?«, fragte Doherty.

Um Donalds blaue Augen zeigten sich kleine Fältchen. »Eher nicht. Wir haben uns nicht in denselben Kreisen bewegt. Würden Sie mir bitte in die Werkstatt folgen?«

Doherty bejahte das.

Das Aroma von Holz durchdrang den ganzen Raum. Überall waren Holzgegenstände und Haufen von Sägemehl.

»Sie haben den Galgen gebaut. Er schien sehr solide zu sein, obwohl er eigentlich nur für eine Schaufensterauslage gedacht war. Ich habe immer angenommen, dass Dekorateure kaum mal etwas Solideres als Pappe benutzen.«

»Genau. Aber Nigel bestand darauf. Ich habe ihn gefragt, ob er sich im Nebenberuf als Henker verdingen wollte, wenn er mal keine Sportjacketts für den ›Glorious Twelfth‹* und Blazer für die ›Cowes Week‹** lieferte.«

Doherty nickte. »Hat er Ihnen einen Grund genannt, warum der Galgen so massiv werden sollte?«

---

* »Der herrliche Zwölfte«: 12. August, der offizielle Beginn der Moor-huhnjagd in Schottland.
** Segelregatta, die alljährlich in Südengland ausgetragen wird.

Während sie sich alles anhörte, was gesagt wurde, genoss es Honey, wie Donalds Augen zwischen ihr und Doherty hin und her huschten und sich sein Lächeln immer verbreiterte, wenn sein Blick auf sie fiel.

Ein jugendlicher Liebhaber! Was für eine köstliche Vorstellung!

»Wieso er wollte, dass ich ihn so massiv baue?« Donald lächelte noch strahlender. »Ich kann mir keinen bestimmten Grund vorstellen. Er hat allerdings gemeint, die Art, wie sein Vater das Geschäft führte und sein Leben dominierte, würde eigentlich schon ausreichen, damit er sich selbst dran aufhängt.« Donald schüttelte den Kopf. »Ich habe ihm das nicht geglaubt. Nigel liebte das Leben. Er war nicht der Typ, der Selbstmord begeht. Zu gesund an Körper und Geist, und so lange der Körper noch alles mitmachte – besonders bei den Damen, wenn Sie wissen, was ich meine –, dann war unser Nigel dabei. Der alte Herr kommt ja auch schon ziemlich in die Jahre, und kurz nachdem ich den Galgen fertig hatte, ist er wieder einmal ins Krankenhaus eingeliefert worden. Eine willkommene Pause, fand Nigel, und seine Chance, das Innenleben des Geschäfts und das Schaufenster zu modernisieren.«

Also wurde der Galgen gebaut, ehe der alte Herr ins Krankenhaus kam?

Dohertys Miene änderte sich nicht, aber Honey wusste, was er gerade dachte. Sie hatte auch eine ziemlich gute Vorstellung, wie seine nächste Frage lauten würde.

»Sie wollen damit sagen, dass er den Galgen bereits einige Zeit vor dem Wettbewerb bauen ließ?«

»Genau.«

»Hat er gesagt, wozu er ihn haben wollte?«

Ein Lächeln stahl sich auf die Züge Seiner Lordschaft.

»Zur Befriedigung persönlicher Bedürfnisse.«

Doherty nickte. »Verstehe. Der Galgen war also ursprünglich gar nicht für die Schaufensterauslage bestimmt? Das wollen Sie doch damit andeuten?«

Donald grinste und schüttelte den Kopf. »Ich wurde gebeten, den Galgen nach bestimmten Maßvorgaben und für seinen privaten Gebrauch anzufertigen. Mehr weiß ich nicht.«

Honey verkniff sich heldenhaft die Frage, die sich ihr nun aufdrängte, bis sie und Doherty wieder am Auto standen.

Eine leichte Brise zerzauste ihr Haar und blies ihr das Sägemehl aus der Nase. Ihre Gedanken rasten. Die Mordsache Nigel Tern bewegte sich in eine sehr positive Richtung.

»Das Land der Phantasie«, flüsterte sie über das Autodach hinweg. »Er war ja völlig besessen von dem Wegelagerer-Image. Ich kann mir vorstellen …«

Sie unterbrach sich, während sich das Bild vor ihrem inneren Auge verdichtete.

Mit grimmiger Miene öffnete Doherty die Fahrertür. »Er hat das nicht notwendigerweise allein gemacht.«

»Aber es ist immerhin möglich? Bei Jungs, die auf die feinen Privatschulen gegangen sind, ist doch Selbstbefriedigung ein beliebter Sport …«

»Hatte er das wohl vor seinem Tod gemacht?«

»Ich weiß es nicht. Ich habe mich nicht danach erkundigt, und im Autopsiebericht ist mir nichts aufgefallen. Ich werde das mal überprüfen, aber …«

Sobald er wieder bequem hinter dem Lenkrad saß, telefonierte er und holte sich die Informationen.

Die Antwort kam sofort: »Nein. Keine Hinweise auf sexuelle Aktivität, obwohl sein Hosenschlitz halb offen stand. Er war kein Typ, der sich beim Sex gern würgen lässt.«

»Aber seine Hände waren hinter dem Rücken gefesselt.«

»Ja.«

»Dann kann er den Reißverschluss nicht selbst aufgemacht haben.«

»Vielleicht hatte er ihn schon vorher halb aufgezogen – in Vorbereitung auf ein bisschen Action – sozusagen.«

Honey spürte, wie sie ganz aufgeregt wurde. »Auch das konnte er mit auf den Rücken gebundenen Händen nicht schaffen. Wer immer ihm eins über den Hinterkopf geschlagen hat, hat vielleicht auch den Reißverschluss aufgemacht.«

Doherty nahm erneut sein Telefon zur Hand und gab die Anweisung, dass man dem Hosenschlitz des Toten noch einmal besondere Aufmerksamkeit widmen sollte.

»Speziell dem Reißverschluss. Prüft auf Fingerabdrücke auf dem Schiebergriff.«

Dohertys hoffnungsvolle Miene schwand, als er die Antwort am anderen Ende hörte.

Seufzend setzte sich Honey zurück und verschränkte die Arme. »Seine eigenen?«

»Verschmierte Abdrücke. Nicht schlüssig.«

Doherty steckte sein Telefon mit einer resignierten kleinen Bewegung wieder in die Innentasche seiner Jacke.

Honey schaute fragend in die Ferne. Sie hatte sich schon auf schlüpfrige Details gefreut. Nun sah es ganz so aus, als gäbe es keine.

Endlich sagte sie: »Ich würde, wenn es möglich ist, gern noch mal einen Blick auf den Tatort werfen. Da war kein umgefallener Schemel oder so. Und ohne so was war es für Tern doch unmöglich, den Kopf in die Schlinge zu stecken – ob nun noch jemand da war oder nicht. Und es war zweifellos jemand da. Aber wie hat er den letzten Sprung gemacht? Wenn da kein Schemel oder Hocker war – wie zum Teufel ist er hochgekommen?«

In Gedanken ging Honey die Einzelheiten am Tatort durch. Da waren ein paar Treppenstufen, nur drei, aber vor dem Galgen und zu weit entfernt, als dass Tern von dort in die Höhe gesprungen sein könnte und sich so aufgehängt hatte. Und dann waren ja da auch noch die gefesselten Hände. Jemand hatte ihm die Hände gefesselt.

»Bist du sicher, dass er sich nicht selbst die Hände gefesselt hat?«

»Ich weiß, was du meinst. Es ist möglich, sich selbst zu fesseln – Leute, die diese Art von Sex mögen, machen das dauernd. Aber nicht mit diesen Knoten. Das Seil war mehrmals herumgewunden, mit einem Knoten nach dem anderen gesichert. Ich habe mich mit den Experten unterhalten. Das ist unmöglich.«

»Wann, meinst du, könnten wir uns das noch mal ansehen?«

»Nachdem ich mit Grace Pauling erneut über das Testament gesprochen habe. Die ist allerdings kaum auf einen Termin festzunageln, bringt andauernd Entschuldigungen vor, warum ich nicht in ihren Terminkalender passe.«

Honey strahlte ihn an und tätschelte ihm die Hand.

»Verlass dich da ganz auf deine kleine Helferin.«

»Auf meine was?«

»Mich. Heute Nachmittag um vier ist eine Versammlung der Stadtfrauengilde. Man hat mich eingeladen, einen Vortrag über die Zusammenarbeit einer Zivilistin mit der örtlichen Polizei zu halten. Grace Pauling ist Mitglied. Ich habe die Liste der Teilnehmerinnen eingesehen. Sie hat sich einen Platz reserviert und das Ticket bezahlt.«

Dohertys Miene hellte sich deutlich auf. »Das ist gut! Ich hätte nicht gedacht, dass du der Typ von diesen Mädels bist. Soll ich mitkommen? Würden die mich für den Nachmittag als Frau ehrenhalber akzeptieren?«

»Kannst du machen, wenn du willst. Und was das betrifft, dass ich nicht ganz der Typ von diesen Mädels bin – das bin ich wahrscheinlich wirklich nicht, denn meine Mutter ist bestimmt ihr Typ. Sie ist da äußerst aktiv und sogar im Vorstand.«

Doherty blickte finster.

»Dann bleib ich weg. Bis später?«

»Klar. Im Zodiac. Kurz vor Mitternacht. Du kannst schon mal die Lage sondieren, dir den neuesten Klatsch anhören, oh, und als Gegenleistung berichte ich dir, wie ich ›rein zufällig‹ Grace Pauling getroffen habe. Hoffentlich kann ich sie festnageln.«

Kapitel 18

Rachel Doherty hatte die gleiche Gesichtsform wie ihr Vater, das gleiche dunkle Haar, das gleiche vorgereckte Kinn. Ihre Augen waren jedoch haselnussbraun, wirkten in manchem Licht schokoladenbraun, und wenn sie todmüde war, zeigten sie eine Art schlammiges Grün.

Rachel hatte das Geschick ihrer Mutter geerbt, sich sehr gut anzuziehen, obwohl sie den Schick während ihrer Universitätszeit ein wenig heruntergefahren hatte. Jetzt, da sie die Uni abgebrochen hatte, war das nicht mehr so wichtig. Nicht dass sie Designerklamotten trug. Das hätte Benedict nicht geduldet. Er wählte nämlich ihre Kleidung für sie aus. Manchmal war sie sich nicht ganz sicher, ob ihr die Sachen, die sie anzog, so gut gefielen wie ihm, aber sie liebte ihn. Er wusste so viel mehr als sie, er war überhaupt der schlauste Mann, den sie je getroffen hatte.

»Ich glaube, wir sollten erst mittagessen gehen. Es hat doch keinen Zweck, mit leerem Magen bei deinem Vater auf der Schwelle zu stehen. Wir können außerdem bei einem Teller Pasta und einem anständigen Weißwein prima noch einmal unsere Taktik besprechen. Ich kenne da genau das richtige Lokal.«

Als Benedict über die Taktik redete, die sie ihrem Vater gegenüber anwenden wollten, hatte Rachel Schmetterlinge im Bauch. Sie wollte sagen, dass ihr Vater doch kein feindlicher General war, traute sich aber nicht. Benedict würde dann gewiss erklären, als Polizist hätte ihr Vater auch ein militärisch denkendes Hirn, und sie legte sich nicht gern mit ihm an. Deswegen hatte sie ihm zunächst auch nicht erzählt, dass ihr

Vater Polizist war. Sie hatte gesagt, er arbeitete für die Stadt-verwaltung. Das war die einzige Lüge, die sie dem Mann, den sie liebte, je aufgetischt hatte, und sie wollte nicht, dass er sie beschuldigte, ihm gegenüber nicht loyal zu sein und ihn nicht zu lieben, denn das stimmte einfach nicht.

»In Ordnung, Benedict, wie du meinst.«

Manchmal fragte sie sich, wieso sie mit einem Mann wie Benedict zusammen war. Er war ein erfolgreicher Börsen-makler in der City, er hatte sie aus der Gruppe von Studenten herausgepickt, die an jenem Abend in einem Londoner Pub mit ihr tranken. Als Benedicts und ihre Augen sich getroffen hatten, war Rachel dahingeschmolzen. Er hatte einen so durchdringenden Blick.

»Wer ist denn der Typ?«, hatte einer von ihren Kommilito-nen gefragt.

Sie hatte die Achseln gezuckt. »Keine Ahnung.«

»Der hat einen ganz besonderen Blick drauf, und der gilt nur dir«, hatte ihr Freund gesagt.

Seltsamerweise hatte sie seinen Kommentar als Tatsache hingenommen. So fühlte sie sich immer, wenn Benedict sie anschaute, damals wie heute. Alles war anders geworden, als er ihr gesagt hatte, sie sollte am nächsten Abend wieder in denselben Pub kommen. Er hatte sie nicht gefragt, er hatte es ihr gesagt. »Kannst du es spüren?«, hatte er sie gefragt, und sein feuchter Atem war an ihr Ohr geweht. »Wir sind fürein-ander geschaffen. Wir müssen uns noch einmal treffen. Das steht in den Sternen geschrieben.«

Eine Freundin namens Faith hatte laut losgelacht, als Rachel ihr davon erzählte. »Als ob Schicksal in den Sternen geschrieben steht! So ein Scheiß!«

Von dem Augenblick an hatte sich alles verändert. Sie hatte die Universität verlassen, weil Benedict ihr gesagt hatte, sie studiere das falsche Fach zur falschen Zeit. Er hatte ihr einen

Job in der City verschafft. Das bedeutete, dass sie ein Schneiderkostümchen und eine adrette weiße Bluse tragen musste.
Sie fühlte sich zunächst völlig fehl am Platz – das tat sie auch
jetzt manchmal noch –, aber Benedict hatte darauf bestanden, es sei die richtige Berufslaufbahn für sie, obwohl es nur
eine Teilzeitstelle war. Den Rest ihrer Zeit verbrachte sie in
der Wohnung, in der sie zusammenlebten. Sie kochte und
putzte für ihn, sorgte dafür, das alles genauso war, wie er es
mochte.

Zunächst war ihre Mutter wütend gewesen, als sie erfahren
hatte, dass Rachel von der Universität abgegangen war. Benedict war der Charme selbst gewesen, als Rachel ihn zu Hause
vorstellte. Er hatte erzählt, er hätte den perfekten Job für Rachel gefunden und dass sie jetzt zusammenlebten, ehe sie ihren gemeinsamen Hausstand einrichteten.

»Zu gegebener Zeit werden wir auch heiraten und eine
Familie gründen, aber, und da sind Sie sicher mit mir einer
Meinung, es ist ja noch früh. Wir sind ein Paar, das für einander geschaffen ist, und wir werden es zusammen weit bringen,
aber letztlich werde ich der Brotverdiener sein. In der Zwischenzeit haben wir uns daran gewöhnt, zusammenzuleben
und unser Privatleben und die Arbeit gut miteinander zu vereinbaren. Ich glaube wirklich, das ist die einzige Art, wie eine
Ehe lange halten kann. Meinen Sie nicht auch, Mrs Doherty?«

Natürlich meinte sie das. Sie hatte sogar noch angemerkt,
sie wünschte, sie und Rachels Vater hätten eine Ehe auf Probe
gehabt, ehe sie sich an die echte Ehe wagten.

»Da er Polizeibeamter ist, schien seine Arbeit immer Vor-
rang zu haben.«

Benedict war überrascht gewesen, als der Beruf ihres Vaters
erwähnt wurde.

»Ich hätte es dir irgendwann erzählt«, hatte Rachel zu ihm
gesagt, während sich ihr beinahe der Magen bei dem Gedan-

ken umdrehte, Benedict könnte sie abservieren, nur weil ihre Mutter sich verplappert hatte.

»Als würde das für mich einen Unterschied machen«, hatte er geantwortet. »Mir tut nur deine Mutter leid, die immer auf einen Mann ohne geregelten Lebenswandel warten musste.«

Benedict hatte ihre Mutter so gut verstanden und war so aufmerksam gewesen, hatte sein Mitgefühl für das Leben so gut zum Ausdruck gebracht, das sie als Ehefrau eines Polizisten geführt haben musste, ehe ihre Ehe auseinanderging.

Ihre Mutter hatte ihn vergöttert und die Tochter zur Seite genommen, ehe sie wieder nach London aufbrachen.

»Ich frage mich nur, was dein Vater davon halten wird, besonders davon, dass du die Uni geschmissen hast.«

Rachel hatte sie angefleht, Doherty nichts davon zu erzählen, auch nichts von Benedict oder dem neuen Job. Ihre Mutter hatte versprochen, kein Sterbenswörtchen zu sagen.

»Ich muss es ihm selbst sagen.«

Bevor sie dann gingen, hatte ihre Mutter sich in Benedicts Gegenwart nach Rachels Job erkundigt. »Was machst du denn genau?«

Ehe sie eine Chance hatte, darauf zu antworten, hatte sich Benedict eingemischt.

»Sie ist ein echtes City-Häschen, und es gefällt ihr sehr. Nicht war, Schätzchen.«

Er hatte den Arm um sie gelegt. Sie hatte gespürt, wie sich seine Finger ein wenig fester um ihren Arm drückten, um sie daran zu erinnern, ihre Antwort wohl zu bedenken.

»Ja, ich bin mittendrin im Geschehen, und es gefällt mir wirklich sehr gut«, hatte sie mit strahlender Miene gesagt. Die Wahrheit war tief innen verborgen geblieben. Eigentlich mochte sie den Job nämlich überhaupt nicht. Sie hatte nie vorgehabt, in einem Büro zu arbeiten, schon gar nicht in einem Finanzinstitut, aber Benedict hatte darauf bestanden.

»Ich bin enttäuscht von dir«, hatte er auf der Rückreise nach London gesagt. »Das hat nicht sonderlich begeistert geklungen, als du über deinen Job geredet hast. Und nicht besonders dankbar. Das betrübt mich, Rach. Das betrübt mich sehr.«

Sie hasste es, wenn er ihren Namen abkürzte. Sie hatte es ihm auch schon gesagt, dass sie gar nicht gern Rach genannt wurde, und raffte all ihren Mut zusammen, um das noch einmal zu wiederholen.

»Es gefällt mir, dass ich der Einzige bin, der dich Rach nennen darf. Ich bin doch ein besonderer Mensch für dich, nicht wahr, Rach?«

Sie hatte klein beigegeben. Sie gab immer klein bei.

»Hörst du mir zu?«

Sie schrak aus ihren Erinnerungen auf und wandte sich wieder dem zu, was als Nächstes passieren würde.

»Es wird deinen Vater freuen, dass du so geschäftsmäßig angezogen bist. Als Polizist wird er auch erfreut sein, dass wir eine traditionelle Hochzeit planen. So ungefähr soll das Treffen ablaufen. Unterstütze mich da bitte, Rach. Vergiss nicht, mich zu unterstützen.«

Rachel nickte hinter dem Pasta-Gericht, das er für sie bestellt hatte. Sie hasste Pasta, aber Benedict hatte gemeint, sie bilde sich nur ein, dass sie keine Nudeln mochte. »Dein Gaumen ist noch nicht verfeinert genug. Mit meiner Hilfe wirst du entdecken, wie sehr du diese Gerichte magst. Vertraue mir.«

Sie hatte geantwortet, natürlich vertraue sie ihm. Er wollte, dass sie etwas Besonderes war, und für ihn würde sie das auch sein. Sie hatte sich sogar einverstanden erklärt, zu lernen, wie man italienische Gerichte perfekt kochte, nur weil er dieses Essen liebte.

Rachel konnte die leichte Übelkeit, die sie verspürte, nicht unterdrücken. Ihre Mutter war Benedicts Charme völlig erlegen. Aber ganz gleich, wie genau ihr Benedict seine Pläne darlegte, wie er ihren Vater überzeugen würde, so fürchtete sie doch, dass er sich in diesem Fall irren könnte.

Kapitel 19

Der Pump Room hallte vom Schwatzen der Damen und Klirren der Teetassen wider. Ein wenig Vivaldi, von einem Streichquartett zum Besten gegeben, wetteiferte noch damit, blieb aber insgesamt ein leises Hintergrundgeräusch.

Nachdem ihre Mutter sie vorgestellt hatte, ging Honey zum Rednerpult.

Sobald der Applaus abgeebbt war, machte sich Honey zum Sprechen bereit.

»Ich wollte nie etwas mit Verbrechen zu tun haben, bekam aber die Möglichkeit dazu – wurde mit sanfter Gewalt davon überzeugt –, mich doch damit zu befassen, allerdings auf der Seite des Gesetzes. Als Verbindungsfrau zur Kripo für den Hotelfachverband von Bath. Wie Sie alle wissen, kommen Besucher aus aller Welt in unsere wunderschöne Stadt ...«

Sie redete über Verbrechen und darüber, wie negativ sie sich auf den Tourismus auswirkten.

Hinterher gab es Applaus. Honey sah, dass ihre Mutter diejenigen mit bösen Blicken bedachte, die nicht laut genug klatschten. Sie ging sogar zu einigen Tischen, an denen sich Frauen noch miteinander unterhielten, und flüsterte ihnen etwas ins Ohr.

Nach dem Vortrag sollte es Cream Tea* geben. Das war der

---

* Cream Tea ist eine kleine Mahlzeit, in der Tee (oft mit Milch), Scones, Clotted Cream (eine dicke Sahne aus Cornwall) und Erdbeerkonfitüre gereicht werden, oft gibt es dazu noch eine reiche Auswahl an Sandwiches, kleinem Gebäck sowie in manchen Fällen Wein oder Champagner.

Teil der Veranstaltung, auf den sich Honey am meisten gefreut hatte.

Schon bei der Ankunft hatte sie ihrer Mutter erklärt, dass die Sitzordnung nicht in ihre Pläne passte.

»Ich muss neben Grace Pauling sitzen. Kannst du das arrangieren?«

Das aschblonde Haar ihrer Mutter war zu einem attraktiven Bob geschnitten. Ihr Outfit stammte von Jaeger: ein türkises Oberteil mit nerzfarbenen Satinbiesen und mit einem Rock, der einen Farbton dunkler war. Schuhe und Handtasche passten farblich zu den Biesen.

Ihre Mutter hatte gerade eine adelige Dame und ein paar andere Frauen begrüßt, die sie für beachtenswerter als die allgemeine Mitgliedschaft erachtete. Ihre Mutter war schon immer ein Snob gewesen. Sie konnte einfach nicht anders.

Honey wartete auf eine brüske Zurückweisung oder eine Enttäuschung. Sie hatte nicht damit gerechnet, dass ihre Wünsche perfekt in die Pläne ihrer Mutter passten.

»Oh, ich freue mich so sehr, dass es dir nichts ausmacht, die Plätze zu tauschen. Patricia wollte die Ehrenwerte Esme Tolliver neben Grace Pauling setzen.« Sie schüttelte verzweifelt den Kopf. »Ich weiß nicht, was sie sich dabei gedacht hat, die Lady neben die Tochter eines Ladenbesitzers zu platzieren.«

»Eines Herrenschneiders, Mutter. Ihr Vater war Schneider.«

»Ja, aber einer mit einem Laden.«

»Als Hotelbesitzerin rangiere ich da weiter unten als eine Ehrenwerte Lady?«

Entweder hatte ihre Mutter es nicht gehört oder wie üblich die Ironie in der Stimme ihrer Tochter nicht wahrgenommen. Froh wie ein Schneekönig hatte sie sich sofort darangemacht, die Tischkärtchen auszutauschen. Außerdem hatte sie die Ehrenwerte Lady an einen Platz an ihrer Seite geführt, an dem

Tisch, den sie für den wichtigsten hielt. Honey musste selbst sehen, wie sie ihren Stuhl fand.

Die Frauen an ihrem Tisch hatten sich eine nach der anderen vorgestellt und sich so nah zu ihr herübergelehnt, wie sie es angesichts ihrer minderen Stellung nur wagten.

Grace Pauling brauchte nicht laut zu reden oder sich herüberzulehnen. Sie saß unmittelbar neben Honey in ihrem Rollstuhl. Sie trug ein rotes Kleid und aufsehenerregenden Schmuck – viel zu auffällig für tagsüber. Honey musste unwillkürlich denken, dass Grace, wenn sie nicht im Rollstuhl säße, einen tollen Croupier oder sonst etwas in einem Nachtklub abgeben könnte. Sie sah nicht schlecht aus, und sie könnte noch besser aussehen, wenn sie nicht so viel Make-up trüge.

Honey stellte sich als Glorias Tochter vor. »Allerdings sind wir uns schon einmal begegnet«, fügte sie dann hinzu.

»Sie sind nicht eine von meinen Mandantinnen, oder?« Grace' Augen leuchteten auf. Wahrscheinlich überlegte sie, wie viele Stunden sie dieser Frau berechnen konnte.

»Nein, wir waren beide auf der Pressekonferenz vor dem Laden von Tern & Pauling, als der Preis für die beste Schaufensterdekoration überreicht wurde. Ich war später noch einmal dort, zusammen mit Detective Inspector Doherty; wir haben den Tatort besichtigt. Sie sind da unmittelbar nach Mr Arnold Tern in den Laden gekommen.«

Grace gefror das Lächeln auf den Lippen. Ihre glitzernden Augen wurden glasig, als hätte man Gardinen vor ein Fenster gezogen. Sie konnte noch hinaussehen, aber niemand durfte mehr hineinschauen.

»Es war eine phantastische Schaufensterauslage. So dramatisch, finden Sie nicht?«

Honey lächelte bei diesen Worten, und ihr Tonfall war so beruhigend, wie es nur ging.

Grace' verschlossene Miene hellte sich ein wenig auf. Honey war sich aber sicher, dass sich das jederzeit wieder ändern konnte. Was sie diese Frau auch fragen wollte, sie würde es in Nettigkeiten verpacken müssen. Hier war eitel Sonnenschein angesagt.

»Ja, es war wohl eine sehr gute Auslage. Hochdramatisch.«

»Ich habe gehört, dass eine seiner Freundinnen das Design gemacht hat.«

»Das haben sie falsch gehört«, blaffte Grace. »Er hat alles selbst entworfen. Er wusste genau, was er wollte.«

»Das ist aber interessant.«

»Ach ja?«

»Man hat mir erzählt, dass Sie ihn sehr gut kannten, obwohl das natürlich nicht verwunderlich ist, denn Ihre Väter waren ja Geschäftspartner.«

»Bis zum Tod meines Vaters.«

»Ein tragischer Unfall, nicht wahr?«

Grace deutete flüchtig mit der Hand auf ihre Beine. »Unsere Familie ist da ein wenig anfällig.«

Honey entschied sich, nicht nach Grace' Unfall zu fragen, denn wenn Grace ihr Einzelheiten dazu verraten wollte, würde sie es von sich aus tun.

»Möchten Sie noch etwas Kuchen?«

Die Frau, die links von Honey saß, schob ihr die Etagere mit dem Kuchen hin. Schokoladeneclairs, kleine Teilchen mit buntem Zuckerguss, glasierte Obsttörtchen waren dort auf jedem der Teller angerichtet.

Honey hatte sich vorgenommen, sich nicht vom Essen ablenken zu lassen. Schließlich war sie in einer ernsten Angelegenheit hier.

Ihr guter Vorsatz scheiterte. »Nur ein kleines Stückchen.«

Grace lehnte sowohl den Kuchen als auch Tee oder Kaffee

ab. Stattdessen streckte sie die Hand nach einer Flasche Cabernet Sauvignon aus und schenkte sich großzügig ein.

»Ich erinnere mich jetzt, Sie im Laden gesehen zu haben, aber dass Sie bei der Preisverleihung waren, habe ich nicht mitbekommen.«

Diese Aussage kam, als Honey gerade in ein glasiertes Obsttörtchen biss.

»Da war ich ganz privat. Es war reiner Zufall, dass man mich gebeten hatte, als Preisrichterin bei dem Wettbewerb mitzumachen.«

»Und Ihnen hat das mit dem Wegelagerer gefallen.«

Nachdem Grace das halbe Glas Wein in einem Zug ausgetrunken hatte, warf sie Honey ein wissendes Lächeln zu.

»So ein Mann, der sein Gesicht maskiert hat, hat was Romantisches, noch dazu, wenn er aus dieser Epoche stammt, als die Frauen noch Seidenkleider und enge Korsetts trugen …«

»Ich denke, Sie meinen, dass er eher sexy ist, und da muss ich Ihnen zustimmen. Ein Wegelagerer ist ungeheuer sexy. Wir … er … ich meine Nigel hat gemeint, das würde die weiblichen Juroren ansprechen. Nigel wusste immer genau, wie er es anstellen musste, um zu kriegen, was er wollte.«

»Besonders von Frauen?«

Grace trank ihr Glas leer, ohne zu antworten. Irgendwas ging in ihr vor, das sah man an ihren Augen, aber Honey konnte es nicht entschlüsseln. Es spielte auch ein seltsames Lächeln um ihre Lippen, und sie zog einen Mundwinkel nach oben.

»O ja, das wusste er genau.«

Honey schoss der Gedanke durch den Kopf, dass Grace durchaus eine dieser verlassenen Frauen sein könnte, die durch eine gescheiterte Liebesbeziehung motiviert war, den Abtrünnigen umzubringen. Aber dazu war sie körperlich wohl nicht in der Lage.

Honey versuchte es anders. »Nigels Vater scheint ja nicht sonderlich bestürzt zu sein. Das kommt mir ein wenig seltsam vor, schließlich war Nigel doch sein Sohn. Gibt es einen bestimmten Grund, warum sie sich nicht sehr nahestanden?«

Grace lachte und griff schon wieder nach der Rotweinflasche, die sie für sich allein zu beanspruchen schien.

»Sie dürfen nicht vergessen, dass Nigel und sein Vater einander sehr ähnlich sind – oder vielmehr waren. Der alte Herr wird mir da wahrscheinlich nicht zustimmen, aber es ist doch vollkommen klar …«

Grace nahm einen Riesenschluck von ihrem zweiten – oder dritten? – Glas Wein.

Honey sagte nichts. Jetzt hieß es still dasitzen und zuhören. Der Wein löste Grace' Zunge wunderbar.

»Sie hatten nicht dieselben Ansichten darüber, wie das Geschäft sich weiterentwickeln sollte. Ich meine, Nigel wollte es moderner gestalten, und der alte Herr war dafür, alles traditionell zu belassen. Aus Treue zu unseren hochgeschätzten Kunden, wie der alte Arnold immer gern sagt. Tatsache ist, dass Nigel ein paar Stammkunden vor den Kopf gestoßen hat. Der alte Herr meinte, er wäre zu hemdsärmelig mit ihnen umgegangen, hätte sie wie normale Menschen behandelt und erwartet, sie würden das mögen. Leider ist aber bei einigen dieser Leute der Adelstitel das Einzige, was ihnen noch verblieben ist.«

Grace langte noch einmal nach dem Wein. Das Glas war nur noch zu einem Drittel gefüllt.

»Irgendjemand Bestimmtes?«

Grace holte tief Luft und nahm noch einen großen Schluck.

»Zunächst mal Donald Parquet. Der muss sich mit Holzarbeiten abgeben und seine Stallungen und Außengebäude an eine Horde von Möchtegern-Kunsthandwerkern verpachten.« Sie lachte leise in ihr Glas. »Leute, die sich für wesentlich geschickter halten, als sie in Wirklichkeit sind. Ich tippe mal, die meisten von denen kriegen Sozialhilfe und verdienen sich auf Kunsthandwerksmessen ein bisschen was dazu.«

Aha! Donald Parquet war also so gut wie pleite. Er schien ein netter junger Mann zu sein, und wer konnte es ihm verübeln, dass er alles Mögliche versuchte?

Honey stützte ihr Kinn auf eine Hand und musterte angestrengt Grace' inzwischen leicht gerötetes Gesicht.

»Sonst noch jemand?«

»Gunther Malham.«

»Wer?«

»Der hat keinen Adelstitel, soweit ich weiß jedenfalls. Gunther stammt aus einem der skandinavischen Länder, glaube ich. Ich bin mir nicht sicher, wie er zu seinem Geld gekommen ist, jedenfalls hat er eine Menge. Er ist außerdem sehr blond und sieht sehr gut aus. Desgleichen seine Töchter. Nigel hat sie beide verführt.«

»Böser Bube.«

»Die Mutter auch.«

»Sehr böser Bube. Ich nehme an, Mr Malham war ziemlich sauer deswegen.«

»Sehr. Er hat geschworen, er würde den Laden nie wieder betreten. Er hat auch geschworen, er würde eine Reihe anderer Kunden von Tern & Pauling darüber informieren. Sie müssen wissen, Gunther kennt einen Haufen Leute, nicht weil er einen Titel hat, sondern weil er im Geld schwimmt. Die Leute gehen zu ihm, um sich was zu leihen. Er wird in die besten Herrenhäuser auf dem Land eingeladen, zur Jagd und so. Er hat auch eine 82-Fuß-Oyster-Yacht an der Südküste. Sie können davon ausgehen, dass Gunther in der Lage war, Nigel bei einer Menge von Leuten anzuschwärzen, bei solchen mit altem Geld und bei Neureichen. Deswegen hat sich Nigel entschlossen, das Geschäft zu modernisieren. Das einzige Problem war sein alter Herr. Nigel hat sich nicht getraut, ihm zu erzählen, dass sie eigentlich seinetwegen all die Kunden verloren, nur weil er seinen Schwanz nicht in der Hose behalten konnte.«

Das Letzte hatte sie mit bitterer Miene herausgewürgt. Es schien beinahe, als wären ihr sehr lebhafte, unangenehme Erinnerungen gekommen.

Honey nickte. »Verstehe.«

Wegen des Gesprächs hatte sie eine Zeitlang den Rest des Obsttörtchens liegen lassen müssen, aber nach diesem saftigen Klatsch brauchte sie wirklich ein Dessert, etwas sündhaft Süßes. Sie biss herzhaft hinein.

»Es blieb ihm also gar nichts anderes übrig, als zu modernisieren, auch wenn er es nicht wagte, das seinem alten Herrn zu erzählen.«

»Genau.« Grace leerte die Flasche vollends in ihr Glas. Honey hatte noch nie gesehen, dass jemand so rasch eine ganze Flasche Wein erledigte. Ob Grace wohl nach dem Mittagessen wieder in ihre Kanzlei zurückging?, fragte sie sich.

»Nigel hatte Glück, denn der alte Herr wurde sehr krank. Er kriegte eine Sache nach der anderen, bis er schließlich eine Lungenentzündung hatte. Ich kann Ihnen sagen, Nigel hatte ganz schön Muffensausen, als der alte Herr darauf bestand, das Krankenhaus zu verlassen. Er wurde erst wieder fröhlicher, als klar wurde, dass sein Vater den größten Teil der Zeit immer noch weg vom Fenster war.«

»Wegen der Krankheit oder der Medikamente?«

Grace zuckte die Achseln. »Keine Ahnung. Fragen Sie die Krankenschwester ... wie heißt sie doch gleich? Edwina Cayford. Putzfrau und Krankenschwester.« Ihr verächtlicher Gesichtsausdruck verriet überdeutlich, was sie von der Dame hielt. »Krankenschwester, dass ich nicht lache! Ich weiß nicht, ob Nigel die auch flachgelegt hat. Er hat es ja geleugnet, aber das hat nichts zu bedeuten. Ob blond ob braun, er konnte Frauen einfach nicht widerstehen.«

Grace sprach leise, aber trotzdem hatten einige am Tisch gehört, was sie gesagt hatte. Züchtige Busen wallten empört. Faltige Lippen spitzten sich missbilligend.

Honey musste gar nicht fragen, ob Grace vermutete, dass die Krankenschwester sich die Zuneigung des alten Mr Tern zu erschleichen versuchte.

»Die muss doch was von ihm wollen … von einem so alten, schrumpeligen Kerl.« Langsam stahl sich ein Lächeln auf Grace' Lippen. »Der lohnt die Mühe nicht. Der ist zu alt, jenseits von Gut und Böse. Aber andererseits hat der Tern Trust jede Menge zu bieten: Immobilien und Geld. Das weiß sie wahrscheinlich.«

Honey überlegte, wie wohl Grace' Liebesleben aussah. Trotz ihrer Behinderung hatte sie doch bestimmt eines, da war Honey sich sicher, es sei denn, sie trank so viel Wein, um ihre Begierden zu ersäufen?

Es stand ihr eigentlich nicht zu, sich nach dem Testament zu erkundigen, und Doherty hatte ja Grace bereits über die Absichten des alten Herrn befragt, es zu ändern. Aber es würde nicht schaden, dumm zu tun und ein paar Fragen in dieser Richtung zu stellen.

»Ich kann mir denken, dass Mr Arnold nicht gerade entzückt war, als er herausfand, welche Pläne sein Sohn hatte. Eltern haben ja schon wegen wesentlich weniger ihr Testament geändert.«

Grace hatte sich inzwischen die zweite Flasche Wein vorgeknöpft. Die Etagere mit dem Kuchen hatte sie ans äußerste Ende des Tisches geschoben. Sie überraschte Honey damit, dass sie sich nah zu ihr herüberlehnte, ein schräges Lächeln auf den Lippen, und den Arm um Honeys Schulter schlang.

Wer die beiden nicht kannte, hätte sie für Busenfreundinnen halten können.

Grace flüsterte Honey ins Ohr: »Und der gute alte Arnold war keine Ausnahme! Als er herausgefunden hatte, dass Nigel den Preis gewonnen hatte, hat er mich noch am selben Tag angerufen. Er war wütend. Er hat mich zu sich zitiert und mir gesagt, er wollte sein Testament ändern.«

»Und sind Sie hingefahren?«

»Ja, aber erst später, ein paar Tage später, nachdem man Nigel, an seinem eigenen Galgen hängend, gefunden hatte.«

»Was für eine Entwicklung«, meinte Honey und lehnte sich auf ihrem Stuhl zurück. »Ich wüsste zu gern, wer der neue Begünstigte ist.«

Grace schenkte sich ein weiteres Glas ein. Honey bemerkte, dass die zweite Flasche auch schon wieder halb leer war. Sie konstatierte zudem, dass Grace ihr keinen Tropfen angeboten hatte.

Grace erhob das Glas wie zu einem Trinkspruch und strahlte sie an.

»Die Tochter von Arnolds altem Geschäftspartner kriegt alles! Mit allem Drum und Dran, Bankkonten und Immobilien und allem. Das Testament ist aufgesetzt. Mr Arnold muss es nur noch unterschreiben.«

»Und das hat er noch nicht getan?«

»Nein! Verdammt, das hat er nicht!«

Honey lachte und schüttelte den Kopf. »Nigel Tern war wirklich ein sehr böser Junge – hat sich allerhand geleistet, scheint es.«

Grace runzelte die Stirn und schaute sie aus glasigen Augen an.

»Wie meinen Sie das?«

»Wussten Sie zum Beispiel, dass der Galgen, an dem Nigel Tern gestorben ist, schon lange vor seiner Teilnahme an dem Schaufensterwettbewerb gebaut wurde?«

»Was soll das denn beweisen?« Grace Paulings Miene verriet nichts, aber Honey bemerkte ein kleines nervöses Zucken am Haaransatz der Frau. Auch Grace war das offensichtlich bewusst geworden, denn sie fasste mit der Hand an die Stelle und versuchte dann, diese Geste zu verschleiern, indem sie sich durchs Haar fuhr. Es konnte natürlich die Wirkung des Weins sein, oder aber …

Honey nahm keine Rücksicht mehr auf Verluste. »Hatte Mr Tern junior eine Vorliebe für Fesselspielchen? Wissen Sie das zufällig?«

Grace Pauling blickte sie finster an. »Ich weiß nicht, wovon Sie reden.«

»Ach, und ich dachte, Sie hätten sich nahgestanden?«

»Wir kannten einander seit unserer Kinderzeit.«

»Aber Sie waren nie ein Liebespaar? Auch nicht vor Ihrem Unfall?«

»Entschuldigen Sie, Mrs Driver, aber Sie sind nicht von der Polizei. Also haben Sie kein Recht, mir solche Fragen zu stellen. Wenn Sie damit fortfahren, sehe ich mich gezwungen, rechtliche Schritte gegen Sie einzuleiten. Und jetzt muss ich gehen, wenn Sie nichts dagegen haben. Ich habe heute Nachmittag noch einen vollen Terminkalender.«

Ihr Aufbruch war recht überstürzt, und sie schien sich nicht sonderlich darum zu scheren, wem sie auf dem Weg aus dem Saal über die Füße rollte.

Später am Abend berichtete Honey Doherty von dieser Unterhaltung. »Ich glaube nicht, dass sie die Wahrheit gesagt hat.«

»Hmm.«

Doherty schien sich nicht festlegen zu wollen.

»Hast du mir irgendwas zu erzählen?«, fragte Honey.

»Äh, ja. Rachel kommt morgen und bleibt ein paar Tage bei mir. Zusammen mit ihrem Freund. Anscheinend ist er ein Märchenprinz im schicken Anzug, laut meiner Exfrau.«

»Echt? Das ist wirklich besorgniserregend.«

»Wie meinst du das?«

»Das ist so die Art Beschreibung, die von meiner Mutter kommen könnte, und du weißt doch, wie die sich irren kann!«

Mr Barrington schaute Doherty resigniert an, als er wieder in dem schmalen Durchgang stand, der aus dem Laden in die Auslage führte.

»Suchen Sie irgendetwas Bestimmtes, Inspector?«

Doherty schüttelte den Kopf. »Nein, eigentlich nicht.«

Er stand in der Vertiefung direkt vor den Stufen, die in den Hauptteil des Fensters führten. Der gesamte Bereich war mit dunkelblauem Teppich ausgelegt. Der Galgen war zu seiner Linken aufgebaut gewesen, der Wegelagerer hatte sich rechts von ihm befunden. Die Leiche hatte direkt über der Vertiefung und den Stufen gehangen.

Galgen, Leiche und Wegelagerer waren nun fort, das Fenster war leer bis auf ein großes Schild, auf dem geschrieben stand, dass das Geschäft jetzt wieder seinen anspruchsvollen Kunden seine Dienste anbot.

Doherty dachte sich, dass anspruchsvoll wohl als wohlhabend zu interpretieren war. Er konnte es sich auf keinen Fall leisten, sich von diesen Leuten ein Jackett auf den Leib schneidern zu lassen.

»Wie kommt es, dass Sie immer noch hier sind?«, fragte Doherty Mr Barrington über die Schulter hinweg.

»Ich halte meine Kündigungsfrist ein. Ich bin mir auch nicht sicher, dass man mich wirklich gehen lassen wird. Mr Papendriou hat von sich aus gekündigt. Anscheinend will er ein Online-Geschäft aufbauen, das sich an einen sehr spezialisierten Markt wendet.«

»Ach wirklich?«

Doherty musterte immer noch den Teppich zwischen seinen Füßen und der Straße. Irgendwas entging ihm, aber er kam nicht darauf, was das sein könnte.

»Es war sicher ziemlich umständlich, die Dekoration aus dem Fenster zu entfernen. Da mussten Sie bestimmt viel heben?«

»Eigentlich nicht.« Mr Barrington stand unmittelbar hinter Doherty, und als der sich abrupt umdrehte, wäre er beinahe über ihn gestolpert. »Wir haben einen Transportwagen benutzt«, sagte er und schaute zu Doherty hinauf. »Es war alles recht einfach. Mr Papendriou hat den Wagen die Rampe hochgeschoben, und Mr Rossini hat jedes Teil draufgeladen und dann nach draußen gefahren. Er musste natürlich zweimal hin und her …«

»Eine Rampe, sagen Sie?«

»Ja. Die Sachen wurden darüber immer rein- und wieder rausgebracht.«

»Wo ist diese Rampe?«

»Ich zeige es Ihnen.«

Mr Barrington schlängelte sich an Doherty vorbei in den Bereich, der einen guten Meter unter dem Hauptteil des Schaufensters lag. Die Kante des Bodens war auf Taillenhöhe.

Er hob den Teppich an und klappte zwei verchromte Riegel auf.

Doherty beobachtete ihn mit wachsendem Interesse. Man konnte die Stufen entfernen. Mehr noch: Als Barrington sie abgenommen hatte, drehte er sie um, und sie bildeten eine Rampe.

»Sehr raffiniert, Mr Barrington.«

Der Chefverkäufer strahlte ihn an. »Wir sind bei Tern & Pauling nicht völlig hinter der Zeit zurückgeblieben.«

Als Doherty auf die Wache zurückkehrte, warteten einige aufgezeichnete Nachrichten auf ihn. Eine war von Honey, die ihm ein paar weitere Überlegungen zu ihrer Unterhaltung mit Grace Pauling mitteilte. Eine war von Arnold Tern, der ihn fragte, ob er, sobald es ihm passte, bei ihm zu Hause vorbeikommen könnte. Die dritte war von einem jungen Mann, der erklärte, er wäre der Verlobte von Dohertys Tochter Rachel, und fragte, ob es möglich wäre, sich heute Abend zu treffen.

Doherty verzog das Gesicht zu einer Grimasse. Er hatte einen Anruf von Rachel erwartet, die ihm Datum und Uhrzeit ihrer Ankunft mitteilen würde. Stattdessen hatte ihr Verlobter angerufen. Seiner misstrauischen Natur gemäß fragte er sich sofort: Warum ruft der Verlobte an? Warum nicht Rachel? Er hatte Honey ja vorgewarnt, dass dieser Besuch unmittelbar bevorstand und dass er ihr Genaueres sagen würde, sobald er es wusste. Nun war Rachel also da. Er musste Honey darüber informieren.

Es war angenehm, in der sommerlichen Luft durch die Stadt zu spazieren. Wie immer um diese Jahreszeit waren die Straßen voller Touristen. Doherty hätte ja anrufen können, aber es war doch besser, Honey von Angesicht zu Angesicht von Rachels Besuch zu erzählen.

Seine Exfrau hatte ihn angerufen und ihm mitgeteilt, dieser junge Mann sei ganz besonders reizend und bestimmt gut für ihre Tochter. Sie hatte ihn auch gebeten, Rachel nicht anzuschreien, weil sie sich entschieden hatte, von der Uni abzugehen. Die hatte gut reden. Sie hatte ja die Studiengebühren nicht bezahlt!

Er hatte versprochen, nicht in die Luft zu gehen. Er hatte versprochen, es würde alles eitel Sonnenschein sein.

»Benedict ist ein so reizender junger Mann«, hatte Cheryl noch hinzugefügt. »Er hat ihr einen Job besorgt und alles.«

Doherty wollte lieber nicht darüber nachdenken, was sie mit »und alles« meinte. Das wirst du noch früh genug rausfinden, sagte er sich.

Hoffentlich hatte Honey ein bisschen Zeit für ihn, wenn er ins Hotel kam, und würde nicht bis zu den Ellbogen in schmutzigem Geschirr stecken oder gerade wieder einmal mit einem verstopften Abfluss ringen. Sie würde ihm hoffentlich verzeihen, dass er, wie so oft, in letzter Minute auftauchte. Diesmal war es allerdings nicht seine Schuld. Die beiden hatten ihn wirklich sehr kurzfristig benachrichtigt. Rachel war bereits in Bath, und ihr Freund ebenfalls.

Doherty fragte sich, ob er den Verlobten mögen würde. Er verbannte den Gedanken aus seinem Kopf. Ach, zum Teufel! Es wäre doch vollkommen gleichgültig, wenn er den Kerl nicht leiden konnte. Rachel war so leichtgläubig und störrisch wie ihre Mutter. Sie würde ohnehin tun, was sie wollte.

Lindsey schaute hinter dem Empfangstresen hervor zu ihm auf.

»Meine Güte, Mr Doherty. Du machst aber ein sehr ernstes Gesicht.«

»Es ist auch eine ernste Angelegenheit«, antwortete er mit melancholischem Blick.

Er sah nicht, dass sie vor sich hin lächelte und mit einem Nicken bestätigte, was er noch gar nicht gesagt hatte. Sie brauchte es nicht zu hören. Sie kannte Doherty gut genug und wusste, dass er seine Karten nicht so leicht auf den Tisch legte. Diesmal ist es eine private Angelegenheit, schloss sie. Er hat diesen jungenhaften, ein wenig belämmerten Blick drauf. Lindsey wusste instinktiv, dass Dohertys Grund für diesen Besuch wenig mit seiner Arbeit zu tun hatte.

Honey saß im Wohnzimmer und hatte gerade ihre Füße in ein Wirbelfußbad getaucht, hatte die Arme ausgestreckt auf die Lehne ihres Sessels gelegt, den Kopf nach hinten sacken lassen und die Augen geschlossen. Wunderbar war kein Ausdruck dafür, wie sie sich fühlte.

Das Fußbad war ein Geschenk des Gottes oder der Göttin der wehen Füße. Sie hatte das Ding nun schon eine ganze Weile, seit es ihr das Personal irgendwann mal zu Weihnachten geschenkt hatte. Bis vor kurzem hatte es beinahe vergessen unten in einem Trockenschrank gestanden. Honey hatte keine Ahnung, wieso sie es dorthin geräumt und vergessen hatte.

Sie musste wirklich mehr darauf achten, was sie machte. Das Personal hatte begriffen, wie wertvoll so ein Fußbad war. Die Füße waren der Schlüssel zum Erfolg eines Hoteliers, überlegte Honey und seufzte wohlig, während das warme Wasser um ihren Spann und ihre Zehen wirbelte.

Doherty ließ sich mit seinem eigenen Schlüssel ins Haus. Honey blieb mit geschlossenen Augen und zurückgeworfenem Kopf sitzen. Sie lächelte.

»Du riechst aber gut.«

Er küsste sie auf die Stirn. »Es ist das Rasierwasser, das du mir zum Geburtstag geschenkt hast.«

»Es verrät dich sofort.«

»Erinnere mich dran, dass ich besser nicht versuche, mich an jemanden anzuschleichen.«

»Du magst es doch, oder?«

»Hab ich das Gegenteil behauptet?«

Erschreckt von seinem Tonfall und bestürzt darüber, dass er sie nur auf die Stirn und nicht auf den Mund geküsst hatte, schlug Honey die Augen auf und setzte sich anders hin.

»Was ist passiert?«

»Äh, na ja …«

Sie bemerkte, dass er die Stirn leicht in Falten zog.

»Du willst mir nicht etwa den Laufpass geben, oder?«

Er lachte. »Natürlich nicht.«

»Dann bin ich bereit, mir alles anzuhören, was du loswerden willst.«

Doherty machte drei Schritte zum Fenster. Der Hinterhof verband das Hotel und das Kutscherhäuschen miteinander. Rechteckige Steinplatten wechselten sich im Muster mit roten und gelben Backsteinen ab. Blumen und Blätter quollen aus hohen Pflanztöpfen, die so aussahen, als wären sie Teile zerborstener römischer Säulen.

Das Wohnzimmer, die Küche und das große Badezimmer des Kutscherhäuschens befanden sich im Obergeschoss. Die Schlafzimmer mit ihren anschließenden Bädern waren unten. Honey hatte ihr Zuhause so eingerichtet. Unten war es dunkel. Das Obergeschoss wurde von einem halbmondförmigen Fenster in einer Giebelwand erhellt. Das Dach war bis zum First offen und von innen mit dunklem Holz verkleidet, und das Ganze wurde von riesigen dreieckigen Stützrahmen und Strebebalken gehalten. Mit beeindruckender Wirkung.

»Leider hat sich Rachel kein bisschen verändert und mir sehr kurzfristig mitgeteilt, dass sie gleich bei mir vor der Tür stehen wird.«

Honey beugte sich vor und stellte das Wirbelbad ab. Das leise Brummen störte nicht sehr, aber sie hatte das Gefühl, dass Steve gern ihre volle Aufmerksamkeit hätte.

Das Licht vom Fenster umgab ihn wie ein sehr großer Heiligenschein, obwohl er wahrscheinlich bei der Ausgabe dieser himmlischen Belohnung nicht gerade ganz vorn in der Schlange stehen würde.

»Also! Rachel kommt zu Besuch. Das musste ja irgendwann mal wieder passieren. Schließlich bist du ihr Vater. Und du wusstest doch, dass sie bei dir auftauchen wollte.«

»Ich habe gleich bei Cheryl angerufen, nachdem ich einen Anruf von jemandem namens Benedict erhalten hatte, anscheinend dem Zukünftigen meiner Tochter.«

»Was hat Cheryl gesagt?«

Honey hatte Cheryl nie kennengelernt, und Doherty sprach kaum über sie. Wenn jemand oder etwas aus seinem Leben verschwunden war, erwähnte er es nie. So war es auch mit Kollegen. Wenn sie weggegangen oder in Rente waren, waren sie nicht mehr Teil seines Lebens. Er sprach kaum über seine Eltern, sagte immer, das wäre seine Privatsache, aber er vermisste sie. Leute, an denen ihm wirklich etwas lag, blieben in seinem Herzen und seinem Gedächtnis. Sie hoffte, dass sie dazugehörte. Was immer geschehen würde.

»Zunächst war sie giftig wie immer, ist gleich wieder auf unsere Vergangenheit zu sprechen gekommen, als hätten wir die nicht längst hinter uns gelassen. Schließlich sagte sie, Benedict wäre ein sehr netter junger Mann, und er wäre es wahrscheinlich wert, dass Rachel für ihn von der Uni abgegangen ist«, erzählte Doherty mit einem Anflug von Bitterkeit in der Stimme.

»So was hattest du vermutet.«

»Ich hatte den Verdacht, dass sie die Uni schmeißen würde. Ich wusste es aber nicht mit Sicherheit. Ich dachte, die vielen wilden Partys und das Rumhängen mit völlig unpassenden Freunden würden irgendwann mal aufhören. Andere Väter haben mir erzählt, dass die jungen Leute sich doch schließlich ans Lernen machen, wenn die Examen näher rücken und sie merken, dass sie sich einen Job suchen müssen.«

Bei Rachel waren die Abschlussexamen näher gerückt, aber sie hatte das nicht so gesehen. Honey merkte, dass Doherty enttäuscht war.

»Wann kommt sie also?«

»Heute Abend. Ihr Freund ist dabei – irgend so ein langhaariger Tunichtgut, da bin ich sicher. Diese Typen findet Rachel attraktiv. Allerdings hat mir Cheryl was anderes erzählt …«

»Das hast du schon erwähnt.«

»Und du hast geantwortet …«

»Wir Frauen haben einen Hang zu bösen Buben. Das liegt irgendwie in den Erbanlagen …«

Honey nahm die Füße aus dem warmen Wasser und stand auf. Sie hinterließ nasse Spuren auf dem Teppich, als sie zu Doherty herüberging und ihm die harten Spannungsknoten aus den Schultern zu massieren begann. Allmählich lockerte er sich.

Honey drehte ihn zu sich herum. Sie lächelte zu ihm auf.

»Ich glaube, es ist an der Zeit, dass ich Rachel richtig kennenlerne. Und vielleicht hat Cheryl ja recht. Hast du darüber schon mal nachgedacht? Wie wäre es, wenn du Cheryl noch mal anrufst und dich vergewisserst? Vielleicht kannst du bei einem zweiten Gespräch einige der Dinge klarstellen, die sie dir bisher gesagt hat.«

Honey fand, dass dies ein sehr guter Vorschlag war. Es war doch nicht von der Hand zu weisen, dass seine Unterhaltung mit der Exfrau ein wenig angespannt gewesen war. Sie telefonierten kaum mal länger als fünf Minuten miteinander, weil das Gespräch dann gleich wieder auf seinen Job kam und darauf, dass er mehr Zeit mit seinen Kollegen als mit ihr und ihrer Tochter verbracht hatte. Honey vermutete, dass das der Wahrheit entsprach, aber je schwieriger seine Ehe wurde, desto mehr Zeit verbrachte er natürlich freiwillig bei der Arbeit. Es war ein Teufelskreis daraus geworden. Er musste noch einmal länger mit Cheryl reden, und das erklärte ihm Honey.

»Gut. Ich rufe sie an.«

Honey war sich nicht sicher, ob sie vor Erleichterung seufzen oder ein lautes »Jipee!« herausbrüllen sollte. Jedenfalls hatte sie ihn mit ihrem Argument überzeugt.

»Wenn du möchtest, dass ich nach unten gehe, solange du telefonierst …«

»Nicht nötig.«

»Du kannst ja anrufen, während ich das hier wegräume …«

Honey sammelte Fußbad, Handtuch, Fußgel und Feuchtigkeitscreme ein. Außer dem Fußbad räumte sie alles auf ein Regal im Badezimmer.

Sie hörte Dohertys Stimme aus dem Wohnzimmer.

»Okay, du sagst, er ist kein langhaariger Tunichtgut – das ist eine ziemliche Überraschung.«

Es trat eine Pause ein, in der Cheryl antwortete.

»Ein netter junger Mann«, wiederholte Doherty. »Und er arbeitet bei einer Bank. Das hast du schon gesagt. Und jetzt hat er Rachel auch einen Job im Finanzbereich verschafft. Ich hoffe, das ist die Wahrheit … Okay, okay, ich glaube eben nicht immer, was man mir sagt.«

Doherty war stets ziemlich kurz angebunden, wenn er mit seiner Exfrau telefonierte, und sie ließ sich leicht zu einem Streit hinreißen.

Obwohl Honey nicht hören konnte, was Cheryl sagte, bekam sie doch durch Dohertys Antworten das meiste mit. Cheryl erklärte ihm, wie die Sachlage war, und Doherty erwiderte, dass er es sich vorbehielte, sich eine eigene Meinung zu bilden, bis er den Typen kennengelernt und Rachels Ausreden angehört hatte, warum sie von der Uni gegangen war.

Das Telefongespräch ging weiter, ohne dass Doherty es mitten im Satz wütend abbrach – das war schon mal was. Honey schaute ab und zu aus dem Bad um die Ecke, um Dohertys Gesichtsausdruck zu erspähen. Er sah überrascht, aber auch erleichtert aus. Offensichtlich überzeugte ihn Cheryl allmählich.

»Bist du sicher?« Eine Pause folgte. »Okay, okay, ich werde nett zu ihnen sein. Ich verspreche es … Ich habe gesagt, ich verspreche es … okay. Tschüs. Tschüs.«

Fertig! Honey spürte, wie die Spannung von ihr abfiel. Sie

kam aus dem Badezimmer. Doherty stand wieder vor dem Fenster. Diesmal schaute er aber ins Zimmer.

»Sie ist überzeugt, dass dieser Typ gut für Rachel ist.«

»Du kannst ja nicht immer recht haben«, meinte Honey.

Er warf ihr eine Kusshand zu. »Ich behalte mir aber vor, mir meine eigene Meinung zu bilden. Cheryl ist eine Mutter. Und du weißt, wie Mütter so sind.«

Honey verzog das Gesicht. »O ja. Ich weiß, wie Mütter so sind.«

»Cheryl hat mir erzählt, dass Rachel tatsächlich schicke Freizeitkleidung getragen hat, als sie zu Besuch war, und dass sie erzählt hat, dass sie zur Arbeit Schneiderkostümchen anzieht. Ich kann es einfach nicht glauben.« Er schüttelte den Kopf. »Ich hätte nie gedacht …«

»Dass sie mal was aus sich machen würde?«

Er zuckte die Achseln. »Na ja. Du weißt schon. Sie war doch noch ein Kind, als …«

Honey umarmte ihn und lächelte zu ihm auf.

»Nach deinem Gesichtsausdruck zu urteilen, kannst du es einfach nicht glauben, dass deine liebreizende Tochter sich gebessert hat.«

»Ich glaube es noch nicht so ganz. Als meine Tochter und ihr Freund Cheryl besucht haben, war die sehr überrascht. Sie war so sauer, wie ich es bin – war –, als Rachel ihr gesagt hat, dass sie von der Uni abgegangen ist. Aber sie war dann sehr angetan davon, dass Rachel tatsächlich einen Job hat und sogar dazu ein Kostüm trägt.«

»Das Mädel hat sich gemausert. Das freut mich für sie.«

»Ihr Freund heißt Benedict Tompkins und ist Börsenmakler in der City. Er verdient einen Haufen Geld. Rachel arbeitet nur Teilzeit. Sie leben in seiner Wohnung in London, hoffen aber, irgendwann ein Haus zu kaufen und eine Familie zu gründen. Kannst du das glauben?«

»Ja. Das passiert uns allen irgendwann mal. Aus einem wilden Mädel wird eine warmherzige und vernünftige Ehefrau. Vielleicht hält die Ehe sogar ein Leben lang, aber sag's nicht weiter!«

Doherty legte den Kopf auf die Seite. »Bleibt es beim Abendessen heute? Alle zusammen? Ich meine, du, ich, Rachel und der respektable Freund. Ich dachte, Lindsey möchte vielleicht auch mitkommen. Hat sie im Augenblick einen Freund?«

»Möglicherweise.«

»Du weißt das nicht?«

»Das sollte dich nicht überraschen. Ich spioniere das Liebesleben meiner Tochter nicht aus.

»Du weißt nichts über den neuen Freund deiner Tochter?«

»Wusstest du denn etwas über den deiner Tochter?«

»Nein, aber ich bin ja auch ihr Vater, und deswegen erfahre ich es als Letzter. Mütter wissen so was immer als Erste.«

Doherty lächelte wehmütig.

Honey lächelte zurück und umarmte ihn.

»Schau mal, Rachel ist erwachsen. Sie muss dir nicht alles erzählen. Hat sie es ihrer Mutter denn gleich erzählt?«

»Nein.«

Bei diesem Gedanken schien er sich wieder etwas besser zu fühlen.

»Also kann ich was fürs Abendessen buchen?«

»Sag mir Bescheid, wann und wo, und ich komme mit. Und ich frage Lindsey. In Ordnung?«

»In Ordnung.«

»Gut. Also zurück zum Geschäftlichen. Worum ist es bei der Schlägerei auf Nigel Terns Party gegangen? Und wer waren die Typen, die sich da gestritten haben?«

»Es waren keine Kerle. Es waren Mädels. Zwei von Nigels Freundinnen, um es genauer zu sagen. Die eine war eine Frau namens Caroline Corbett. Sie ist in den besten Jahren, blond und sehr ansehnlich. Sie wohnt in einem der Apartments über dem Laden. Die andere war Grace Pauling.«

Honey war wie vor den Kopf geschlagen. »Mir hat sie gesagt, dass sie nichts davon wüsste. Und außerdem sitzt sie doch im Rollstuhl!«

»Lass dich davon nicht täuschen. So ein Ding ist nicht nur ein Transportmittel von A nach B. Das ist eine tödliche Waffe. Sie ist anscheinend absichtlich der Gegnerin über den Fuß gerollt. Drei- oder viermal, habe ich mir sagen lassen. Caroline Corbett hat mit einem Hieb auf die Schulter gekontert, und dann ist die Sache schnell eskaliert. Es war wohl eine ziemliche Rauferei, hat man mir berichtet. Ich habe keine Ahnung, wer die Polizei gerufen hat, aber du kannst sicher sein, dass Blut auf dem Teppich war, und obwohl beide Damen Absolventinnen des Cheltenham Ladies College sind, war die Wortwahl anscheinend alles andere als damenhaft.«

Normalerweise setzte Doherty, wenn er es mit einem Mordfall zu tun hatte, eine ernste Miene auf. Jetzt wirkte er höchst erheitert.

Die Gedanken an seine Tochter wogen für ihn weitaus schwerer als das Lösen dieses Falls. Honey freute sich für ihn, wenn sie auch ein wenig besorgt war. Ihr wurde dadurch noch mehr bewusst, wie wenig sie im Augenblick über die neueste Flamme ihrer eigenen Tochter wusste. Na ja, überlegte sie, das wirst du noch früh genug rausfinden.

Kapitel 20

Im Partyraum des Green River Hotel gab es jede Menge Papierschlangen, Ballons und lautes Gelächter. Und eine fröhliche Atmosphäre, in der Witze erzählt wurden und gelacht, getrunken, getanzt und gesungen wurde, mindestens viermal allein »Happy Birthday«.

Honey half Charlie York, auf den Beinen zu bleiben, während er auf ein Taxi wartete.

Charlie war zu aufgeregt zum Schlafen. Das Bier und die Anspannung würden ihn später allerdings bestimmt einholen.

Nur eines konnte ihn die ganze Nacht wach halten, und das war der Starauftritt – der Höhepunkt des Abends.

»Können Sie es glauben? Ein echtes Double von Adam Ant. Genau wie Elvis.«

Charlie Yorks Gesicht leuchtete noch immer vor ungläubigem Staunen. Er sah aus, als wäre er der glücklichste Mann auf Erden, und alles nur wegen der Show, die man für seinen fünfundfünfzigsten Geburtstag gebucht hatte.

»Ich kann es immer noch nicht fassen. Ich meine, Sie wissen doch, wie das ist. Die Kinder durchlaufen alle möglichen Phasen. Manche davon sind verdammt schrecklich. Man kann ihnen nichts recht machen, und sie glauben, sie wissen mehr als die Eltern. Und jetzt so was.« Charlie York schüttelte den Kopf. Honey bemerkte, dass seine Augen feucht waren. »Meine Tochter hat das alles organisiert – den Kuchen, die Show – alles.«

»Ich nehme an, sie hat sich mit den Leuten in Bristol in Verbindung gesetzt, um den Adam-Ant-Imitator zu finden?«

Charlie strahlte. »Keine Spur. Es gibt in Bath auch eine

Gruppe von Leuten, die sich so anziehen wie er und die sich regelmäßig treffen. Ich war völlig überrascht. Total begeistert, ehrlich gesagt.«

»Ich wusste gar nicht, dass es hier so was gibt.«

»Haben Sie sich seinen Auftritt angeschaut?«

Honey bestätigte das. Der Mann war ein bisschen zu ältlich und zu pummelig, um völlig überzeugend zu wirken, aber Moment, wie mochte wohl der echte Adam Ant heute aussehen? Die frühen Achtziger waren schon lange vorbei.

Charlie strahlte und wischte sich gleichzeitig mit dem Handrücken die Augenwinkel.

»Klar, so gut wie das Original konnte er niemals sein, aber er hat Erinnerungen geweckt, das kann ich Ihnen sagen.«

»Ich bin froh, dass Sie es so genossen haben«, meinte Honey.

Charlie nickte. »Das hab ich, das hab ich. Aber da ist noch was ...«

Er seufzte aus tiefster Seele. Er senkte die Augen, während er auf der Unterlippe kaute.

»Ich weiß, ich habe ein bisschen zu viel getrunken, aber, äh ... könnten wir uns ... unter vier Augen unterhalten? Ich hab da noch was auf dem Herzen ...«

Honey runzelte die Stirn. Die glückliche Dankbarkeit war völlig von seinem Gesicht verschwunden. Seine Nervosität war mit Händen zu greifen – so spürbar wie seine Alkoholfahne. Irgendwie glaubte Honey jedoch nicht, dass Charlie so viel getrunken hatte, wie es ihr zunächst vorgekommen war.

»Kommen Sie mit in mein Büro. Da können wir reden.«

Sie schloss die Tür hinter ihnen beiden und bot ihm eine Tasse Kaffee an, die er ablehnte.

»Ich hab genug getrunken. Mehr als genug.« Er lachte glucksend, aber dann gewann doch die Nervosität wieder Oberhand.

Honey war sich immer noch nicht sicher, dass er sehr viel getrunken hatte.

Er wühlte mit den Händen in den Taschen seines Straßenanzugs von der Stange. Das Jackett war in einem wunderbaren Grauton gehalten; Honey vermutete, dass seine Tochter ihm wohl bei der Auswahl geholfen hatte.

»Möchten Sie sich setzen?«

Er schüttelte den Kopf. »Es dauert nicht lange. Tatsache ist, dass ich was habe, das vielleicht was damit zu tun hat, was mit dem Typen im Schaufenster passiert ist. Vielleicht auch nicht. Ich hoffe nur, dass ich deswegen keine Schwierigkeiten kriege.«

Honey wollte ihn fragen, mit welchen Schwierigkeiten er denn rechne. Vielleicht mit der Polizei? Aber dann sagte sie doch nichts.

Er wühlte immer noch mit den Händen in den Jackentaschen, aber nicht so, als suchte er etwas, sondern als dächte er noch einmal darüber nach, ob er wirklich herausziehen sollte, was er da versteckt hatte.

»Ich finde Sachen beim Straßenfegen. Meistens nur ein paar Münzen, manchmal ein bisschen mehr. Ganz besonders freut mich, wenn ich einen Fünf- oder Zehn-Pfund-Schein entdecke, den jemand mit einer Quittung zerknüllt und weggeworfen hat. Sie würden staunen, wie viele Leute so was machen, die glauben, sie schmeißen nur den Kassenzettel weg, ohne zu merken, dass sie auch noch das Wechselgeld wegschmeißen. Aber an diesem Morgen …« Er seufzte erneut laut.

Honey wartete. Sie hatte einen Kloß im Hals und Schmetterlinge im Bauch. Was hatte Charlie gefunden? Und welche Bedeutung mochte es für den Mordfall Nigel Tern haben? Gar keine, wenn es nur Bargeld war. Das konnte ja jedem gehört haben.

»Nur weiter«, ermunterte sie Charlie, hatte schon beinahe

Angst, dass er es sich noch einmal anders überlegt hatte und sie doch nichts Neues herausfinden würde.

»Ich habe eine Uhr gefunden. Diese Uhr.«

Er nahm die Linke aus der Tasche und zog mit der anderen Hand den Jackenärmel hoch.

Der Gegenstand war gar nicht in seiner Tasche. Er war da an seinem Handgelenk.

Der Name Bulgari blitzte deutlich sichtbar mitten auf dem glänzenden Zifferblatt auf. Eine teure Uhr. Zu teuer für einen Straßenfeger – es sei denn, es war eine billige Imitation, wie man sie auf Straßenmärkten kaufen konnte und die nur ein paar Monate ticken würde, ehe sie den Geist aufgab.

Diese hier aber nicht. Honey hielt die Luft an. Ein Blick, und sie wusste, dass die Uhr echt war.

Langsam nahm Charlie sie vom Handgelenk und reichte sie Honey.

Die fühlte das Gewicht; sah die präzise Bewegung des Sekundenzeigers, der sich langsam über das Zifferblatt bewegte.

»Sie sagten, Sie haben sie an jenem Morgen gefunden. War das in der Nähe des Ladens?«, fragte sie.

Er nickte. »Gleich bei den Stufen, die zur Hauptstraße hochführten. Ich habe sie aufgehoben und in die Tasche gesteckt. Sie müssen wissen, ich war viel zu sehr mit meiner Musik beschäftigt, um sie mir genauer anzuschauen. Und dann hatte ich auch noch einiges zu fegen. Und dann habe ich auch noch den Toten im Schaufenster entdeckt. Das hat mir einen ganz schönen Schock versetzt. Erst als ich endlich zu Hause war, ist mir ganz anders geworden. Da habe ich bemerkt, wie wertvoll die Uhr ist. Und ich habe mir gedacht, Charlie, alter Junge, woher willst du wissen, dass die nicht am Arm des Kerls war, der das getan hat?«

Schon möglich, dachte Honey. Doherty würde toben. Mögliche Fingerabdrücke würden inzwischen völlig verwischt sein. DNA-Proben würden jetzt wahrscheinlich nur noch Charlies DNA enthalten. Nicht dass sie eine Forensik-Expertin war, aber sie wusste das Nötigste.

»Und Sie haben niemand gesehen?«

»Keine Menschenseele.«

»Haben Sie irgendwas gehört? Eine Stimme, Schritte, eine zuschlagende Autotür?«

»Ich muss immer wieder an diesen Morgen denken. Ich hatte ja meine Ohrstöpsel drin, aber …«

Honey schaute auf das wunderschöne Zifferblatt, freute sich daran, wie elegant und ebenmäßig sich die Zeiger dank der Lagerung auf winzigsten Steinen bewegten.

»Ein Auto, das über die Pflastersteine fuhr … ja … ich bin sicher, das muss es gewesen sein … die Reifen machen so ein komisches Geräusch, wenn sie über dieses Pflaster fahren …«

Honey hob die Augen. »Sie haben ein Auto gehört?«

Er nickte.

»Aber Sie haben es nicht gesehen.«

Er schüttelte den Kopf. »Nein. Ich war unten an den Stufen in der Beaufort Alley. Das Auto muss oben auf der Hauptstraße gewesen sein.« Seine Augen wurden kugelrund. »Sie glauben doch nicht, dass es der Mörder war, oder?«

»Ich weiß es, ehrlich gesagt, nicht.« Honey lief es kalt über den Rücken, und sie konnte das Zittern ihrer Hände kaum unterdrücken, als sie sich die Uhr noch einmal anschaute. Es war ja weit hergeholt, aber was wäre … wenn … wenn der Mörder sie in seiner Hast, vom Tatort zu fliehen, verloren hatte? Jeder andere wäre vernünftigerweise umgekehrt, um nach der Uhr zu suchen, aber wenn man in Panik wegrannte …

Sie spürte, wie ihr vor lauter Aufregung das Blut in den Kopf schoss. Nun, mal sehen, dachte sie und drehte die Uhr um. Es war doch sicherlich zu viel erwartet, hier mit einer

Gravur zu rechnen? Das wäre ja wirklich ein toller Glücksfall – und da war sie!

Die Widmung lautete »Gunther M. Malham zum fünfzigsten Geburtstag«.

Das Blut rauschte ihr durch die Adern. Sie rief bei Doherty an.

»Ich hole dich ab.«

»Es ist schon spät.«

»Das ist mir egal.«

Es war schon beinahe Mitternacht, als sie bei Gunther M. Malham eintrafen. Er lebte in einem Schloss. Nicht in einem echten alten Schloss, sondern in einem neogotischen Kasten in der Nähe von Clevedon. Das umliegende Anwesen war ziemlich ausgedehnt. Das Schloss wirkte eher wie ein riesiges Mausoleum. Honey fand, dass es allein schon wegen der strategisch positionierten Lampen so weit von einem gemütlichen Heim entfernt war, wie es nur ging.

Ein Sicherheitsmann am Tor bat sie zu warten, während er Dohertys Dienstausweis überprüfte. Aber übermäßig schien er nicht auf Sicherheit bedacht zu sein, denn Honey bat er nicht um ihre Ausweispapiere.

»Mr Malham ist nicht zu sprechen. Er bittet Sie, einen Termin für einen Besuch am Morgen oder am Nachmittag zu vereinbaren.«

»Würden Sie Mr Malham bitte mitteilen, dass ich hier bin, um ihn zum Mord an Mr Nigel Tern zu befragen. Und würden Sie ihm bitte auch mitteilen, dass ich ihn *jetzt* zu sprechen wünsche. Wenn er mich jetzt nicht empfangen kann, dann kann ich vielleicht gleich dafür sorgen, dass ihn ein Streifenwagen abholt und in die Manvers Street bringt. Die Entscheidung liegt bei ihm.«

»Einen Augenblick bitte.«

Der Wachmann sprach in ein Funktelefon. Sein Gesicht

war unergründlich. Ohne ein weiteres Wort drückte er auf einen Knopf, und das breite zweiflügelige Tor öffnete sich.

Dohertys Auto rollte die Einfahrt hinauf. Seine Augen wanderten hin und her. Ab und zu entdeckte er ein rotes Blinklicht in den Bäumen. Gunther Malham schien großen Wert auf Sicherheit zu legen.

Zwei uniformierte Männer mit Wachhunden an der Leine ließen Taschenlampen aufblitzen, die sie auf Honey und Doherty gerichtet hielten.

»Ich glaube, die schreiben deine Autonummer auf«, meinte Honey.

Doherty nickte. »Jawohl. Und checken die noch mal mit dem Mann am Haupttor ab.«

Die Wachleute setzten ihre Runde fort, schritten vor den Stufen aneinander vorbei, die zu einem Vorbau führten, der aus Sandsteinsäulen bestand, die drei Torbögen stützten. Der mittlere Torbogen war höher als die beiden anderen. Man wollte damit wohl die normannische Architektur nachahmen. Bleiverglaste Fenster im elisabethanischen Stil spiegelten die Laternen wider, die auf sie herabschienen. Auf den verzierten Schornsteinen ragten hohe dunkelrote Aufsatzröhren aus viktorianischer Zeit in den Himmel. Verschnörkeltes Schmiedeeisen, ebenso aus der Zeit Königin Viktorias, säumte den Dachfirst. Stamford Reach Castle, wie dieses Bauwerk hieß, war offensichtlich nicht einem einzigen Architekturstil verpflichtet, sondern einem Mischmasch von allem, als hätte der ursprüngliche Erbauer oder der Architekt es sich immer wieder anders überlegt.

Weitere Kameras blinkten auf einer Brüstung über den drei Torbögen.

»Eindrucksvoll«, murmelte Doherty.

Honey schluckte. »Ein trautes Heim – wenn man zufällig Dracula oder Frankenstein heißt!«

Eine verschnörkelte Laterne, die in dem Vorbau hinter den drei Torbögen hing, warf speerförmige Lichtstrahlen über die Wände und auf dunkelrote Terrazzofliesen. Eine zweiflügelige Tür aus tiefrotem Mahagoni blieb fest verschlossen. Wollte niemand kommen und sie ins Haus lassen?

Honey gab dieser Sorge Ausdruck.

Doherty war schlauer. »Machst du Witze? Die haben mehr Sicherheitskameras als das Gefängnis in Dartmoor! Die haben uns die ganze Einfahrt hinauffahren sehen.«

Honey und Doherty stiegen aus dem Auto und gingen die Treppe hinauf.

Der scharfe Wind, der den ganzen Tag schon geweht hatte, schien hier weniger spürbar zu sein. Der Vorbau bot guten Schutz vor den Elementen.

Honey beäugte die Laterne, eine riesige Glaskugel in einer stark verzierten Kupferfassung. Vielleicht von der Jahrhundertwende?, überlegte sie.

Ein Regenbogen aus Licht strömte heraus, als die Tür aufging. Noch mehr ausgefallene Beleuchtung, diesmal allerdings moderner: blaues Licht, das ins Weiß überging, dann grün wurde, ehe es wieder zu Blau wechselte. Solche verschiedenfarbigen Lichter erinnerten Honey immer an Lichterketten am Weihnachtsbaum.

Es war niemand zu sehen.

Honey schaute zu Doherty. »Wer wohnt hier? Der unsichtbare Dritte?«

»Fernsteuerung.«

Sie traten in eine mit Marmor geflieste Eingangshalle von gewaltigen Proportionen. Honey schaute nach oben, wo eine Art elektrischer Funkenflug grün und blau um einen verglasten Vorbau sprühte. Die Decke war hoch, die Eingangshalle gigantisch groß.

Während Honey hochsah, schloss sich die Tür hinter ihnen.

»Automatische Türen«, meinte Doherty.

»Genau wie in der Einkaufspassage«, murmelte Honey.

Ein Mann, der einen weißen Anzug und ein schwarzes Hemd trug, kam von irgendwo hinten in der Halle auf sie zu.

Honey und Doherty wechselten einen verwirrten Blick. Das hier war ein Schrein der Designer-Beleuchtung und der elektronischen Sicherheitsanlagen. Sie hatten nicht gehört, dass eine Tür sich geöffnet und geschlossen hatte.

Doherty vermutete, dass der Mann schon hier war und nur gewartet hatte, bis die Haustür sich öffnete und sie einließ. Aber als sie hereingekommen waren, hatten sie doch niemanden gesehen?

Der Mann im weißen Anzug hob den Arm und schaute gezielt auf seine Armbanduhr.

»Genau zwölf Uhr dreißig. Sie müssen ein pünktlicher Mensch sein.«

»Ich versuche es zumindest.«

Der Kiefer der Mannes spannte sich an. »Es ist spät. Ich rate Ihnen, einen guten Grund für Ihren Besuch zu nennen.«

Doherty hielt dem arrogant-feindseligen Blick des anderen Mannes mit ruhigen Augen stand. »Wie wäre es mit Mord? Ist das in Ihren Augen ein ausreichend guter Grund?«

Der Mann im weißen Anzug war einige Kilo schwerer als Doherty.

»Mein Name ist Winston Copthorne. Ich bin der Sicherheitschef von Mr Malham«, sagte er und blähte seinen Brustkorb auf, während er gleichzeitig den Bauch einzog.

Ein guter Esser, dachte Doherty. Er lebt hier im Haus eines reichen Mannes. Das Gehalt ist bestimmt gut, die Extras sicher noch viel besser.

»Ich heiße Doherty. Detective Inspector. Ich bin hier, um Mr Malham zu einem Mord zu befragen.«

»Mr Malham wird nicht gern mitten in der Nacht aus dem Bett gezerrt.«

Honey sah, dass Dohertys Miene sich anspannte. Er war überhaupt nicht erfreut über die Hinhaltetaktik des Sicherheitsmanns.

»Werden Sie uns jetzt zu ihm führen, oder muss ich Sie verhaften, weil Sie polizeiliche Ermittlungen behindern?«

»Das können Sie gar nicht.«

»Das kann ich sehr wohl, wenn ich will.«

Der andere schaute unentschlossen. Es war nicht zu übersehen, dass er nicht gern verhaftet werden wollte. Er war vielleicht Sicherheitschef, aber nach Dohertys Erfahrung förderte eine genauere Überprüfung solcher Leute gewöhnlich irgendwelche vorherigen Verurteilungen ans Licht – wie klein die Vergehen auch gewesen waren.

Einen Sekundenbruchteil hatte Honey den Eindruck, der Sicherheitsmann würde sie jetzt um ihren Ausweis bitten. Dann würde sie nicht eingelassen werden, und sie wollte doch unbedingt dabei sein. Ihr hatte Charlie York die Uhr gegeben. Sie hatte das Gefühl, das Recht zu haben, hier mitzugehen. Doherty war auch dieser Ansicht. Dass Charlie ihr den Fund überreicht hatte, war wahrscheinlich ihr größter Fortschritt in diesem Fall. Doherty hatte versprochen, dass gegen den Straßenfeger keine Anzeige erstattet werden würde.

Sie ahmte Dohertys Gesichtsausdruck nach und stand wie er mit hocherhobenem Kinn da, die Hände hinter dem Rücken, die Schultern angespannt. Hoffentlich schloss der Typ im Anzug daraus, dass sie eine zähe Nummer war, wie sie das wohl in London nannten: dass sie mit der Faust genauso gut zuschlagen konnte wie ein Mann. Und dass sie auch bei der Polente war. Er würde vielleicht sogar denken, dass sie bewaffnet war. Eine verräterische Wölbung war in ihrer Jackentasche auszumachen – es war eine ziemlich große Jackentasche. Der Bodyguard hätte das leicht für eine Pistole halten können. Es war keine. Ein schickes kleines Wespentaillenmieder – nur ein wenig lila Spitze und Fischbein, mehr nicht – hatte im Auktionshaus am Nachmittag keine Bieter gefunden. Honey hatte sich erbarmt. Sie war bei Bonhams vorbeigegangen, weil sie sich dringend ein wenig erholen musste: von Hotelgästen und von Toten, die in Schaufenstern hingen.

»Sind Sie bewaffnet?«

Er hatte Doherty angesprochen.

»Nein.«

Er wandte sich Honey zu.

»Nein«, antwortete sie, ehe er fragen konnte.

Sein Blick wanderte von ihrem Gesicht und ihrer Manteltasche fort.

»Bitte kommen Sie mit.«

Ich wüsste zu gern, wie er reagiert hätte, wenn ich das Korsett aus der Tasche gezogen hätte, überlegte Honey, voll bewaffnet mit Stahleinlagen und Strapsen, die groß genug waren, um weit mehr als nur ein paar Strümpfe daran festzumachen. Sie schaute zu Boden, um ihr Grinsen zu verbergen.

Sie folgten dem Sicherheitsmann einen breiten Flur entlang. Obwohl das Haus wahrscheinlich aus viktorianischer Zeit stammte, hatte man alle Bilderleisten, Deckenfriese und sogar die hohen Fußleisten entfernt und alles nur weiß und dunkelviolett gestrichen. Der Fußboden war hellgrau.

Eine Reihe von versenkten indirekten Lichtquellen beleuchtete ihren Weg. Hier und da hatte man aus breiten Fenstern einen Blick auf das umgebende Parkland. Alle Fenster waren vergittert. Honey überlegte, wie hoch wohl die Wahrscheinlichkeit für Einbrüche in dieser Gegend war, bestimmt null. Trotzdem waren ja manche Leute wahnsinnig auf ihre persönliche Sicherheit versessen. In einem großen alten Kasten wie dem hier konnte sie das verstehen. Die meisten Zimmer standen bestimmt fast immer leer. Der hätte sich ein Wohnmobil kaufen sollen, dachte sie für sich. Allerdings würde diese Art von Ratschlag hier wahrscheinlich nicht gut ankommen.

Gunther Malham hatte schütter werdendes blondes Haar und einen rosigen Teint; schlimmer noch, er hatte an der Nasenspitze auf einer Seite eine dicke rosa Wucherung. Wenn er so viel Geld hatte, warum ließ er sich das Ding nicht entfernen? Einmal schneiden, ein paar tausend Pfund zahlen, und es wäre weg.

Wie sehr sie auch versuchte, nicht darauf zu starren, die rosa Wucherung fesselte ihre Aufmerksamkeit. Wenn hinterher jemand fragen würde, welche Augenfarbe er hatte, sie hätte es nicht sagen können. Die Wucherung an seiner Nasenspitze hatte sie so beschäftigt.

Mr Gunther stand vor einer Terrassentür, und sein riesiger Schatten fiel auf Honey und Doherty und überdeckte das vielfarbige Licht im Raum. Genau wie die Fenster waren auch die Türen bleiverglast und stammten wohl noch aus alter Zeit. Sie passten überhaupt nicht zum Rest des Zimmers. Hier dominierten die Farben Schwarz, Weiß und Grau. Weiße Ledersessel waren mit schwarzen Zweisitzer-Sofas kombiniert. Die Vorhänge waren aus einer Art Musselin, allerdings am Saum mit etwas beschwert, das wie silberne Scheiben aussah.

Ein weißer Teppich lag vor einem modernen Kamin aus weißem Marmor, in dem wie aus dem Nichts drei Flammen aufzulodern schienen – aus Kohlen oder Holzscheiten kamen sie jedenfalls nicht, nicht mal aus denen von der imitierten Sorte. Nur die unzähligen Designerleuchten, die Honeys Schätzung nach ein kleines Vermögen gekostet hatten, brachten ein wenig Farbe in den Raum. Während sie Malham anschaute, changierte sein Schatten von Violett zu Rosa, dann zu Grün und Blau.

Honey und Doherty stellten sich vor.

»Es tut mir leid, dass wir Sie zu so später Stunde stören, Mr Malham«, sagte Steve, »aber die Angelegenheit ist ziemlich wichtig.«

»Ach ja?«

Malham schien gar nicht beeindruckt. Seine Augen waren hart und kalt. Farblos wie Glasmurmeln, rund und glatt, nur ein Splitterchen Farbe in der Mitte.

Honey musste ein Schaudern unterdrücken. In gewisser Weise fror jetzt ihre Aufregung darüber ein, dass sie diesem Mann gleich eine Uhr vorlegen würden, die man am Tatort des Mordes gefunden hatte. Gunther Malham hatte die bösartigsten Augen, die sie je gesehen hatte. Sein Tonfall trug auch nicht zur Linderung ihres Unbehagens bei.

»Ich werde Sie nicht bitten, sich zu setzen. Ich möchte Sie nicht ermutigen, länger als unbedingt notwendig zu bleiben. Es kann ja wohl nicht lange dauern. Sie haben, wie ich höre, meinem Privatsekretär gesagt, sie hätten meine Uhr gefunden. Ich kann mir wirklich nicht vorstellen, warum das nicht bis morgen Zeit hat. Eine Uhr ist eine Uhr.«

Er sprach in monotonem Tonfall, eher wie ein Roboter, gewiss nicht wie ein Mensch. Seine Stimme war hoch und wollte überhaupt nicht zu diesem großen, massigen Mann passen.

»Und ein Mord ist ein Mord«, erwiderte Doherty.

»Was hat das denn mit dem Verlust meiner Uhr zu tun?«

»Zunächst einmal müssen wir Sie bitten, zu bestätigen, dass die Uhr wirklich Ihre ist.«

»Bringen wir das hinter uns. Sie haben sie dabei, ja?«

»Nein, aber wir haben ein Foto mitgebracht. Vielleicht

könnten Sie sich das kurz ansehen und bestätigen, dass die Uhr Ihnen gehört.«

Malham zog eine Augenbraue in die Höhe. »Nur ein Foto? Ich hatte es so verstanden, dass Sie mir mein Eigentum zurückgeben wollten.«

Doherty blieb beharrlich. »Ich muss Sie bitten, mir zu bestätigen, dass die Uhr, die sich in unserem Gewahrsam befindet, Ihr Eigentum ist. Würden Sie sich bitte die Fotos ansehen?«

Ein wütender Ausdruck umwölkte Malhams Gesicht.

»Steht mein Name hinten drauf?«

»Ja.«

»Dann gibt es nichts mehr zu sagen. Ich will sie zurück. Jetzt gleich!«

»Das ist nicht möglich, Sir. Die Uhr ist im Augenblick in unserer Forensik-Abteilung. Sie wurde in der Nähe eines Tatorts gefunden. Können Sie mir sagen, wo Sie am Donnerstag, dem 9. Juli, waren?«

Malhams Gesicht wurde puterrot.

»Was wollen Sie mir unterstellen?«

»Ich unterstelle Ihnen gar nichts, Sir«, antwortete Doherty mit ruhiger, professioneller Stimme. »Wir möchten lediglich wissen, wo Sie in jener Nacht waren und wieso Ihre Uhr in der Beaumont Alley im Rinnstein lag.«

»Weil ich sie verloren habe natürlich! Das Armband ist gerissen! Das ist ja lächerlich!«

Honey holte tief Luft. Soweit sie wusste, war das Armband nicht gerissen gewesen. Sie hatte doch gesehen, wie Charlie York die Uhr vom Handgelenk nahm.

Die Luft war mit Testosteron gesättigt.

»Das Armband der Uhr, die sich in unserem Besitz befindet, war nicht gerissen«, sagte Doherty.

»Dann hat es vielleicht jemand repariert«, brüllte Malham.

»Oder es ist auch nicht gerissen. Möglicherweise bin ich irgendwo damit angestoßen, und die Uhr ist heruntergefallen.«

»In der Beaumont Alley. Waren Sie dort in der fraglichen Nacht, Mr Malham?«

Honey konnte das Testosteron beinahe riechen. Die beiden Männer standen einander gegenüber, die Stirn gerunzelt, die Kiefer angespannt.

Es sah Doherty gar nicht ähnlich, sich so von jemandem aus der Fassung bringen zu lassen. Honey spürte, dass er eine spontane Abneigung zu seinem Gegenüber gefasst hatte, Malham wahrscheinlich ebenso.

Honey seufzte und schüttelte den Kopf.

»Also, meine Herren. So kommen wir nicht weiter. Können wir bitte wieder zur Sache zurückkehren? Eine Uhr wurde im Rinnstein gefunden und mir übergeben. Es ist eine sehr teure Uhr, in die Ihr Name eingraviert ist, Mr Malham. Alles, was wir wissen müssen, ist, ob Sie kürzlich eine solche Uhr verloren haben und wo Sie glauben, sie verloren zu haben. Und würden Sie sie bitte auf dem Foto identifizieren, damit wir sicher sein können, dass es wirklich Ihre Uhr ist.«

Malham starrte sie über den hässlichen Hubbel am Ende seine Nase hinweg an.

»Warum soll das so wichtig sein?«

»Kannten Sie einen Mann namens Nigel Tern?«

»Ich gebe gern zu, dass ich ihn kannte. Ich lege Wert auf gutsitzende Kleidung«, sagte er mit einem unverhohlen kritischen Seitenblick auf Doherty. Der trug die übliche Lederjacke, T-Shirt und Jeans. Wie immer hatte er seit einigen Tagen keinen engeren Kontakt mit seinem Rasiermesser mehr gehabt.

»Wir untersuchen einen Mordfall. Und wir würden Ihre Hilfe sehr zu schätzen wissen.«

»Ach, würden Sie das! Und was hat das mit meiner Uhr zu tun?«

»Ich würde es begrüßen, wenn Sie meine Frage beantworten würden. Wo waren Sie in der Nacht von Donnerstag, dem 9. Juli?«

Vor Leuten, die ihn nicht gut kannten, konnte Doherty seine Ungeduld hervorragend verbergen. Honey aber kannte ihn gut. Er wurde langsam wütend – sehr wütend!

»Da müsste ich in meinem Terminkalender nachschauen.«

»Könnten Sie das bitte jetzt machen?«

»Den führt meine Sekretärin für mich. Ihr Schreibtisch ist abgeschlossen, und sie nimmt die Schlüssel mit nach Hause. Außerdem weiß ich wirklich nicht, was dieser Mord mit mir zu tun haben sollte. Der Mann hat meine Anzüge geschneidert, er war kein persönlicher Freund von mir, lediglich ein Bekannter.«

Honey konnte beinahe hören, wie Doherty bis zehn zählte. Er versuchte eine Pause einzulegen, geduldig zu sein. Das würde er nicht lange durchhalten. Sie musste was unternehmen.

»Wie Sie bereits wissen, wurde Nigel Tern tot aufgefunden«, sagte sie so beschwichtigend, wie sie nur konnte. »Er hatte sehr viele ziemlich wohlhabende Kunden mit ausgezeichneten Verbindungen. Wir haben erfahren, dass Sie einer davon sind«, schmeichelte ihm Honey, lächelte zuckersüß und hoffte, dass keiner der beiden den anderen tätlich angreifen würde.

Es war schwer auszumachen, ob ihre Schmeichelei geholfen hatte. Malhams kantiger Kiefer, seine unförmige Nase und die toten Augen verrieten nichts. Er hätte genauso gut aus Stein gemeißelt sein können.

»Ich besitze viele Uhren.« Malhams Stimme passte zu seinem grimmigen Gesichtsausdruck. »Und Mr Terns Tod hat mit mir nichts zu tun.«

»Das haben wir auch nicht gesagt«, erwiderte Honey und

lächelte tapfer weiter. »Aber Sie sind ein Kunde, und da nun einmal Ihre Uhr …«

»Mr Malham, wo waren Sie in der Nacht von Donnerstag, dem 9. Juli …?«

»Das geht Sie gar nichts an!«

»Mr Malham. Ich bin Polizeibeamter. Es geht mich sehr wohl etwas an. Ich wäre Ihnen ausgesprochen dankbar, wenn Sie mir das freiwillig sagen würden. Wir würden Ihre Hilfe wirklich zu schätzen wissen.«

Das Furunkel auf der Nase des Milliardärs schien zu pulsieren und noch roter zu werden. Honey befürchtete, dass die Wut den Mann bald völlig aus der Fassung bringen würde. Irgendwie wäre sie dann lieber schon weg.

Ihr als Zivilistin stand es nicht zu, Fragen zu stellen, aber nichts konnte sie daran hindern, Anmerkungen zu machen.

Sie wandte den Kopf hin und her, als wäre sie überwältigt von der modernen Einrichtung und der völlig überkandidelten Beleuchtung.

»Wunderschön haben Sie es hier, Mr Malham. Sie haben ein Riesenglück, dass Sie hier wohnen. Wie lange sind Sie schon in England?«

Er blinzelte und schaute sie an, als wäre er gerade eben erst aufgewacht. Es war nicht viel Zeit für Nachforschungen geblieben, ehe sie hier rausgefahren waren, aber im Recherchieren war Lindsey einfach ungeschlagene Meisterin.

Gunther Malham war anscheinend russischer Abstammung, und die Grundlage seines Vermögens war das Geld gewesen, das er nach dem Sturz des Sowjetregimes in Sicherheit gebracht hatte. Man munkelte, dass er seinen Namen aus einem Telefonbuch ausgewählt hatte. Russisch klang er jedenfalls nicht.

Doherty zeigte ihm ein Foto. Gunther Malham schaute kaum hin.

»Das ist nicht meine Uhr.«

»Aber Ihr Name ist hinten eingraviert.« Doherty zeigte ihm das zweite Bild.

»Nein. Da irren Sie sich. Es ist nicht meine.«

Honey war versucht, Doherty einen verwunderten Blick zuzuwerfen, aber sie riss sich zusammen. Ihr war völlig klar, dass auch er sich schwer zusammennehmen musste. Diese Antwort des Milliardärs hatten sie nicht erwartet. Sie wussten beide, dass er log.

»Mr Malham, Sie sagen also, dass Sie diese Uhr nicht verloren haben? Darf ich Sie darauf hinweisen, dass Ihre Sekretärin, als ich anrief und danach fragte, bestätigt hat, dass Sie eine Uhr verloren hätten?«

»Ich vermute, dass man sie mir gestohlen hat und der Dieb sie dann verloren hat.«

»Also ist es doch Ihre Uhr?«

»Ich will Sie nicht zurückhaben. Sie wurde von Diebeshänden besudelt.«

»Ist es nun Ihre Uhr oder nicht?«

»Sind Sie taub, Inspector? Ja. Es ist meine, aber ich habe sie nicht verloren. Ich bin an dem fraglichen Tag oder Abend nicht bei meinem Schneider gewesen.«

»Können Sie mir sagen, wo Sie waren?«

»Ja, ich habe der Schule meiner Tochter einen Besuch abgestattet. Es ist eine Privatschule. Ich zahle ein sehr hohes Schulgeld. Ich möchte wissen, wohin mein Geld fließt.«

»Haben Sie dort Ihre Uhr verloren?«

Der massige Mann zuckte die Achseln. »Kann sein. Es ist auch gleichgültig. Ich kann mir jederzeit eine neue kaufen. Wer immer sie gefunden hat, kann sie gern behalten.«

»Der Mann, der sie gefunden hat, kann sie behalten?«

Doherty schaute verwirrt.

Malham schaute ihn über aufgedunsene Backen hinweg

an. »Das habe ich gerade gesagt. Und nun bitte. Ich bin ein vielbeschäftigter Mann. Ich wünsche Ihnen eine gute Nacht, und verlassen Sie jetzt mein Zuhause.«

»Mr Malham, diese Uhr ist sehr wertvoll. Wenn sie Ihnen gestohlen wurde, dann möchten Sie mir doch sicher nähere Einzelheiten mitteilen, damit ich den Dieb ermitteln kann.«

»Ich weiß nicht, wer sie gestohlen hat. Genauso wenig, wo sie gestohlen wurde. Ich habe nie auch nur bemerkt, dass sie weg war. Sehen Sie? Ich trage eine andere. Ich habe viele Uhren. Sehr teure Uhren.«

»Sie möchten uns nicht verraten, wann sie Ihrer Meinung nach gestohlen wurde? Und von wem?«

»Das habe ich doch gerade schon gesagt!«

Nun war ein deutliches Grollen in der Stimme des Mannes zu hören, wie ferner Donner.

Honey konnte die Schwingungen seiner Stimmbänder beinahe fühlen. Doherty kochte innerlich vor Wut, das war nicht zu übersehen. Malham log. Sie wussten beide, dass er log.

»Mr Malham. Ich kann immer noch nicht glauben, dass Ihnen nicht aufgefallen ist, wann die Uhr weg war«, begann Doherty.

»Ich habe Ihnen doch bereits erklärt, dass ich viele Uhren besitze. Ich kann es mir leisten, jede Uhr zu kaufen, die ich haben will. Ich verdiene in einer Stunde mehr Geld als ein Polizist in einem ganzen Jahr!«

»Ich muss Ihr Alibi überprüfen. Ich brauche die Adresse der Schule Ihrer Tochter.«

»Meine Sekretärin wird Sie anrufen. Morgen früh. Und jetzt gute Nacht. Ich möchte zu Bett gehen.«

Während Doherty die Fäuste ballte und mit großer Mühe seine Wut zügelte, drückte Gunther auf einen verborgenen Knopf unter der Kante seines Schreibtisches.

Die Tür öffnete sich. Der Bodyguard tauchte auf.

»Begleiten Sie diese Leute vom Anwesen.«

»Kein Problem«, sagte Honey, die blitzschnell überlegt hatte. »Ein paar Tests sollten uns genug DNA-Material von der hinteren Seite der Uhr und vom Armband liefern, um uns zu verraten, wer sie zuletzt getragen hat. Ich nehme an, Ihre DNA ist irgendwo in einer Datenbank gespeichert, Mr Malham?«

Man würde allerdings, falls man den letzten Träger der Uhr mit Hilfe einer DNA-Untersuchung ermitteln könnte, höchstwahrscheinlich auf Charlie York kommen.

»Raus!«

Malhams Stimme bebte vor Wut, seine Augen waren schwarz und bedrohlich.

Auf halbem Weg zur Tür drehte sich Doherty zu ihm um.

»Wir warten noch die DNA-Ergebnisse ab, dann kommen wir wieder.«

»Ich werde Sie nicht empfangen. Ich werde Anweisungen geben, Sie nicht ins Haus zu lassen.«

»Dann muss ich wohl darauf bestehen, dass Sie ins Polizeihauptquartier kommen, um befragt zu werden. Ich schlage vor, Sie nehmen ein Taxi. Die Politessen in Bath sind nicht sonderlich erpicht auf Riesenlimousinen, die im Halteverbot rumstehen.«

Malham drehte ihm den Rücken zu und ging auf etwas zu, das wie eine Wand aussah. Als er sich näherte, verschob sich ein Paneel und gab eine Öffnung frei. Nachdem er hindurchgetreten war, schob es sich wieder zu.

Doherty und Honey folgten dem Bodyguard zum Auto.

»Er lügt«, sagte Honey, als Doherty den Motor anließ.

»Natürlich lügt er.«

»Er war auf dieser Straße, und er war nicht da, um sich eine Reitjacke anmessen zu lassen. Sonst hätte er nämlich seine Uhr zurückverlangt.«

Regentropfen klatschten auf die Windschutzscheibe. Doherty schaltete den Scheibenwischer ein.

»Dieser Mann ist nicht der Typ, der große Strecken zu Fuß zurücklegt. Somit haben wir eine ziemlich gute Chance, die Wahrheit rauszufinden. Die Anwohner in der Beaumont Alley haben vielleicht was mitbekommen, und ich habe auch noch ein paar Sicherheitskameras in der Gegend gesehen. Und dann wäre da noch die Frau, mit der sich Grace Pauling gestritten hat. Ich glaube, die hatten beide ein Auge auf den Verblichenen geworfen, obwohl Grace Pauling kein Sterbenswörtchen davon gesagt hat. Es hat vielleicht alles nichts zu bedeuten, aber wir gehen die andere Frau mal besuchen – wie immer sie heißt. Und was unseren Freund Mr Malham betrifft, so hat er, nach allem, was wir wissen, mehr als ein Auto – alle natürlich in der gehobenen Klasse, und meistens wird er sowieso von einem Chauffeur durch die Gegend kutschiert. Solche Limousinen fallen ja gewöhnlich sehr auf. Und die teuersten Ferraris, Porsches und so weiter auch. Wir kriegen vielleicht was über die Autos raus – außer der DNA natürlich.«

»Du meinst, das geht wirklich?«, fragte Honey, erregt über diese Aussicht. »Das ist ja wunderbar. Da fühle ich mich richtig erwachsen.«

»Du bist erwachsen, Honey. Das kann ich dir bestätigen«, erwiderte Doherty mit einem frechen Grinsen. »Aber ich weiß nicht sicher, ob man Mr Malham je DNA-Proben abgenommen und die in einer sowjetischen Datenbank gespeichert hat. Wir können es nur hoffen, doch …« Er schüttelte den Kopf.

»Wir müssen ihn schnappen«, sagte Honey.

»Dafür, dass er eine Uhr verloren hat?«

Honeys Erregung legte sich. Klar, Gunther Malham hatte eine Uhr verloren, aber was bewies das schon?

»Er kann sie jederzeit verloren haben«, meinte Doherty. »Wir müssen mit Mr Barrington reden. Im Laden wird auch ein Buch mit allen Terminen geführt. Falls Mr Malham irgendwann an diesem Tag dort war, steht das in diesem Terminkalender.«

Honey zog die Stirn kraus, während sie darüber nachdachte.

»Diese Uhr. Ich glaube die Geschichte mit dem Dieb nicht. Ich glaube, Malham war in der Beaumont Alley.«

»Aber wann und warum? Selbst wenn er zugibt, dass er die Uhr verloren hat, anstatt uns den Blödsinn mit dem Dieb aufzutischen, können wir nicht beweisen, wann er sie verloren hat oder wann sie ihm gestohlen wurde. Er kann einfach behaupten, der Dieb hätte sie verloren und daher wäre der Dieb also auch der Mörder von Nigel Tern.«

»Glaubst du das?«

Doherty schüttelte den Kopf. »Natürlich nicht. Wir müssen uns jetzt die Frage stellen, was für ein Motiv Malham gehabt haben könnte, Nigel Tern zu töten.«

»Dass er ihm ein schlecht sitzendes Jackett verkauft hat?«

»Sei nicht albern.«

Kapitel 21

Edwina Cayford legte Arnold Tern die karierte Decke über die Beine.

»So ist es besser. Jetzt wird Ihnen gleich wärmer.«

»Jetzt kann ich mich kaum noch rühren«, grummelte Arnold. »Ihr Krankenschwestern seid alle gleich. Ihr stopft die Decke so fest um einen rum, dass man sich kaum noch bewegen kann.«

»Vielleicht keine schlechte Idee«, erwiderte Edwina und warf ihm ein schiefes Lächeln zu. »So habe ich wenigstens die Chance, Ihnen zu entkommen, Sie ungezogener Mann!«

Der alte Mann lachte glucksend. Seine Augen funkelten.

Er war zwar schon eine ganze Weile krank, aber Edwina ließ sich nicht hinters Licht führen. Sie war zu dem Schluss gekommen, dass er versuchte, verlorene Zeit aufzuholen, je kräftiger er wieder wurde. Viele ältere Männer entwickelten sich immer mehr zu Grapschern, je älter sie wurden. Sie dachten wohl, man würde es ihnen nachsehen, nur weil sie alt waren. Wenn man Mr Tern die geringste Möglichkeit bot, würden seine Hände überall hinwandern. Edwina war dankbar, dass sie sich nie in seiner Reichweite befunden hatte, als er jünger war. Aber da war sie ja selbst auch noch jünger gewesen. Eine gescheiterte Ehe, drei Kinder, und jetzt gab es keinen Mann in ihrem Leben, und sie genoss es.

Arnold Terns Augen funkelten immer noch. »Was macht Ihr Liebesleben, Edwina, meine Liebe?«

Edwina warf ihm einen wissenden Blick zu. Jetzt war das Lächeln völlig aus ihrem Gesicht gewichen.

»Das geht Sie gar nichts an, Mr Arnold.«

»Wollen Sie damit sagen, dass Sie keinen Freund haben oder dass sie keinen wollen?«

»Beides. Ich kann es gut ohne einen Mann aushalten. Viel zu zeitaufwendig und anspruchsvoll. Wenn ich nach der Arbeit im Krankenhaus nach Hause komme, will ich mich entspannen. Da lege ich lieber die Beine hoch und schau mir was im Fernsehen an.«

»Gibt es wirklich nichts und niemanden, den Sie lieber um sich haben würden?«

Edwina grinste. »Jedenfalls keinen Mann, Mr. Tern. Ich hätte lieber einen neuen Fernseher.« Sie seufzte schwer, während sie die Kissen auf einem schönen Sofa geraderückte. Ihre Augen blickten in die weite Ferne. »Bleiben Sie mir mit den gutaussehenden Männern vom Leib, mir wäre eher nach einem 32-Zoll-Flachbildschirm mit Fernbedienung und Sky-TV-Anschluss. Vielleicht dazu noch einen neuen DVD-Recorder, aber ein neuer Fernseher, das wäre das Beste.«

»Ich glaube, ich möchte jetzt ein bisschen im Wintergarten sitzen.«

Sein knapper Ton verriet Edwina, dass er ihr nicht mehr zuhörte.

Sie riss sich aus ihrem Tagtraum über den neuen Fernseher und schaute an dem alten Mann vorbei in den Wintergarten. Für heute hatte der Wetterbericht Sonne und leichte Bewölkung vorhergesagt. Im Augenblick war der Wintergarten in helles Licht getaucht.

»Das ist eine sehr gute Idee, Mr Tern. Es sieht richtig sonnig aus da draußen. Es sollte auch warm genug für Sie sein.«

»Das weiß ich selbst!«

Edwina war es gewohnt, dass er blaffte und schnappte wie eine schlecht gelaunte Schildkröte, schenkte dem also keine Beachtung. Sie öffnete ihm die Tür, so dass er mit dem Rollstuhl hinausfahren konnte, aber das tat er nicht.

»Ich fühle mich heute ganz besonders schwach«, jammerte er, und seine Hände lagen schlaff im Schoß. »Ich möchte, dass Sie mich hinausschieben.«

»Nur bis in den Wintergarten?«

»Ja.«

»Also nicht über die Kante der Klippe.« Sie zog einen Mundwinkel zu einem halben Lächeln hinauf.

»Sie sind eine pflichtbewusste Frau, Edwina. So was würden Sie nicht machen.«

»Sie kennen mich zu gut.«

Die Grimasse, die sie schnitt, als sie ihn in den Wintergarten schob, konnte er allerdings nicht sehen.

Manchmal raubte ihr der Alte den letzten Nerv. Aber manchmal brachte er sie auch zum Lachen. Er hatte einen schwarzen Humor, und sie hatte seine Bemerkungen nie für bare Münze genommen. In letzter Zeit hatte sie sich allerdings gefragt, ob er vielleicht manches wirklich ernst meinte. Zum Beispiel das, was er über seinen Sohn sagte. Er hatte stets steif und fest behauptet, der würde ein schlimmes Ende nehmen. Was ihrer Meinung nach noch schlimmer war: Er hatte keine Träne über Nigels Tod vergossen. Keine einzige.

»Möchten Sie was zu lesen?«, fragte sie. »Oder eine Tasse Tee? Etwas zu essen?«

»Nein.«

»Dann gehe ich jetzt. Ich muss noch in Ihrem Schlafzimmer abstauben und saugen, ehe ich gehe.«

»Ich brauche meine Brille.«

»Ich hole sie.«

»Und mein Handy. Plus diese Zeitung, die Sie heute Morgen mitgebracht haben.«

Edwina blieb stehen. »Ich dachte, Sie wollen nichts lesen.«

»Das hat mit Lesen nichts zu tun«, antwortete er grimmig. »Wenn man dieses Käseblatt liest, wird man Zeuge eines

Kampfes gegen die englische Sprache. Der Druck ist auch nicht gerade berühmt. Die Bilder sind körnig, und das Ganze wimmelt nur so vor Anzeigen für Restaurants, Frisöre und Flohmärkte.«

Edwina seufzte. Sie hätte gern dagegengehalten, aber die Streitereien mit ihm hatten sie heute Morgen schon genug Zeit gekostet. Sie musste noch bügeln und die Wäsche von der Waschmaschine in den Trockner packen.

Nachdem sie ihm alles gebracht hatte, worum er gebeten hatte, ließ sie die Tür zum Wintergarten leicht geöffnet.

»Rufen Sie, wenn Sie mich brauchen.«

Jetzt widmete sie ihre Aufmerksamkeit der Wäsche; wenn er nach ihr rief, würde sie ihn hören.

Sobald er sicher war, dass er allein war, setzte Arnold Tern die Brille auf und schaute die Anzeigen im *Bath Chronicle* durch. Er brauchte nicht lange, bis er die ganzseitige Werbung eines Elektrofachhandels gefunden hatte. Er legte sich die Zeitung auf den Schoß und wählte die Nummer. Nachdem er ein paar Tasten gedrückt hatte, um die richtige Abteilung zu erreichen, gab er seine Bestellung durch. Zum Glück wusste er die Angaben seiner Kreditkarte auswendig. Genau wie Edwinas Adresse. Das war das Einzige, was ihm trotz seines Alters geblieben war: ein hervorragendes Gedächtnis.

Edwina schaute zu ihm herein, kurz nachdem er sein Telefonat beendet hatte. Sie stellte zufrieden fest, dass er schlief. Da konnte sie ohne weitere Unterbrechungen weitermachen. Zunächst stand sein Schlafzimmer auf der Liste. Das musste mal wieder gründlich gesäubert und poliert werden. Zum Glück hatte sie den Staubsauger oben gelassen.

Normalerweise fing sie nicht im Obergeschoss an, aber heute hatte sie mehr als einen Grund, dort hinzugehen.

Erst versicherte sie sich, dass sie ihr Handy in der Tasche

hatte, dann stieg sie die Treppe hinauf. Der Staubsauger stand auf dem Flur bereit. Sie schob ihn in Mr Terns Zimmer.

Nachdem sie den Stecker in die Steckdose gesteckt hatte, ging sie zur Schlafzimmertür zurück, schaute hinaus und lauschte. Alles friedlich. Mr Tern schlief.

Sie war ein wenig nervös wegen der Sache, die sie jetzt gleich tun wollte, lehnte die Schlafzimmertür an und setzte sich auf einen rosa gepolsterten viktorianischen Stilsessel. Der stand an einem wunderbaren Platz im Erkerfenster. Das Fenster ließ sehr viel Licht herein. Edwina hatte keine Probleme damit, die Nummer zu wählen, trotzdem hatte sie ein mulmiges Gefühl im Magen. Sie hatte noch nie wegen irgendwas bei der Polizei angerufen. Im Gegenteil, in der Vergangenheit hatte normalerweise die Polizei *sie* angerufen oder hatte vor ihrer Tür gestanden. Sie hatte zwei Söhne und eine Tochter. Die Tochter war verheiratet und führte ein ehrenwertes Leben. Ihre Söhne waren beide jünger als die Tochter. Mit denen war das ganz anders.

Mit klopfendem Herzen befeuchtete Edwina ihre trockenen Lippen mit der Zunge und wartete. Nach einem halben Dutzend Klingeltönen meldete sich eine junge Frau.

»Polizei. Kann ich Ihnen helfen?«

»Bin ich mit der Wache in der Manvers Street verbunden?«

»Ja, Madam. Kann ich Ihnen helfen?«

Obwohl die junge Frau wirklich freundlich wirkte, hatte Edwina immer noch das Bedürfnis, die Verbindung gleich wieder zu unterbrechen. Außerdem tat ihr vor lauter Grübeln und Sorgen schon der Kopf weh. War es wirklich richtig, was sie gerade machte? Vielleicht hatte sie sich geirrt? Vielleicht auch nicht, sagte eine kleine Stimme in ihrem Kopf.

Sie zwang sich, weiterzusprechen, und bat, zu Detective Inspector Doherty durchgestellt zu werden.

»Tut mir leid. Der ist im Augenblick nicht im Dienst. Kann sonst jemand helfen?«

»Nein! Nein!«, sagte Edwina. Mit übermenschlicher Anstrengung riss sie sich zusammen. Er war nicht da. Das war irgendwie leichter, als mit ihm zu reden und ihm zu sagen, welchen Verdacht sie hegte.

»Kann ich ihm was ausrichten?«, fragte die junge Frau mit der angenehmen Stimme.

»Ja, das können Sie. Sagen Sie ihm, ich glaube zu wissen, wer Nigel Tern ermordet hat. Es war jemand, dem ich im Krankenhaus begegnet bin. Ich habe diese Person dann im Laden wiedergesehen, als dort Detective Inspector Doherty alle befragt hat. Teilen Sie ihm mit, dass Edwina Crayford angerufen hat und dass ich glaube, meine Aussage könnte den Fall aufklären. Das tun Sie doch ganz bestimmt, ja?«

Kapitel 22

Am selben Abend, an dem Edwina Crawford einen 32-Zoll-Flachbildfernseher geliefert bekam, den sie, soweit sie sich erinnern konnte, nicht bestellt hatte, erschienen Rachel Doherty und Benedict Tompkins in Steve Dohertys Zuhause im Campden Crescent.

Wäre Rachel nicht so nervös gewesen, hätte sie bemerkt, mit welch gierigen Augen Benedict das Gebäude anstarrte, vor dem sie standen und in dem Doherty seit einiger Zeit wohnte. Diese Gier war immer noch deutlich zu sehen, als er über die Schulter auf die herrliche Aussicht blickte, die man von hier aus auf viele wunderschöne Gebäude bis hinunter zum Stadtzentrum hatte. Wäre Rachel nicht blind gewesen, weil sie glaubte ihn zu lieben, so hätte sie sich gefragt, wieso er so begehrlich auf das Haus und die Aussicht blickte, die sich davor erstreckte. Sie hätte vielleicht daraus geschlossen, dass Benedict schaute, als gehörte ihm das alles bereits oder als hätte er zumindest vor, dass es ihm einmal gehören würde.

Rachel zog ihren Schlüsselbund hervor und fand rasch den Schlüssel zur Haustür. Sie wollte ihn gerade ins Schlüsselloch stecken, als Benedicts Hand sich auf ihre legte.

»Nein, das wäre ungezogen. Du solltest der Form halber lieber klingeln, denn du hast ihn ja eine ganze Weile nicht gesehen.«

»Meinst du?«

»Ich weiß es.«

Rachel folgte gehorsam.

»Er hört das vielleicht nicht«, meinte sie, sobald sie die Schlüssel wieder in der Tasche verstaut hatte.

»Wenn er sich auf das Wiedersehen mit seiner verlorenen Tochter freut, dann wartet er doch nur darauf, dass es endlich an der Tür klingelt. Vertraue mir.« Er küsste sie auf den Scheitel. Gleichzeitig drückte er ihr mit der Hand den Nacken.

Sie sah weder sein selbstzufriedenes Lächeln noch seinen triumphierenden Blick. Er hatte sie genau da, wo er sie haben wollte, und nur darauf kam es an.

Benedict Tompkins bildete sich viel auf seine Menschenkenntnis ein. Dass er in der Lage war, die Menschen einzuschätzen, mit denen er arbeitete, hatte sich als entscheidender Vorteil in der Welt der Hochfinanz und des Börsenhandels herausgestellt. Er wusste immer, was diese Leute hören wollten, und er strengte sich verdammt an, immer die richtigen Worte zu wählen. Ob sie auch etwas mit der Wahrheit zu tun hatten oder nicht, stand auf einem anderen Blatt. Aber seine Vorgesetzten und Kollegen dachten ja auch nicht daran, seine Fähigkeiten oder seine Ergebnisse in Frage zu stellen! Er brachte die richtigen Ergebnisse – zumindest glaubten sie das.

Auf den ersten Blick reagierte Rachels Vater genauso, wie Benedict es erwartet hatte: Sein Gesicht hellte sich auf, als er seine Tochter sah. Sobald die Begrüßung vorüber war, stellte ihm Rachel den milchgesichtigen jungen Mann vor, der an ihrer Seite stand.

»Benedict Tompkins. Hocherfreut, Sie kennenzulernen, Sir.«

Benedict achtete darauf, dass sein Handschlag freundlich, aber fest war und dass sein Lächeln entgegenkommend war, aber auch einen Hauch Nervosität durchscheinen ließ. Potentielle Schwiegerväter möchten gern, dass die Freunde ihrer Töchter gewaltigen Respekt vor ihnen haben. Das war natürlich in seinem Fall nicht so, aber Benedict wusste, wie man diese Rolle spielte. Er wusste, was von ihm verlangt wurde.

Das Zimmer, in das Rachels Vater sie führte, hatte eine hohe Decke, an der noch der Originalstuck prangte. Ein Sims lief unterhalb der Decke rings um das Zimmer. Durch das Fenster konnte Benedict wieder den herrlichen Blick auf die Stadt ausmachen. Genau wie die Wände spiegelten auch die Möbel und sonstigen Einrichtungsgegenstände einen Hang zur Tradition und wirkten eher bequem als auffällig.

Benedict Tompkins spürte, wie sich Zufriedenheit warm in seinem Inneren ausbreitete, als er den unverwechselbaren Duft von Möbelpolitur und Raumspray bemerkte. Rachels Vater hatte sich eifrig auf den Besuch seiner Tochter vorbereitet.

Benedicts Zufriedenheit wuchs noch. Er hegte keinen Zweifel, dass Rachels Vater sich alle erdenkliche Mühe gegeben hatte, um sich auf den Besuch seiner Tochter einzustellen. Der ist Wachs in meinen Händen, dachte er für sich. Den hatte er voll durchschaut. Der alte Herr würde für seine Tochter alles tun. Hier würde man es gut aushalten, zumindest bis sich Aussicht auf etwas Besseres bot. Und in der Zwischenzeit würde der alte Herr seine Tochter nicht ohne das nötige Kleingeld rumlaufen lassen, das für die Planung der Hochzeit gebraucht wurde. Dazu war Benedict ja hier: um sich eine Vorauszahlung auf die Hochzeitskosten geben zu lassen. Er hatte alles ausgerechnet. Für eine wirklich anständige Hochzeit ganz in Weiß würde man höchstwahrscheinlich um die vierzigtausend Pfund brauchen, und darin war nicht unbedingt auch schon die Hochzeitsreise enthalten. Schließlich war man in Bath. Hier kosteten die Immobilien nicht viel weniger als in London, besonders solche in einer Häuserterrasse aus georgianischen Zeiten wie diese hier.

Während Rachels Vater sich in der Küche mit Getränken und Sandwiches zu schaffen machte, drängte Benedict sie, zu ihm zu gehen und mit ihm zu reden.

»Du weißt doch, was du sagen sollst?«

Sie bejahte das. »Aber ... ich meine ... heiraten wir wirklich?«

Die arme Kleine. Sie wirkte so nervös, und gleichzeitig war sie offenbar glücklich.

»Rachel, Schätzchen.« Er legte ihr die Hände auf die Schultern und küsste sie auf die Stirn. »Hast du geglaubt, ich mache Witze? Natürlich heiraten wir. Daran kann uns niemand hindern.«

Ihr Gesicht strahlte vor Freude. Sie sah so glücklich aus, dass sie ihm schon beinahe leidtat. Das Leben war eine Lotterie. Das musste sie noch lernen. Er hatte es bereits kapiert. O ja, das hatte er!

»Dad?«

»Ich fahre jetzt nicht so viel auf. Ich habe einen Tisch bei Graze reserviert. Das ist gleich beim Bahnhof. Das habt ihr vielleicht gesehen, als ihr angekommen seid.«

Sie schüttelte den Kopf. »Ich kann nicht behaupten, dass es mir aufgefallen wäre.«

Doherty schüttete kochend heißes Wasser in die Henkeltassen. »Du hast doch Kaffee gesagt?«

Er schaute sie an. Sie nickte.

»Und Benedict?«

»Auch. Schwarz. Nicht zu stark. Zwei gestrichene Teelöffel Zucker. Mehr nicht.«

»Das ist aber sehr präzise.«

»Benedict ist ausgesprochen wählerisch. Er hasst alles, was zweitklassig ist. Will immer nur erste Sahne.«

Steve Doherty verbarg seine Beunruhigung. Er war es gewohnt, Leute nach dem ersten Eindruck zu beurteilen. Und sein erster Eindruck vom Freund seiner Tochter war gar nicht gut.

Im Zweifel für den Angeklagten, ermahnte er sich. Sehen wir mal, wie sich die Sache entwickelt.

»Wie wäre es, wenn du das übernimmst?« Er reichte ihr die Zuckerdose und den Teelöffel und lächelte sie ermunternd an. Er schaute ihr zu, wie sie sorgfältig jeden Teelöffel abstrich, ehe sie den Zucker in den Kaffee gab.

»Ich habe auch Honey und ihre Tochter Lindsey eingeladen – und den Freund ihrer Tochter, ich weiß nicht, wie der heißt. Ich glaube, sie hat es mir erzählt, aber ich erinnere mich nicht mehr.«

Gewöhnlich fehlte es Doherty in Gesprächen nie an den richtigen Worten, aber er konnte ein ungutes Gefühl nicht abschütteln. Vielleicht lag es daran, dass er Rachel sehr lange nicht gesehen hatte. »Du erinnerst dich doch an Honey Driver?«

»Deine Freundin. Ja klar.«

Er bemerkte keinerlei Feindseligkeit in ihrer Miene und war erleichtert. Er erzählte ihr das Wichtigste.

»Ja. Sie ist immer noch meine Freundin. Ab und zu sprechen wir vom Heiraten, aber im Augenblick scheint es für uns beide gut zu sein, wie es ist. Ich meine, wir werden ja in unserem Alter kaum noch eine Familie gründen, oder?«

Er lachte.

Rachel rang sich ein Lächeln ab. »Das wäre wirklich seltsam, noch einen kleinen Bruder oder eine kleine Schwester zu bekommen.«

Sie konnte nicht glauben, wie schwer es ihr fiel, ihrem Vater zu sagen, was sie sagen wollte. Es schien albern. Schließlich würde er doch so glücklich sein. Sein kleines Mädchen würde heiraten!

Schließlich sprudelte alles aus ihr heraus.

»Benedict und ich werden heiraten, Dad.«

Ihr Vater nahm die Zuckerdose und stellte sie zur Seite.

»Deine Mutter hat mir erzählt, dass ihr verlobt seid.«

»Das stimmt. Das sind wir. Aber das mit der Hochzeit

mussten wir dir zuerst sagen. Du bist ja schließlich derjenige, der mich in der Kirche zu meinem Bräutigam führt, nicht wahr?«

Einen Augenblick lang sagte er gar nichts, starrte sie nur an, als sähe er sie zum ersten Mal. Sie war kein Kind mehr, sondern eine Frau.

»Das stimmt. Weiß es deine Mutter schon?«

Rachel schüttelte den Kopf. »Sie weiß, dass wir verlobt sind, aber sie weiß nicht, dass wir nächstes Jahr heiraten wollen. Wir wollten es dir zuerst erzählen. Ich meine, es wird ja ziemlich viel Geld kosten …«

Er nickte. »Und der Vater zahlt die Rechnung.«

Rachel errötete, nicht nur wegen der Worte, die Benedict ihr vorgegeben hatte, sondern weil ihr Vater seine Augen nicht von ihr wenden konnte.

»Bist du in ihn verliebt?«

»Natürlich!«

»Und magst du ihn?«

»Ob ich ihn mag?« Sie schaute verdutzt. »Ich habe dir doch gerade gesagt, dass ich in ihn verliebt bin.«

»Es ist das Beste, wenn du ihn zuerst magst. Die Liebe wächst mit der Zeit. Das weißt du doch, oder?«

»Natürlich weiß ich das!«

Einen Sekundenbruchteil sah er etwas von der alten, trotzigen Rachel aufflackern.

»Dann freue ich mich für dich.«

Er küsste sie auf die Wange.

Im Wohnzimmer war es ruhig. Er fragte sich unwillkürlich, ob Benedict vielleicht die Schubladen oder die Klappe seines Schreibschranks aufmachte. Ein anständiger Typ würde das nicht tun, aber er vermutete, dass Benedict Tompkins kein anständiger Typ war.

Benedict wühlte aber nicht in Schubladen oder im Schreibschrank, sondern stand am Fenster und bewunderte die Aussicht.

»Ich höre, Sie wollen meine Tochter heiraten«, sagte Doherty, nachdem er die Kaffeetassen und Sandwiches abgestellt hatte.

Benedict drehte sich um, und sein Gesicht strahlte vor Selbstbewusstsein.

»Das stimmt, Sir. Ich hoffe, Sie geben uns Ihren Segen.«

»Sind Ihre Eltern dafür, dass Sie meine Tochter heiraten?«

»Meine Eltern sind bei einem Autounfall ums Leben gekommen. Ich habe niemanden, dem ich das sagen könnte, außer meiner Schwester. Die lebt in Australien. Ich mache die Dinge lieber auf die altmodische Art. Ich glaube, es ist üblich, zuallererst die Erlaubnis des Brautvaters einzuholen. Ich habe darauf bestanden, dass wir uns erst kennenlernen. Ich werde persönlich Rachels Mutter anrufen, sobald wir Ihren Segen haben, und dann telefoniere ich mit meiner Schwester.«

Doherty schaute sich den maßgeschneiderten Anzug an, das adrette weiße Hemd und die fast bis zur Bewusstlosigkeit gewienerten Schuhe. Das war sein erster Eindruck von Benedict Tompkins gewesen: Alles an ihm war poliert, einschließlich seiner Manieren.

Doherty strich sich mit dem Daumen an der Nase entlang, schaute zu Boden und streckte dann die Hand aus.

»Rachel ist über achtzehn. Da bleibt einem armen Vater nur, euch alles erdenklich Gute zu wünschen.«

Doherty hatte sein Handy absichtlich nicht ausgeschaltet, war also nicht überrascht, als er es klingeln hörte.

»Die Arbeit. Entschuldigung.«

Er ging auf den Flur und dann in sein Schlafzimmer.

Benedict wandte sich zu Rachel. »Es ist alles gutgegangen, denke ich. Was für ein schlaues Mädchen du doch bist!«

Rachel strahlte, als er sie so lobte.

»Er freut sich sehr für uns.«

»Gut.« Er schaute sich im Zimmer um. »Nun, es sieht ganz so aus, als wäre er bereit, für eine anständige Hochzeit seiner einzigen Tochter ordentlich was springen zu lassen. Wir wollen ja nicht knausern, oder? Eine weiße Hochzeit mit etwa zweihundert Gästen, denke ich mal. Mindestens. Oder sagen wir dreihundert, was?«

Rachels Wangen röteten sich. Sie mochte es gar nicht, dass er seine Pläne verkündete, ohne sich die Mühe zu machen, sie vorher zu fragen.

»Ich bin mir nicht sicher, ob er sich eine so große Hochzeit leisten kann.«

Benedict schaute enttäuscht. »Du willst doch ordentlich was aus ihm rausholen, oder nicht? Du hast es verdient, nachdem er dich so behandelt hat, deine Mutter verlassen hat, als du noch ganz klein warst. Jetzt macht er es gerade wieder so.«

Rachel biss sich auf die Lippe. Zuerst hatte sie Benedict ja angelogen und ihm erzählt, ihr Vater wäre Beamter. Ihre Mutter hatte Benedict dann gesagt, dass Steves Beruf sehr fordernd ist und ihre Ehe zerstört hatte, so dass sie allein mit ihrem Kind hatte klarkommen müssen.

Er hatte sie wortreich bemitleidet. Später hatte er Rachel gefragt, warum sie gemeint hatte, ihn anlügen zu müssen.

»Nur weil er Polizist ist? Glaubst du wirklich, mir macht ein Polizist Angst?«

»Nein ... ich ... na ja ... es ist nur, die Leute denken, einmal Polizist, immer Polizist ... und haben ... na ja ... irgendwie ein mulmiges Gefühl deswegen.«

Er hatte sie so fest umarmt, dass sie fürchtete, ihre Rippen würden brechen.

»Eins will ich ein für alle Mal klarstellen, Rachel. Mir jagt niemand Angst ein. Kapiert?«

Sie hatte protestiert, weil er ihr die Luft abschnürte. Sie konnte nicht mehr atmen. Endlich hatte er sie losgelassen.

Die Zivilangestellte, die in der Polizeiwache in der Manvers Street in der Telefonzentrale arbeitete, hatte an diesem Abend eine heiße Verabredung. Alle eingehenden und ausgehenden Gespräche waren ordentlich eingetragen. Den Anruf von Edwina Cayford hatte sie auf einem Blatt Papier aufgezeichnet, und das sollte an Detective Inspector Doherty weitergeleitet werden. Leider hatte sie, als sie ihre Handtasche aus der Schublade zog, nicht bemerkt, dass das Blatt zu Boden flatterte. Die heiße Verabredung wartete. Sobald sie die Bürotür schloss, ließ sie gewöhnlich alles hinter sich, was am Tag geschehen war. Lose Blätter Papier kümmerten sie da nicht mehr.

Kapitel 23

»Er heißt Drury, und er ist ein bisschen älter als ich.«

Honey zog sich gerade zum Ausgehen an. Lindsey hatte sich bereits feingemacht: Sie trug einen violetten Samtrock, eine grün und violett gemusterte Bluse und ein Paar eindeutig römisch inspirierte Sandalen mit um die Knöchel schwebenden Federn.

Na also, dachte Honey. Endlich weiß ich es.

»Wo hast du ihn kennengelernt?«

Lindsey bürstete ein imaginäres Stäubchen von der Rückenlehne des Sofas, hinter dem sie stand. Sie hatte ihrer Mutter aus einem bestimmten Grund nichts von Drury erzählt – nicht ehe sie sich sicher oder beinahe sicher war, was für Gefühle sie für diesen Mann hegte. Jetzt war sie sich darüber im Klaren, dass es ihr ernst mit dieser Beziehung war, und jetzt war es an der Zeit, ihrer Mutter den jungen Mann vorzustellen.

»Er ist Regierungsbeamter.«

»Aha. Ich hätte nicht gedacht, dass da in Bath noch viele sind.«

»Ein paar gibt's noch.«

Das Verteidigungsministerium hatte noch Kriegsministerium geheißen, als es während des Zweiten Weltkriegs nach Bath umgezogen war. Es hatte ein großes Hotel belegt und Büros darin eingerichtet, und es hatte von Bauern und Grundbesitzern eine Menge Land requiriert und darauf ziemlich viele, recht primitiv wirkende Gebäude bauen lassen.

In den letzten Jahren hatte man diese Stätten nach und nach verlassen. Aus den Büros waren Wohnungen geworden, das Land war versteigert und für Wohnsiedlungen genutzt worden.

Honey nahm an, dass Drury einer der wenigen noch verbliebenen Regierungsbeamten war.

Sie schaute ihre Tochter von der Seite an. »Und es macht dir auch bestimmt nichts aus, heute Abend mitzukommen?«

Lindsey lächelte. »Und es macht dir auch bestimmt nichts aus, dass ich mitkomme? Ich habe Rachel ja noch nicht kennengelernt. Allerdings habe ich bisher keine sonderlich gute Meinung von ihr. Ich denke, was ist das für eine Tochter, die ihren Vater nur alle Jubeljahre besucht? Wenn ich einen Vater hätte …«

Sie unterbrach sich. Ihr Vater hatte ihre Mutter verlassen, als Lindsey noch ganz klein war. Sie konnte sich kaum an ihn erinnern. Und außerdem gab es ja hier keine Chance auf eine Versöhnung. Carl Driver war ein begeisterter Segler gewesen und am liebsten über den Nordatlantik geschippert. Leider war der Ozean, den er so liebte, auch seine letzte Ruhestatt geworden. Er war ertrunken, und seine nur aus Frauen bestehende Crew gleich mit ihm.

Honey hörte auf, ihr Haar zu bürsten, und betrachtete sich im Spiegel. Sie hatte ein gutgeschnittenes Gesicht, und ihr Haar schimmerte. Ihre Augen hatten zwar einen leicht zweifelnden Ausdruck, aber insgeheim gratulierte sie sich, dass sie eine so rücksichtsvolle junge Frau herangezogen hatte.

»Es braucht dir nicht leidzutun. Meine Ehe mit deinem Vater war von Anfang an zum Scheitern verurteilt. Ich hätte es besser wissen müssen.«

»Mir tut Steve trotzdem leid. Ich meine, er hat doch nur seinen Job gemacht. Es klingt nicht so, als hätte Rachels Mutter ihn da besonders unterstützt.«

»Ich habe sie nie kennengelernt, würde sie also ungern schlechtmachen«, meinte ihre Mutter.

Lindsey legte den Kopf ein wenig schief. Sie schaute nun sehr nachdenklich. »Meinst du, dass er es deswegen vorzieht, lieber Doherty genannt zu werden?«

Honey bürstete weiter ihr Haar. »Ich wusste gar nicht, dass er da irgendwas vorzieht.«

»Nicht? Wie viele Leute kennst du, die ihn Steve nennen?«

Honey dachte darüber nach. Ihr fiel keine einzige Person ein, die ihn beim Vornamen nannte. Sie gewiss nicht. Doherty schien … na ja … irgendwie besser zu ihm zu passen.

»Dachte ich mir's doch«, sagte Lindsey. »Sein Name gehört so sehr zu seiner Identität als Gesetzeshüter wie sein Dienstausweis. Das ist einfach er. Doherty, der Polizist.«

Doherty war bemüht, das Image der Polizei als Freund und Helfer in der Stadt zu unterstützen, und hatte sich daher vom Polizeipräsidenten überreden lassen, Arnold Tern einen Besuch zu Hause abzustatten.

»Damit er das Gefühl bekommt, dass wir ihn nicht vergessen haben«, meinte Mumford, ein Mann, der stolz darauf war, dass er sich von der Pike auf hochgearbeitet hatte, hauptsächlich weil er immer die aktuelle neueste Mode der Polizeiarbeit übernommen hatte.

Doherty war klar, dass es zwecklos war, darauf mit dem Argument zu reagieren, er hätte wirklich Besseres zu tun, zum Beispiel hinter Gunther Malham herzujagen, die unzähligen Freundinnen des Verstorbenen aufzutreiben und zu befragen und herauszufinden, wozu der Galgen wirklich gebaut worden war. Er hatte da seine Vermutungen, aber bisher noch keine Beweise. Und wenn schon, hatten die sexuellen Vorlieben des Toten tatsächlich was mit dem Fall zu tun? Wer wusste das schon?

Und dann war da noch seine häusliche Situation. Benedict und Rachel hielten sich in seiner Wohnung auf. Er hatte das

Gefühl, ein total moderner Vater zu sein, weil er ihnen erlaubte, zusammen in einem Bett zu schlafen. In seinem Bett, genau genommen. In dem Bett, das er sonst nur mit Honey Driver teilte.

Die Wahl, die seine Tochter getroffen hatte, verursachte ihm ein ungutes Gefühl. Er konnte sich nicht vorstellen, dass er je mit Benedict warm werden würde. Honey hatte ihm gesagt, er sollte die Ruhe bewahren. »Schließlich werden sie ja nicht in der Nähe wohnen, wenn sie verheiratet sind, oder?«

Doherty stellte fest, dass er das wirklich nicht hoffte. Und wenn, dann fürchtete er, dass er sich als Schwiegervater dauernd einmischen würde. Er liebte seine Tochter, und das ungute Gefühl wollte einfach nicht weichen.

Also machte er sich auf den Weg zu Arnold Terns Riesenhaus, das wohl um 1900 herum erbaut worden war. Er hatte das Fenster seines Autos ganz heruntergekurbelt. Hoffentlich würde ihm der Fahrtwind den Kopf freipusten. Sonst hatte er nie Kopfschmerzen, aber heute brummte ihm der Schädel mächtig – und es war beileibe kein Kater!

Obwohl das Haus eine Einfahrt und eine angebaute Garage hatte, fand Doherty keinen Platz zum Parken. Ein kleiner roter Honda Civic, den er als den Wagen der Putzfrau erkannte, parkte unmittelbar vor der Garage. Dahinter stand ein eleganter grauer Saab, schräg abgestellt, so dass er jede Menge Platz beanspruchte. Es blieb ihm nichts anderes übrig, als am Straßenrand zu parken.

Er sah eine blonde Frau aus dem Haus rennen, in den Saab einsteigen und rückwärts aus der Einfahrt zurücksetzen. Obwohl genug Platz für einen 10-Tonner-Lastwagen war, verpasste die Gute nur um Haaresbreite einen der Torpfosten am Eingang, wendete auf der Straße und raste mit quietschenden Reifen davon.

Edwina Cayford öffnete Doherty die Tür.

»Ich würde gern Mr Tern besuchen. Ist er zu sprechen?«

»O ja«, sagte sie mit gedämpfter Stimme. Ihr Gesicht war ziemlich rosig, als hätte ihr jemand gerade etwas ziemlich Unanständiges gesagt und sie wäre noch verlegen.

»Ich bringe Sie zu ihm, und dann können wir uns vielleicht nachher ein wenig unterhalten?«

Er sagte, das wäre natürlich möglich, wenn sie es wünschte. Irgendwas an ihrem Tonfall ließ die Sache recht dringlich erscheinen. Er fragte sich, worum es gehen mochte.

Er erkundigte sich, ob der alte Herr wohlauf sei.

»Ja. Es geht ihm besser, als ich gedacht hätte. Gut genug, um mit dem Handy zu telefonieren und …« Sie schüttelte den Kopf. »Ich erzähle Ihnen später davon. Dieser Mann …« Sie schüttelte erneut den Kopf. »Aber das ist jetzt nicht so wichtig. Hier herein.«

Das Zimmer, in dem Mr Arnold Tern saß, roch nach leckerem Essen. Die Vorhänge waren halb zugezogen, um das Sonnenlicht fernzuhalten.

Doherty vermutete, dass der alte Herr mit Käse überbackene Makkaroni gegessen hatte, aber da konnte er sich auch irren. Lasagne roch so ähnlich.

Arnold Tern blickte auf, als Doherty hereinkam. »Oh, Sie sind's.« Seine Miene und sein Tonfall waren verächtlich. »Sie wollen mir doch nicht etwa sagen, dass Sie den Mörder meines Sohnes gefunden haben, oder?«

»Leider nicht.«

»Nein, das hätte ich auch nicht erwartet.«

»Aber wir machen Fortschritte, obwohl ich Ihnen im Augenblick keine Einzelheiten mitteilen kann.«

Arnold Tern schaute ihn finster an. »Mit anderen Worten: Sie haben keinen blassen Schimmer.«

»Das habe ich eigentlich nicht gesagt …«

»Egal. Egal. Jetzt hören Sie mir mal zu, guter Mann. Gerade

hat eine Dame dieses Haus verlassen, die meinen Sohn besser als die meisten Frauen kannte. Sie heißt Caroline Corbett. Sie ist die Frau, die er hätte heiraten sollen, aber na ja ... Schnee von gestern. Caroline war die Frau, die meinem Sohn am allernächsten gestanden hat. Heute ist sie hergekommen, um mir zu erzählen, dass sie den Verdacht hegte, er hätte mehrere andere Affären gehabt, während er noch eine feste Beziehung mit ihr hatte. Sie hat folglich einen Privatdetektiv engagiert, der ihm nachspionieren sollte, und das, mein lieber Freund, ist der Weg, den wir einschlagen sollten«, erklärte der alte Mann und wedelte Doherty mit erhobenem Zeigefinger vor der Nase herum wie einem Schuljungen, den er gerade tadelte. »Mein Sohn führte ein geheimes Leben, ein geheimes Lotterleben.«

»Sagen Sie mir, was dieser Privatdetektiv herausgefunden hat, Mr Tern?«

Er fletschte eine Reihe gelber Zähne, und sein Gesicht wirkte auf einmal wie ein Totenschädel.

»Carolines Privatdetektiv ist Nigel gefolgt. Zufällig war es auch derselbe Privatdetektiv, den Edwina angeheuert hatte, um herauszufinden, was ihr Tunichtgut von Ehemann trieb. Er heißt Reggie Foreman. Edwina kann Ihnen seine Karte und seine Telefonnummer geben. Seinen Bericht habe ich hier. Caroline hat ihn mir dagelassen.«

Ein knochiger Finger deutete auf einen braunen Umschlag, der auf einem Beistelltisch lag.

Doherty nahm ihn in die Hand. Er war ein wenig nervös. Das sah ihm gar nicht ähnlich, aber die Ankunft von Rachel und ihrem Freund hatte ihn wohl ein bisschen aus der Fassung gebracht.

Jetzt zwang er sich, seine Aufmerksamkeit ganz auf die vorliegende Aufgabe zu konzentrieren, öffnete den Umschlag und überflog den Bericht. Keine der Aktivitäten, denen Nigel Tern sich begeistert gewidmet hatte, überraschte Doherty sehr. Das lag eher daran, dass er genug von der Welt gesehen hatte und sich auskannte, weniger an seiner korrekten Einschätzung des Ermordeten.

Nigel Tern hatte die Frauen geliebt. Und er hatte Sex gemocht. Viel Sex. Mit vielen verschiedenen Frauen. Gut, das war keine große Sache. Ein wenig ungewöhnlich war, dass er Mitglied in sehr vielen Sex-Clubs gewesen war. Doherty wusste, dass es davon in der Stadt einige gab, aber dass es so viele waren, hatte er nicht geahnt. Hier fehlte wirklich nichts – vom Swinger-Club bis zu Clubs für Sadomasochisten und für Fesselspiele. Die Fesselspiele erregten Dohertys Aufmerksamkeit.

Er spitzte die Lippen.

»Ihr Sohn hat sich gern verkleidet und gespielt, dass er gefesselt war.«

Und er hat sich nicht nur als Adam Ant kostümiert, dachte Doherty für sich.

»Ja, mit einer besonderen Vorliebe für Leder.«

Die Stimme des alten Mannes war so dünn wie ein Schilfrohr und doch voller Verachtung.

»Sie werden sehen, dass auch eine Liste der Mitglieder seines Lieblingsclubs dabei ist. Das ist der Shammy Leather Club.«

»Ich habe sie gesehen.«

»Kennen Sie diesen Club, Inspector?«

Doherty erwiderte, dass er ihn sehr wohl kannte. Die Mitglieder waren Leute, die sich gern in Leder kleideten; nicht von Kopf bis Fuß, nur an wenigen strategischen Stellen. Doherty hatte gehört, dass in diesem Club ein gewisses Maß an »Disziplinarmaßnahmen« geboten wurde. Da war vielleicht der stabile Galgen zum Einsatz gekommen: nicht nur für einsamen Sex, sondern für Spielchen, an denen sich mehrere beteiligen konnten.

Doherty musterte die auf dünnes Papier gedruckte Mitgliederliste. Ein paar bekannte Namen sprangen ihm ins Auge.

»Sie werden feststellen, dass einer meiner Angestellten – der schon bald einer meiner ehemaligen Angestellten sein wird – auch darauf steht.«

Doherty wandte seine Aufmerksamkeit von ein paar anderen Namen zu einem, der ihm noch aufgefallen war. Stavros Papendriou, der Mann, der erklärt hatte, er wollte sich als Online-Lieferant ganz besonderer Kleidung für ganz besondere Kunden selbständig machen – Lederkleidung.

»Sie verdächtigen Mr Papendriou, Ihren Sohn ermordet zu haben?«

»Ist doch sonnenklar, oder mir zumindest sonnenklar geworden, nachdem mich Grace Pauling über die Absicht meines Sohnes informiert hat, nach meinem Tod in Mr Papendrious Online-Geschäfte zu investieren, unter anderem ihm im Fall seines Ablebens einen Anteil zu vererben. Pech für Nigel und Mr Papendriou, dass ich noch lebe und Nigel nicht mehr. Meine wohlbegründete Meinung ist, dass Mr Papendriou meinen Sohn ermordet hat. Grace stimmt mir da zu.«

»Miss Pauling hat Ihnen das gesagt?«

»Ja, hat sie. Nigels Testament hätte zu diesem Zeitpunkt bereits aufgesetzt, unterzeichnet und beurkundet sein sollen. Das hat jedenfalls mein Sohn Mr Papendriou gesagt. Miss Pauling hat mir jedoch berichtet, sie hätte es noch nicht einmal aufgesetzt gehabt. Sieht ganz so aus, als hätte mein Sohn den Kerl belogen.«

Doherty runzelte die Stirn. »Keine sehr nette Geste, jemanden in einem Testament zu bedenken, ehe man selbst geerbt hat.«

»Überhaupt nicht nett, mein lieber Mann.«

»Und Sie sind sich sicher, dass das Testament erst dann in Kraft getreten wäre, nachdem Sie gestorben sind und Ihrem Sohn sein Erbe zugefallen wäre?«

Mr Tern schaute nachdenklich. »Ganz recht, Detective Inspector. Auch mich hätte man aus dem Weg räumen müssen. Ich glaube, mein Sohn hat mich mit Medikamenten vollgepumpt, und zwar in der vollen Absicht, mich ins Jenseits zu befördern. Ich habe mich an den Tagen, an denen Edwina hier war und mein Essen zubereitet hat, immer viel besser gefühlt.«

»Und an den anderen Tagen?«

»Da hat mein Sohn gekocht oder mir etwas bringen lassen. Er hatte jedenfalls Zugriff auf alles.«

Doherty klappte den Aktendeckel zu.

»Aber das würde bedeuten, dass Mr Papendriou sehr voreilig gehandelt hat. Welchen Zweck hatte es, Ihren Sohn umzubringen, solange Sie noch leben?«

Wieder entblößte ein widerliches Grinsen die gelben Zähne des alten Mannes.

»Ich glaube, mein Sohn hat ihm gesagt, ich wäre bereits tot. Daher die Feier an jenem Abend. Es ging nicht nur darum, dass er den Wettbewerb gewonnen hatte. Es wurde auch mein Tod gefeiert.«

Doherty schüttelte den Kopf. »Tut mir leid, Mr Tern, aber ich vermute, Sie haben da einen Denkfehler gemacht. Allerdings ist die Geschichte mit dem Testament wirklich interessant.«

Der alte Mann legte seine Stirn in Falten.

»Zumindest habe ich nachgedacht, und das kann man von der Polizei nicht unbedingt behaupten!«

Dohertys Abneigung gegen den alten Mann wurde immer tiefer. Bisher hatte der durch nichts zu erkennen gegeben, dass ihm etwas an seinem Sohn gelegen war. Schon allein aus diesem Grund musste Doherty ihm jetzt eine Frage stellen, die er allerdings als Beobachtung tarnen würde.

»Sie scheinen Ihren Sohn nicht sonderlich gemocht zu haben.«

»Nein, eigentlich nicht. Er war kein gehorsamer Sohn. Ganz gleich, wie sehr man ihn geprügelt hat, er hat nie gespurt. Immer trotzig. Rebellisch. So war er eben.«

Doherty stellte sich vor, wie jemand versuchte, einen Jungen durch Prügel gefügig zu machen.

»War das nicht ein wenig übertrieben?«

»Im Internat hat man ihn genauso behandelt. So war es damals eben, als er in die Schule ging. Da wurde niemand verzärtelt, da wurde man nicht mit Samthandschuhen angefasst und solcher Unsinn. Die Schule glaubte, dass nur so Männer aus den Jungs wurden, und ich glaubte das auch.«

Doherty stellte fest, dass er den alten Mann möglicherweise jetzt noch weniger leiden konnte.

»Sie werden das untersuchen?«

Diese Frage klang aus dem Mund des Alten wie eine Forderung. Doherty versprach, zu tun, was er konnte. Von irgendwo auf dem Flur hörte er das Summen eines Staubsaugers.

»Ich habe gesehen, dass Ihre Putzfrau heute da ist.«

»Ja, sie hat sich bereit erklärt, in Vollzeit für mich zu arbeiten. Ich brauche die Gesellschaft. Ich brauche eine Krankenschwester, und außerdem bezahle ich ihr zweimal so viel, wie sie beim National Health Service bekommen hat.«

»Hätten Sie etwas dagegen, wenn ich mich mit ihr unterhalte?«

»Überhaupt nicht. Obwohl meine Beziehung zu meinem Sohn alles andere als herzlich war, möchte ich doch, dass man seinen Mörder einer gerechten Strafe zuführt. Das ist eine Frage des Prinzips.«

Natürlich war es das. Doherty nickte und stand auf. Er fragte, ob er den Bericht des Privatdetektivs mitnehmen dürfte. Mr Tern gestattete es ihm.

»Jetzt, da Ihr Sohn tot ist, geht alles an Grace Pauling, stimmt das?«

»Allerdings. Ihr Vater war mein Geschäftspartner, und sein Vater war der Geschäftspartner meines Vaters. Wenn ich sterbe und mein Sohn nicht in der Lage ist, mich zu beerben, fällt alles an Grace. Wir sind eine einzige große, glückliche Familie, Inspector.«

Doherty schauderte bei dem Gedanken. Was für eine Familie!

Es war interessant, dass Grace Pauling erben würde. Normalerweise hätte man sie außerordentlich gründlich zu dem Mord befragt, aber da sie im Rollstuhl saß, hatte das wohl nicht viel Sinn.

Doherty ging ein Gedanke durch den Kopf, der ihn stutzen ließ, ehe er das Zimmer verließ, um sich mit der Krankenschwester zu unterhalten.

»Bleiben Sie weiterhin in diesem Haus wohnen, Mr Tern? Es ist ziemlich groß, finde ich.«

Wieder dieses gruselige Grinsen mit den gefletschten gelben Zähnen.

»O ja, ich bleibe hier, Inspector. Ich denke sogar daran, mich wieder zu verheiraten.«

Edwina Cayford hatte Doherty nicht näher kommen hören und zuckte heftig zusammen, als sie ihn sah.

»Haben Sie mich erschreckt!«, rief sie, nachdem sie den Staubsauger ausgeschaltet hatte.

»Tut mir leid. Sie sagten, Sie wollten mich sprechen, ehe ich gehe. Passt es Ihnen jetzt?«

Sie nickte stumm. »Ich glaube nicht, dass ich irgendwas

weiß, das von großem Interesse für Sie ist. Es ist nur eine Kleinigkeit, die vielleicht was mit dem Fall zu tun haben könnte. Möchten Sie eine Tasse Tee?«

Er lehnte ihr Angebot ab und sagte, er müsste heute noch zum Abendessen ausgehen und hätte nicht viel Zeit.

Er spürte, dass sie nervös war. Er vermutete, es könnte etwas mit vergangenen Erfahrungen mit der Polizei zu tun haben.

»Hier geht es in die Küche.«

»Haben Sie Kinder?«

Doherty meinte zu sehen, wie sie einen winzigen Moment lang erstarrte.

Sie antwortete ihm über die Schulter hinweg: »Ja, ein Mädchen und zwei Jungen.«

»Leben die noch bei Ihnen zu Hause?«

Sie schüttelte den Kopf. Sie hatte ihm den Rücken zugewandt, so dass er ihren Gesichtsausdruck nicht sehen konnte.

»Nein, meine Tochter ist verheiratet, und meine Söhne arbeiten außerhalb. Joe hat ein kleines Mädchen. Er sagt immer, dass er die Mutter heiraten wird, aber bis jetzt hat er es noch nicht getan. Ich wünschte, er täte es. Ich halte nichts davon, wenn die Leute zusammenleben und Kinder kriegen, ohne ordentlich verheiratet zu sein. Sie etwa?«

»Eigentlich nicht.«

Das war keine richtige Antwort. Wenn er ehrlich war, hatte er zu dem Thema eine gespaltene Meinung. Er war sich nicht sicher, ob er wollte, dass Rachel heiratete und Kinder bekam, zumindest nicht mit Benedict Tompkins als Ehemann. Andererseits hatte er auch was dagegen, dass sie einfach nur mit ihm zusammenlebte. Eigentlich wollte er überhaupt nicht, dass sie mit Benedict zusammen war.

Aber das war sein persönliches Problem. Jetzt musste er sich konzentrieren.

»Wie gut kannten Sie Mr Nigel?«

»Er war mein Arbeitgeber. Er hat mich eingestellt, damit ich mich um das Haus und um Mr Arnold kümmere.«

»Er hat Sie eingestellt, nicht Mr Arnold?«

»Ja. Haben Sie was dagegen, wenn ich mir eine Tasse Tee mache? Ich habe einen Riesendurst.«

Sie wischte sich die Hände an ihrer Kittelschürze ab. Er sah ihr zu, wie sie Wasser in den Kessel füllte, den Kessel einschaltete und einen Teebeutel in eine Henkeltasse warf.

»Mochten Sie Mr Nigel?«

Sie zuckte mit den Schultern. »Ich kann nicht sagen, ob ich ihn mochte oder nicht mochte. Wir haben uns nie zusammen hingesetzt und eine Tasse Tee miteinander getrunken oder so, und er hat mich nicht weiter gestört. Er hat es immer eilig gehabt: eilig, ins Geschäft zu kommen, eilig, sich tagsüber mit Freunden zu treffen. Ich weiß nicht, was er nachts so alles angestellt hat. Damals habe ich ja die Nächte nicht hier verbracht, wie ich das jetzt tue.«

»Sie sind jetzt auch nachts hier?«

Sie nickte. »Mr Arnold hat mir ein Angebot unterbreitet, das ich einfach nicht ausschlagen konnte. Er zahlt mir zweimal so viel, wie ich für meine Arbeit im Krankenhaus bekommen habe, und zwar zusätzlich zu dem Gehalt, das ich ohnehin von ihm schon gezahlt bekam.«

»Das ist sehr großzügig.« Er verriet nicht, dass Mr Arnold es ihm bereits erzählt hatte.

»Ja. Sehr großzügig.«

Besonders überzeugt klang das nicht. Entweder das oder etwas anderes beunruhigte sie.

Doherty meinte den Grund zu kennen.

»Sind bestimmte Bedingungen damit verbunden, Mrs Cayford?«

»Ich weiß nicht, was Sie meinen!«

Das wusste sie offensichtlich sehr wohl. Selbst eine dunkle Haut kann vor Verlegenheit erröten.

»Ich meine, ob Mr Arnold sexuelle Annäherungsversuche gemacht hat.«

Edwina Cayford schaute zu Boden. Sie zog die Stirn in Falten.

»Nicht so, wie Sie denken. Ich hatte das auch nicht erwartet.«

Mit immer noch gerunzelter Stirn sah sie zu ihm auf. »Er hat mir einen neuen Fernseher gekauft. Ich hatte ihm gesagt, dass ich lieber einen neuen Fernseher als einen neuen Mann wollte. Ich hätte niemals erwartet, dass er mir einen kauft, aber das hat er getan. Ich war platt. Völlig platt.«

»War er das erste Mal so großzügig?«

Sie nickte. »Mehr oder weniger.«

Doherty spürte, dass da noch was war.

»Und weiter?«

Sie schaute ihn mit ihren großen braunen Augen an. »Er hat mich gefragt, ob ich ihn heiraten will.«

Doherty schürzte die Lippen. »Gratuliere. Käme das für Sie in Frage?«

Sie zuckte die Achseln und sah schrecklich besorgt aus. »Ich war schon mal verheiratet, und es hat mir überhaupt nicht gefallen. Diesmal wäre es anders, aber trotzdem ... ich muss an meine Familie denken ...«

Doherty nickte freundlich. Mr Arnolds Heiratsantrag hatte nicht nur Mrs Cayford, sondern auch ihn überrascht. Aber wenn ein alter Mann einsam war ...

»Hat Mr Nigel Ihnen sexuell nachgestellt?«

Sie schüttelte den Kopf. »Nein, das hat er nicht.«

»Ist je ein Mann namens Gunther Malham hier zu Besuch gewesen?«

Edwina überlegte nur kurz, ehe sie den Kopf schüttelte.

»Ich glaube nicht, aber ich kenne natürlich nicht die Namen aller Besucher, die mal hier waren.«

»Sind viele Besucher gekommen, die Sie kannten?«

Sie legte den Kopf schräg und zuckte die Schultern. Ihre vollen Lippen verzogen sich zu einem Schmollmund, während sie über die Frage nachdachte.

»Eigentlich nicht. Mr Arnold ermutigt die Leute nicht gerade, ihn zu besuchen, besonders Verwandte nicht. Nicht dass er viele hätte, glaube ich. Oder Freunde, wenn ich es recht bedenke. Obwohl ein paar Besucher mehr ins Haus kamen, als Mr Arnold krank war. Da war der alte Mann außer Gefecht gesetzt, und vermutlich hat Mr Nigel da Leute eingeladen.«

»Aber Sie wissen nicht, wer das alles war?«

Sie schüttelte den Kopf. »Nein, allerdings weiß ich, dass an einem Abend mal etwa zehn Leute gekommen sind.«

»Woher wissen Sie das?«

»Er hat mich gebeten, für das Essen zu sorgen – wissen Sie – ein Büfett mit Finger Food – Schinken im Blätterteig, kleine Königinnenpastetchen, Cocktailwürstchen und so. Ich habe ihn gefragt, für wie viele Leute es sein soll, und er meinte, ich sollte für zehn Essen bereitstellen.«

»Sie sind aber nicht geblieben, um diese Gäste zu bedienen?«

»Nein. Er hat mir sogar gesagt, ich sollte früher nach Hause gehen, weil er noch einiges vorzubereiten hätte.«

»Sie wissen aber nicht, was das war?«

Sie schüttelte wieder den Kopf. »Nein, außer dass er einige Zeit unten im Keller verbracht hat. Da bewahrt er seinen Wein auf.«

»Was ist mit Caroline Corbett, der Frau, die aus dem Haus gerannt ist, als ich angekommen bin? War die früher schon einmal hier?«

»Ich denke schon, aber nur, wenn auch Mr Nigel hier war. Sie schien nett zu sein.«

»Wissen Sie, wo sie wohnt?«

»Ich glaube, sie hat eines von den Apartments über dem Laden. Die sind wirklich schön. Mr Nigel hat mich mal mit hingenommen, damit ich da saubermache. Ich glaube, es war vielleicht ihre Wohnung. Sie hatten dort eine Party gefeiert.«

Doherty dankte ihr für ihre Zeit. Es war ein wenig weit hergeholt, sie nach Gunther Malham zu fragen, aber er hatte seine Gründe gehabt. Gunthers Name hatte nämlich auch auf der Mitgliederliste des Shammy Leather Club gestanden. Doch hier hatte sich der Privatdetektiv geirrt. Gunther war nicht Mitglied in diesem Club. Er gehörte ihm.

Nachdem der Polizist gegangen war, setzte sich Edwina auf einen Stuhl und murmelte vor sich hin, dass sie eine Närrin wäre. Was sie ihm hatte sagen wollen, hatte sie gar nicht erwähnt. Er hatte sich allerdings auch nicht auf die Nachricht bezogen, die sie ihm auf der Polizeiwache hinterlassen hatte. Hätte er die Sache angesprochen, so wären alle Verdächtigungen nur so aus ihr herausgesprudelt. Vorhin war sie einfach zu aufgeregt gewesen, um ihren Verdacht laut auszusprechen. Vielleicht hatte er die Nachricht nicht erwähnt, weil sie unwichtig war. Vielleicht hatte er sie gelesen und geglaubt, dass sie sich bestimmt irrte. So oder so, sie hatte es nicht geschafft, die Worte laut auszusprechen. Jetzt würde sie ein, zwei Tage warten. Vielleicht würde sich Doherty wieder bei ihr melden und die Nachricht erwähnen. Dann würde sie ihm sagen, was sie gesehen hatte. Vielleicht hatte es ja was zu bedeuten. Vielleicht hatte sie ja mit ihrer Ahnung recht.

Kapitel 24

Honey lächelte und bedankte sich bei Benedict Tompkins, der ihr den Stuhl zurechtgerückt hatte.

Das Gleiche machte er auch für Lindsey. Die dankte ihm ebenfalls.

»Alle reizenden Damen verdienen es, dass man sich um sie kümmert wie ein Gentleman«, schnurrte er.

Benedict bemühte sich viel zu sehr, und Honey war nicht entgangen, dass seine Hände länger auf der Lehne von Lindseys Stuhl verweilten und er wie zufällig mit den Fingerspitzen ihre Schultern streifte.

Sie schaute zu Drury, Lindseys Freund. Der verriet mit keiner Miene, dass er Benedicts streifende Finger bemerkt hatte; er zog allerdings belustigt einen Mundwinkel nach oben.

Nun wandte Honey ihre Aufmerksamkeit Steve Doherty zu. Dessen Miene war steinern, so dass sie nur schwer erraten konnte, was er wohl dachte. Er wich ihrem Blick aus.

Sie würde also erst erfahren, was Doherty von Benedict hielt, wenn dieses Essen vorüber war und sie miteinander allein waren. Im Augenblick schien er wild entschlossen zu sein, alle so freundlich wie möglich zu behandeln. War sein Verhalten aufrichtig, oder blieb er nur um seiner Tochter willen so ruhig?

Honey saß neben Rachel und gegenüber von Drury. Doherty hatte gegenüber von Rachel Platz genommen. Benedict thronte zwischen Rachel und Lindsey. Nicht ideal, dachte Honey; eine junge Frau auf jeder Seite. Zum zweiten Mal in kaum zwanzig Minuten spürte sie, dass er ihrer Tochter mehr Aufmerksamkeit widmete als Rachel. Na gut, Lindsey sah umwerfend aus, und das fand Honey nicht nur, weil Lindsey ihre Tochter war.

Ihre Blicke trafen sich. Honey sah Lindseys wissendes Lächeln und erriet sofort, was sie dachte. Honeys Tochter war nicht dumm. Sie hatte Benedict Tompkins gewogen und für zu leicht befunden. Es war nur eine Frage der Zeit, bis er eine gehörige Abfuhr bekam.

Doherty hatte ihnen allen bereits mitgeteilt, dass Rachel und Benedict ihre Hochzeit planten. Es ließ sich aber nicht sagen, was er davon hielt, obwohl er Champagner bestellt und einen Toast auf das Paar ausgebracht hatte.

»Soll es eine Hochzeit ganz in Weiß sein?«, fragte Honey, sobald die Champagnerflasche leergetrunken und durch eine Flasche Chardonnay ersetzt worden war. Sie hatte die Frage an Rachel gerichtet, aber Benedict antwortete.

»Eine sehr gute Frage, Mrs Driver.« Er wandte sich zu Rachel, schaute ihr liebevoll in die Augen und tätschelte ihr die Hand. »Ich bin fest davon überzeugt, wenn man den Tag der Hochzeit wirklich großzügig feiert, ist es das beste Omen für ein glückliches Leben miteinander. Treue für ewig und alle Zeit. So wollen wir es halten.« Er hob Rachels Hand an die Lippen und küsste sie.

Lindsey verbarg ihr Gesicht hinter einer Speisekarte. Trotzdem sah Honey, dass sie andeutete, wie sie sich zwei Finger in den Hals steckte. Die Blicke von Mutter und Tochter trafen sich in stummem Einverständnis. Sie waren sich einig: Sie konnten Benedict Tompkins beide nicht leiden.

Die Unterhaltung über Hochzeitsfeiern wurde nur durch Benedicts Erzählungen darüber unterbrochen, wie viel Geld er in der City scheffelte. Anscheinend hatte er zumeist mit Devisenhandel zu tun.

»Damit kann man goldene Berge verdienen, wenn man die Nerven dazu hat«, nuschelte er gedehnt, und die Arroganz leuchtete ihm aus den Augen. »Ich bekomme jedes Jahr einen überaus großzügigen Bonus. Früher habe ich mir davon Sportwagen und Rennboote gekauft oder die allerneuesten elektronischen Geräte auf dem Markt. Das ist jetzt aber alles Geschichte. Das Geld, das ich verdiene, bleibt auf meinem Konto – oder wird in ein angemessenes Heim für meine Familie investiert. Und was den Rest meiner beruflichen Laufbahn betrifft, so habe ich vor, alle Gelegenheiten voll auszunutzen und mich früh zur Ruhe zu setzen. Mit fünfundvierzig, denke ich, obwohl ich auch immer noch weiter ein Händchen im Aktienmarkt haben werde. Besonders wenn wir Kinder haben – und ich bin sicher, dass wir welche bekommen werden –, würde ich natürlich auf einer Universitätsausbildung bestehen.«

Es fiel auf, dass er mehr redete als alle anderen am Tisch. Honey schaffte es kaum, den überwältigenden Wunsch zu unterdrücken, eine Stecknadel in diesen aufgeblasenen kleinen Scheißkerl zu rammen. Nur aus Respekt vor Dohertys Gefühlen lächelte sie zuckersüß und machte brav Konversation. Drury, Lindseys Freund, saß ruhig da. Der sah wirklich interessant aus. Honey fragte ihn nach seinem Job.

»Ich hätte nicht gedacht, dass wir noch viele Regierungsbeamte in Bath haben. Sie müssen einer von den wenigen Verbliebenen sein.«

»Ich arbeite in Cheltenham.« Er lächelte. »Nicht direkt fürs Militär. Man könnte sagen, dass ich einer der Jungs im Hinterzimmer bin.«

Honey verbarg ihre Überraschung hinter einem Weinglas. Wenn sie richtig riet, dann spielte er auf das GCHQ* an, die

---

* Government Communications Headquarters, Deutsch: Kommunikationszentrale der Regierung. Ein britischer Nachrichten- und Sicherheitsdienst, der sich mit Kryptographie, Verfahren zur Datenübertragung und der Fernmeldeaufklärung befasst.

Stelle, wo man die Kommunikation von Spionen, Terroristen und wenig freundlich gesinnten Regimen abhörte.

»Sie scheinen ein Mann weniger Worte zu sein«, meinte Honey.

Drury lächelte und schaute zu Benedict, der immer noch das Gespräch beherrschte. Er hielt eine Hand hinter das Ohr, während sich seine Lippen stumm bewegten. Sie wusste, was er damit ausdrücken wollte.

»Sie hören zu.«

Er schenkte ihr ein leises, wissendes Lächeln. Sie brauchte keine laut ausgesprochene Antwort. Die Hand hinter dem Ohr, diese drei kleinen Wörtchen und das leise Lächeln, das sagte alles. Drury war eine Art James Bond. Kein Action-Held, aber einer, der sein Ohr am Puls des Weltgeschehens hatte; ein Spion, der zuhörte.

Sie fragte ihn, wo er ihre Tochter kennengelernt hatte. Im Fitness-Studio?

Er warf ihr ein nachdenkliches Lächeln zu, die Art von Lächeln, die Honey vermuten ließ, dass er Geheimnisse bewahrte oder Dinge wusste, die alle anderen auch gern gewusst hätten. Seine Antwort war jedoch völlig überraschend.

»Wenn ich nicht arbeite, jage ich Gespenster. Ich bin einmal in einem Haus aus dem Mittelalter herumspaziert, von dem man sagte, es spuke dort. Ich habe keine Geister gefunden, dafür aber Lindsey. Ich glaube, ich muss Ihnen nicht erzählen, dass sie eine Schwäche für das Mittelalter und für alte Dinge im Allgemeinen hat.« Sein Lächeln wurde breiter. »Vielleicht bin ich ja auch eines dieser alten Dinge.«

Obwohl er einige Jahre älter als ihre Tochter war, kam Honey zu dem Schluss, dass sie ihn mochte. Im Gegensatz zu dem anmaßenden Benedict Tompkins hatte Drury Präsenz, ohne selbstgefällig zu sein, wahrscheinlich eine wichtige Voraussetzung für seinen Job.

Da sie ins Gespräch mit Drury vertieft war, bemerkte Honey gar nicht, dass Lindsey versuchte, ihre Aufmerksamkeit zu erregen. Erst nachdem ihre Tochter ihr fest auf den Fuß getreten hatte, schaute Honey endlich zu ihr hin.

Lindseys Augen wanderten zur einen Seite. Gleichzeitig deutete sie mit dem Kopf ein wenig in dieselbe Richtung. Honey schaute hin und sah eine Erscheinung in Blassgrau und Rosa, die gerade von einem Kellner an einen Zweiertisch geführt wurde. Ihr Begleiter trug einen hellgrauen Anzug, ein hellgraues Hemd und eine rosa Krawatte. Die Ecke eines rosa Taschentuchs blitzte aus der Brusttasche hervor. In völliger Farbharmonie waren gerade ihre Mutter und deren frischgebackener Ehemann eingetroffen!

Seit ihre Mutter Stewart White auf einer Senioren-Kreuzfahrt kennengelernt, sich in ihn verliebt und ihn geheiratet hatte, tauchte sie nicht mehr ganz so oft wie früher im Green River Hotel auf.

Honey glaubte jetzt wieder an die Liebe auf den ersten Blick und freute sich darüber. Sie wurde nicht mehr in den Freundeskreis ihrer Mutter gezerrt, hatte keine Hunde mit Inkontinenzproblemen und keine alternden Schürzenjäger mehr am Hals, wurde auch nicht mehr abkommandiert, um ihre Mutter zu Beerdigungen alter Freunde zu chauffieren. Inzwischen kamen allerdings Honeys eigene Freunde auch in die Jahre. Na ja, niemand lebt ewig.

Honey rückte ihren Stuhl so, dass sie hinter einer Säule vor ihrer Mutter verborgen war. Ihre Mutter und ihr neuer Stiefvater redeten miteinander, Nase an Nase, hielten über den Tisch hinweg Händchen. Wie süß! Die Handtasche ihrer Mutter – ein sackartiges graues Gebilde mit silbernen Nieten und einer großen rosa Quaste am Verschluss, lag zwischen den beiden neben dem Tisch auf dem Boden.

Honey wusste nicht recht, ob sie hingehen und hallo sagen

oder die beiden ihrem vertrauten Gespräch überlassen sollte. Drury verzögerte die Entscheidung, indem er eine Frage stellte.

»Ich habe mir sagen lassen, dass Sie ein Gespenst geerbt haben, als Sie das Hotel übernommen haben, und jetzt sieht es so aus, als hätten Sie ein zweites dazubekommen. Erzählen Sie mir mehr davon.«

Honey lachte leise. »Sie wollen mir doch nicht weismachen, das alles wäre nur meiner Phantasie entsprungen?«

»Nein, das habe ich nicht vor, denn das stimmt nicht immer. Manchmal sind solche Dinge auf eine überschäumende Phantasie zurückzuführen, aber manchmal eben auch nicht. Erzählen Sie mir mehr davon.«

Seine Augen funkelten. Sie waren braun, und er hatte kleine Fältchen an den Augenwinkeln. Sein Lächeln war aufrichtig.

Sie berichtete ihm von Mary Jane und dem Gespenst, das in deren Zimmer spukte und angeblich einer ihrer längst verstorbenen Vorfahren war. Dann erzählte sie ihm von dem Gespenst, das sie gesehen hatte. Da entschuldigte sich Benedict Tompkins und machte sich auf den Weg zur Toilette. Er kam dabei recht nah an dem Tisch vorüber, an dem Honeys Mutter und Stiefvater saßen.

Honeys Augen wanderten in diese Richtung, während sie von ihrer Begegnung mit der Geisterwelt berichtete – wobei sie auch ihre Zweifel an all dem durchschimmern ließ. Sie wollte ja nicht, dass der neue Freund ihrer Tochter sie für plemplem hielt.

»Ich bin nicht plemplem«, versicherte sie ihm, plötzlich unfähig, ihre Gedanken für sich zu behalten. »Ich höre mir nur alles an und bilde mir dann eine eigene Meinung.«

»Das mache ich ziemlich ähnlich«, antwortete er.

Honeys Aufmerksamkeit wanderte wieder zu ihrer Mutter und ihrem Stiefvater, die völlig ins Gespräch vertieft waren.

Keiner von beiden schaute auch nur ein einziges Mal in Honeys Richtung. Sie waren in ihre eigene Welt versunken.

Benedict kam wieder durch die Tür in einer Ecke des Restaurants herein, die auf einen Flur und dann zu den Toiletten führte. Er schritt einher wie ein Gladiator, der in den Kampf zieht – was irgendwie merkwürdig wirkte, da sie ja hier waren, um eine Verlobung und womöglich eine Hochzeit zu feiern.

Der Zwischenraum zwischen dem Zweiertisch und einem großen Pflanzkübel war nicht besonders breit. Plötzlich stolperte Benedict über die Handtasche von Honeys Mutter und wäre beinahe der Länge nach hingeschlagen.

Honey unterbrach sich mitten im Satz, bekam aber irgendwie noch mit, dass Drury ihr eine Frage gestellt hatte.

»Verzeihung?«

»Sie haben mir gerade von dieser Mary Jane erzählt. Ich habe gehört, sie ist Professorin für das Paranormale.«

»Genau. Aus Kalifornien. Woher auch sonst? Man weiß ja, dass da sehr viele völlig abgefahrene Leute leben.«

»Vielleicht ist sie gar nicht so abgefahren. Vielleicht hat sie ja mit allem vollkommen recht.«

Sein Tonfall war so ruhig, so sachlich.

Honey schaute ihn ungläubig an. »Aber Sie arbeiten doch beim GCHQ. Sie belauschen …«

Ihr fiel die richtige Bezeichnung nicht ein.

»Spione und Terroristen, die davon überzeugt sind, dass nur ihr Weg der Richtige ist, und die anderen sollen sich zum Teufel scheren«, ergänzte er den Satz.

»Ja, so ungefähr.«

Er grinste. »Das heißt aber nicht, dass ich keine Phantasie besitze. Ich grüble viel. Wahrscheinlich zu viel.«

Plötzlich bemerkte Honey, dass Doherty und Rachel verstummt waren. Sie hatten die Augen auf sie und Drury gerichtet und lauschten ihrem Gespräch.

Aber da war noch ein anderes Gespräch zu vernehmen – das allerdings eher wie ein Streit klang und das vom Tisch ihrer Mutter und ihres Stiefvaters herüberschallte. Es hörte sich ganz so an, als sagte Benedict den beiden gehörig die Meinung.

»Mary Jane ist völlig schräg, kommt in die Jahre und ist ganz wunderbar«, meinte Lindsey. »Ich habe Drury alles von ihr erzählt.«

Doherty verzog das Gesicht. »Ich vermute mal, ihren Fahrstil hast du nicht erwähnt.«

»Nein.«

»Ich auch nicht«, fügte Honey hinzu. »Ich versuche, möglichst nicht an Mary Janes Fahrstil zu denken – besonders, wenn ich auf dem Beifahrersitz hocke. Da halte ich die Augen fest geschlossen.«

»Sie ist eine Raserin?«, erkundigte sich Drury lächelnd.

»Sagen wir mal, sie konzentriert sich nicht immer auf das, was sie gerade tut.«

Drury nickte nachdenklich. »Vielleicht ist es schwierig, sich auf diese Welt zu konzentrieren, wenn man mehr als ein beiläufiges Interesse am Jenseits hat.«

»So könnte man es ausdrücken«, meinte Doherty. »Aber ab und an ist sie nur knapp daran vorbeigeschrammt, sich selbst in dieses Jenseits zu befördern – und ihre Beifahrer gleich mit!«

Es gab großes Gelächter. Selbst Rachel schien sich zu entspannen.

Am Zweiertisch wurde immer noch mit lauten Stimmen geredet. Honey ignorierte das. Ihre Mutter konnte sehr gut für sich selbst einstehen.

»Gut. Also, es ist folgendermaßen«, sagte Doherty. »Mary Jane glaubt, dass der Mann, der in ihrem Kleiderschrank lebt, ein entfernter Verwandter ist, der vor ein paar Jahrhunderten gestorben ist.«

»Der Geist, den ich am Flurfenster stehen sah, ist eine Frau, und es machte den Eindruck, als wollte sie sich herausstürzen. Die ist neu. Niemand hat sie je zuvor bei uns bemerkt. Aber die Leute in der Rechtsanwaltskanzlei auf der anderen Straßenseite haben sie gesehen. Anscheinend hatten sie die Nase ziemlich voll von ihr und haben einen Exorzisten engagiert, um sie loszuwerden. Sie ist aber nur umgezogen. Und jetzt scheinen wir sie am Hals zu haben.«

Drury runzelte die Stirn und überdachte die Sache. Er schien tief nachzugrübeln.

Endlich erklärte er: »Das klingt so, als wäre irgendetwas geschehen, das ihr Auftauchen ausgelöst hat. Ein Exorzismus könnte der Anlass gewesen sein. In einem Augenblick ist sie in tiefstem Frieden, im nächsten quicklebendig – na ja, nicht wirklich lebendig –, aber ein Wesen, sozusagen, das die Straße überquert. Keine Sorge. Sie zieht wieder aus, genau dahin, wo sie hergekommen ist.«

»Das ist gut«, meinte Honey, die seine Worte sofort viel fröhlicher gemacht hatten. »Sagen Sie mir, Drury, was hat Ihr Interesse an Geistern ausgelöst?«

Drury grinste. Er hatte ein attraktives Gesicht und ein attraktives Grinsen.

»Als ich Kind war, habe ich immer gedacht, ich würde Dinge sehen, die andere nicht mitbekommen. Und ich habe Sachen gehört, die andere Leute nicht zu hören schienen.« Sein Grinsen wurde breiter. »Vielleicht macht mir deswegen mein Job so viel Spaß.«

»Wie interessant. Sie lauschen?«, fragte Doherty.

»Und ich interpretiere, was ich gehört habe. Das ist mein Job. Aber die Vergangenheit fasziniert mich, ebenso wie die Vorstellung, dass es eine andere Welt gibt, die sich jenseits von der Welt befindet, die wir sehen und akzeptieren. Also ist es …«

Dieses angenehme Gespräch wurde rüde unterbrochen.

»Es einfach nicht zu fassen! Wie dämlich alte Leute sind!«

Benedict war zurück, das Gesicht hochrot vor Wut, das ziemlich spitze Kinn noch ein wenig hochmütiger vorgereckt.

Rachel schaute bestürzt zu ihm auf. »Was ist denn los, Liebling? Komm, setz dich.«

Benedict war in Rage. »Ich bin gerade über die Handtasche so einer dussligen Alten gestolpert. Ehrlich, manche Leute sollte man gar nicht mehr aus dem Haus lassen. Na ja. Ach egal. Vielleicht entscheidet sich die alte Schachtel ja für freiwillige Sterbehilfe, dann haben wir alle endlich Ruhe! Wo war ich stehengeblieben?«

»Beim Angeben!«, antwortete Honey. »Sie haben uns gerade mitgeteilt, wie viel Geld Sie in der City scheffeln und dass Sie jede Menge mehr Geld als wir anderen haben. Und nun sieht es ganz so aus, als wären Sie dämlich genug gewesen, sich dort Feinde zu machen, wo Sie es besser nicht getan hätten.«

Doherty verbarg den Kopf zwischen den Armen. Seine Schultern bebten vor Lachen.

Zum ersten Mal, seit er angekommen war, wirkte Benedict Tompkins verlegen.

»Wie bitte?«

»Und mein Knie hast du betatscht«, sagte Lindsey. »Du hast mein Knie betatscht und gedacht, du könntest bei mir landen. Wenn Rachel dich heiratet, ist sie verdammt blöd. Du wirst immer irgendwelche anderen Knie betatschen. Du bist der Typ dazu.«

Rachel wurde bleich. Ihr stand der Mund weit offen. Doherty lachte immer noch. Drury war vollkommen entspannt und amüsierte sich köstlich. Wie es seine Art war, hatte er sich alles angesehen und sich seine Meinung gebildet.

Benedict versuchte, das Ganze ins Lächerliche zu ziehen.

»Davon träumst du vielleicht, Süße! Wieso sollte ich dein knochiges Knie betatschen, wenn ich meine wunderschöne Verlobte neben mir sitzen habe?«

Er ergriff Rachels Hand. Zum ersten Mal an diesem Abend sah die nicht mehr vollkommen eingeschüchtert aus. Aber so leicht gab Benedict nicht auf. Er schaute ihr fest in die Augen.

Honey entdeckte eine leichte Veränderung an Rachel. Bildete sie sich das nur ein, oder wirkte Rachel tatsächlich weniger in ihren Freund vernarrt und weniger überzeugt von ihm als vorhin? Das wollte Honey jedenfalls schwer hoffen!

Einen Augenblick schien es, als wäre in der jungen Frau etwas zerbrochen. Doch Benedict Tompkins hatte sie schon so lange unter seiner Kontrolle, dass er zunächst jedes Anzeichen von Widerstand unterdrücken konnte.

»Schätzchen«, sagte er und schaute ihr liebevoll in die Augen. »Die Stühle stehen ein bisschen nah beieinander. Das war purer Zufall. So was mache ich doch nie im Leben!«

Rachel schaute zu ihrem Vater, der sich endlich so weit im Griff hatte, dass er den Kopf heben konnte. Er schaffte es gerade eben, das freche Grinsen zu unterdrücken, das sich ihm immer wieder aufs Gesicht stahl. Dann blickte Rachel alle an, die am Tisch saßen. Lindsey funkelte Benedict böse an. Honey Driver war schlicht wütend. Lindseys Freund war der Einzige, dessen Laune sie nicht ergründen konnte. Und die ganze Zeit über flüsterte ihr Benedict irgendwas ins Ohr.

Der Zwischenfall wäre vielleicht vergessen worden, Rachel hätte ihm vielleicht verziehen, und Doherty hätte sich vielleicht damit abfinden müssen, dass seine Tochter einen Tunichtgut heiraten wollte, der sie eines Tages bestimmt hängenlassen würde.

Honey wusste, was er dachte. Seine Tochter war kein Kind mehr. Ratschläge konnte er geben, aber letztlich musste sie allein entscheiden.

All das wäre vielleicht wirklich so gekommen, wenn Benedict Tompkins nicht die Rechnung ohne Gloria White, ehemalige Cross, gemacht hätte, die mit großen Schritten durch das Restaurant kam und wie ein Tornado über ihn hereinbrach.

»Sie widerlicher kleiner Kerl!«

»Madam, ich bin …« Er versuchte, sich von seinem Stuhl zu erheben, bekam aber nicht die Gelegenheit dazu. Honeys Mutter versetzte ihm mit ihrer Handtasche einen heftigen Schlag auf den Kopf.

Honey zuckte zusammen. Ihre Mutter trug gewöhnlich einen Haufen ziemlich schwerer Dinge in ihrer Handtasche mit sich herum: Handy, Kamera, Hausschlüssel und genug Make-up, um einen Marktstand damit zu bestücken.

»Unterstehen Sie sich, mir zu sagen, ich wäre zu alt, um noch aus dem Haus zu dürfen, Sie Stinktier! Mich können Sie mit Ihrem schicken Anzug und Ihrer Eton-Krawatte nicht zum Narren halten! Ich habe lange genug gelebt, um einen elenden Wurm zu erkennen, wenn ich einen sehe, und Sie sind einer von der schlimmsten Sorte!«

Sie hätte ihm die Tasche noch einmal über den Kopf gezogen, aber Doherty packte sie bei der Hand.

»Steve Doherty. Loslassen, und zwar sofort!«

»Gloria. Es wäre nicht die erste Anzeige wegen Körperverletzung, die dir blühen könnte.«

»Was hast du denn mit diesem Schleimer zu tun? Und wieso sitzen meine Tochter und meine Enkelin am selben Tisch wie dieser Idiot?«

»Wir genießen ein ruhiges Abendessen im Kreis der Familie.«

»Das meine ich nicht«, blaffte sie, immer noch wütend. »Ich meine, wieso nimmst du diese Kröte da vor einer gebrechlichen alten Frau in Schutz?«

Honey verbarg das Gesicht in den Händen. Ihre Mutter konnte es nicht ertragen, wenn jemand sie als alt bezeichnete. Wenn sie sich selbst eine alte Frau nannte, dann bedeutete es, dass sie ungeheuer wütend war.

Doherty schüttelte den Kopf. »Versuche nicht, dich mit deinem Alter herauszureden, Gloria.«

»Gloria, Liebling …«

Ehegatte Stewart legte ihr sanft die Hände auf die Schultern.

»Ich lasse mich nicht besänftigen«, knurrte sie ihn an.

»Der Gedanke wäre mir niemals gekommen. Ich wollte dich nur fragen, ob du möchtest, dass ich den Kerl K. o. schlage.«

Honey seufzte. Sie hatte nicht nur eine sehr eigenwillige Mutter, jetzt schien auch noch der Mann, den die sich zum Gatten gewählt hatte, so ähnlich zu denken wie sie. Höchstwahrscheinlich würden die nächsten Jahre genauso unterhaltsam – und voller Ärger und Aufregung – sein wie die letzten.

Gloria schaute ihre Enkelin fragend an.

»Lindsey. Ist der mit *dir* gekommen?«

»Nein.« Lindsey tätschelte Drurys Schulter. »Der hier.«

Drury hob die Hände mit nach außen gestreckten Handflächen in einer beschwichtigenden Geste in die Höhe.

»Bitte hauen Sie mich nicht mit Ihrer Handtasche. Ich bin empfindlicher, als ich aussehe.«

Auf ihre wütende Miene stahl sich ein amüsiertes Lächeln.

Benedict wirkte völlig am Boden zerstört.

»Ich habe anscheinend einen Fehler gemacht«, sagte er mit so viel Arroganz, wie er nur aufbringen konnte.

»Allerdings«, erwiderte Doherty. »Sie haben Honeys Mutter gegen sich aufgebracht.«

»Steve, lass mein Handgelenk los!«, kommandierte Gloria.

Doherty ließ ihr Handgelenk los.

»Er gehört zu mir«, erklärte Rachel. »Er ist mein Freund.«
Honeys Mutter senkte das Kinn und musterte Doherty.

»Und was gedenkst du dagegen zu unternehmen?«

Doherty seufzte. »Wogegen? Dass er dich beleidigt hat oder dass du ihm deine Handtasche um die Ohren haust?«

»Du bist doch Polizist. Du hast die technischen Möglichkeiten. Überprüfe ihn.«

Doherty beugte sich ganz nah zu ihr hin und flüsterte ihr ins Ohr: »Das, meine liebe Gloria, ist eine ausgezeichnete Idee.«

Kapitel 25

Drury Constantine, der sehr nette Kerl mit dem langen Namen, fragte Honey, ob er im Green River Hotel vorbeikommen könnte, sobald er etwas freie Zeit hatte.

»Ich würde mich gern einmal mit dieser Professorin für das Paranormale unterhalten«, sagte er.

»Aber gern. Sie ist ja unser Dauergast.«

Und so kam er denn und wurde Mary Jane vorgestellt, wie es sich gehört. Im Gegensatz zu manchen anderen Leuten zuckte er angesichts ihres ungeheuer farbenfrohen Outfits nicht mit der Wimper. Heute war sie gekleidet wie ein Regenbogen auf Beinen: vielfarbige Hose, vielfarbiges Oberteil, mindestens genauso vielfarbiges Seidentuch, das sie wie einen Turban um den Kopf geschlungen hatte.

Wenn überhaupt eine Farbe dominierte, so war es das leuchtende, beinahe violette Blau ihrer Augen.

»Mary Jane. Sehr erfreut, Sie kennenzulernen.«

»Drury Constantine. Ebenfalls erfreut, Sie kennenzulernen.«

»Kenne ich Sie nicht von der Internetseite Ghostly Guys?«, fragte Mary Jane.

Constantine lächelte und sagte, er hätte diese Seite ab und zu besucht.

»Ist das so was wie Ghost Busters?«, fragte Honey.

»Auf keinen Fall!« Mary Jane schien empört zu sein. »Wir verjagen unsere Geister nicht, schicken sie nicht ins Irgendwo zurück. Wir behandeln sie wie Freunde.«

Honey hatte das Gefühl, hier leicht überfordert zu sein, und ließ die beiden allein.

Als sie gerade das Gebäude verlassen wollte, tauchten Benedict Tompkins und Rachel auf, die einen Raum für den Hochzeitsempfang in drei Monaten buchen wollten. Obwohl Rachels Zuneigung zu Benedict ein wenig ins Wanken geraten war, hatte das doch nicht gereicht, um die Verlobung zu lösen.

»Ich war in der Abbey«, meinte Benedict. »Der Pfarrer war sehr hilfreich. Wir haben einen Termin ergattert, den gerade jemand anderer abgesagt hatte.«

Honey brachte ihre Überraschung zum Ausdruck. Die Leute standen Schlange, um in der Bath Abbey zu heiraten. Sie merkte an, das sei wirklich ein außerordentlicher Glücksfall.

»Benedict ist haargenau zum richtigen Zeitpunkt vorbeigekommen«, sagte Rachel. »Hat er mir erzählt.«

Hat er mir erzählt.

Das klang nicht gerade überzeugt. In Honeys Kopf schrillte eine Alarmglocke. Bisher hatte Rachel noch nie Zweifel an ihrem Freund laut werden lassen. Vielleicht schimmerte doch ein Licht am Ende des Tunnels? Honey konnte sich jedoch nicht vorstellen, dass ein selbstgefälliger kleiner Control Freak wie Benedict sich Rachel entgehen lassen würde.

»Süße, ich habe dir doch gesagt, dass ich alles in die Wege leite«, flötete Benedict.

Benedict war peinlich, ach was, megapeinlich. Honey verspürte das unbändige Bedürfnis, ihm das selbstgefällige Lächeln aus dem Gesicht zu ohrfeigen. Und Rachel gehörig die Meinung zu sagen. Aber, Moment mal, Rachel war nicht ihre Tochter, und das ging sie alles nichts an.

Doch die beiden waren zahlende Kunden, also trug sie einen Termin für einen Hochzeitsempfang an dem angegebenen Datum ein.

Da es für Rachel war, bat sie nicht um eine Anzahlung.

»Gut. Das hätten wir«, sagte Benedict. »Und jetzt buchen wir die Limousinen.«

Smudger rief aus der Küche an, um Honey mitzuteilen, dass sie keine Eier mehr hätten.

»Ich habe in letzter Zeit sehr viel Baiser gemacht.«

»Kein Problem. Ich spring schnell bei Waitrose vorbei. Ich könnte ein bisschen frische Luft gebrauchen.«

Auf dem Weg zum Supermarkt rief sie Doherty an.

»Deine Tochter und dein Schwiegersohn in spe waren gerade hier und haben einen Termin für ihren Hochzeitsempfang gebucht.«

»Warum überrascht mich das nicht? Er hat diese Hochzeit bereits perfekt organisiert. Er hat mir schon eine Liste übergeben, wie sie sich das alles vorstellen, einschließlich der Kostenaufstellung. Außerdem hat er mich um einen Vorschuss gebeten, damit er die Anzahlungen für den Empfang, die Torte und so weiter leisten kann. Und natürlich für das Brautkleid. Er hat mir allen Ernstes eine Liste der Anzahlungen vorgelegt, einschließlich der Summe, die er dir angezahlt hat. Er hat gefragt, ob ich ihm das Geld recht schnell geben könnte. Wie er es formuliert hat: Niemand redet gern von Geld.«

»Der ganz bestimmt nicht«, meinte Honey. »Er hat mir übrigens keine Anzahlung geleistet.«

Doherty verstummte.

»Erinnere ich mich recht: meine Mutter hat angeregt, du solltest ihn überprüfen?«

»Das hat sie. Ich habe bei dem Limousinenverleih, beim Brautmodenladen und beim Herrenausstatter nachgefragt, der die Anzüge liefert – grauer Zylinder und Frack, man gönnt sich ja sonst nichts!«

»Sag bloß, dass er bei Tern & Pauling war!«

»Allerdings. Ein guter Grund, dort noch einmal vorbeizuschauen, finde ich.«

»Hast du ihm Geld gegeben?«

»Nein. Er hat mir nur die Liste mit den Beträgen überreicht, die er angeblich bereits bezahlt hat. Damit ich sie rückerstatten kann.«

Honey ahnte, was in Dohertys Gedanken vorging. Er war Polizist und kein leichtgläubiger Narr.

»Geld, das er nie bekommen wird.«

»Das weiß er aber noch nicht.«

Honey beeilte sich, um bei Waitrose Eier zu kaufen und die rasch ins Green River Hotel zu bringen. Dann wollte auch schon Doherty kommen, um sie abzuholen.

Stewart White, der neue Ehemann ihrer Mutter – Honey brachte es noch nicht fertig, ihn Stiefvater zu nennen, vor allem, weil er nur etwa zehn Jahre älter war als sie selbst –, kam mit Notizbuch und Stift plus einem Diktiergerät angewandert.

»Ich schreibe einen Roman«, erklärte er Honey. »Einen Krimi. Meinst du, dieser nette Doherty würde mir den Gefallen tun, mir von ein paar echten Fällen zu erzählen?«

Honey deutete an, dass Doherty sehr viel zu tun hatte. Stewart schaute nachdenklich und kaute auf der Unterlippe. »Ich möchte ihn ja nicht an wichtigen Dingen hindern. Tatsache ist, dass ich schon immer einen Krimi schreiben wollte, der auf die Zeit eingeht, als ich noch Wetten von den Reichen und den Schönen angenommen habe, wenn man so sagen kann. Na ja, aber ich will ihm nicht lästig fallen …«

»Ich weiß nicht viel über das Wettgeschäft«, meinte Honey. »Ich kenne, glaube ich, niemanden, der Wetten abschließt.«

»Nicht? Na, das überrascht mich aber. Es gibt jede Menge Leute, die so was machen, weißt du. Deine Mutter hat mir von einer Frau in der Townswomen's Guild erzählt. Abgesehen davon, dass sie eine ziemliche Schnapsdrossel ist, ist sie auch noch eine Wahnsinnsspielerin. Gloria hat gerüchteweise gehört, dass sie Spielschulden hat, die in die Tausende gehen.«

»Wirklich?« Plötzlich war Honey ganz Ohr. »Kennst du sie?«

Stewart zuckte die Achseln. »Ich weiß nicht, wie sie heißt, aber ich glaube, deine Mutter hat was von einem Rollstuhl gesagt. Na ja, wenn man behindert ist, sucht man sich seinen Spaß vielleicht, wo man ihn gerade finden kann. Trotzdem ist es nie klug, die Sache so weit aus dem Ruder laufen zu lassen.«

Honey war sonnenklar, von wem er geredet hatte. Grace Pauling war eine Spielerin. Na, das war ja eine interessante Nachricht!

Stewart wäre weitergegangen, wäre nicht Mary Jane aufgetaucht und hätte eine lange Liste von Gründen aufgezählt, warum plötzlich ein zweites Gespenst im Green River Hotel spukte.

»Ich könnte ein Buch über Gespenster schreiben«, rief Stewart aus.

Honey verkniff sich den Hinweis, dass ein Roman über Geister etwas ganz anderes war als ein Krimi über die Welt der Wettbüros und der Detektivarbeit, aber Mary Jane wollte ihm nur zu gern bei den Recherchen behilflich sein.

»Dann lasse ich euch beide mal machen.«

Draußen vor dem Green River Hotel ging ein recht frischer Wind. Honeys neue Frisur wurde in alle Himmelsrichtungen geweht, wenn auch nicht lange. Doherty wartete schon auf sie.

»Kann ich dich mitnehmen?«

Sie stieg ins Auto und war froh, dass das Verdeck geschlossen war. So konnte sie vielleicht ihre Frisur gerade noch einmal retten.

»Ich habe Neuigkeiten«, sagte Doherty zu ihr. Und dann berichtete er ihr kurz, was er auf dem Umweg über Caroline Corbett und ihren Privatdetektiv über Nigel Tern herausgefunden hatte.

»Er war Mitglied in einigen sehr zwielichtigen Clubs. Auf der Liste seiner Hobbys stand Sex ganz oben«, sagte Doherty. »Caroline wollte mit diesen Etablissements nichts zu tun haben, aber rate mal, wer ihn dort regelmäßig hinbegleitet hat?«

Honey schüttelte den Kopf. »Ich lass mich überraschen.«

»Grace Pauling.«

»Eine Frau im Rollstuhl?«

Doherty zuckte die Achseln. »Warum nicht? Nur weil sie nicht laufen kann, muss sie ja nicht frigide sein.«

»Das bezweifele ich keinen Augenblick. Im Gegenteil, ich glaube gern, dass Grace Pauling eine Beziehung zu Nigel Tern hatte – eine sehr sexuelle Beziehung.«

Doherty seufzte, verschränkte die Hände hinter dem Kopf und lehnte sich mit geschlossenen Augen auf dem Fahrersitz zurück.

»Honey, das weißt du aber nicht mit Sicherheit.«

»Doch. Du solltest sehen, wie ihre Augen strahlen, wenn sie von ihm spricht. Ich hatte das zunächst nicht bemerkt. Ich habe es eigentlich dem Wein zugeschrieben, und, meine Güte, die Frau säuft wirklich wie ein Loch!«

»Honey, dein Bauchgefühl ist kein zulässiges Beweismittel vor Gericht! Glaub mir, sonst wäre ich schon längst Polizeipräsident.« Er ließ den Motor an und fuhr los.

»Wusstest du, dass Grace Pauling eine Spielerin ist? Und nicht nur im kleinen Maßstab. Da geht es um größere Beträge. Sie hat Spielschulden, die in die Tausende gehen, habe ich mir sagen lassen.«

Doherty riss die Augen weit auf. »Das wusste ich nicht.«

»Wahrscheinlich, weil du sie ausschließlich als eine Person

im Rollstuhl siehst, und da hat sie keine schlechten Angewohnheiten – außer vielleicht Sex? Das kann so einfach nicht stimmen. Immerhin hast du ja schon rausgefunden, dass sie Nigel in all diese Sex-Clubs begleitet hat. Woher wissen wir denn, dass sie da nicht total über die Stränge geschlagen hat?«

Doherty hatte seine nachdenklichste Miene aufgesetzt. »Sie hat Aussichten, alles zu erben, hätte aber nichts bekommen, wenn der alte Herr gestorben wäre und Nigel geerbt hätte. Nigel stand als Erster in der Reihe. So war das Testament verfasst. Der alte Herr hat gesagt, Nigel hätte keinerlei Verpflichtung gehabt, mit Grace zu teilen. Aber Grace hätte alles geerbt, wenn Nigel etwas zugestoßen wäre, und in dem Fall …«

Er setzte sich mit einem Ruck auf und begann die Sache durchzugehen. »Sie dachte, der alte Mann würde bald sterben.«

Honey begriff sofort, in welche Richtung sich seine Gedanken bewegten. »Und falls Arnold sterben sollte, würde Nigel erben. Doch wenn Nigel auch gestorben wäre …«

»Aber der alte Herr ist nicht gestorben.«

Sie erstarrten beide. Ihre Blicke trafen sich.

»Ja, Mr Arnold lebt noch«, sagte Doherty.

»Könnte Grace es sich leisten, noch lange zu warten?«

Doherty schüttelte den Kopf. »Aber wie konnte sie Nigel Tern umbringen? Sie sitzt im Rollstuhl!«

Honeys Blick fiel zufällig auf die Vorderkappe eines ihrer Stiefel, dann auf die andere. Eine war verschrammt, die andere nicht. Sie verschliss Schuhe immer sehr schnell.

Sie wusste nicht, wie sie plötzlich darauf kam, nur, dass es irgendwie etwas mit Schuhen zu tun hatte, besonders mit den Sohlen.

»Die Sohlen von Grace Paulings Stiefeln waren schmutzig.

Und nicht nur schmutzig, sie sahen aus wie meine Schuhsohlen oder wie deine, nicht wie die Sohlen einer Frau, die ihr Leben im Sitzen verbringt.«

Doherty lehnte sich auf seinem Sitz vor. Es war, als dächten sie wie eine Person; ihre Gedanken wanderten haargenau in dieselbe Richtung.

»Sie hatte die Stiefel vielleicht schon sehr lange. Unter Umständen sogar gebraucht gekauft. Das machen Frauen manchmal, oder?«

Honey gab zu, dass er da recht haben könnte. Die Stiefel, die Grace trug, waren eindeutig Designer-Teile. Heutzutage war es ja große Mode, aus zweiter Hand bei eBay einzukaufen, um laut und deutlich zu verkünden: »Ich bin für Recycling!«

Doherty schüttelte den Kopf. »Das ist immer noch kein Beweis. Jedenfalls kein ausreichender.«

Dohertys Telefon klingelte schrill. Es steckte in der Halterung am Armaturenbrett. Doherty deutete mit dem Kinn in die Richtung.

»Kannst du da für mich rangehen?«

»Er ist hier bei mir«, sagte Honey als Antwort auf die Frage der Telefonistin am anderen Ende.

»Ich muss mit ihm reden.«

»Er fährt gerade Auto. Kann ich vielleicht helfen?«

»Nein, nur er.«

»Moment.« Honey fand den Knopf, der das Handy auf Lautsprecher umschaltete.

Eine Frauenstimme erklang im Auto. »DCI Doherty? Sind Sie am Apparat?«

»Ja. Sally Hadley?«

»Ja. Hören Sie, es tut mir aufrichtig leid, aber ich hatte es neulich Abend echt eilig, und eine Nachricht, die ich Ihnen hätte weiterleiten sollen, ist auf den Boden gefallen. Zum

Glück ist unsere Putzfirma nicht gerade top, so dass der Zettel noch immer da lag. Ich glaube, es ist was Wichtiges. Die Nachricht ist von einer Frau namens Edwina Cayford und betrifft eine Frau, der sie im Krankenhaus begegnet ist. Sie meinte, die Frau wäre gewöhnlich im Rollstuhl, wäre aber ganz normal gelaufen, als sie sie im Krankenhaus gesehen hat.«

Das Auto scherte aus, als Doherty zu Honey schaute.

»Großer Gott!«

»Und diese Frau, sagten Sie, heißt Edwina Cayford?«

»Ja.«

»Schicken Sie sofort einen Streifenwagen zu ihr nach Hause. Wenn sie dort ist, sagen sie den Leuten, sie sollen bei ihr bleiben.«

Doherty riss das Lenkrad des Wagens herum und vollführte die schnellste Wende aller Zeiten. Honey brauchte ihn nicht zu fragen, wohin er fuhr. Sie waren unterwegs zu Arnold Tern. Grace Pauling war in einer verzweifelten Lage. Sie wollte das Geld, und sie würde vor nichts zurückschrecken, um es zu bekommen.

Die Sonne ging unter. Im Garten des Hauses, in dem Mr Arnold Tern lebte, würden schon bald die Schatten der hohen Bäume am Ende des Gartens die ganze Fläche überdecken.

»Zeit, dass Sie ins Haus kommen, denke ich. Es wird langsam kühl.«

Die Person, die am Ende des Gartens in den Büschen verborgen hockte und alles beobachtete, hörte Edwina Cayfords Stimme.

Der alte Mann saß in seinem Rollstuhl oben an der Treppe, die zur Terrasse hinter dem Haus hinunterführte. In seinem Rücken konnte man die offenen Türen des Wintergartens sehen.

»Ein paar Minuten länger würden nicht schaden«, grummelte er.

»Noch zehn Minuten, und dann kommen Sie rein.«

»Sie sind eine Tyrannin«, rief der alte Mann ihr zu.

Edwina schüttelte lächelnd den Kopf. Sie war es gewohnt, dass er sie Tyrannin nannte, wusste aber, dass er es nicht so meinte. Im Gegenteil, es machte ihm Spaß, von ihr herumkommandiert zu werden. Das wagte nämlich niemand sonst.

Aus dem Augenwinkel bemerkte sie, dass sich am Ende des Gartens etwas bewegte. Sie verrenkte den Hals, um näher hinzuschauen.

»Was ist denn nun wieder los?«, krächzte er.

»Ich dachte, ich hätte da unten jemanden gesehen.«

Arnold Tern starrte angestrengt auf diesen Teil des Gartens.

»Da ist nichts«, sagte er und wandte sich wieder seinem Buch zu. Er hatte es genossen, den ganzen Nachmittag in der Sonne zu sitzen. Da er nun wohl nicht mehr lange zu leben hatte, wollte er die letzten Tage zumindest bis zum bitteren Ende auskosten, so gut es ging.

»Haben Sie über meinen Vorschlag nachgedacht?«, rief er Edwina hinterher, ehe sie sich wieder ins Haus verschwinden konnte.

Edwina stand in der Tür zum Wintergarten und schaute auf den Rücken des alten Herrn.

»Ich bin mir nicht sicher, dass das eine gute Idee wäre.«

»Ich finde sie großartig.«

Man konnte sich trefflich mit ihm streiten.

»Ich werde Ihnen meinen Entschluss mitteilen«, sagte sie, ehe sie eilig ins Haus ging. Sie hatte seinen Heiratsantrag eher peinlich als schmeichelhaft gefunden. Als sie wieder in der Sicherheit ihrer Küche war, schaltete sie den Wasserkocher ein und nahm sich eine Teetasse. Es war die einzige Henkeltasse im Haus. Mr Arnold bestand auf Porzellantassen mit

Untertassen. Sie hatte Angst, auch nur eine davon in die Hand zu nehmen. Wenn man die fallen ließ, zersplitterten die bestimmt in tausend Stücke, während ihr massiver Keramikbecher einiges aushielt – ein bisschen wie Edwina selbst.

Arnold Tern las unheimlich gern, schloss aber ab und zu die Augen, wenn es ihm ein bisschen zu viel wurde. Er dämmerte gerade wieder einmal vor sich hin, als er hörte, dass jemand in der Nähe war. Edwina war wieder aus dem Haus getreten. Vielleicht hatte sie sich doch entschlossen, seinen Antrag anzunehmen.

Er merkte, dass sie die Bremse an den Rädern löste, die den Rollstuhl daran hinderte, die Treppe hinunterzufahren.

»Sie bevormunden mich schon wieder. Das waren keine zehn Minuten«, blaffte er. »Ich will noch ein Kapitel lesen.«

»Das glaube ich nicht.«

Es war ein andere Stimme. Sie war nicht warm und nicht sonderlich anziehend. Und die Person roch auch anders. Nicht angenehm, sondern von einer Parfümwolke umgeben.

»Du hattest schon viel zu viel Zeit, Arnold!«

Er wandte sich um, nicht ganz, aber doch weit genug, um die Frau hinter sich zu erkennen.

»Grace! Was machst du denn hier?«

»Es ist *mein* Geld, Arnold. Wenn es nach dir ginge, würdest du deine karibische Krankenschwester da drin heiraten und ihr alles vererben. Nun, das lasse ich auf keinen Fall zu, Arnold, genauso wenig, wie ich zugelassen habe, dass Nigel das Geld rausschmeißt, um Papendriou bei seinem blödsinnigen Geschäft zu helfen. Da wäre schon bald alles weg gewesen, zumindest der größte Teil. Und wo wäre dann ich geblieben?«

»Du kannst ja laufen!«

»Ja. Ich kann laufen, aber es hat mir einfach besser in den

Kram gepasst, weiter im Rollstuhl sitzen zu bleiben – bis ich so weit war, dass ich wieder laufen wollte. Alles zu meiner Zeit, Arnold. Zu *meiner* Zeit!«

Dem alten Mann wurde abwechselnd heiß und kalt.

»Was hast du vor?« Seine Stimme war schrill, und er hätte sich beinahe in die Hose gemacht.

»Na, du kennst doch den alten Kinderreim. *Jack and Jill went up the hill?** Jack ist runtergefallen. Nur wird hier Arnold runterfallen, die ganze lange Treppe runter bis in den …«

»Grace!«

Sie wollte dem Stuhl gerade einen Schubs geben, erstarrte aber nach diesem Ruf gerade so lange, dass Doherty sie packen konnte. Grace ließ den Rollstuhl los.

»Großer Gott. Die Bremse ist gelöst!«

Der Rollstuhl tat einen Sprung nach vorn. Honey, die ein bisschen fitter und jünger als Edwina war, erreichte ihn als Erste und warf sich über den alten Mann. Der Rollstuhl kam zum Stehen. Edwina erwischte die Griffe.

Als Honey den Kopf hob, schaute sie ins amüsierte Gesicht von Mr Arnold Tern. Ihrer Meinung nach waren seine Hände am völlig falschen Platz, eine auf ihrem Hinterteil, die andere ziemlich weit unten auf ihrem Rücken.

»Meine Liebe! Ihr Körper fühlt sich außerordentlich knackig an! Tragen Sie ein Korsett?«

Honey rappelte sich auf die Beine.

Edwina machte die Bremse fest.

Grace schrie und trat um sich. Von wegen behindert!

---

* Englischer Kinderreim: Jack and Jill went up the hill / To fetch a pail of water. / Jack fell down and broke his crown, / And Jill came tumbling after. Jack und Jill liefen den Hügel hinauf / Um einen Eimer Wasser zu holen. / Jack fiel runter und brach sich den Schädel / Und Jill taumelte hinterher.

Es war ein Grund zum Feiern. Grace Pauling hatte gestanden, dass sie mit Nigel im Laden und dann in der Auslage gewesen war.

»Da war dieser Galgen aufgebaut, und es war mitten in der Nacht«, berichtete Doherty. »Nigel wollte das mal ausprobieren. Ihn machte der Gedanke mächtig an, einer Frau völlig ausgeliefert zu sein, noch dazu einer behinderten Frau, das glaubte er zumindest. Er konnte ja nicht ahnen, dass Grace keine Gnade kennen würde. Sie wollte ihn aus dem Weg schaffen. Sie hatte Spielschulden, und sie wollte ein neues Leben anfangen, irgendwo anders, ohne ihren Rollstuhl. Der war ein nützliches Hilfsmittel gewesen, um die Gläubiger zumindest eine Zeitlang milder zu stimmen und hinzuhalten und um die Mandanten in ihrer Kanzlei zu halten. Das konnte Nigel nicht wissen. Grace hat mir erzählt, er hätte auf ihrem Schoß stehen wollen, während sie im Rollstuhl saß. Dann wollte er, dass sie seinen Reißverschluss aufzog …«

»Ich kann es mir bildlich vorstellen«, meinte Honey. »Nur dass sich Grace entschlossen hatte, plötzlich laufen zu können. Vielmehr, dass sie schon lange wieder laufen konnte. Jetzt passte es gerade prächtig, dass sie laufen und ihm etwas Schweres über den Kopf ziehen konnte.«

»Eine schwere Luftpumpe. Die hatte sie für die Rollstuhlreifen dabei. Sie hat ihn im Laden niedergeschlagen, dann in den Rollstuhl verfrachtet, hat die Stufen zum Schaufenster umgedreht, so dass eine Rampe draus wurde, ihn hochgefahren und aufgeknüpft.«

»Ich glaube, sie war doch nicht so scharf auf Nigels sexuelle Spielchen, wie er dachte. Deswegen hat sie ihn da im Fenster baumeln lassen. Als letzte Rache, denke ich.«

»Vielen Dank, Professor Driver«, sagte Doherty.

Das Steak war gut gewesen, und der Wein hervorragend.

»Ich muss immer an den armen alten Charlie York denken,

der auf seinem iPod Adam Ant hört. Und jeden Tag in der Woche seinen Karren an einer Menge Schaufensterauslagen vorbeischiebt. Bei keiner ist er so fasziniert stehengeblieben wie bei dieser, aber nicht weil er sie so unglaublich schön fand. Auch die maßgeschneiderte Ware hatte es ihm nicht angetan. Charlie ist nicht der Typ für Reitjacken. Wattierter Anorak, das ja, aber mehr nicht. Als er da auf seinem iPod Adam Ant gehört hat und dann dessen Abbild im Schaufenster vor sich erblickt hat … na ja, das muss doch gewesen sein, als hätte er ein Gespenst gesehen!«

»Ihm ist gar nicht in den Kopf gekommen, dass die Schaufensterpuppe nur irgendeinen Wegelagerer darstellen sollte. Sie sieht Adam Ant ja auch tatsächlich ziemlich ähnlich. Andere Leute hätten vielleicht Captain Jack in ihr gesehen – du weißt schon, das ist der Pirat, den Johnnie Depp in *Fluch der Karibik* gespielt hat. Das Make-up und die Kleidung konnten einen jedenfalls auf so was bringen.«

Doherty stimmte ihr zu. »Aber Charlie sah in dieser Auslage sein Idol, wie er es Jahre zuvor auf einem Popkonzert erlebt hatte.«

»Was machen wir mit der Uhr?«

Doherty trank noch einen Schluck Wein.

»Ich glaube, dass Mr Malham sie zurückfordert, sobald er hört, dass man den Mörder gefunden hat. Es sei denn, er hat so viele Uhren, dass es ihm völlig egal ist. In dem Fall werden wir Charlie wissen lassen, wann die Uhr versteigert wird. Das Fundbüro macht mindestens zwei Auktionen pro Jahr – es versteigert zwar hauptsächlich Fahrräder, aber es sind immer auch ein paar Uhren dabei.«

Honey meinte, Charlie würde sich so eine Uhr niemals leisten können.

Doherty grinste. Sie ahnte, was jetzt kommen würde.

»Es ist doch keine echte Bulgari, oder? Nur eine von den

billigen Imitationen, die man auf jedem Wochenendmarkt für ein paar Pennies kaufen kann. So wird sie jedenfalls in den Listen geführt.«

»Falls Malham sie nicht zurück will.«

»Ich glaube das nicht. Denk dran, ihm gehört ein Nachtclub von äußerst zweifelhaftem Ruf. Er will bestimmt nicht, dass die Polizei den zu gründlich unter die Lupe nimmt, da bin ich mir sicher.«

Honey musste zugeben, dass er recht haben könnte. Sie ließ sich mit geschlossenen Augen genüsslich den Wein über die Zunge rennen.

»Mir fällt es immer noch schwer, mir Nigel Tern als Adam-Ant-Double vorzustellen. Ich weiß ja, dass es ganze Heerscharen von Elvis-Presley-Doppelgängern gibt. Aber dass auf der Welt jede Menge übergewichtige Glatzköpfe herumlaufen, die glauben, dass sie in hautengen Kniehosen und mit geschminktem Gesicht toll aussehen …«

»Du bist total verrückt nach diesen hautengen Kniehosen, was?«

Widerwillig verabschiedete sich Honey von den lebhaften Vorstellungen, die sich in ihrem Kopf jagten. Doherty hatte so ein verräterisches Funkeln in den Augen.

»Was ist?«

Sein Grinsen war unverschämt. Seine Finger legten sich sanft in ihren Nacken, und er zog sie so nah zu sich ran, dass er ihr ins Ohr flüstern konnte.

»Ich weiß, wo ich eine kriegen könnte.«

»Wow!«

»Ich verspreche dir, dass ich sie anziehe, aber nur unter einer Bedingung.«

»Sag's mir. Schon erfüllt.«

»Dass du das Korsett trägst, das du anhattest, als du dich Arnold Tern auf den Schoß geworfen hast.«

»Woher weißt du denn, dass dich das anmacht?«, flüsterte sie und fuhr ihm blitzschnell mit der Zunge übers Ohr.

»Ich weiß es einfach. Ich habe den Ausdruck auf dem Gesicht des alten Herrn gesehen. Die Hoffnung stirbt zuletzt. Ich will das, was er hatte.«